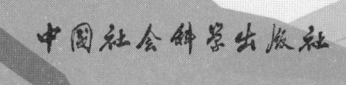

国家社科基金
后期资助项目

# 布罗茨基诗歌意象隐喻研究

A STUDY ON THE IMAGE METAPHOR
IN JOSEPH BRODSKY'S POETRY

杨晓笛 著

中国社会科学出版社

图书在版编目（CIP）数据

布罗茨基诗歌意象隐喻研究 / 杨晓笛著. -- 北京：中国社会科学出版社，2025.1. -- ISBN 978-7-5227-4073-7

Ⅰ.I712.072

中国国家版本馆 CIP 数据核字第202423RA01号

| | | |
|---|---|---|
| 出 版 人 | 赵剑英 | |
| 责任编辑 | 王小溪 | |
| 责任校对 | 朱妍洁 | |
| 责任印制 | 李寡寡 | |

| | | |
|---|---|---|
| 出　　版 | 中国社会科学出版社 | |
| 社　　址 | 北京鼓楼西大街甲158号 | |
| 邮　　编 | 100720 | |
| 网　　址 | http://www.csspw.cn | |
| 发 行 部 | 010-84083685 | |
| 门 市 部 | 010-84029450 | |
| 经　　销 | 新华书店及其他书店 | |
| 印　　刷 | 北京君升印刷有限公司 | |
| 装　　订 | 廊坊市广阳区广增装订厂 | |
| 版　　次 | 2025年1月第1版 | |
| 印　　次 | 2025年1月第1次印刷 | |
| 开　　本 | 710×1000　1/16 | |
| 印　　张 | 17.75 | |
| 插　　页 | 2 | |
| 字　　数 | 320千字 | |
| 定　　价 | 89.00元 | |

凡购买中国社会科学出版社图书，如有质量问题请与本社营销中心联系调换
电话：010-84083683
版权所有　侵权必究

# 国家社科基金后期资助项目
# 出 版 说 明

后期资助项目是国家社科基金设立的一类重要项目，旨在鼓励广大社科研究者潜心治学，支持基础研究多出优秀成果。它是经过严格评审，从接近完成的科研成果中遴选立项的。为扩大后期资助项目的影响，更好地推动学术发展，促进成果转化，全国哲学社会科学工作办公室按照"统一设计、统一标识、统一版式、形成系列"的总体要求，组织出版国家社科基金后期资助项目成果。

全国哲学社会科学工作办公室

# 序

在1987年诺贝尔文学奖演说中，时年47岁的俄裔美籍诗人约瑟夫·布罗茨基对自己下了一个定义："一个个性的人，一个终生视这种个性高于任何社会角色的人，一个在这种偏好中走得过远的人——其中包括远离祖国……"不难想象，拥有这种个性的人注定要承受更多不幸：早在1960年，20岁的布罗茨基便因在地下刊物中发表明显有悖于当时书刊检查制度的诗歌而被捕并遭到审讯和流放，直至1972年被驱逐出境，终生未能返回祖国……

年轻时所遭遇的这一系列苦难，又从某种程度上拉远了诗人与外界的距离，加深了他内心的孤独。多年后，在接受访谈时，布罗茨基无数次以不同方式强调着一句话："我是实实在在的个人主义者，我习惯了终生孤独地生活。"而这一人生信念也明显影响了他的诗歌风格，构成其创作中过多的"解构"因素——因经历苦难而对人世幸福进行解构。如果说，俄罗斯诗歌的太阳——普希金的创作辐射出了金色的温暖，那么，布罗茨基的诗歌则散发出灰色的冰冷，他更像是俄罗斯诗歌的"乌云"。正因如此，俄罗斯学者克列普斯不无道理地指出："总的说来，普希金是俄国诗歌中心灵和肉体的健康、精神的健全、激情的充沛之最充分的体现。而在布罗茨基的诗中，舒适、慵困、友谊、欢快的宴席、轻松幸福的爱情、人间财富和身体健康带来的快感等享乐主义的主题，是绝对没有的。"

事实上，在祖国生活的32年，特别是开始走上"诗人"道路之时，布罗茨基与20世纪三位杰出前辈——阿赫玛托娃、茨维塔耶娃及曼德尔施塔姆在生活和创作方面有着密切联系。他曾几次拜访阿赫玛托娃，尊称她为自己的"生活导师"，从她身上学习面对困境时的坚韧与豁达；而茨维塔耶娃与曼德尔施塔姆尽管过早离世，却同样对布罗茨基产生了重大影响。他推崇茨维塔耶娃的创作，认为她具有俄罗斯诗歌中最具悲剧色彩的声音，尤其欣赏她的"不适哲学"；曼德尔施塔姆则几乎有着与布罗茨基相似的悲剧命运——30年代，他同样因为一首《我们活着，感受不到脚下的国家……》而被捕、流放，最终命丧集中营。在一次访谈中，布罗茨基曾言："当你处于苦难中时，会不自觉开始寻找历史中与你有相似命运之人。"显然，这三位俄罗斯诗人，无论是生平遭际，还是创作内蕴，都在很大程度上给予了诗人坚实的精神支撑，并在一定程度上影响了他的诗歌风格。正因如此，在 1987 年诺贝尔文学奖致辞中，布罗茨基满含深情地提及了曼德尔施塔姆、茨维塔耶娃与阿赫玛托娃的名字，并指出，"他们的创作、他们的命运于我而言十分珍贵，这是因为，若没有他们，作为一个人，作为一个作家我都无足轻重：至少我今天不会站在这里"。

与此同时，早在青年时期，布罗茨基便对 17 世纪英国玄学派诗歌产生了浓厚兴趣。他大量阅读并翻译了约翰·邓恩等人的作品，并于 1963 年以一首《献给约翰·邓恩的大哀歌》引起了评论界的广泛关注。而 1972 年的被驱逐事件，除了将"孤独自处"彻底变为诗人的生活立场和观察世界的诗学视角，更是使他与西方文化有了更多直接接触的经验。诗人喜爱奥登、弗罗斯特（诺贝尔奖演说中提及的另外两位诗人）等人的创作，并用英语写作散文。如此一来，在英、俄两种文化综合作用下，布罗茨基的诗歌创作有了较大程度的创新，甚至彻底改变了整个俄国诗坛的局面。诚如评论家 M. 艾森伯格所言："布罗茨基在俄罗斯诗歌中有很多开拓，但我觉得，他给更多的东西画了句号。"他以冷峻笔触和智性审视改变了俄语诗歌中一贯"情感全然袒露"的抒情格调，使其外在表达变得更为冷静和硬朗了。俄国著名评论家阿格诺索夫更是准确指出了这一现象："他（布罗茨基）更新了民族诗歌的传统，使现代语言具有了一种特别的对话的辩才，并把一些相去甚远的概念迅速地组织到复杂的隐喻之中，以及辅以风格上的突发性的变幻……只有为数不多的诗人，才能够使语言如此焕然一新。"

或许正因如此，布罗茨基的诗歌很难读懂。我国目前所出版的大多是布罗茨基作品的译本，其诗学分析相对较少。《布罗茨基诗歌意象隐喻研究》无疑在诗人诗学研究方面起到了重要补充作用。作者选取布罗茨基创作中最为经典、最具代表性的三大意象——古希腊罗马意象、圣经意象及花园意象为切入点，结合隐喻理论，对这些意象的隐喻含义进行了细致深入的解读和剖析，并以此来回答诗人创作的核心命题——时间对人的影响。研究具有对作家艺术思维统领性描述的特点，可谓立意深远，视野宏阔。此外，作者对中外隐喻理论的梳理和概括也较为系统全面，理论分析思路清晰，诗歌资料翔实丰富，论述严谨，文笔流畅，具有较高的学术意义和价值。

杨晓笛于2010—2013年在北京外国语大学读博，作为导师，令我印象最深的是她积极明朗的生活态度和对文学的痴迷。大量的阅读不仅拓宽了她的知识面，也在很大程度上提升了她的写作水平，博士学位论文写作文笔之流畅便可见一斑。此专著正是作者在完成于2013年的优秀博士学位论文基础上扩充而成。较之论文，专著在所选诗歌数量、诗歌分析力度及诗人与传统关系方面都有了较大拓展，可以说是对博士学位论文进行了锦上添花的补充。后续期待作者能以布罗茨基诗歌研究为基础，进一步拓宽研究领域，挖掘俄语诗歌的神奇魅力。

黄　玫

# 目　录

**导　言** ……………………………………………………（1）
　　布罗茨基及其研究述评 …………………………………（1）
　　隐喻理论及隐喻思维 ……………………………………（23）

**第一章　布罗茨基诗歌中的古希腊罗马意象隐喻** ………（40）
　　第一节　记忆：缺失 ……………………………………（44）
　　第二节　爱情：毁灭 ……………………………………（62）
　　第三节　生命：虚无 ……………………………………（78）

**第二章　布罗茨基诗歌中的圣经意象隐喻** ………………（115）
　　第一节　灵魂：考验 ……………………………………（119）
　　第二节　肉体：苦难 ……………………………………（156）

**第三章　布罗茨基诗歌中的花园意象隐喻** ………………（183）
　　第一节　梦想：虚幻 ……………………………………（187）
　　第二节　生命：禁锢 ……………………………………（198）
　　第三节　心灵：死亡 ……………………………………（213）
　　第四节　未来：毁灭 ……………………………………（231）

**结　语** ……………………………………………………（246）

**参考文献** …………………………………………………（257）

**后　记** ……………………………………………………（268）

# 导　言

## 布罗茨基及其研究述评

### 一

我属于俄罗斯文化，是它的组成部分，任何地理位置的变化都不可能影响这一最终的结果。

——布罗茨基

20世纪中后期的俄罗斯诗坛中，俄裔美籍诗人约瑟夫·亚历山德罗维奇·布罗茨基（И.А. Бродский，1940—1996）可谓构成了一道独特的风景线。这位敏感而又特立独行的诗人，纵然一生坎坷多舛，却从未放弃过对诗神的眷恋。在多种流派纷繁错杂的当代诗坛，他坚守俄罗斯诗歌创作的传统，自然而然地亲近巴拉丁斯基、普希金、曼德尔施塔姆、茨维塔耶娃、阿赫玛托娃等俄罗斯经典诗人，并大量阅读了约翰·邓恩、托马斯·哈代、威廉·巴特勒·叶芝、罗伯特·弗罗斯特、T. S. 艾略特、埃兹拉·庞德、温斯坦·奥登等欧美名家的杰作，汲取了诗歌创作的多种元素，形成了属于自己的独特创作风格。他在用隐喻构筑而成的诗歌世界中苦苦追寻人类存在的意义，悲悯而又豁达地看待人世苦难。最终，1987年的"诺贝尔文学奖"令他在20世纪世界文学史中留下了浓墨重彩的一笔。正如切斯拉夫·米沃什（Чеслав Милош）所说："像布罗茨基这样一位诗人的出现，在20世纪是没有任何先兆的。"①

五六十年代，俄罗斯文学在"解冻"思潮下跃跃欲试，期待着新生的力量。当"原来习惯于缓慢扭扭转动的历史车轮，忽然转了我们尚能看清的一圈，之后加速前进，闪烁着辐条，把我们这些年轻人也卷入了不

---

① 参见［美］列夫·洛谢夫《布罗茨基传》，刘文飞译，东方出版社2009年版，第1页。

可避免的运动,变革——生活"① 之时,列宁格勒年轻的诗人布罗茨基,却因前行"过快"而遭到了当局的一系列迫害,而他的生命之舟,也随之驶入了远远超乎自身意料的航道,一切都发生了彻底的改变。

如果通常而言,作家的生平与创作便密切相关,那么,对布罗茨基而言,其生平对于创作的影响更可谓举足轻重。幼年时犹太人的出身便使他敏锐地感受到了来自周围环境的压力:"他们对我进行侮辱,因为我是——犹太人。"② 也正因如此,入学第一年,年仅七岁的布罗茨基在图书馆中填写借书申请表时,面对"民族"一栏,尽管他内心很清楚地知道答案,却对管理员撒了谎,并从此再也没有回去那间图书馆。多年后回忆起这一谎言时,布罗茨基曾写道:"一个人意识的真实历史,往往就始自他撒的第一个谎",而"我撒的第一个谎是与我的出身有关系的"。可以说,正是这一身份使他过早意识到了自己的与众不同。而随后,在八年零四个月的学习生涯中,他更换过五个学校,直至1955年,正读八年级的布罗茨基独自做出了人生一个大胆的决定:退学。而"这与其说是一个有意识的选择,不如说是一次勇敢的反抗"——不仅是对班里那些令人难以忍受的"特定面孔"的反抗,同时也是对多数人的反抗:因为"你从吃母奶的时候就懂得,多数人总是正确的。这样做需要豁得出去"。而支撑年仅十五岁的布罗茨基勇敢进行这一反抗的原因,则"仅仅是由于自己老是长不大、老是受身边一切所控制而生出的厌恶感",以及对那种"由于逃跑、由于洒满阳光的一眼望不到头的大街所勾起的朦胧却幸福的感觉"③ 的憧憬。

从布罗茨基少年时期的这些生活片段中我们不难发现,这是一位高度崇尚个性自由的诗人,而他的这种桀骜不驯与特立独行在当时的苏联体制下似乎注定要承受更多的不幸。事实上,早在1960年,20岁的布罗茨基便第一次与官方机构发生了冲突——他的诗歌被刊登在当时赢得广泛知名度的地下刊物《句法》(Синтаксис)中。由于明显悖于当时书刊检查制度的意识形态,年轻的诗人开始受到列宁格勒克格勃的关注,并由此拉开了这一系列灾难性事件的序幕:被捕、预审、精神鉴定、审判、流放,直至1972年被驱逐出境。命运以其残酷的方式展现了诗人精神自治的程度,

---

① [俄] 符·维·阿格诺索夫主编:《20世纪俄罗斯文学》,凌建侯等译,中国人民大学出版社2001年版,第482页。
② Джейн Б. Катц, "У меня перегружена память", сост. Полухина В.П., *Бродский И, Книга интервью*, Москва: Захаров, 2011, с. 129.
③ 参见刘文飞《布罗茨基传》,新世界出版社2003年版,第24—25页。

文学与社会的冲突在布罗茨基身上体现得尤为明显。1980年，在回答记者简·卡茨（Джейн Б. Катц）所提出的"你是远离政治的诗人，当局为何要逮捕你"这一问题时，布罗茨基说道："事实上我不可能游离于政治之外。我没有用官方承认的方式来写作，因为这太无聊。如果人不按照官方意愿来做事，他就会被视为国家的敌人。"① 的确，任何人想要保留独立思考的权利时，便会与外部世界产生冲突。尽管布罗茨基的独立性全然与政治无关（他的诗歌中几乎没有与政治相关的主题），而更多的是美学上的——他所使用的语言"不同于社会审美意识中惯常的那种诗歌语言、题材和形象"②——诗人的自由意志却成为对他而言的沉重负担，并由此使他成为被批判的对象。而在回首所遭遇的一切迫害时，布罗茨基说道："我所感受到的心灵痛苦远甚于肉体折磨。从一个囚室到另一个囚室，一处监狱至另一处监狱，多次审讯等等——所有这一切我都相当漠然地接受。"③ 正如他在《旷野中的停留》（Остановка в пустыне，1966）一诗中所写：

  墙壁开始悄悄屈服。
  不屈服会很可笑，如果你是
  墙，而你面前是——破坏者。（Ⅱ，167）④

而最令诗人感到痛苦的则是其在精神病医院中的经历："这是我所经历过的最可怕的事情。确实，没有什么能比这更糟的。他们进行很多实验——忏悔，行为的改变。他们在半夜把你从床上拖出去，裹上床单，然后浸入冰冷的水中。他们强行对你注射，利用一切可能的手段来损害你的健康。"⑤ 这是布罗茨基在普里亚什卡河畔第二精神病医院所受到的非人

---

① Джейн Б. Катц, "У меня перегружена память", сост. Полухина В.П., *Бродский И. Книга интервью*, Москва: Захаров, 2011, с. 131.
② [俄] 符·维·阿格诺索夫主编：《20世纪俄罗斯文学》，凌建侯等译，中国人民大学出版社2001年版，第609页。
③ Свен Биркертс, "Искусство поэзии", сост. Полухина В.П., *Бродский И. Книга интервью*, Москва: Захаров, 2011, с. 90.
④ Бродский И.А., *Сочинения Иосифа Бродского в Ⅶ томах*（2001，2003），Т. Ⅱ，общая редакция Я. А. Гордин, Санкт-Петербург: Пушкинский фонд, 2001, с. 167.（此后文中所引出自此七卷本的布罗茨基诗歌及散文、戏剧仅标注卷数与页码，不再详注。）
⑤ Джейн Б. Катц, "У меня перегружена память", сост. Полухина В.П., *Бродский И. Книга интервью*, Москва: Захаров, 2011, с. 133.

待遇，医生给出的结论则是："……他具有某些精神变态的性格特征，但无精神疾病，就其精神—心理健康状况而言具有工作能力。"① 事实上，这是诗人第二次进入精神病医院。第一次是在朋友们善意的安排下住院，他们希望"一份关于诗人心理失常的诊断结果能够使他摆脱更糟的命运"，而几位熟悉的精神病医生也为这一计划提供了帮助，出具了关于布罗茨基患有"精神分裂症"的证明。在写于1964年1月《卡纳契科沃别墅中的新年》（Новый год на Канатчиковой даче）一诗中布罗茨基对这"面孔被藏起的白色王国"中的恐怖进行了描述："身体之于医院的恐惧，/就像白云——之于眼眶，/昆虫——之于鸟儿。"（Ⅱ，11）可对他而言，真正悲剧性的事件则是出院后不久他便得知恋人玛丽娜与好友博贝舍夫走到了一起。这一双重打击令布罗茨基倍感绝望，他曾试图切开自己的静脉自杀。②

随后，生命中所经历的这一段黑色岁月以及由此引发的对人类存在的思考，被诗人写进了长诗《戈尔布诺夫与戈尔恰科夫》（Горбунов и Горчаков，1965—1968）中，并借主人公戈尔布诺夫的形象体现出来。在这首关于"人类存在意义"探索的长诗中，诗人曾居住的"精神病院"被称作"疯人院"。这一异化的生存空间渗透出无处不在的恐惧，而苦难的总和则给出了荒谬。于是，被存在的恐惧与荒诞所吞噬的抒情主人公在极端生存状态下出现了人格的分裂——他的大脑臆想出一个精神同伴戈尔恰科夫："孤独问题完全/可以由分裂为二来解决。"（Ⅱ，259）事实上，这一"人格分裂"（或称"同貌人"），正是俄罗斯文学的传统主题之一，其代表作家便是陀思妥耶夫斯基，人格分裂成为陀氏小说中"意义结构的主要表达手段"③。研究者杜纳耶夫（М.М. Дунаев）指出："陀思妥耶夫斯基的创作，甚至可以说整个俄罗斯文学，是从《双重人格》（Двойник）开始深入研究人格分裂主题的，这一主题稍后又被白银时代的创作者以极度病态的形式加以表达。"④ 显然，布罗茨基同样延续了这一传统——"分裂"正是"疯人院"中戈尔布诺夫精神状态的真实写照。他在令人窒息的环境中苦苦挣扎，孤独又绝望，希望天使与死亡魔鬼在他的心灵战场奋力厮杀；他试图在"梦"中寻找"黑暗王国"的出口——

---

① ［美］列夫·洛谢夫：《布罗茨基传》，刘文飞译，东方出版社2009年版，第104页。
② ［美］列夫·洛谢夫：《布罗茨基传》，刘文飞译，东方出版社2009年版，第97—98页。
③ 戴卓萌等：《俄罗斯文学之存在主义传统》，中央编译出版社2014年版，第70页。
④ Дунаев М.М., *Православие и русская литература*, Т. 3, Москва: Христианская литература, 1999, с. 293.

频繁梦到的鸡油菌和大海正是他内心所受折磨的外在反映——却始终无法摆脱心灵的痛苦。鸡油菌成为"遭遇背叛的爱情"的象征，而大海则是戈尔布诺夫心灵日益枯竭的真实写照——它的无底深渊吞噬着抒情主人公的生命。事实上，死亡阴影始终笼罩着"疯人院"。在与记者谈及这首诗时，布罗茨基就曾指出："《戈尔布诺夫与戈尔恰科夫》一诗的主旨多多少少在于其中两行。这最重要的两行，显然，我写出的是：'我认为，心灵随着时间流逝/会获得死亡特征'。"①

被驱逐四年后，在写于1976年的《阐述柏拉图》（Развивая Платона）一诗中，布罗茨基再次描述了自己当年在祖国所遭遇的一切痛苦。他用犀利的语言讽刺了故乡民众的骄横与政权体制的弊端：

> 若他们最终将我逮捕，
> 罪名是间谍，搞破坏，游荡，三角恋，
> 周围愤怒的人群就会，
> 用累伤的食指戳向我，大喊：
> "不是我们的人！"，——
>
> 我会暗中感到幸福，独自言语："看，
> 这是给你机会了解，你从来只看表面的东西
> 内里又是如何；
> 记住这些细节吧，当你高呼'祖国万岁！'"（Ⅲ，124）

诗人命运的戏剧性转折发生在1964年。当女记者维格多罗娃不顾法官屡次威胁而记录下来的布罗茨基受审实录通过地下出版物流传至境外时，"受到凶恶、愚蠢的官僚主义者们迫害的这位诗人"，其具有传奇色彩的故事，彻底"震撼了西方知识分子的想象"。在他们看来，对布罗茨基的审判就像是继帕斯捷尔纳克（Б.Л. Пастернак）受迫害之后的又一个证据，证明了赫鲁晓夫统治下的苏维埃俄国是极度缺乏民主的。如果说在此之前布罗茨基的名字在西方几乎无人知晓，那么到1964年年底，尤其是法国《费加罗文学》和英国《邂逅》发表了这一实录的全译后，他在西方几乎成为"家喻户晓的人物"。法国诗人夏尔·多勃任斯基在《致苏

---

① Биргитт Файт, "У меня нет принципов, есть только нервы…", сост. Полухина В.П., *Бродский И. Книга интервью*, Москва: Захаров, 2011, с. 615.

联法官的公开信》一诗中愤怒谴责:"在卫星飞向太空的时候,/列宁格勒却在审判一位诗人!"而美国著名诗人约翰·贝里曼也在《译者》一诗中这样写道:

> ……许多诗人都工作艰辛,收入极少,
> 但他们却不会因此而受审……
> 像这个年轻人一样,
> 他不过想沿着运河走走,
> 谈谈诗歌,再写上几行。①

阿赫玛托娃(А.А. Ахматова)比所有人都更早地预料到了"1964年事件"对年轻诗人的影响:"可是,他们为我们这位红头发小伙子制造了怎样的一份传记啊!"②而随后,在布罗茨基遭遇流放时,阿赫玛托娃不仅与他保持通信,还与维格多罗娃、楚科夫斯卡娅、格鲁季妮娜等人为营救诗人进行了不懈的努力。最终,迫于国内及国际声援布罗茨基事件的压力,原定因"不劳而获罪"判处的五年强制性劳动后来在布罗茨基流放一年半之后便结束。关于生命中这段经历,布罗茨基在回答记者提问时说道:"我并未料到,法庭对我的审判获得了国际性关注。我妥协了,不得已吞下苦果——一切都无能为力,只能服满刑期。"③

而事实上,尽管同样备受煎熬,相对于监狱与精神病院的折磨,流放岁月却是布罗茨基创作颇丰的一个时期。正如诗人所说,"一方面,我感到很痛苦,这是对于工作经验充其量也只是在地质勘察队的年轻团体中待过的城市青年而言真正的震惊……尽管如此,这却是我生命中最有成效的时期之一:我有很多空闲时间。那里空气严寒,有时甚至无法走出屋外,因此我大量阅读与写作"④;"空闲时间于我而言总是有的……我喜欢大自然的生活。甚至产生了某些与罗伯特·弗罗斯特有关的联想……许多俄罗

---

① 参见〔美〕列夫·洛谢夫《布罗茨基传》,刘文飞译,东方出版社2009年版,第110—111页。
② 参见〔美〕列夫·洛谢夫《布罗茨基传》,刘文飞译,东方出版社2009年版,第111—112页。
③ Свен Биркертс, "Искусство поэзии", сост. Полухина В.П., *Бродский И. Книга интервью*, Москва: Захаров, 2011, с. 90.
④ Джованни Буттафава, "Идеальный собеседник поэту – не человек, а ангел", сост. Полухина В.П., *Бродский И. Книга интервью*, Москва: Захаров, 2011, с. 291 - 292.

斯作家所经历的要比我沉重得多……总体而言这是一段卓有成效的时光。我写了很多诗，并且，我认为，写得不错"①。可见，苏联政府禁锢了诗人的身体，却无法束缚他的灵魂。与此同时，布罗茨基的经历重复了古今中外诗歌史上永恒的话题——"诗人与流放"。那些我们耳熟能详的大诗人们——屈原、奥维德、但丁、普希金、莱蒙托夫等，都有过被流放的经历。"流放"对任何一位诗人来说都是"灾难"，然而，它对诗歌而言却是"幸事"。② 布罗茨基显然也意识到了这一点："或许，流放是诗人存在的自然条件，诗人与小说家不同，后者需要处于其所描写的社会结构之内。"③

流放归来后，从1965年到1972年，布罗茨基获准在苏联境内自由生活，靠稿费糊口，作为一位诗人他却一直没有得到官方承认。尽管如此，布罗茨基并未打算离开俄罗斯。他在很长一段时间内都存有幻想——"无论如何，我仍认为自己是具有某种价值的……对于祖国。对他们而言，留下我、保护我比驱逐我更有益"。但事实证明，这一切只是诗人单方面的幻想。1972年5月，苏联签证处向他提出了移居以色列的最后建议。事实上，这完全不能称为建议，而是威胁。据诗人回忆："（签证处说）我最好离开，否则将会有不愉快的时期……我想了想，如果自己现在不离开，将会有什么后果——监狱、精神病院、流放。但这些我已经经历过一次了，所有这一切已经不会给我带来任何经验意义上的新收获了。于是我便离开了。"④

事实上，这是一次颇为仓促的离开，诗人完全未做好准备："我只知道，我将要永远离开自己的祖国了，但去往何处，并不清楚……出发前我根本来不及做出安排。我完全不相信，自己将被驱逐，被置于飞机中。甚至在飞机中时，我也不知道将飞往何处——西方还是东方？"⑤ 而谈及回归的可能性，诗人说道："我从未有过回归祖国的希望。想回去，但希望

---

① Свен Биркертс，"Искусство поэзии"，сост. Полухина В.П.，*Бродский И. Книга интервью*，Москва：Захаров，2011，с. 91 – 92.
② 刘文飞：《布罗茨基传》，新世界出版社2003年版，第69页。
③ Джованни Буттафава，"Идеальный собеседник поэту – не человек, а ангел"，сост. Полухина В.П.，*Бродский И. Книга интервью*，Москва：Захаров，2011，с. 288 – 289.
④ Белла Езерская，"Если хочешь понять поэта"，сост. Полухина В.П.，*Бродский И. Книга интервью*，Москва：Захаров，2011，с. 198.
⑤ Свен Биркертс，"Искусство поэзии"，сост. Полухина В.П.，*Бродский И. Книга интервью*，Москва：Захаров，2011，с. 93.

是没有的。"① 正如布罗茨基所预料的那样,这一离开便是永久的告别。1972年以后,直至生命的终结,他再也没有踏入俄罗斯的领土,再也未能回归留下他成长痕迹的圣彼得堡。这座拥有"一条从桥下流过的河、歌剧院、游艇俱乐部与足球俱乐部、图书馆、火车站、咖啡馆、树木两排的街道、纪念碑"(Ⅲ,122—123)的城市,这座被称为"俄罗斯诗歌的摇篮",哺育了普希金、勃洛克、阿赫玛托娃、曼德尔施塔姆等杰出诗人的城市,从此成为他一生魂牵梦萦的思念。并且,由于苏联政府的阻挠,他自流亡后便再也未能见到父母。1979年,在对记者谈及定居国外的感受时,布罗茨基说道:"当我来到这里(美国——作者注)时,我迫使自己不要使所发生的一切过于戏剧化,假装一切都不曾发生过。我是这样做的,以后也还会继续这样做。但在最初的两三年里,我感觉自己更像是在演戏,而不是生活。"② 评论家阿格诺索夫(В.В. Агеносов)更是一针见血指出,"被逐出境这件事本身,把孤独自处变成了他(布罗茨基——作者注)的生活立场和观察世界的诗学视角"③。

事实上,尽管躯体饱受流亡之苦,可诗人的心灵早已回到了他出生的地方。在写于1973年的《立陶宛夜曲:致托马斯·温茨洛瓦》(Литовский ноктюрн: Томасу Венцлова)一诗中,布罗茨基便表明了自己"身在美国,心在俄罗斯"的眷恋。个人命运与诗歌相融合,不规则的诗行排列传达出诗人情感的急促与热烈:

> 你好,托马斯。那是——我的
> 幽灵,将躯体丢在了海外某个
> 酒店,逆北云
> 划行,急速返家,
> 冲出新世界,
> 惊扰到你。(Ⅲ,48)

尽管诗人的身体仍在海外某个酒店,他的幽灵却急匆匆在大洋之上飞

---

① 约翰·格莱德,"Настигнуть утраченное время",сост. Полухина В.П.,*Бродский И. Книга интервью*,Москва: Захаров,2011,с. 121.
② 耶娃·伯奇和戴维·钦,"Поэзия – лучшая школа неуверенности",сост. Полухина В.П.,*Бродский И. Книга интервью*,Москва: Захаров,2011,с. 71.
③ [俄] 符·维·阿格诺索夫主编:《20世纪俄罗斯文学》,凌建侯等译,中国人民大学出版社2001年版,第595页。

往眷恋已久的家园——"只有声音能离开身体，/就像是幽灵，托马斯。"（Ⅲ，56）显然，"家"在这里指代诗人的故乡，但同时也是诗歌家园，俄罗斯文学传统之根。

1987年，布罗茨基因"包容一切的、以思想的鲜明和诗的强度而见长的文学活动"① 荣获诺贝尔文学奖，他以实际行动骄傲地证明了1964年第二次审判中的自我申辩："我不仅不是寄生虫，而且是一位能给祖国带来荣誉的诗人。"② 据诗人回忆，对于自己的获奖，苏联外交部情报局官员的态度是："瑞典评委会成员们的品位很奇怪，但无论如何，俄罗斯诗歌获得了他们的关注，这还是很好的。"③ 显然，言语中不乏尴尬。但令人奇怪的是，获奖后，布罗茨基并未选择载誉而归。当众多记者反复追问布罗茨基获奖之后是否会回归祖国时，他均给予了否定的回答："只是因为，我所离开的地方，再也不存在了。18年前我所离开的那个俄罗斯，那些人不存在了，只能回到布景中去。可以以旅游者的身份回去，可要成为生活了32年的国家的旅游者，我做不到"④；"我并未体验过对祖国本身的思念，但对列宁格勒是有的。这与其说是思念，不如说是想突然出现在那里的愿望。"⑤

而年轻时的一系列黑色遭遇，更拉长了诗人与外界的距离，加深了他内心深处的孤独。多年后，在接受访谈时，布罗茨基多次以不同的方式强调一句话："我是实实在在的个人主义者，我习惯了终生孤独地生活"，甚至他的诗歌中也时常渗透出无处不在的孤独。诗人克制而严谨，排斥生命中一切戏剧性因素，极力避免让自身成为任何政治形式的牺牲品，并在诗歌创作中采用中性音调，去除了所有的激情。这是布罗茨基创作的典型特征，并不刻意寻求与读者的互动。事实上，这也恰是诗人喜爱美国的原因所在："这个国家中我所喜欢的便是个人主义思想。它是最令我感到亲近的。"⑥ 也正是因这一"个人主义"，诗人保持了对自身的忠诚："我唯

---

① ［美］列夫·洛谢夫：《布罗茨基传》，刘文飞译，东方出版社2009年版，第300页。
② ［美］列夫·洛谢夫：《布罗茨基传》，刘文飞译，东方出版社2009年版，第108页。
③ Джовании Буттафава, "Идеальный собеседник поэту – не человек, а ангел", сост. Полухина В.П., *Бродский И. Книга интервью*, Москва: Захаров, 2011, с. 284.
④ Ядвига Шимак‑Рейфер, "Человек все время от чего‑то уходит", сост. Полухина В.П., *Бродский И. Книга интервью*, Москва: Захаров, 2011, с. 538.
⑤ Томас Венцлова, "Чувство перспективы", сост. Полухина В.П., *Бродский И. Книга интервью*, Москва: Захаров, 2011, с. 351.
⑥ Энн Лаутербах, "Гений в изгнании", сост. Полухина В.П., *Бродский И. Книга интервью*, Захаров, 2011, с. 320.

一知道并能够以某种程度的自信说出的，——便是我从未背叛过自己。"①

本书之所以对布罗茨基的生平进行了较为详细的介绍，是为了更好地理解他诗歌中的"解构"因素——由于经历过多苦难而对人世幸福的解构。事实上，不少学者将布罗茨基与普希金进行了对比研究，并惊奇地发现他们的生平似乎有众多巧合之处：当21岁的普希金因写下《鲁斯兰与柳德米拉》(Руслан и Людмира)一举成名时，21岁的布罗茨基也因《圣诞浪漫曲》(Рождественский романс)引起了举国关注；随后普希金遭到了流放，布罗茨基亦然；流放结束后，普希金胜利回归文学中心莫斯科，布罗茨基则胜利回到了列宁格勒，名气大增；32岁时，普希金搬到圣彼得堡，随后成家任职，继续文学创作，而32岁的布罗茨基则从圣彼得堡搬至了美国，生活也开始稳定下来，并继续创作……②如今，俄罗斯冠以"从普希金到布罗茨基"的书籍也有不少，这在强调了布罗茨基在俄罗斯诗歌史上具有重要地位的同时，仿佛也给人一种错觉：布罗茨基与普希金之间有着某种等同性。但事实上绝非如此。如果说俄罗斯诗歌的太阳——普希金的创作辐射出了金色的温暖，那么，布罗茨基的诗歌散发出的则是阴郁的冰冷，他更像是俄罗斯诗歌的"乌云"。俄罗斯诗人、文艺学家克列普斯（М.Б. Крепс）在其专著《论布罗茨基的诗歌》(О поэзии Иосифа Бродского, 1984)中将普希金与布罗茨基的诗歌进行一番对比后写道："总的说来，普希金是俄国诗歌中心灵和肉体的健康、精神的健全、激情的充沛之最充分的体现。而在布罗茨基的诗中，舒适、慵困、友谊、欢快的宴席、轻松幸福的爱情、人间财富和身体健康带来的快感等享乐主义的主题，是绝对没有的。"③

或许正因如此，布罗茨基的诗歌很难读懂。玛丽娅·蒂洛（М.С. Тилло）在其专著《约瑟夫·布罗茨基：俄罗斯文学传统语境中的创新》序言中写道："曾被苏联驱逐的诺贝尔文学奖获得者约瑟夫·布罗茨基的诗歌后来成为俄罗斯文化的骄傲。他的诗歌既意蕴深远又晦涩难懂，阅读布罗茨基的诗歌伴随着某种精神上的紧张。诗人艺术方式的原创性，他独特的手法特点较少被研究。俄罗斯评论家沙伊塔诺夫（И.О. Шайтанов）准确指出了这一情形："对我们而言，约瑟夫·布罗茨

---

① Ядвига Шимак - Рейфер, "Человек все время от чего - то уходит", сост. Полухина В.П., Бродский И. Книга интервью, Москва: Захаров, 2011, c. 538.
② Д. С., "Пушкин и Бродский", сборник статей под редакцией Л.В. Лосева, Поэтика Бродского, Tenafly, N. J.：Эрмитаж, 1986, c. 207.
③ 参见刘文飞《布罗茨基传》，新世界出版社2003年版，第101页。

基的名字比他的诗歌更有名。"①

自 1957 年开始写诗直至生命的终结,布罗茨基一生近四十年的创作生涯可谓硕果累累。即使是在饱受磨难的青年时代,他也保持了对诗歌、对语言的热情与忠诚:"无论这听起来多么奇怪,是的。无论是在囚室,还是在囚室转移中我都坚持写诗"②;"我很幸运,我是诗人。小说家必须将一切写下来,而诗人可以记在脑海里。"③ 事实上,布罗茨基不仅写诗、散文、戏剧,同时还翻译自己或其他诗人的诗歌,并从事诗歌评论工作。但他首先是一位诗人,这是他所有的荣誉光环中最为闪耀的一环。正因如此,1987 年他以"美国公民,俄语诗人"的光荣头衔迈入了"诺贝尔文学奖"的圣殿。布罗茨基先后出版了多部诗集,其中较著名的有《长短诗集》(Стихотворения и поэмы,1965)、《旷野中的停留》(Остановка в пустыне,1970)、《美好时代的终结》(Конец прекрасной эпохи,1977)、《话语的部分》(Часть речи,1977)、《罗马哀歌》(Римские элегии,1982)、《写给奥古斯塔的新诗篇》(Новые стансы к Августе,1983)、《乌拉尼亚》(Урания,1987)等。

就诗学特征而言,布罗茨基首先是尊重俄罗斯文学传统的。诚如诗人所言:"俄语诗歌正是起源于圣彼得堡。任何一个在圣彼得堡开始文学创作的人,不管怎样都感觉自己受传统支配,或者从属于传统,他无法拒绝。"④ 事实上,没有任何一个诗人可以脱离一定的文学传统而存在,"每一位作者都在发展——甚至是用否定的方式发展——其前驱的公设、语汇和美学"⑤。其次,他的诗歌多以哲理思辨见长,善于以隐喻的思维方式阐释生命存在的本质,这从根本上接近于英国的玄学派诗歌。事实上,青年时期的布罗茨基在对英语诗歌的广泛阅读中,便敏锐地发现了非常符合其诗歌趣味的玄学派诗人约翰·邓恩(John Donne)等人的作品,并于 1963 年以一首《献给约翰·邓恩的大哀歌》(Большая элегия Джону

---

① Тилло М.С., *Иосиф Бродский: новаторство в контексте русской литературной традиции*, Черновцы: Рута, 2001, с. 3.
② Свен Биркертс,"Искусство поэзии", сост. Полухина В. П., *Бродский И. Книга интервью*, Москва: Захаров, 2011, с. 90.
③ Джейн Б. Катц,"У меня перегружена память", сост. Полухина В.П., *Бродский И. Книга интервью*, Москва: Захаров, 2011, с. 130.
④ Анни Эпельбуээн,"Европейский воздух над Россией", сост. Полухина В.П., *Бродский И. Книга интервью*, Москва: Захаров, 2011, с. 139.
⑤ [美] 布罗茨基:《文明的孩子——布罗茨基论诗和诗人》,刘文飞、唐烈英译,中央编译出版社 1999 年版,第 132 页。

Донну）引起了评论界的广泛关注。不可否认的是，以约翰·邓恩为代表的英国17世纪玄学派诗人的确对他产生了极大影响。这一源自巴洛克时代的诗歌流派以其鲜明特征——"理性的凝聚、概念主义、准确性及丰富的想象力"①——著称于世。与此同时，玄学派诗人注重"奇想"，善于用哲理思辨的方式来写诗，把一些截然不同的意象结合在一起，从外表绝不相似的事物中发现隐在的相似，他们的诗作深奥、严谨，主题大多是信仰上的疑虑和探求，生活中的苦闷和思索。②在对布罗茨基的诗歌进行研究后，可以发现，这一段话用来总结他的诗歌，也是最合适不过的了。在布罗茨基早期的作品中，便已呈现出这一文学流派的特征：诗人常将日常性（物）与非日常性（思想）联结在一起，并借助隐喻思维将遥远的现实相结合。他敏锐地观察到生活中那些短暂、易逝的现象，并试图穿透表象挖掘其内在恒久的、超越时间的价值。显然，在他看来，依附于"物"的思想要比"物"本身更珍贵。在创作于1975年的《科德角摇篮曲》（Колыбельная трескового мыса）一诗中，诗人便写道："时间大于空间。空间——物。/而时间，本质上，是关于物的思想。"（Ⅲ，87）这一观点随后在其随笔《伊斯坦布尔旅行记》（Путешествие в Стамбул，1977）中重复："对我而言空间确实要小，没有时间珍贵。但这并非因为它本身小，而是因为它是——物，而时间是关于物的思想。在物和思想之间，我会说，我总是更倾向于后者。"（Ⅴ，308）正因如此，在自己的诗歌世界中，诗人孜孜不倦地致力于对"思想"的挖掘，并借助"古希腊罗马、圣经与花园"意象阐释了自身对生与死、存在与虚无、创作与继承等形而上学问题的深入思考。

布罗茨基称呼自己的诗歌为"哀歌"，并且"尽管它并非总是伤感的，但哀诗语调，我认为，始终是我所固有的……"③可以说，作为一名对世界终极意义不懈探寻的诗人，"从与死者的对话到对文明的眷恋，从孤独的体验到'死亡的练习'，从时间与空间在诗中的融合到帝国与文化的对立"④，布罗茨基用诗歌唱出了自己的精彩。

---

① М. Грыгель，"Метафизика обыденности в ранней поэзии Бродского"，сост. А. Г. Степанов и др.，*Иосиф Бродский: проблемы поэтики*，Москва：Новое литературное обозрение，2012，с. 113.
② 刘文飞：《布罗茨基传》，新世界出版社2003年版，第41—42页。
③ Юрий Коваленко，"Судьба страны мне далеко не безразлична"，сост. Полухина В.П.，*Бродский И. Книга интервью*，Москва：Захаров，2011，с. 522.
④ 刘文飞、陈方：《俄国文学大花园》，湖北教育出版社2007年版，第252页。

总体而言，本书借助隐喻理论中起关键作用的隐喻思维，对贯穿布罗茨基诗歌创作始终的三大核心意象——"古希腊罗马、圣经和花园"意象的隐喻主旨进行研究，并试图以这一隐喻主旨来解答诗人提出的创作命题——时间对人的影响。在古希腊罗马意象的隐喻中，我们看到了时间流逝的过程中人类记忆的缺失、爱情的毁灭以及最终生命的虚无；圣经意象隐喻中，抒情主人公灵魂所经受的考验与肉体遭遇的苦难，都走向了虚无；而花园意象的隐喻中，诗人更是解构了这一文学传统中的"伊甸园和天堂"，以"花园"阐释了人类梦想的虚幻、生命的禁锢、心灵的死亡，以及未来的毁灭——全然的虚无。显然，诗人笔下，时间对人的影响是负面的、可怕的，"虚无"成为最终的印迹——这直接体现了对巴洛克艺术与后现代主义而言最为核心的哲学命题：现实的伪装及虚构感。但需要指出的是，尽管时间的作用是强大的，诗人却并未一味消极接受这一影响，他始终积极地寻找力量来抵抗这一虚无，恢复人类存在的意义和价值。于是，在古希腊罗马意象中，他寻到了亲情、语言、文学（诗歌），以及某种"看不见的东西"作为精神支撑；圣经意象中，他时刻不忘"圣诞之星（及其类似物）"的照耀，甚至使个体的努力等同于"礼物"与"星星"，并将家庭的温馨与和睦（亲情）作为灵魂与肉体在尘世虚无中的最终拯救；花园意象中，他笔下的抒情主人公果断放弃了虚幻的梦想，并在自由流动的水以及文学中看到了生命真正的意义所在。与此同时，他还指出了导致人类存在虚无的原因之一——政权体制的弊端与政治力量的强行干涉。而对于人类的未来，诗人则给出了全然悲观的结论。当陀思妥耶夫斯基（Ф.М. Достоевский）在作品中宣扬用"爱、美和苦难"来拯救世界时，布罗茨基却认为，"世界，大约是不堪拯救了"。他唯一寄予希望的，只是生命个体——"但单个的人总是能被拯救的"。可以说，布罗茨基在自己的诗歌中，以隐喻的方式阐释了对存在主义哲学而言最为核心的命题——"人的存在"。

　　本书旨在对国内布罗茨基诗歌研究进行必要的补充，丰富与促进中俄文化交流及中俄比较文学的发展，并为中外文学研究者全方位、客观地评价布罗茨基及当代俄罗斯诗歌提供一定的借鉴和启发。

　　另外，文中所引用的布罗茨基诗歌（或散文、戏剧）大都出自七卷本的《约瑟夫·布罗茨基文集》（Сочинения Иосифа Бродского в VII томах）。所引文本除标注译者外，均为作者自译。

## 二

> 当代人永远也不可能穷尽对诗人的认识。
>
> ——洛谢夫

约瑟夫·布罗茨基是20世纪中后期俄罗斯文学史中最富个性的诗人之一。他继承了俄罗斯18世纪古典主义与20世纪初白银时代的诗歌传统,并从英国17世纪玄学派诗歌中汲取了丰富、有益的营养,综合继承了不同时代、不同语种和不同大师的诗歌遗产,成为20世纪最杰出的诗人之一,最终于1987年获得了诺贝尔文学奖。以布罗茨基为代表的这一代人的诗歌,被称为俄罗斯诗歌的"青铜时代"。他在俄罗斯文坛乃至世界文坛中所具有的重要意义与价值,令研究者无法忽略。

事实上,早在20世纪60年代中期,诗人身边便聚集了一批诗歌爱好者。他刊登于"地下文学"刊物中的诗赢得了这些俄罗斯知识分子的心。随后,来自评论界的"电闪雷鸣"也投向了诗人:他们研究他的生平、诗集,以他为对象写作个人专著、学术论文,并进行了数次采访。

20世纪七八十年代,俄罗斯侨民文学出版社刊登了利莫诺夫(Э.В. Лимонов)、洛谢夫(Л.В. Лосев)、叶菲莫夫(И.М. Ефимов)等人关于布罗茨基的研究文章。1984年克列普斯所写的《论布罗茨基的诗歌》(О поэзии Иосифа Бродского)成为第一部关于布罗茨基研究的专著(在美国出版),而1986年洛谢夫所主编的《布罗茨基诗学》(Поэтика Бродского)一书在"艾尔米塔什"(Эрмитаж)出版社出版则成为诗人创作研究的里程碑事件。这部著作收录了洛谢夫、波鲁希娜(В.П. Полухина)、魏尔(П.Л. Вайль)、普罗费尔(К. Проффер)、海费茨(М.Р. Хейфец)、诺克斯(Д. Нокс)等人的研究成果,他们对布罗茨基的诗歌创作及其诗学特性进行了深入剖析。与此同时,一系列关于布罗茨基研究的英文著作也得以出版。其中最具代表性的有:乔治·克兰(George Kline)与理查德·斯尔维斯特(Richard Silvester)所著《约瑟夫·亚历山德罗维奇·布罗茨基:俄罗斯及苏联文学的现代百科全书》(Brodsky Josef Aleksandrovich / Modern Encyclopedia of Russian and Soviet Literature)、波鲁希娜所著《约瑟夫·布罗茨基:我们时代的诗人》(Josef Brodsky: A Poet for Our Time)与皮利希科夫(Y Pilschikov)所著《布罗茨基与巴拉丁斯基》(Brodsky and Baratynsky)等。

俄罗斯国内关于诗人创作的研究文章则在80年代末诗人获得诺贝尔

文学奖后才得以首次发表——其原因在波鲁希娜看来，在于"（布罗茨基）诗歌的语言和精神与社会主义现实主义不相容"①。1988 年 3 月 19 日，《共青团真理报》（Комсомольская правда）发表了戈列洛夫（П.Г. Горелов）所写的《我无话可说》（Мне нечего сказать）一文，作者从布罗茨基的诗歌《五周年》（Пятая годовщина）中选取了其中一句引文作为标题对布罗茨基进行了猛烈抨击。但随后不久，1988 年 5 月该报便又刊登了巴温（С. Бавин）与索科洛娃（М. Соколова）所写的《浪涛过涌》（И волны с перехлестом）来回应戈列洛夫的文章。作者们以自己及报纸的名义为之前所发表的不敬之文向诗人道歉。② 90 年代以后，随着布罗茨基声名鹊起，各出版社纷纷出版了对其进行研究的众多作品。总体看来，这些研究的关注点主要集中在诗人生平资料分析和诗学特性探讨两个方面。

布罗茨基的生平研究著作为数甚多，这符合俄苏文艺心理学派研究的一贯传统。文艺心理学派认为，文艺创作的奥秘正在于创作者的个性心理特征。因此，由生平研究入手来探寻诗人的个性心理便是必然之举，且这些珍贵的生平资料往往也包含了诗人自身的思想和言说。这些研究中较为著名的有波鲁希娜、洛谢夫、沃尔科夫（С.М. Волков）、戈尔金（Я.А. Гордин）等人的著作。

英国基尔大学名誉教授、俄裔英籍学者波鲁希娜可谓布罗茨基研究当之无愧的集大成者。截至 2008 年，她所撰写的关于布罗茨基的专著已有 22 部，而各类访谈及评论文章则多达 89 篇。③ 早在 1989 年，她便完成了英文专著《约瑟夫·布罗茨基：我们时代的诗人》（Joseph Brodsky: A Poet for Our Time），并从"帝国—文化—诗人"三者关系方面对诗人的生活及创作进行了综合性的研究。

1992 年波鲁希娜所著《同时代人眼中的布罗茨基》（*Brodsky Through the Eyes of His Contemporaries*）一书用英语出版。该书包含 1989—1990 年与布罗茨基有关的 16 篇访谈录，较为充分地展现了诗人的哲学和宗教观，他对语言的态度，对自己创作中古希腊罗马文化所起的作用以及异语言环境的看法等。该书后在内容扩充（采访对象增多）的基础上于 2008 年再

---

① Valentina Polukhina, *Joseph Brodsky: A Poet for Our Time*, Cambridge: Cambridge University Press, 1989, p. 19.
② Романов И.А., Лирический герой поэзии И. Бродского: Преодоление маргинальности, Кандидатская, диссертация, Москва, 2004, с. 2.
③ Полухина В.П., *Больше самого себя. О Бродском*, Томск.: ИД СК – С, 2009, с. 81.

版（两卷本）；而其俄文版本（Бродский глазами современников）也于 1997 年问世，随后同样在内容扩充的基础上于 2006 年与 2010 年再版（两卷本）。

1995 年，《俄罗斯文学》（Russian Literature）杂志刊登了波鲁希娜所写的布罗茨基研究专版。她在文中分析了诗人创作体裁的多样性，统计了其接受采访的文献及诗人的翻译情况；2000 年该杂志再次刊登这一专版，文中波鲁希娜对"作为评论家的布罗茨基"（Бродский как критик）进行了研究，其中包括 15 篇论文及 1 份创作年表。

2000 年出版的波鲁希娜所编《布罗茨基访谈录文集》（Бродский И. Большая книга интервью）一书中则含有众多从不同出版物和原始资料中所收集到的对布罗茨基的采访材料，作者按属性对这些材料进行了详细的分类。这本书的可贵之处正在于它包含了诗人的直接观点和看法，未经任何的转述和阐释。访谈主要围绕政治及俄罗斯诗歌与诗人创作问题等展开。其中，较受大众关注的话题是：苏联体制下布罗茨基与政权之间的关系，他被捕、审判、流放的情形，诗人被驱逐及其对俄罗斯政治体制的看法，等等。而诗人的回答则突出体现了其生平与创作个性。他的博学、对世界的独特看法及两种文化创作经验形成了广阔的语义场，构成所有访谈的核心。该书随后在其内容增加的基础上于 2011 年再版。

2008 年出版的《约瑟夫·布罗茨基：生活·著作·时代》（Иосиф Бродский：жизнь, труды, эпоха）一书中波鲁希娜则以全方位视角对诗人的生平及创作进行了整体研究。

2012 年出版的波鲁希娜所著《约瑟夫·布罗茨基的欧忒耳珀与克利俄：生平创作年表》（Эвтерпа и Клио Иосифа Бродского. Хронология жизни и творчества）一书所记载的年代自布罗茨基家族历史起（1878 年）直至诗人去世后一年（1997 年），可谓一部完整的诗人家族编年史。

除波鲁希娜外，俄裔美籍学者所罗门·沃尔科夫也在其所著《约瑟夫·布罗茨基谈话录》（Диалоги с Иосифом Бродским，1998）一书中提供了与布罗茨基的对话原稿。它不仅澄清了关于诗人生平的一些问题，也使我们明白了布罗茨基对俄罗斯和境外文学（包括英语文学）发展过程的态度。该书经马海甸、刘文飞和陈方编译后于 2008 年在中国出版。

俄裔美籍学者列夫·洛谢夫所著《布罗茨基传》（Иосиф Бродский，2006）一书则依据翔实的文献资料对布罗茨基生命中的各个阶段进行了详细介绍，包括童年和青少年时期的圣彼得堡、审判事件、流放经历、驱逐出国、获诺贝尔文学奖及与欧美知名诗人相识等，并附有布罗茨基生平和创作年表及洛谢夫访谈录。这对初次接触布罗茨基的学习者来说可谓一部不可缺少的优秀教材。该书经刘文飞翻译后于2009年在中国出版。

洛谢夫与魏尔所著《约瑟夫·布罗茨基：著作与岁月》（Иосиф Бродский: труды и дни, 1998）一书则描述了布罗茨基生活中那些鲜为人知的事实，记录了他与英国著名哲学家以赛亚·伯林（И. Берлин）、文学家约翰·勒·卡雷（Джон Ле Карре）、丹尼尔·韦斯博特（Д. Уэйсборт）、杰拉尔德·史密斯（Дж. Смит）以及诺贝尔文学奖获奖诗人切斯拉夫·米沃什（Ч. Милош）、德里克·沃尔科特（Д. Уолкот）、奥克塔维奥·帕斯（О. Пас）、西默斯·希尼（Ш. Хини）的谈话等。

此外，戈尔金所著《黑暗中的呼应：约瑟夫·布罗茨基及其交谈者》（Перекличка во мраке. Иосиф Бродский и его собеседники, 2000）、《骑士与死亡，或曰生命就像是构思：关于约瑟夫·布罗茨基的命运》（Рыцарь и смерть, или жизнь как замысел: о судьбе Иосифа Бродского, 2010）以及霍季姆斯基（Б.И. Хотимский）、托伊（В. Той）、斯捷潘诺娃（Л.Г. Степанова）、斯米尔诺夫（И.Н. Смирнов）、戴维·贝特阿（David Bethea）、雅德维加·希马克—赖费尔（Jadwiga Szymak-Reiferowa）等人的著作也为诗人的生平研究做出了重要贡献。

需要指出的是，与严肃的科学方法相比，对诗人生平的研究多少带有主观色彩，且这些研究，无论是著书者的观点，还是同时代人对布罗茨基的看法，都未能指向对诗人创作内部规律的阐明。这些著作的侧重点往往在于诗人生活中那些众所周知的事实：他与苏维埃体制间的矛盾、移民心理感受、政治倾向性、宗教观点、文学与社会立场等，但这些并未能揭示出对我们而言极为重要的布罗茨基诗歌体系的特点及规律。而对诗人诗学特性方面的研究在这一点上可以说弥补了对其生平创作研究的不足。通常来讲，布罗茨基的研究者们以他被流放北方（1964年）、流亡生活的开始（1972年）和他成为诺贝尔文学奖得主（1987年）这三个事件为基点，将他的诗歌创作划分为四个阶段来进行研究，集中探讨了布罗茨基诗歌创作及其与世界文学，特别是俄罗斯文学间的密切关系。

在布罗茨基诗学研究方面做出突出贡献的依然首推波鲁希娜。她于1985年完成了上、下两卷本的博士学位论文《约瑟夫·布罗茨基的诗歌：隐喻研究》（The Poetry of Joseph Brodsky: A Study of Metaphor）。文中她将隐喻定位为语义辞格，并从"语法、语义及概念—主题承载"角度对布罗茨基诗歌中的隐喻进行了仔细研究，分析了其与杰尔查文、巴拉丁斯基、曼德尔施塔姆、茨维塔耶娃、阿赫玛托娃等十位俄罗斯诗人诗歌中隐喻的关系。在对布罗茨基诗歌各诗行中所出现隐喻辞格的语法结构与语义类型进行翔实分析后，波鲁希娜指出，布罗茨基的诗歌以隐喻的方式建立了确定的意义等级，构建起诗歌世界的核心意义。他用隐喻开创了古典主义三位一体（人—物—心灵）描写新的可能性，其诗歌含义的丰富性正是借助隐喻这一修辞方式来实现的，当隐喻的密度下降时，诗歌的能量也就下降。依据隐喻建立起来的布罗茨基的诗歌世界展示出令人难以置信的伟大与和谐。

在1989年出版的英文专著《约瑟夫·布罗茨基：我们时代的诗人》（Joseph Brodsky: A Poet for Our Time）中，波鲁希娜指出了布罗茨基诗歌中作为核心修辞方式的"隐喻面具"的存在；随后，她与洛谢夫合编的包含有9篇论文与1篇访谈录的《布罗茨基诗学与美学》（Brodsky's Poetics and Aesthetics, 1990）与包含有13篇论文的《约瑟夫·布罗茨基：一首诗的艺术》（Joseph Brodsky: The Art of a Poem, 1999）也相继用英文出版。

在1995年出版的《布罗茨基辞格词典》（Словарь тропов Бродского）一书中，波鲁希娜以布罗茨基诗集《话语的部分》（Часть речи）为材料对诗人诗歌中的辞格现象进行了细致的研究。

2002年出版的波鲁希娜与洛谢夫共同主编的《布罗茨基诗歌创作技巧》（Как работает стихотворение Бродского）一书就其研究范围之广与研究力度之深而言，可谓布罗茨基诗学研究中最为成功的著作之一。该书包含了16篇来自波兰、美国、英国、爱沙尼亚、以色列、荷兰等西方学者的重要文章。他们分别以布罗茨基的诗歌作品为例（2篇文章除外），对其诗歌内部结构形式（节奏、韵律、句法等）、体裁、主题、风格、音乐性及历史文化互文性等方面进行了详细剖析。

2003年出版的《约瑟夫·布罗茨基诗学》（Поэтика Иосифа Бродского）由波鲁希娜、福缅科（И.В. Фоменко）和斯捷潘诺夫（А.Г. Степанов）三人合编完成。这是继洛谢夫《布罗茨基诗学》（Поэтика Бродского，1986）后关于布罗茨基诗学研究的又一巨作。这部著作同样收录了国内外众多学者的学术文章，其内容涉及布罗茨基诗歌的悖论性、诗歌与散文的相互关系、主题与体裁特点、诗歌结构等创作方法领域的实际问题。

2005年出版的《约瑟夫·布罗茨基阅读策略》（Иосиф Бродский: Стратегии чтения）是波鲁希娜、科尔钦斯基（А.В. Корчинский）和特罗伊茨基（Ю.Л. Троицкий）以2004年9月在莫斯科举办的布罗茨基国际学术会议文集为主编辑的一部作品集。书中大会参与者所写的关于布罗茨基的论文涉及读者阅读心理、布罗茨基诗歌的悖论性、诗人创作实验、诗歌风格、体裁、主题、原型、英语环境下的布罗茨基、布罗茨基诗作中的古希腊罗马元素、诗人与传统之间的关系等方面，可谓布罗茨基研究的一场盛宴。

2009年出版的波鲁希娜所主编的《大于自我》（Больше самого себя）一书，则主要从诗人的创作体裁、语法隐喻、辞格词典、俄罗斯与西方诗人眼中的布罗茨基等方面进行了论述。

2016年，波鲁希娜所著《约瑟夫·布罗茨基诗歌色彩词典》（Словарь цвета поэзии Иосифа Бродского）于莫斯科出版。书中波鲁希娜以布罗茨基整体诗歌为材料，详细剖析了诗人创作中的色彩表现方式及不同诗歌题材中的色彩意义，揭示了色彩表现手法的起源及其在诗人英语诗歌中的演变、诗人色彩诗学中的传统与革新等。

此外，学者克列普斯（М.Б. Крепс）、兰钦（А.М. Ранчин）、佩特鲁尚斯卡娅（Е.М. Петрушанская）、托马斯·温茨洛瓦（Томас Венцлова）、格拉祖诺娃（О.И. Глазунова）、普列汉诺娃（И.И. Плеханова）、祖博娃（Л.В. Зубова）等也在专著中对布罗茨基诗学特征进行了剖析，进一步完善了布罗茨基诗学体系。

早在1984年，克列普斯便在美国出版了专著《关于约瑟夫·布罗茨基的诗歌》（О поэзии Иосифа Бродского）。书中作者对诗人创作中的天堂与地狱、异化、死亡、衰老、帝国、孤独等主题进行了深入剖析，揭示其诗学特征。同年，罗曼诺娃（И.В. Романова）出版专著《布罗茨基诗学：交际视角的抒情诗研究》（Поэтика Иосифа Бродского: лирика с коммуникативной точки зрения），从交际视角对诗人创作进行了探讨，这对于"布罗茨基学"而言有着重要意义，因为布罗茨基的艺术世界正是建立在"人与篇章"的相互关系之上。"对话"——这是诗人抒情诗的核心特征。该书于2007年在圣彼得堡"星星"杂志（Журнал "Звезда"）出版社再版。

1998年，戈尔金所编著的包含有1990年、1995年和1997年三次国际布罗茨基研究大会数十位学者论文的《约瑟夫·布罗茨基：创作、个性、命运》（Иосиф Бродский: творчество, личность, судьба）问世。书中刊登了世界各地研究者对布罗茨基创作（包括诗歌、散文、戏剧在内）的诗学分析，同时还对其生平重要事件进行了补充说明，具有较高的学术价值与现实意义。

2001 年，兰钦在《摩涅莫绪涅的盛宴：约瑟夫·布罗茨基的互文性》（На пиру Мнемозины. Интертексты Иосифа Бродского，2001）一书中对诗人诗歌创作与存在主义哲学、古典主义（普希金、莱蒙托夫、霍达谢维奇）、先锋主义（马雅可夫斯基、赫列勃尼科夫）等的互文性关系进行了研究。2016 年，他又以《关于布罗茨基：思考与分析》（О Бродском: Размышления и разборы）一书对布罗茨基诗歌创作进行了解读。书中包含有作者所写一系列布罗茨基诗学研究论文，其关注的核心是诗人诗歌中持续出现的主题及其特定表现手法、隐含的思想与文学潜台词等。

2004 年，佩特鲁尚斯卡娅出版了《布罗茨基的音乐世界》（Музыкальный мир Иосифа Бродского）一书。作为音乐学家，佩特鲁尚斯卡娅长期从事"布罗茨基诗歌与音乐"这一跨学科的主题研究。与此同时，作者又以文学评论家的身份，剖析了诗人创作中的互文关系、作者形象特色、诗人在当代文学中的地位及其与传统的关系等。这一跨学科的综合研究方式，较之纯文艺学研究，更有助于我们理解布罗茨基丰富多维的诗歌世界。

2005 年，布罗茨基好友，立陶宛著名诗人托马斯·温茨洛瓦在《布罗茨基研究文集》（Статьи о Бродском）一书中对布罗茨基的诗歌进行了研究。书中包含了布罗茨基献给温茨洛瓦本人的《立陶宛奏鸣曲——献给托马斯·温茨洛瓦》（Литовский ноктюрн: Томасу Венцлова，1973）、献给阿赫玛托娃的《圣烛节》（Сретенье，1972）等诗，并收录了布罗茨基本人对曼德尔施塔姆的看法、波鲁希娜访谈录等，具有较高的艺术审美与研究价值。

2005 年，格拉祖诺娃在《约瑟夫·布罗茨基：美国日志。关于移民时期的诗歌》（Иосиф Бродского: Американский дневник. О стихотворениях, написанных в эмиграции）一书中，对布罗茨基写于国外的诗歌进行了阐释。2006 年，格拉祖诺娃在《人与上帝：关于布罗茨基"维耳图诺斯"一诗》（Люди и боги. О стихотворении «Вертумн» Бродского）一书中着重分析了布罗茨基较为复杂的长诗之一《维耳图诺斯》（Вертумн，1990），提出了布罗茨基诗歌的起源与使命问题，揭示了诗人诗歌之于传统的继承与发展。2008 年，格拉祖诺娃又在专著《约瑟夫·布罗茨基：形而上学与现实》（Иосиф Бродский: метафизика и реальность）中从存在、时间、死亡等哲理层面对诗人诗歌进行了剖析，阐释了布罗茨基创作的核心主题——空间与时间、人与神、死亡与虚无等。

2012年，普列汉诺娃在其所著《约瑟夫·布罗茨基的形而上学神秘剧：诗人与时间》（Метафизическая мистерия Иосифа Бродского. Поэт и время）中主要从存在悲剧的诗歌意识、永恒变形、悲剧性荒谬及创作荒谬等方面探讨了布罗茨基诗歌中深奥的形而上学意义，具有较高的哲理价值。

2015年，祖博娃在《约瑟夫·布罗茨基的诗歌语言》（Поэтический язык Иосифа Бродского）一书从语言学与文学双重视角对构成诗人诗歌文本的语法与词汇进行了翔实剖析，并探讨了其创作的互文性特征。

与此同时，尚在1996年时，国外学者关于布罗茨基的研究文章及硕博士学位论文已有200篇之多，至今这一数量仍然在增长。而自2005年以来，俄罗斯国内各高校陆续出现关于布罗茨基创作研究的（副）博士学位论文（多为文学及语言学专业）。研究者们分别从诗歌体裁的变形、布罗茨基与俄语及英语诗歌传统的关系、抒情主人公特点、诗歌演变特征、时空形象及诗歌韵律等不同角度对布罗茨基的创作进行了细致入微的研究。

相对于国外的布罗茨基研究，我国国内对诗人的研究则稍显薄弱。这主要是由于其诗歌多为哲理诗，意蕴深远又晦涩难懂。尽管如此，诗人双语的创作背景（俄语写诗、英语写散文），在世界文坛上的重要地位还是引起了一些研究者的兴趣。早在1990年，漓江出版社便出版了王希苏与常晖所编译的《从彼得堡到斯德哥尔摩》一书，介绍了诗人的抒情诗、长诗、评论、散文，以及讲稿和访谈录等，具有较高的阅读价值和学术价值。国内布罗茨基研究集大成者——首都师范大学北京斯拉夫研究中心主任刘文飞也在其写于1997年的专著《诗歌漂流瓶：布罗茨基与俄语诗歌传统》中集中探讨了诗人与曼德尔施塔姆、阿赫玛托娃及茨维塔耶娃创作间的关系。他令人信服地指出："作为本世纪最重要的诗人之一，布罗茨基是尊重传统的，他对诗歌传统的继承和发扬是他成功的主要原因之一。"[①]刘文飞老师还写有专著《布罗茨基传》（2003）及数十篇关于布罗茨基的论文，并翻译了《文明的孩子——布罗茨基论诗和诗人》（1999）、《布罗茨基谈话录》（2008/2019）及《布罗茨基传》（2009）、《悲伤与理智》（2015，国家图书馆"第十一届文津图书奖推荐图书"）、《大理石

---

① 刘文飞：《诗歌漂流瓶：布罗茨基与俄语诗歌传统》，浙江文艺出版社1997年版，第8页。

像》（2019）五部作品，可以说是中国学术界当之无愧的布罗茨基研究大家。此外，近年来，国内也陆续出版了诗人的一些译作，如黄灿然译《小于一》（2014）、张生译《水印：魂系威尼斯》（2016）、谷兴亚译《与布罗茨基漫步威尼斯》（2020）、娄自良译《布罗茨基诗歌全集》第一卷（上）（2019）/（下）（2021）。还有一些研究者对诗人的散文、戏剧、评论和翻译活动进行了探讨，同时出现了以布罗茨基为研究对象的硕士、博士学位论文。可以预见，"布罗茨基学"（Бродсковедение）无论是在西方、俄罗斯，还是在中国，都将呈现出一派蓬勃发展的气象。

由上述布罗茨基研究述评可以看出，以波鲁希娜为首的众多学者主要围绕诗人生平和诗歌创作的几个方面进行了翔实研究。同时代人的回忆和众多访谈录文集使诗人的形象栩栩如生地展现在我们面前；而对其诗歌韵律、结构、主题、体裁、手法等诗学体系特征的分析及对其创作与俄英双语诗歌传统关系的探讨则使我们对诗人的诗歌创作特点有了整体全面的认识。其中，波鲁希娜独辟蹊径对布罗茨基诗歌中的隐喻辞格进行了研究。她在写于1985年的博士学位论文《约瑟夫·布罗茨基的诗歌：隐喻研究》（The Poetry of Joseph Brodsky：a Study of Metaphor）、收于1986年洛谢夫所编《布罗茨基诗学》（Поэтика Бродского）中的《隐喻语法与艺术思想》（Грамматика метафоры и художественный смысл）一文以及《布罗茨基：我们时代的诗人》（Joseph Brodsky：A Poet for our Time，1989）一书第三部分《隐喻的面具》（The Mask of Metaphor）中，都对诗人诗歌中作为辞格（троп）的隐喻进行了研究。总体而言，这些分析多是从诗歌内部入手，以语法结构和语义类型为视角研究了隐喻作为一种修辞手法在布罗茨基诗歌中所起的作用。2002年，圣彼得堡大学阿哈普金·丹尼斯（Д.Н. Ахапкин）在其所写副博士学位论文《约瑟夫·布罗茨基诗歌中的语文学隐喻》（Филологическая метафора в поэзии И. Бродского）中，也从语言学的视角对布罗茨基诗歌中的隐喻现象进行了研究。可见，隐喻作为布罗茨基诗学的一个显著特征，已经引起了研究者的关注。

事实上，相较于其他文学体裁，隐喻和诗歌的联系更为密切。没有相对完整的故事情节和复杂的人物关系，诗歌贵在以较少的语言表达丰富的思想内涵。而隐喻，因其所具有的模糊性、多义性与含蓄深邃的特点，已成为诗歌丰富思想内涵的重要来源之一。正如路易斯（C. Lewis）所说，隐喻是诗歌的生命原则，是诗人的主要文本和荣耀；巴克拉德（G. Bachelard）则言，诗人的大脑完全是一套隐喻的句法；而费尼罗撒（E. Fenellosa）

更是直接指出，隐喻是自然的揭示者……是诗歌的实质。① 如果说，大多数诗人都倾向于用隐喻的手法来表达含蓄的思想主题，那么，布罗茨基无疑更是使用隐喻的高手——其诗歌中关于生命哲学的领悟和表达均借助隐喻，并且隐喻在他的创作中不仅是作为一种修辞手法，更是成为其艺术思维的根基。也正因如此，诗人诗歌充满了深邃的主题与神秘的内容，读来令人颇为费解。诚如波鲁希娜所指出的那样，"在阿赫玛托娃眼里，布罗茨基的抒情诗去除了简单，趋向于情感的某种抽象性，充满了哲思"②。布罗茨基本人也坦言，他更多地关注了"人的形而上学潜能"③，而海德格尔则认为，"隐喻只存在于形而上学领域内"④。基于这一点，笔者将借助20世纪最重要的文学理论之一——隐喻理论，以贯穿布罗茨基诗歌创作整体的古希腊罗马意象、圣经意象与花园意象为切入点来研究诗人形而上学的隐喻世界，探寻其诗歌艺术及世界观。

## 隐喻理论及隐喻思维

一

> 隐喻是诗歌的生命原则，是诗人的主要文本和荣耀。
> 
> ——路易斯

时至今日，大多数人对"隐喻"这一概念的理解或许还只停留在传统的修辞学层面，将其看作与"明喻""借喻""反讽""拟人"等并列平行的修辞学家族成员之一。但事实上"隐喻"这一术语，在当代隐喻研究者眼里早已成为"隐喻性"的化身而统领着庞大的修辞学、诗学、语言学、心理学、认知哲学诸"隐喻家族"⑤，其范围和程度远远超过了狭窄的修辞学领域。本专著中所探讨的隐喻，均是宏观意义上的"大隐

---

① 参见束定芳《隐喻学研究》，上海外语教育出版社2000年版，第120—121页。
② Valentina Polukhina, The Poetry of Joseph Brodsky: A Study of Metaphor, volume I, Ph. D. dissertation, Keele, 1985, p. 249.
③ Дэвид Бетеа, "Наглая проповедь идеализма", сост. Полухина В.П., Бродский И. Книга интервью, Москва: Захаров, 2011, с. 551.
④ Heidegger Martin, Being and Time, London: SCM Press, 1962, p. 237.
⑤ 张沛：《隐喻的生命》，北京大学出版社2004年版，第1页。

喻"概念，或更贴切地讲，应称其为"隐喻学"。

自两千多年前柏拉图与亚里士多德开始，隐喻这一理论走过了漫长的生命历程。最早的隐喻研究发源于西方古典修辞学，在以柏拉图为代表的隐喻"贬斥派"与以亚里士多德为代表的隐喻"赞赏派"争论中它悄然诞生。柏拉图对它拒之门外，认为它是真理与哲学研究的大敌，并对修辞学家不时予以讽刺和批判。而与此相反，作为他的学生，亚里士多德却走出了一条"吾爱吾师，吾更爱真理"的光明大道。他高度赞赏了隐喻的作用与功能，认为它对作家来说极为重要，而善于使用隐喻则是"天才的标志"①。事实上，从两千多年后的今天来看，亚里士多德的言论完全正确。他以博大的胸襟和高瞻远瞩的"伯乐"之眼，看到了隐喻这一"千里马"的璀璨未来。从传统的修辞学研究到语义学，再到认知心理学、哲学、符号学、现象学等跨学科多元化的研究，隐喻走出了一条属于自己的康庄大道。为了更好地说明本专著所使用的理论基础——隐喻思维，在此先对西方、俄罗斯及中国的隐喻理论进行一个简单的梳理。

总体而言，在西方的隐喻研究史上，曾先后出现过以下五种观点：比较论、替代论、互动论、映射论及概念合成论，而最早对隐喻进行系统研究的则属"比较论"的代表人物——亚里士多德。他在《诗学》与《修辞学》这两部著作中详细论述了"隐喻的性质、作用与阐释方法"这三大核心问题，并赞美它"使事物活现在眼前"，"最能使风格显得明晰，令人喜爱，并且使风格带上异乡情调"，从而"给我们以极大的愉快"。②这一观点后经古罗马修辞学家昆体良（Quintilian）进一步阐发，提出了"替代论"。昆体良认为隐喻实际上就是用一个词"替代"另一个词的修辞现象。他在《演说的原理》一书中指出，修辞的价值在于美化日常语言，而隐喻则是"点缀在风格上的高级饰物"③。可以发现，无论是亚氏的"比较论"，还是昆体良的"替代论"，都将隐喻视为两个词语之间的修辞方式，并且其功能相当于某种"高级饰物"，可有可无。隐喻思维的重要作用此时尚未得到重视。

20世纪30年代，"互动论"的出现开始将隐喻从传统的语言修辞学领域解放出来，转入语义范畴，实现了隐喻研究史上从修辞格研究到认知方式研究的过渡。这一理论的代表人物是英国学者理查兹（I. A. Richards）

---

① ［古希腊］亚里士多德：《修辞术·亚历山大修辞学·论诗》，颜一、崔延强译，中国人民大学出版社2003年版，第343页。
② 参见张沛《隐喻的生命》，北京大学出版社2004年版，第21—22页。
③ 参见张沛《隐喻的生命》，北京大学出版社2004年版，第11页。

和麦克斯·布莱克（Max Black）。他们将隐喻视为一种语义现象，并明确指出了隐喻在语义发生变化过程中所起的重要作用，从而将隐喻提升至人类思维的认知层面。正如蓝纯所指出的那样，"互动论"强调了隐喻两个组成部分间的相互作用，已经开始认识到隐喻的认知价值，并为一种全新认知方法的出现铺平了道路。①与此同时，隐喻的研究范围也由词语扩展为句子，突破了"比较论"与"替代论"的局限，使隐喻研究进入现代研究阶段。

大约半个世纪之后，"映射论"与"概念合成论"又在"互动论"的基础上进一步推进了隐喻的认知研究，突出强调了隐喻思维在人类认知过程中所起的重要作用。

"映射论"的代表人物是美国学者乔治·莱考夫（George Lakoff）和马克·约翰逊（Mark Johnson）。他们在《我们赖以生存的隐喻》一书中以隐喻为焦点探讨了语言及隐喻的本质，并大量举例证明了语言与隐喻认知结构间的密切关系。从认知角度来看，"映射"指的是隐喻的存在是"将某一始源域模型的结构映射到一个目标域模型的结构"。②可以说，"映射论"的主要贡献恰在于它明确提出了隐喻涉及"始源域"和"目标域"二者间的对应。这一观点实现了隐喻研究中的重大突破，并在"概念合成论"中得到了进一步深化，将研究的关注点转移至心理空间层面。

"概念合成论"的代表人物为美国学者福柯尼耶（G. Fauconnier）和特纳（M. Turner）。这一理论中的"概念合成"本质是一种"基本的心理认知机制"，它强调的是心理空间的合成。而"心理空间"则是指"人们进行交谈和思考时为了达到局部理解与行动的目的而构建的概念集"。③换言之，隐喻不仅是语言的一种修辞手段，而且是人类普遍使用的一种认知手段和思维方式，是跨心理空间映射的结果。显然，"概念合成论"主要关注人们在交际过程中因各自心理空间的相互映射而产生的互动作用，也就是"始源域"与"目标域"的双向映射。这就弥补了"映射论"单向映射的不足，并进一步凸显了隐喻思维在人类深层心理认知中所起的重要作用，迎来了世界隐喻研究的多元化时代。

而在隐喻理论研究的大背景中，文学隐喻作为其中一个分支，也经历了类似的发展历程。西方的文学隐喻研究始于亚里士多德，最初受"比

---

① 蓝纯：《从认知角度看汉语和英语的空间隐喻（英文本）》，外语教学与研究出版社 2003 年版，第 12 页。
② 参见王文斌《隐喻的认知建构与解读》，上海外语教育出版社 2007 年版，第 29—30 页。
③ 参见王文斌《隐喻的认知建构与解读》，上海外语教育出版社 2007 年版，第 35 页。

较论"与"替代论"的影响在修辞领域的词语层面进行。20世纪30年代以后,"互动论""映射论"与"概念合成论"的出现逐步解除了文学隐喻研究的桎梏,它关注的焦点逐渐从词语转移至句子乃至话语层面,并在更广阔的背景中将隐喻作为思维认知的工具来探寻其在文学领域的发展规律。

西方最初的隐喻研究正是发源于古典修辞学。亚里士多德和昆体良都强调了其修辞功能,也即对日常语言的修饰和美化价值。至中世纪至文艺复兴时期,宗教及世俗文学从圣经中汲取了大量养料。作家们广泛运用象征、隐喻、反讽等手段进行创作,为后来文艺复兴、浪漫主义乃至象征主义、现代主义流派的创作与理论奠定了基础。

"欧洲的文艺复兴标志着一个隐喻时代的结束。"[①] 这三四百年间的隐喻研究以浪漫主义运动为界,大致分为褒贬两派。贬斥派(培根、霍布斯、洛克等)视隐喻为扰乱秩序、败坏语言、遮蔽真理的元凶,但他们在无情攻击隐喻话语的同时却不自觉地运用了隐喻的思维方式,并在一定程度上默认了隐喻思维的合法性。本质上而言,理性思维的根基便是隐喻思维。而褒奖派——浪漫主义诗人对"隐喻、象征、想象"的高度崇尚则构成了18世纪末至19世纪上半叶诗学隐喻研究的一大特征——"象征主义、泛灵论和神话手法的形态纷繁多样,或明显或隐婉,它们在这个时代盛极一时,构成了用以界定'浪漫主义'诗歌的最为突出的单一属性"[②]。如果说,隐喻赋予了话语神秘的生命力,那么,这种生命力之于诗歌而言则尤为重要。18世纪意大利哲学家兼语文学家维柯(G. B. Vico)开诗学隐喻研究之先河。他在《新科学》一书中提出了"诗性智慧"说,并指出,人类社会经历了"神的时代""英雄时代"和"人的时代",其中"英雄时代的语言"是一种象征的或比喻的语言,它包括了"隐喻、意象、类比或比较"等"诗性表达方式的全部手段";德国诗人赫尔德(J. G. Herder)指出,人类最初的语言是诗。诗不仅仅是抒情的呼喊,更是通过隐喻发放的寓言与神话。诗歌天然具有隐喻性和寓指性;英国诗人科勒律治(S. T. Coleridge)认为,隐喻式想象不仅为已知经验提供了新的视角,它更具有创造新的"意义整体"的功能;雪莱(P. B. Shelley)则宣称诗歌可界说为"想象的表现",它与人类的起源同

---

① 张沛:《隐喻的生命》,北京大学出版社2004年版,第24页。
② 参见〔美〕M. H. 艾布拉姆斯《镜与灯:浪漫主义文论及批评传统》,郦稚牛等译,北京大学出版社2015年版,第348页。

步,换言之,"语言本身即是诗"。在世界的童年时期人人皆为诗人,他们所说的语言具有"活生生的隐喻性"。① 可见,隐喻以其丰富的内容和充沛的想象力成为浪漫主义时期文学研究的核心命题。此外,这一时期的哲学家们——康德、黑格尔、叔本华等人的美学和哲学研究也为后世隐喻理论打开了新的研究向度。

至当代,隐喻诗学研究已渗入其他领域而形成跨学科的多元研究格局。其中,最著名的当数文学原型批评家弗莱(Northrop Frye)。他以圣经为诗学研究的基础,认为其即为一个庞大的隐喻,"所有的语言都被隐喻渗透着";隐喻不仅是诗性表达的基础,更是叙事文学(包括神话、罗曼史、现实主义文学及反讽作品)的源头;新批评派代表燕卜荪(William Empson)指出,隐喻是"最简单的一种复义现象";结构主义批评者卡勒(Jonathan Culler)认为,隐喻在诗歌中具有通过语义转换生成"连贯性"以及通过共同的语义特征整合全篇而形成"主题一致"的功能;综合隐喻诗学研究的佼佼者保罗·利科(Paul Ricoeur)则在其所著《活隐喻》一书涉及修辞学、语义学、哲学话语等各个方面,并对西方隐喻研究予以了全景式的扫描。他所宣告的"活生生的存在意味着活生生的表达"可以说集中代表了隐喻多元研究的时代精神。② 显然,随着社会发展,隐喻思维在文学(特别是诗歌)中起到了越来越重要的作用,亦成为我们解读布罗茨基诗歌隐喻世界的金钥匙。

从上述对西方隐喻研究史的简要概述中我们可以发现,自两千多年前诞生起,隐喻在"比较论"与"替代论"的统治下,长久地蛰伏于修辞学研究领域;20世纪30年代"互动论"的出现实现了这一理论研究的关键突破,它由此进入现代语义学研究阶段,出现了从逻辑、哲学及语言学角度对隐喻的语义研究,隐喻思维的认知作用得以凸显;20世纪70年代以后,"映射论"与"概念合成论"对认知隐喻研究的进一步深化又使它进入了多元化的研究时代,带动了认知心理学、哲学、语用学、符号学、现象学、阐释学等多学科的研究,使整个世界进入了"泛隐喻化"时期,隐喻也彻底转变为人类思维的认知工具。与此相应,西方的文学隐喻也逐渐摆脱了修辞研究的束缚,开始了以"隐喻思维"为主导的认知研究新阶段。其中,以诗歌为主体的浪漫主义诗学隐喻研究成就尤为突出。隐喻思维的重要作用在当代诗学隐喻中得到越来越多的关注与认可。

---

① 参见张沛《隐喻的生命》,北京大学出版社2004年版,第27—28页。
② 参见张沛《隐喻的生命》,北京大学出版社2004年版,第44—45页。

与西方诞生于两千多年前的"隐喻"理论相比，俄罗斯的隐喻研究出现得相对较晚。它诞生于18—19世纪，罗蒙诺索夫（М. В. Ломоносов）与波捷布尼亚（А. А. Потебня）等学者对其有过初步的探索。罗蒙诺索夫在出版于1748年的专著《演讲术简明教程》中将演讲术引入现实生活，并以具体诗歌作品为例进行分析，归纳总体规则。其中关于"联想"问题的阐述，对隐喻、换喻和提喻等修辞格的研究具有一定的指导意义；波捷布尼亚在《思想与语言》一书中将隐喻视为揭示语言系统与客观世界相互联系的手段，这一观点奠定了俄罗斯语文学界隐喻研究的理论基础。之后他又于《文学理论札记》中首次提出隐喻是在句子层面而非词语层面起作用："隐喻可以包含于句中的各个成分中，并且，其余最初（即组合前）非隐喻的部分，也成为隐喻。"① 与此同时，他还将隐喻视为创造诗意与刻画形象的主要功臣——"隐喻和换喻是产生诗意和形象性的主要的，甚至是唯一的来源"②。可以说，作为俄罗斯隐喻研究的开拓者，波捷布尼亚对隐喻的探讨是极为深刻的，其涉及范围也较为广泛，为后来的研究者提供了坚实的理论依据。

20世纪上半叶，俄罗斯隐喻研究经历了由传统向现代的过渡时期。这一时期的隐喻研究尽管仍局限于修辞领域，但隐喻思维的认知作用也已得到重视。随着语文学的发展，人们开始在新的学科理论指导下对隐喻进行全面系统的分析和研究，以期揭示隐喻的本质。俄罗斯文学修辞学的领军人物维诺格拉多夫（В.В. Виноградов）、形式主义学派成员日尔蒙斯基（В.М. Жирмунский）、雅可布逊（Р.О. Якобсон）、艾亨鲍姆（Б.М. Эйхенбаум）、特尼亚诺夫（Ю.Н. Тынянов）等都对隐喻进行过探讨。维诺格拉多夫在《论阿赫玛托娃的诗歌》一书中指出，"隐喻并非特殊的用词原则，而是艺术世界形成的方式。它反映了诗意认知世界主观沉思中的个性创作特征"，"隐喻从词语走向了想象"③。显然，维氏已意识到隐喻思维对诗歌而言的重要作用；形式主义者则对白银时代一些著名诗人的诗歌进行了修辞学范围内隐喻分析的尝试：如日尔蒙斯基对勃洛克与曼德尔施塔姆诗歌隐喻的研究、艾亨鲍姆对阿赫玛托娃诗歌隐喻的研究及特尼亚诺夫对勃留索夫诗歌隐喻的研究等。尽管波鲁希娜后来通过自己的研究实

---

① Потебня А.А., *Теоретическая поэтика*, Москва: Высшая школа, 1990, с. 207.
② ［俄］瓦·叶·哈利泽夫：《文学学导论》，周启超等译，北京大学出版社2006年版，第289页。
③ Виноградов В. В., *О поэзии Анны Ахматовой （стилистические наброски）*, Ленинград: Изд-во б. Фонетического ин-та яз., 1925, с. 106－107.

践认为，他们所得出的一些结论"过于仓促，缺乏充分的证据"①，但形式主义者对大量诗歌的隐喻探索也为后来的诗歌隐喻研究奠定了初步的基础。

值得一提的是，俄国形式主义学派（莫斯科语言小组）领导人雅可布逊通过对失语病人的观察证实了隐喻在语言及文学中的核心地位。他从失语症"相邻性障碍"与"相似性障碍"中发现了语言运作机制中"隐喻"和"借代"这两种修辞方式，并进一步指出，隐喻和借代"两个因素之间的相互作用，在语言艺术上表现得尤为显著。在诗歌格律的各种形式里可以找到可供研究这一关系的丰富的材料……在俄国抒情诗歌中，占据优势地位的是隐喻结构"；隐喻手法在浪漫主义和象征主义流派中占据"优势地位"。②雅氏的理论对俄国形式主义诗学及欧美"新批评派"都产生了相当大的影响。移居美国后，他作为一位语言学家更是享誉全球，成为20世纪西方现代隐喻研究的代表性人物。

20世纪下半叶以来，俄罗斯的隐喻研究逐渐转型成功，开始了其当代研究阶段。隐喻研究学者们积极引入和借鉴了西方学术界的前沿理论进行自我更新，并由单一的修辞学领域转为多学科研究，掀起了隐喻研究的高潮。这一时期较为著名的隐喻研究学者有阿鲁秋诺娃（Н.Д. Арутюнова）、斯克利亚列夫斯卡娅（Г.Н. Скляревская）、洛特曼（Ю.М. Лотман）等。

阿鲁秋诺娃用现代语言学理论对隐喻进行了较为系统的研究。她是俄罗斯隐喻研究领域涉及面最广、著述最多的学者之一。1978年以来，她集中出版了《隐喻的句法功能》《语言隐喻的功能类型》《语言隐喻》等著作，对隐喻的功能、分类，隐喻与其他辞格的相互关系，隐喻在不同语体中的功能和作用等进行了论述。90年代初，她在与茹林斯卡娅（М.А. Журинская）合作编辑出版的文集《隐喻理论》中主要介绍了西方的隐喻研究成果，并对日常生活、科学与文学语体中话语的隐喻意义进行了分析，从逻辑学、哲学、语言学、心理学、认知学与修辞学视角研究隐喻，加快了俄罗斯隐喻研究与西方的接轨。斯克利亚列夫斯卡娅则在1993年出版的《语言系统中的隐喻》一书中从语言的词汇句法系统、隐喻过程的能指与所指、隐喻词汇等视角对语言隐喻系统性概念进行了研

---

① Valentina Polukhina, The Poetry of Joseph Brodsky: A Study of Metaphor, Volume I, Ph. D. dissertation, Keele, 1985, p. 19.
② 参见伍蠡甫、胡经之主编《西方文艺理论名著选编》（下卷），北京大学出版社1987年版，第431—432页。

究，并提出了"隐喻象征"概念，凸显了隐喻思维的重要作用，大大拓宽了国内隐喻研究的视野和范围。

在对西方隐喻理论学习和借鉴中，著名的文化符号学者洛特曼（Ю.М. Лотман）做出了突出贡献。他将隐喻（辞格）视为创新思维的基本机制——"隐喻不是只属于表达领域的装饰或固定内容的点缀，而是某种在一种语言范围内无法实现的内容建构机制"；"隐喻产生于两种语言的接合处，从这一意义上来讲，它与创造性意识机制本身是同构的"①。可见，洛特曼肯定了隐喻辞格中所蕴含的认知功能，并高度赞扬了它在思维创新中所起的积极作用。这一论述推动了俄罗斯当代隐喻研究的发展。

此外，亚尔采娃（В.Н. Ярцева）所主编的《语言学百科词典》、克梅罗夫（В.Е. Кемеров）的《当代哲学词典》、尼科柳金（А.Н. Николюкин）的《文学术语概念百科辞典》及列维特（С.Я. Левит）的《文化学百科辞典》等各类人文学科辞书也从语言学、哲学、文学、文化学等不同角度对隐喻进行了较为集中的阐述，推动了西方隐喻理论研究在俄罗斯的普及与发展。

与此同时，在对西方隐喻学习和借鉴的过程中，俄罗斯的文学隐喻研究也收获颇丰。受亚里士多德古典修辞学影响，俄罗斯的文学隐喻研究最初也基本立足于修辞的分析，而后期的研究者则更多地关注了隐喻思维对文学而言的重要作用。

其中，特别值得一提的是俄国形式主义者们对诗歌中隐喻的关注。他们将研究的视点聚焦于诗歌内部（语言、技巧和结构等），关注文学形式自身之美。形式主义领军人物雅可布逊在分析作品时提出了"文学性"（литературность）的概念，特指其是"使一部作品成为文学作品的东西"。他指出，"在隐喻类的文学作品中，诗性功能强，因而文学性也就较强"。"陌生化"（остранение）概念则由什克洛夫斯基在《作为手法的艺术》一文中提出。他认为，"艺术的技巧就是使对象陌生，使形式变得困难，增加感觉的难度和时间长度，因为感觉过程本身就是审美目的，必须设法延长"。②可见"陌生化"手法借助高难度手法来实现审美的过程，与隐喻所具有的创新意识是同质的，因而隐喻也可理解为"陌生化"的表现手法。在实践中，形式主义者多将隐喻的研究重点放在对诗歌的诗学

---

① Лотман Ю.М., *Внутри мыслящих миров*, Москва: Языки русской культуры, 1996, с. 58.
② 参见朱立元主编《当代西方文艺理论》，华东师范大学出版社1997年版，第49、51、45页。

技巧分析中。他们对勃洛克、阿赫玛托娃、曼德尔施塔姆、勃留索夫等20世纪众多杰出诗人的诗歌作品展开了文学隐喻的修辞学研究,关注了隐喻语法及其对诗歌意义和形象的构建作用,凸显了隐喻的认知功能,从而为诗歌的隐喻研究提供了新的视角。

可以说,从18—19世纪罗蒙诺索夫与波捷布尼亚等学者的初步探索,到20世纪上半叶由传统向现代的过渡,直至20世纪下半叶逐渐转型成功并开始其现代化的研究阶段,俄罗斯的隐喻研究走过了一条逐渐突破修辞学樊篱的发展道路。文学领域的隐喻研究也从修辞学延伸至思维认知领域,尤其是形式主义者在以诗歌为实践对象的隐喻研究中开启了新的研究视角。如今,俄罗斯当代隐喻研究学者们依然不断拓宽着隐喻研究的范围和领域,并肯定了其作为一种思维方式存在的重大价值和意义。

而与西方和俄罗斯相比,中国的隐喻研究情况则较为特殊。尽管早在公元前一千多年前,周文王所著《周易》一书中便出现了认知哲学的隐喻性思维,但中国古代并没有"隐喻"这一专门术语,仅在古典文献中常出现含有"辟""譬""比""拟""方"等修辞学层面表示比喻的词。直到南宋时期的陈骙在其所著《文则》中才首次明确提出了作为辞格的"隐喻"概念。自此,中国的隐喻研究便长期潜伏于修辞学领域,直至20世纪30年代,西方隐喻理论研究之风逐渐吹入国门,才为中国的隐喻研究增添了新的内容。

早在先秦时期,荀子就提出"譬称以喻之,分别以明之",这被认为汉语中最早出现的"喻"概念,它指出"喻"可以为事物命名,并开始强调"喻"说明事物和促进交际的意义。而与荀子同时代的墨子也谈道"辟也者,举他物而以明之也"。他被视为中国修辞学的奠基人。[①]

汉至魏晋南北朝时期,隐喻在诗学中的地位得到了充分重视。成书于汉代的《毛诗序》继《周礼·春官》后提出了诗"六义"说:曰风、曰赋、曰比、曰兴、曰雅、曰颂。其中的"比""兴"近似于修辞学中的隐喻,并在后世多名学者论著中得到了进一步阐发:南北朝时期,刘勰所著的《文心雕龙》中《比兴》篇有言:"故'比'者,附也;'兴'者,起也,附理者切类以指事,起情者依微以拟议";钟嵘《诗品序》写道:"文已尽而意有余,兴也。因物喻志,比也";唐初的孔颖达则指出,"风

---

① 参见冯小虎《隐喻——思维的基础 篇章的框架》,对外经济贸易大学出版社2004年版,第42—43页。

雅颂者，《诗》篇之异体；赋比兴者，《诗》文之异辞耳。……赋比兴是《诗》之所用，风雅颂是《诗》之成形"；南宋朱熹则在《诗集传》卷一中写道："比者，以彼物比此物也。兴者，先言他物以引起所咏之词也"；清朝的陈奂则在《毛诗传疏》中指出："比者，比方于物；兴者，托事于物。作诗者之意，先以托事于物，继乃比方于物，盖言兴而比已寓焉。"①从引文中可见，上述观点均是从隐喻研究的修辞学角度论述了这一理论的特征及作用。

此外，尽管刘勰并未明确提出"隐喻"这一概念，但他在《文心雕龙》的《征圣》《谐隐》《隐秀》篇中系统而全面地论述了"隐"的定义、特征、分类与功能，为后人的隐喻研究提供了确凿的理论基础。直至南宋时期，陈骙在其所著的《文则》中明确提出了修辞学的"隐喻"概念。在这部被认为是中国首部修辞学研究的专著中，陈骙总结了十种"取喻之法"：直喻、隐喻、类喻、诘喻、对喻、博喻、简喻、详喻、引喻和虚喻。其中"隐喻"被阐释为："其文虽晦，义则可寻。"② 这样，中国本土第一次明确提出了"隐喻"这一术语概念。这一"隐喻"雏形的出现，为20世纪中国隐喻的现代研究奠定了基础。

20世纪30年代至80年代，中国的隐喻研究仍以修辞学为主导，但这一时期众多学者的研究推动了中西隐喻研究的初步融合。

1932年陈望道所著《修辞学发凡　文法简论》一书的出版，正式揭开了中国现代隐喻研究的序幕。他在书中区分了譬喻、借代、比拟、讽喻等38种修辞格，并明确指出了"明喻的形式是'甲如同乙'，隐喻的形式是'甲就是乙'"③。该书对中国的隐喻研究影响深远。与此同时，钱钟书、朱光潜、王瑶等人也从不同角度探讨了隐喻问题，有力地推动了中国隐喻研究的现代转型。

钱钟书首先肯定了隐喻作为思维方式的认知功能。他在《中国古有的文学批评的一个特点》中指出，"我们对于世界的认识，不过是一种比喻，象征的，象煞有介事的（als ob）的诗意的认识"④。他对隐喻的认知研究与西方隐喻研究学者莱考夫、约翰逊等人的隐喻思想遥相呼应，具有

---

① 参见王先霈、王又平主编《文学理论批评术语汇释》，高等教育出版社2006年版，第157—158页。
② 马文熙等编著：《古汉语知识辞典》，中华书局2004年版，第647页。
③ 陈望道：《修辞学发凡　文法简论》，复旦大学出版社2015年版，第71页。
④ 钱钟书：《中国古有的文学批评的一个特点》，乐黛云编《比较文学研究》，湖北教育出版社2008年版，第75页。

国际化的理论意义;朱光潜在《诗论》一书中阐释了"隐"与"谐"的关系:"隐语由神秘的预言变为一般人的娱乐以后,就变成一种谐。它与谐的不同只在着重点,谐偏重人事的嘲笑,隐则偏重文字的游戏。谐与隐有时混合在一起";隐语或谜语"不但是中国描写诗的始祖,也是诗中'比喻'格的基础";"隐语用意义上的关联为'比喻',用声音上的关联则为'双关'";隐语作者的创造动机是人类的"游戏本能"与"合群本能"。① 这显然已涉及当代西方隐喻研究所关注的隐喻"亲和"功能,凸显了隐喻在人际交往中所起的重要作用。

20世纪80年代以来,中国隐喻研究的总体特征是对中国传统隐喻研究理论的继承与对西方隐喻理论的借鉴相结合,并用西方的隐喻理论来阐释中国文学,进行互证互补的比较研究工作。在传统修辞学的背景中,中国的隐喻研究进入了一个相对而言多元化研究的新时期。中国学者关于隐喻的著述与论文不断,其研究角度与内容也多种多样。如赵沛霖《兴的起源:历史积淀与诗歌艺术》(1987)、耿占春《隐喻》(1993)、王松亭《隐喻的机制和社会文化模式》(1999)、胡壮麟《认知隐喻学》(2004)、王文斌《隐喻的认知构建与解读》(2007),以及束定芳、史李梅选编《隐喻研究》(2020)等。

而与隐喻理论在中国的发展历史一样,中国的文学隐喻研究长期以来一直停驻于修辞学层面,《毛诗序》《文心雕龙》《文则》等著作中条理清晰且细致入微的阐释展示了其理论的严谨性。其中《文心雕龙》更注重从文学本身出发探究隐喻的特性与作用,从而使中国的文学隐喻研究得以自立门户。

至唐朝,璀璨夺目的诗歌文化带动了文学隐喻的发展,划时代的诗学—美学范畴"境"(包括"意境"与"境界")成为这一时期文学隐喻研究的核心命题。盛唐著名的边塞诗人王昌龄率先从"比兴"与"意象"中锻造出"境"这一崭新的诗学术语。他在《诗格》中提出诗有三境——物境、情境与意境,三格——生思、感思、取思,并指出"事须景与意相兼始好"(遍照金刚:《文镜秘府·地卷·十七势》)②;民国初年王国维所著《人间词话》则进一步发展了王昌龄的"境"之说。王氏拈举"境界"一词,提出"词以境界为最上"(《人间词话》),并指出"境界"可分为"造境"与"写境"、"有我之境"与"无我之境",具有

---

① 朱光潜:《诗论》,生活·读书·新知三联书店1984年版,第32—38页。
② 参见张沛《隐喻的生命》,北京大学出版社2004年版,第60页。

真实永恒的特性。王氏之"境界说"总结了中国古典诗学对审美三元（作者、文本、读者）关系的认识，与当代西方接受美学颇有契合，可以说代表了中国审美客体论的最高成就。① 总体而言，中国文学隐喻研究在相当长时间里拘囿于修辞学领域，直至20世纪后期，随着对西方隐喻理论的借鉴与吸收，中国才开始出现对文学隐喻全方位的研究与思考，如季广茂《隐喻理论与文学传统》（2002）、陈庆勋《艾略特诗歌隐喻研究》（2008）、朱全国《文学隐喻研究》（2011）等。

由此可见，修辞学领域隐喻研究的主导是中国隐喻研究最显著的一个特点。中国隐喻研究自古以来便长期处于修辞学的领导之下，尽管其中也曾有认知哲学、诗学等隐喻思维的萌芽。直至20世纪30—80年代，中国隐喻研究才出现了与西方隐喻理论的初步合流，80年代以后则开始了学习和借鉴西方隐喻理论的热潮——中国刮起了"宏隐喻"研究之风。众多学者对不同学科领域内的隐喻（特别是语言学领域的隐喻认知研究）展开了全方位的深入剖析，加快了中国隐喻与国际学术话语的接轨。而文学隐喻研究也由长期的修辞研究走向了向西方当代隐喻理论借鉴与突破的新阶段，且中国的文学隐喻发展同样在诗歌灿烂繁盛的唐朝尤为突出，取得了较大进展。这其中，隐喻思维的重要性越来越得到研究者的关注。

## 二

> 隐喻思维使人类在思维中能思那超越思维的存在。隐喻思维使得人类把存在的东西看做喻体去意指那不存在的或无形的喻意。
> ——耿占春

在对西方、俄罗斯与中国的隐喻理论研究，特别是文学隐喻理论进行梳理后，可以发现，蛰伏于修辞学领域两千多年后，隐喻理论自20世纪以来逐渐发展为一门横跨语言学、心理学、哲学、文艺学等多学科的研究课题。其中，隐喻思维的重要作用也日益得以凸显——从"比较论"与"替代论"的被忽视，"互动论"的初步认知，至"映射论"与"概念合成论"的进一步深化与发展，并最终彻底转变为人类思维的认知工具。可以说，从被人类"忽视"到"重视"，隐喻思维经历了漫长曲折的演变

---

① 参见张沛《隐喻的生命》，北京大学出版社2004年版，第64页。

历程。

首先需要说明的是，本书所谈的"隐喻思维"总体而言属于美学范畴，而非科学范畴。思维科学是以"形象思维学、逻辑学、心理学等为基础科学，主要研究人的有意识的思维的一大科学部门"，而美学是"思维科学中以形象思维学、心理学等为基础科学形成的中介科学"。① 显然，本书所讨论的隐喻思维是美学思维的体现，它主要涉及的是人的感觉、知觉及表象等方面。如苏联哲学家阿·斯皮尔金（А. Г. Спиркин）所言："思维是认识现实的最复杂的过程。它是在较简单的认识过程——感觉、知觉和表象底基础上形成的。"②

隐喻思维是人类固有的思维方式。它引领着人类从懵懂无知走向成熟。正是借助隐喻思维的引导，人类才得以"从原先互不相关的不同事物、概念和语言表达中发现相似点，建立想象极其丰富的联系"。"这不是一个量的变化，而是认识上的质的飞跃。新的关系、新的事物、新的观念、新的语言表达方式由是而生。"③ 因此，隐喻思维也是一种独特的创造性思维，它与创新意识同质，并对隐喻主旨的表达起着决定性作用，是其得以凸显的内在基础。德国哲学家卡西尔（Ernst Cassire）便高度评价了隐喻思维之于人类的重要作用，他指出，"在日常言谈中，我们不是用概念而是用隐喻来说话的。我们难免要使用隐喻"。卡西尔还强调了语言和神话在内容上均与"隐喻思维"相关——"不论语言和神话在内容上有多大的差异，同样一种心智概念的形式却在两者中相同地作用着。这就是可称作隐喻式思维的那种形式"，因此比较语言和神话之间的异同"必须从隐喻的性质和意义着手"。④ 这样看来，卡西尔认为，"神话"的本来面目正是"隐喻思维"——神话是人类原始欲望的隐喻性表达。这也就意味着，隐喻思维的本质是非理性、非逻辑的，它是一种"秘索思"（神话思维），而理性思维（逻各斯）则需借助隐喻思维的指导才能实现自我突破和超越。

受卡西尔启发，"映射论"代表人物之一莱考夫提出隐喻研究的对象已不再是隐喻话语，而是作为语言—思维系统有机组成的"隐喻概念"。随后他与约翰逊在《我们赖以生存的隐喻》一书中则更深入地探

---

① 刘玉华：《思维科学与美学》，济南出版社1989年版，第3页。
② [苏]阿·斯皮尔金：《思维与语言》，张家拯译，湖北人民出版社1958年版，第1页。
③ 胡壮麟：《认知隐喻学》，北京大学出版社2004年版，第13页。
④ [德]恩斯特·卡西尔：《语言与神话》，于晓等译，生活·读书·新知三联书店1988年版，第157、102页。

讨了隐喻思维问题。他们认为，隐喻的本质在于"通过某事物来理解和体验另一不同种类的事物"；就人类思维、行动而言的"普通概念系统"归根结底具有隐喻的本质特性，人类语言即为其主要证据。① 诚如耿占春所言："隐喻不仅是语言的构成方式，也是我们全部文化的基本构成方式。正像隐喻总是超出自身而指向另外的东西，它使人类也超出自身而趋赴更高的存在。语言的隐喻功能在语言中创造出超乎语言的东西，隐喻思维使人类在思维中能思那超越思维的存在。隐喻思维使得人类把存在的东西看做喻体去意指那不存在的或无形的喻意……隐喻使生命的意义成为动人的悬念而被人类精神所渴念、期待和追索着。"② 而文学，尤其是诗歌，作为人类创造性思维的产物，更是与隐喻思维有着密不可分的联系，其产生与发展都无法脱离隐喻思维的帮助，正所谓"诗歌天然具有隐喻性"。

　　文学本身便由语言文字构建而成，而语言文字又取自人类思维中"'近取诸身，远取诸物'的隐喻系统"③。可以说，文学中的隐喻早已超越了词句的组合，作为"思维认知"的工具而存在于更为广阔的语境中。正如《文学术语和概念百科辞典》中所指出的那样，"有时将各种寓意，包括贯穿长篇文本在内，都称作隐喻"④。就诗歌而言，除了诗句中的隐喻，整首诗，或是不同的诗与诗之间也在诗人隐喻思维的主导作用下具有了某种共同的隐喻主旨（布罗茨基的诗歌正是如此）。诗歌创作中的这种隐喻思维，被维柯称为"诗性玄学"，他指出，"最初的诗人们就用这种隐喻，让一些物体成为具有生命实质的真事真物，并用以己度物的方式，使它们也有感觉和情欲，这样就用它们来造成一些寓言故事"⑤。这里的"寓言故事"，在笔者看来，也可理解为实现"言在此而意在彼"隐喻主旨的方式。如此一来，在布罗茨基的诗歌中便存在众多这样的"寓言故事"，他赋予了"古希腊罗马、圣经及花园"意象鲜活的灵魂，并使它们以隐喻的方式展现了对自己而言最为重要的时间命题。可以说，这"三大意象"对诗人作品中隐喻含义的揭示起着重要作用。

---

① 参见张沛《隐喻的生命》，北京大学出版社2004年版，第203页。
② 耿占春：《隐喻》，河南大学出版社2007年版，第5页。
③ 耿占春：《隐喻》，河南大学出版社2007年版，第4页。
④ Сост. Николюкин А.Н., *Литературная энциклопедия Терминов и понятий*, Москва, Интелвак, 2001, с. 533.
⑤ [意] 维柯：《新科学》（上册），朱光潜译，商务印书馆1989年版，第200页。

而提及"意象"这一概念，我们也并不陌生。无论是在中国、西方，还是在俄罗斯，"意象"一词所指的基本意义都是相通的，都是情感与物象，感性与理性的和谐统一。这也就是说，意象自身包含了两种属性，它涉及意义与物象间的关系；而隐喻同样也涉及主旨与载体的转换生成，二者之间有着密不可分的联系：一方面，隐喻是意象实现的方式，意象需要借助隐喻来实现自身由"物象"到"意义"的升华；而单一或多种意象的合成又构成了新的隐喻，隐喻的实现也需要意象的参与。在文学作品，尤其是诗歌中，意象往往是不可缺少的情感表达元素。恰如英国评论家休尔姆（T. E. Hulme）所指出的，诗歌追求的是"相当的意象"，并且，正是"意象"而非"格律"构成了诗与散文的区别；而美国学者韦恩·布斯（W. C. Booth）则认为，人们使用隐喻的原因之一是隐喻以较少的言辞表达了较多的内容。在文学特别是诗歌创作中，隐喻往往是通过意象发挥这一作用的。①

相对于其他文学体裁而言，诗歌之于隐喻的依赖性更大。所谓"言有尽而意无穷"，诗歌短小精悍的形式需要借助隐喻的强大能量来释放与升华自身的意义。正如帕斯捷尔纳克所言："（使用）隐喻——这是人类寿命的短暂与其长期设想的任务的宏大相作用的自然结果。这种不相符性使得他被迫用鹰的敏锐来观察事物，并依靠瞬间的、即刻明白的顿悟来进行阐释。这便是诗歌。隐喻是伟大个性的速记，是其精神的草书。"②而其中承载其隐喻含义的核心元素便是意象。隐喻与意象之间有着密切联系，它们在隐喻思维主导下共同服务于对诗歌主旨——隐喻含义的揭示。

在厘清了隐喻与意象的关系后，还需对本书中所要探讨的布罗茨基诗歌中的"意象隐喻"进行说明。总体而言，本书所指的"古希腊罗马、圣经与花园"三大意象都是由众多包含该意象的诗歌连缀而成的。这些不断重复出现的意象被赋予了不同的隐喻含义，成为诗人表达哲思的基本思维方式与建构文本的主要诗学手段。与此同时，这些连续出现的意象在诗人笔下并非孤立存在，而是在隐喻思维主导下相互阐发和印证，将诗人整体创作中更多的逻辑因素激发出来，形成一股合力来表达诗人的隐喻诉求，从而使诗歌具有强大的生命力和感染力，建构起诗人独一无二的隐喻

---

① 参见张沛《隐喻的生命》，北京大学出版社2004年版，第112页。
② Пастернак Б.Л., *Я понял жизни цель*: *Повести, стихи, переводы*, Москва：ЭКСМО - пресс, 2001, с. 485.

世界。诚如布罗茨基所言:"我试图使我的新诗与之前写的有所区别。每一位写作者都倚赖自己的阅读,但也倚赖自己所能够写的东西,对吗?因此,每一首之前的诗歌——都是下一首的起点。"① 正是以此思路为基础,本书试图以贯穿诗人创作始终的三大意象隐喻主旨来揭开诗人创作的神秘面纱,发掘其"义"的真实面容。需要指出的是,这三大意象在诗人笔下并非总能截然分开,有些诗歌中会同时贯穿不同的意象,这时笔者会根据所要凸显的主旨进行意象的选择与分析。此外,"花园意象"在诗人笔下也已不再是"具体的花园"形象,而是作为古老文化的象征与"古希腊罗马意象"及"圣经意象"并列,共同传达了诗人形而上的生命哲思——在"隐喻思维"的主导下,经过对各意象的深入分析和挖掘所抵达的诗歌题旨层。这些意象的隐喻含义集中体现了诗人对"人类存在"这一本体论问题的深刻思索。诚如瑞士心理学家卡尔·荣格(C. G. Jung)所言:"每一个意象中都凝聚着一些人类心理和人类命运的因素,渗透着我们祖先历史中大致按照同样的方式无数次重复产生的欢乐与悲伤的残留物。"②

  诗人有言:"好的作家把生活看作是某种长长的链条,且好的作家能够非常准确指出您在这一链条中的环节。或者至少,他能为您提供机会确定方位,(从而)自己寻到自己在这一链条中的环节。"③本书中,笔者正是试图借助隐喻思维,通过对布罗茨基诗歌中这三大意象的隐喻含义来探寻诗人笔下人类在"世界"这一长长链条中的位置,揭示时间对人的影响,挖掘其隐喻主旨。这一方面体现了从诗歌形象美、意境美与思想美的角度来研究诗歌要义的重要性;另一方面又可以帮助我们深入布罗茨基诗歌的隐喻世界中去品味这位诗人独特的艺术世界观及人生观,并揭示其诗歌世界的核心特点。在笔者看来,布罗茨基诗歌的隐喻世界就像是希腊神话中的克里特岛迷宫,而诗歌中的核心意象,则好比阿里阿德涅交给忒修斯的线团。忒修斯借助这一线团顺利走出了迷宫,而我们借助布罗茨基诗歌中的核心意象,在隐喻思维的指导下,也能够更好地理解诗人创作中的隐喻含义。

---

① Свен Биркертс, "Искусство поэзии", сост. Полухина В.П., *Бродский И. Книга интервью*, Москва: Захаров, 2011, с. 97.
② 参见王先霈、王又平编《文学理论批评术语汇释》,高等教育出版社 2006 年版,第 259 页。
③ Анн‐Мари Брумм, "Муза в изгнании", сост. Полухина В.П., *Бродский И. Книга интервью*, Москва: Захаров, 2011, с. 18.

布罗茨基的诗歌素以晦涩难懂、立意深奥而著称。这不仅是因为他较多涉及人类存在层面之形而上学的问题，也缘于他统摄全篇的隐喻思维。他在"古希腊罗马、圣经与花园"意象的隐喻中颇费苦心地构建了关于"存在"的深刻理念，使自己的创作走向了永恒。

# 第一章 布罗茨基诗歌中的
## 古希腊罗马意象隐喻

> 对我而言，首先和重要的是
> 古希腊罗马文学，尤其是纯文学
> 的质量。我们称之为古代作家
> 的人，在任何方面都胜过了当代
> 作家——至少在我看来是。
>
> ——布罗茨基

作为欧洲文化的摇篮，古希腊罗马文化对俄罗斯文学的发展无论在历史—文化层面，还是理论层面，都有着重要影响。早在18世纪，在彼得大帝改革影响下，俄罗斯大地上便开始出现古希腊罗马作家的翻译作品，文艺界对这一古老文化的兴趣也由此产生。古典主义文学流派在很多方面便受益于古希腊罗马的文化典范，特别是其艺术加工形式。但在相当长的时期内，俄罗斯的古希腊罗马文化都是"第二手"的，只有在俄罗斯诗歌的"黄金时代"——首先在普希金的创作中才出现了独立的"俄式古希腊罗马文化"（Русская античность）。随后，19世纪中期，一批精通希腊文与拉丁文的重要诗人——丘特切夫（Ф.И. Тютчев）、费特（А.А. Фет）、迈科夫（А.Н. Майков）等的创作则使古希腊罗马文化最终成为俄罗斯文学的有机组成部分。

19世纪七八十年代，在"公民诗歌"影响下，俄罗斯诗歌对古希腊罗马文化的兴趣又有所降低。直到世纪末，受尼采《悲剧的诞生》影响，俄罗斯文化朝自我认知迈出了重要一步。19世纪末至20世纪初的"白银时代"再次迎来古希腊罗马文化突破性发展的时期。俄罗斯诗歌与古希腊罗马文化融为一体，并获得了崭新的原创性意义。这一时期的艺术家们在危机意识的侵蚀中为了保证心灵运动的健康发展，再次将求助的目光投向了欧洲文化的摇篮,并逐渐"恢复了与古希腊罗马文化的沟通"①。至20世纪后半叶,当被政权力量冰封已久的文学带着重生的喜悦奔涌而出时,诗人们更是迫不及待地在古希腊罗马文明中寻找精神慰藉。约瑟夫·布罗茨基便是其中较为突出的一位,古希腊罗马意象在他的诗歌创作中较为频繁地出现。

彼得·魏尔和亚历山大·格尼斯(Александр Генис)在对布罗茨基进行采访时指出:"古希腊罗马特征不断出现在您的创作中。您或许是当代作家中唯一一位,作品中的古希腊罗马世界观不仅作为一种修辞方式,同时也作为最重要的形象体系成分而存在的作家。古希腊罗马主题中有什么吸引着您?历史对照在您看来有什么意义?"②而对此问题,布罗茨基做出了如下回答:"古代遗迹——这正是我们的遗迹……当代文学在最好的情况下是对古代文学的注释,卢克莱修或奥维德页边空白处的笔记。细心的读者最后多多少少会产生这样一种感觉——我们,就是他们,唯一的区别只是他们比我们有趣,并且人越年长,自我与古代的等同就越不可避免……艺术的力量,您说一说。我会回答——我们,以及在我们之前生活在大地上之人所固有的意识的统一,世界观的统一。此外,我会补充,意识是某种看不见的实体,所有来到世间之人,迟早会活到那时,就像会活到满头白发;简单地说,会成长到(那时)。我还会补充,古希腊罗马文化中所表述的世界观,较之后来基督教文化传统中强加给我们的世界观,更为可靠,更令人信服;古希腊罗马的多神教较之上一千年的一神教及其不可避免的令人窒息的意识层次而言,更为自然,后者的直接结果常常是独裁国家的出现。我在此绝不是坚持认为,基督教之于多神教的胜利就像是人类心灵的退化……我只是认为,多神教和一神教之间的冲突并不具有充分的理由,并且认为它们的结合是有可能的。至少,我想尽可能推迟那一天的到来,当关于'人'的较小的真理,就像某种泥流,完全淹没了古希腊罗马文化中所表现出的较大的真理。这正是你所谓的我的古希腊罗马特征以及它们相对恒定出现的原因所在。事实的本质,我重复一遍,不在神话或者甚至是具体历史情形的原型中,而在更大的——以及更为直接

---

① Владимир Маранцман, "Античные и библейские мотивы в поэзии И.Бродского", сост. Полухина В.П. и др., *Иосиф Бродский: стратегии чтения: материалы междунар. науч. конф., 2-4 сент. 2004 г. в Москве*, Москва: Изд-во Ипполитова, 2005, с.294.

② Петр Вайль и Александр Генис, "Сегодня - это вчера", сост. Полухина В.П., *Бродский И. Книга интервью*, Москва: Захаров, 2011, с.245.

的表述——关于人和世界的真理中。"①

可见，古希腊罗马文化中所蕴含着的这一"关于人与世界的真理"便是吸引布罗茨基的根本原因所在。他的诗歌以自己显著的特点，阐释了这一眷恋的缘由所在——诗人在创作中持之以恒地使用"古希腊罗马"意象，似乎正是为了揭示这一"真理"。正因如此，他感到自己与古希腊罗马诗人创作间的某种相似性。而事实上，不仅是古希腊罗马意象，甚至在圣经意象与花园意象中，诗人对这一真理的探寻也从未停止过。他借助隐喻思维苦苦追寻着这一形而上学的思考。

总体说来，布罗茨基属于这样一种人，出于个人性格的原因，他无法融入周围的环境，一贯地茕茕独立、形单影只。在导言部分的生平介绍中我们可以体会到布罗茨基个性的执拗与孤独。而正是这样一种独特而鲜明的个性，注定了他必然无法融入当时的社会，必然会感受到一种巨大的孤独感。再加上幼年时期曾目睹过人心的险恶（切列波维茨火车站，一位妇人将茶壶中滚烫的开水泼在了试图追赶火车的瘸腿老人的秃顶上），八岁之前未曾见过父亲（其父亚历山大·布罗茨基于1941—1948年在军中服役），所有这些客观的因素或多或少使布罗茨基在青年时代便已显露出他坚持一生的人生哲学的端倪："生活在与世隔绝之中"②，"真正的个人主义者"③。国家制度令他感到苦恼，可更为悲哀的是这一客观环境的不可改变与令人窒息。失去了自由的个体，在诗人看来，就像是被贴上了标签的商品，等待出售。这样的生活，无异于在时间中等待死亡：

> 只有海中的鱼懂得自由的价值；但它们的
> 沉默迫使我们仿佛创建自己的
> 标签和款台。空间如价目表般凸出。
> 时间由死亡创造。（Ⅱ，311）
> 《美好时代的终结》（Конец прекрасной эпохи，1969）

而在这种特殊的情况下，文学（诗歌）又不失为一种最佳的社会抗

---

① Петр Вайль и Александр Генис，"Сегодня - это вчера"，сост.Полухина В.П.，*Бродский И.Книга интервью*，Москва：Захаров，2011，c.246 - 248.
② Томас Венцлова，"Чувство перспективы"，сост.Полухина В.П.，*Бродский И.Книга интервью*，Москва：Захаров，2011，c.352.
③ Виллем Г.Вестстайн，"Двуязычие - это норма"，сост.Полухина В.П.，*Бродский И.Книга интервью*，Москва：Захаров，2011，c.212.

议方式。因为在诗人看来,"文学是相当个人的事业,诗歌尤其如此,这是最分化的艺术,与音乐、绘画、小说相比,社会性较少"①。因此,他最终选择了"在孤独和沉思中诉诸诗歌、诉诸写作的生活方式"②:

> 吱吱响吧,我的笔尖,我的指爪,我的拐杖。
> 不必调整这些诗行:在垃圾中打滑,
> 车轮上的时代无法追上赤脚的我们。
>
> 我无话可说,无论对希腊人,还是瓦良人。
> 因为我不知道,自己将会躺进怎样的大地。
> 响吧,响吧,笔尖!(Ⅲ,150)
> 　　　　　　　《五周年》(Пятая годовщина,1977)

就这样,在无可排解的窒息与压抑中,布罗茨基将目光投向了遥远的欧洲文明——古希腊罗马文学。可以说,古希腊罗马意象隐喻与诗人自身的经历密切相关。正如诗人所言:"当你处于苦难中时,会不自觉开始寻找历史中与你有相似命运之人。"③ 于是,捡拾起古代文明的桂冠,他孜孜不倦地追寻心目中这一"关于人与世界的真理"。在诗人诗歌创作的早期,正是希腊文明的缺失引起了他深深的焦虑:

> 如今列宁格勒的希腊人这样少,
> 以致我们拆了希腊教堂,
> 以便在空地上建起
> 音乐厅。在这样的建筑中
> 有着某种绝望。(Ⅱ,167)
> 　　　　　　　《旷野中的停留》(Остановка в пустыне,1966)

可见,青年时期的布罗茨基便已在古代文明中寄托了深刻的精神信仰。从根本上来讲,他对古希腊罗马时代的热爱可以说持续了整整一生。

---

① Илья Суслов и др,"В мире изящной словесности",сост.Полухина.В.П.,*Бродский И.Книга интервью*,Москва:Захаров,2011,с.667.
② 刘文飞:《布罗茨基传》,新世界出版社2003年版,第24页。
③ Свен Биркертс,"Искусство поэзии",сост.Полухина В.П.,*Бродский И.Книга интервью*,Москва:Захаров,2011,с 92.

在生命的最后几年,他甚至让完全迷失了自我的抒情主人公从现代直接穿越到古希腊罗马时代寻求精神慰藉,引起了古代人的不安:

"是谁站在城墙之下?"
"衣着不像我们:穿着毛料西装!"
"时而面向我们,时而背朝我们。"

"他为何来到这里?……"

"显然,这不是希腊人,也不是波斯人。"
"看起来很奇怪:没有胡子,没有鬈发。"
……
"进来并告诉我们,你的名字,
你来自哪里又如何到了这里?
讲吧。人们等着听。"(Ⅳ,178)

《戏剧》(Театральное,1994-1995)

总体而言,布罗茨基笔下的古希腊罗马意象主要体现在对古希腊罗马神话、古罗马诗人及庞贝古城与罗马帝国的再现中。诗人迷恋于古希腊罗马神话,用诗歌复原了奥德修斯、赫克托耳和埃阿斯、狄多与埃涅阿斯、代达罗斯的传说,其中又穿插着有关林泽女神、阿里阿德涅与忒修斯、法厄同、金羊毛、维耳图诺斯等古希腊罗马神话中的形象;古罗马历史学家蒂托·李维、古罗马诗人普罗佩提乌斯、奥维德等人的形象也都在他的笔下得以再现。除此之外,庞贝古城的悲剧命运、罗马帝国的遗迹也贯穿着诗人关于生命存在的深刻思考。他的诗歌世界可以说汇聚了林林总总的古希腊罗马意象。这一古老灿烂的文明在布罗茨基的诗歌中被披上哲理的外衣,折射出诗人对"人与世界"真理的不懈探寻。本章主要借助隐喻思维,从记忆、爱情与生命三个方面来剖析古希腊罗马意象中的隐喻主旨。

## 第一节 记忆:缺失

记忆是个体存在于世上的证明,失去记忆对人而言的直接后果便是导致个体存在价值的缺失，使生命趋于无意义。这一隐喻主旨主要在布罗茨基笔下关于奥德修斯的传说中得到体现。

奥德修斯是世界文学史中最厚重的形象之一。它最早出现于古希腊神话，在荷马史诗《伊利亚特》与《奥德赛》中广为人知，随后则被不同时代作家赋予不同内涵，积累了最多样化的语义。

众所周知，"荷马史诗"中，奥德修斯是体力、智力与道德的完美结合。身为伊塔卡岛主，他英勇善战、足智多谋。希腊联军围攻特洛伊十年期间，他贡献"木马计"里应外合攻破特洛伊城，取得了战争的最终胜利。而在此之后，奥德修斯则又经历了漫长的十年返家之旅。途中他不仅饱受与故国亲人分离之苦，还因刺瞎了独目巨人波鲁菲摩斯得罪了海神波塞冬（波鲁菲摩斯是波塞冬之子），从而屡遭波塞冬的阻挠，历尽各种艰辛：战胜将人变为动物的女巫基耳凯，克服海妖塞壬美妙歌声的诱惑，穿过卡律布狄斯大漩涡和斯库拉的危险隘口，摆脱女神卡鲁普索因爱而生的七年挽留，最终于第十年侥幸一人回到故国伊塔卡岛，并在雅典娜的帮助下同儿子忒勒马科斯一起杀死了企图霸占其妻与岛国的众多求婚者，合家团圆。

可以看出，荷马笔下的奥德修斯是富有浪漫主义色彩的英雄人物、自身幸福的缔造者。而文学传统中的奥德修斯同样也是克服了种种考验的浪漫主义朝圣者与胜利者，是个体生命战胜死亡的象征。十年战争，十年返家，历尽艰辛。但他没有埋怨命运，没有与神争论，而是始终依靠自身力量与智慧进行自救。这一理性为神所欣赏，雅典娜始终庇护着他。最终，对故乡及亲人的爱使奥德修斯经受住了所有的考验，圆满回归。

可以说，这一形象的丰富性满足了各个时代对英雄的想象，而它所具有的广度与深度也使其穿越历史界限，作为原型被不同时代与国别的作家一次次再现。诚如俄国学者玛莉丘科娃（Т. Г. Мальчукова）所言："《奥德赛》——这是神话，在所有的时代被重新创造；而奥德修斯——这是典型，原型，类似柏拉图思想，永恒地重复着。因此，当代人——这是重新着衣与命名的奥德修斯；而当代主人公的生活，或者甚至其中一个片段——这是《奥德赛》的譬喻。"[1]

事实上，奥德修斯的形象在俄罗斯诗人巴丘什科夫（К. Н. Батюшков）、勃留索夫（В. Я. Брюсов）、古米廖夫（Н. С. Гумилёв）、曼

---

[1] Мальчукова Т.Г., *Одиссея Гомера и проблемы её изучения.Пособие по спецкурсу*, Петрозаводск: ПГУ, 1983, c.55.

德尔施塔姆（О.Э. Мандельштам）、扎博洛茨基（Н.А. Заболоцкий）等笔下都曾出现过。勃留索夫着重刻画了奥德修斯人性的缺点，凸显出他面对塞壬女妖诱惑时的坚定所带来的情感折磨。责任战胜了激情，却导致心灵的痛苦——"我平安逃过了她们的魔术……/但我的忧愁无边无际"①；扎博洛茨基从爱情、财富与欢愉三方面具化了塞壬女妖的诱惑，同时强调了奥德修斯的坚定——"但伊塔卡的住户皱起了眉/他没有听从美女，/不相信甜蜜的谎言"②；曼德尔施塔姆则以奥德修斯的"圆满归来"为期待，表达了特定历史时期对回归正常生活的向往——"离开大海中疲惫前行的船只，/奥德修斯归来了，/时空圆满"③。而巴丘什科夫、古米廖夫与布罗茨基则更多是从"个体存在"角度阐释了奥德修斯的回归——无法归来。与荷马英雄不同，俄罗斯诗人笔下，奥德修斯并未以英雄的姿态归来，相反，他在漫长的二十年里成为时间的牺牲品。

显然，布罗茨基延续了巴丘什科夫与古米廖夫的传统。在自己的诗歌中，他着重刻画了漫长的二十年所带给奥德修斯的种种创伤，其中，首先便是他记忆的缺失。奥德修斯不再是凯旋的英雄，而是被漫长战争与坎坷归途折磨得心力交瘁的归人。在这二十年里，奥德修斯所失去的一切，远远多于英雄的头衔所带给他的荣耀。可以说，布罗茨基对这一著名人物形象进行了彻底解构，抹去了他傲人的功绩，展示出时光残酷的、赤裸裸的雕刻痕迹。

总体看来，"奥德修斯"的形象接连不断地出现在布罗茨基的创作中。在《我就像奥德修斯》④（Я как Улисс，1961）、《瓶中信》（Письмо в бутылке，1964）、《再见了，维拉妮卡小姐》（Прощайте, мадемуазель Вероника, 1967）、《奥德修斯致忒勒马科斯》（Одиссей Телемаку, 1972）、《新生活》（Новая жизнь, 1988）、《伊塔卡》（Итака, 1993）等诗中这一人物形象都以直接或间接方式出场。而早在写于1961年的《我就像奥德修斯》一诗中，诗人便阐明了自己对这一形象如此喜爱的原因——他在奥德修斯身上找到了自己的孪生体：

  我不明白，从何而来往何处去

---

① 勃留索夫：《奥德修斯》（Одиссей, 1907）。
② 扎博洛茨基：《奥德修斯与塞壬女妖》（Одиссей и Сирены, 1956）。
③ 曼德尔施塔姆：《金色的蜜流从瓶中流出……》（Золотистого мёда струя из бутылки текла..., 1917）。
④ 直译尤利西斯，也即奥德修斯。罗马神话中奥德修斯被称为尤利西斯。

我前行,就像我在时间中失去
很多东西,在路途中重复着:
哎,上天,这是怎样的荒唐。

哎,上天,我要的不多,
哎,上天,富有或贫穷,
但活着的每一天我都呼吸
更自信、更甜蜜、更纯洁。

闪退,往两侧闪退,路人,
我前行,似乎因此而快乐,
就像奥德修斯,驱赶自己前行,
却又依旧后退。(Ⅰ,136)

  这首以第一人称写成的诗凸显出抒情主人公内心的焦灼。他感觉自己就像是奥德修斯,注定要经历艰辛而又漫长的"灵魂返乡"之旅,抵达精神世界的理想归宿。前行似乎是唯一的选择,因此必须"驱赶"自己,却又一次次无奈后退。我们知道,年轻的布罗茨基在自己的祖国过早地体会到了无法融于周遭生活的窒息感。诗人感到自我与现实的疏远,并因此而痛苦,渴望奔向另一世界,感受到永恒"前行"的召唤。诚如诗人所言:"在我22或23岁时,我产生了一种感觉,有一种别的什么东西出现在我身上。说实在的,周围一切都无法令我感兴趣。而所有这一切——在最好的情况下是跳板。是那一地方,应当离开之地……事实上我的确体验到'离开的激情',甚至不是离开的激情,而是向外的牵引力,离开家。"[①] 可以说,布罗茨基正是从"执拗前行却又依旧后退"的奥德修斯身上感受到了与自己相似的心境,体会到了决然而又无望的挣扎,从而给予了这一形象更多的关注。而在《瓶中信》(1964)一诗中,诗人对奥德修斯短暂的讲述中似乎又加入了与该诗上下文氛围极不相符的浪漫主义元素:

塞壬女妖没有隐藏美丽的面孔

---

[①] Аманда Айзпуриете, "Отстранение от самого себя", сост. Полухина В.П., *Бродский И. Книга интервью*, Москва:Захаров,2011,с.526-527.

> 在礁石上高声齐唱，
> 快活的船长奥德修斯
> 在甲板上清洗史密斯—威森手枪。（Ⅱ，68）

这本是一首海上遇难者写给妻子的绝笔信，信中的语调是低沉悲痛的："我真诚地游着，却触到了暗礁，/它刺入了我的肋骨/……桅杆下温迪娜①的泪水/从浸润无尽波浪的眼中流出/……我知道，自己已经输了这一过程……"（Ⅱ，69—70）

奥德修斯此刻的出场在诗中形成了鲜明的对比，凸显出逝者深深的绝望。他的眼中仿佛出现了幻觉：遭受塞壬女妖刁难的奥德修斯，也成为"快活之人"，并清洗着史密斯—威森手枪——至少奥德修斯还活着，有能力准备战斗。这首诗中奥德修斯的出场，可以说主要是为了映衬濒临死亡之人的绝望。而接下来在写于1967年的《再见了，维拉妮卡小姐》组诗之二中，抒情主人公则是借奥德修斯远离故土的"二十年"时间，表达自己离家与返家的复杂心绪：

> 约二十年后，当我的后代，
> 不能依靠桂冠的余荫，
> 可以养活自己时，我就可以
> 放弃自己的家园——经过
> 二十年，因疯癫被监护，
> 如果精力足够，
> 我会步行回到药房，
> 只因它会让我想起
> 你在俄罗斯。（Ⅱ，201）

写作这首诗的 1967 年，正是布罗茨基与玛丽娜·巴斯玛诺娃（М.П. Басманова）的儿子出生的这一年。诗人仿佛预感自己迟早有一天会像奥德修斯一样远行，会离开儿子。因而这些诗行可以理解为布罗茨基对心爱的儿子满怀深情的诉说。与此相应，1972 年，当布罗茨基因被驱逐而彻底离开祖国时，他又在《奥德修斯致忒勒马科斯》一诗中直接描述了奥德修斯的心理活动——他对儿子忒勒马科斯的无尽思念。但在这首

---

① 中世纪传说中的水精，常化为美女媚惑人。

同样充满父爱柔情的诗歌中,英雄奥德修斯的疲惫与沧桑也得到了淋漓尽致的刻画:

> 我的忒勒马科斯,
> 特洛伊战争
> 已经结束。谁是胜者——我已不记得。
> 应该是,希腊人:只有希腊人才会
> 将这样多的尸体抛至屋外……
> 但毕竟通往家乡的路
> 实在太长,
> 就像是当我们在那里
> 失去了时间时,
> 波塞冬拉长了空间。
> 我不知道,自己身处何方,
> 在我面前的是什么。某个肮脏的小岛,
> 灌木丛,建筑物,猪的咕噜声,
> 野生花园,某个女仙,
> 青草及石头……亲爱的忒勒马科斯,
> 当你长久漫游之时,
> 所有的小岛都彼此相似;
> 数着波浪时,
> 头脑已经不清楚
> 眼睛被地平线所迷,流出了眼泪,
> 水中生物阻挡了消息。
> 我不记得,战争如何结束,
> 而你现在多少岁,我也不记得。
>
> 再长大一些吧,我的忒勒马科斯,长吧,
> 只有神知道,我们是否还能再相见。
> 而你如今也已不再是,
> 那个躺在我勒住的公牛前的小婴儿。
> 如果不是帕拉墨得斯,我们还会生活在一起。
> 但或许他是对的:没有我
> 你会避免俄狄浦斯情结,

并且你的梦,我的忒勒马科斯,是无罪的。(Ⅲ,27)

这首由两段诗节构成的无韵诗最显著的特征便是奥德修斯口中不断重复的"遗忘"——"我已不记得""我不记得""我也不记得",而"我不知道"与"头脑已经不清楚"也体现了奥德修斯记忆的模糊。显然,"遗忘与失去"在这里成为诗歌的主题。漫长的离别在奥德修斯身上所打下的烙印,便是记忆的严重缺失。在诗人看来,战争使人失去的不仅是生命,还有存在的意义与目的。

诗歌第一节中奥德修斯略带忧伤向儿子叙述自己这些年来所经历的事,可一切在他眼中都已成为模糊的怅惘。特洛伊战争的最终胜利与奥德修斯所献"木马计"密不可分,可如今,这一成就他英雄人生的事件却已淡出了他的记忆,谁是胜者已经不再重要。奥德修斯的心中,留下更多的是对战争残酷性的批判:"只有希腊人才会/将这样多的尸体抛至屋外。""屋外"仿佛成为布罗茨基本人真实经历的写照——因为相对于祖国而言,他同样是在"屋外"。显然,这里奥德修斯的视角是缘于对生命的尊重与惋惜,而不是战争双方的孰是孰非。这就令笔者想起了布罗茨基著名的《悼朱可夫》(На смерть Жукова,1974)一诗中的诗行:

> 他将多少士兵的鲜血抛洒至
> 异国的土地!他可曾伤心过?
> 弥留之际,身躺白色平民床
> 他可曾想起他们?全然模糊。
> 地狱中遇到他们时,
> 他将如何回答?"我战斗过。"(Ⅲ,73)

可见,在诗人的眼中,再卓越的功绩也远远比不过生命的高度,"一将功成"的背后往往是"万骨枯"的代价。因而奥德修斯的心中,也充满了人道主义情怀。他随后对儿子诉说着归途的艰难:"但毕竟通往家乡的路/实在太长,/就像是当我们在那里/失去了时间时,/波塞冬拉长了空间。""那里"一词直接指代了特洛伊战争的发生地,耗时十年的战争在奥德修斯的眼中已成为"时间的失去",成为毫无意义和价值的事件。与此并行的则是海神波塞冬所拉长的空间。时空在这里相交对抗,并且明显空间占了上风,拉长了奥德修斯心中因久离故土所产生的旷远和疏离感。他无法挽回逝去的时间,却在浩渺的空间中迷失了自我,不知自己"身处何方"。这里,"空间的拉伸"令我们想起了曼德尔施塔姆的诗行:"我,蜷缩起来,为空间如发酵般的增长而自豪。"① 只是,如果说曼德尔施塔姆笔下的抒情主人公"蜷缩起来",并为这一空间"如发酵般"的增长而"自豪"(事实上并无任何自豪可言),那么,布罗茨基诗中,空间本身却并未增长,它只是被波塞冬强行"拉长"——曼德尔施塔姆眼里的"荒诞",在布罗茨基笔下则是"波塞冬的暴力"。

表面看来,阻碍主人公回归的外部力量与"荷马史诗"相符,源于海神波塞冬的复仇——波塞冬拉长了空间。但事实上,命运(神)在此并未构成奥德修斯回归的真正障碍,回归目的已在更强大的力量作用下失去——这便是时间。它拖长并割裂了空间,导致世界的支离破碎。与此同时,时间的失去还吞噬了存在的意义。因此,伴随奥德修斯记忆所失去的,还有自我价值与定位的缺失。这样一来,"丢失了时间"一句也因此具有了生命存在的意义:时间的失去便意味着存在的缺失。通常而言,只有死亡才能使人失去时间,而对奥德修斯而言,他所失去的时间,便是生命中的一段空白。

"我不知道,自己身处何方",奥德修斯的喃喃自语仿佛也道出了诗人自身的心声:1972年正是布罗茨基被迫离开俄罗斯的一年,他从熟悉的环境进入完全陌生的另一片领域。在阿赫玛托娃所写《北方哀歌》(Северные элегии)第三首《我,一如河流》(Меня, как реку, 1945)中,也有这一"陌生"感受:

> 我,一如河流,
> 被严酷时代扭转了方向。
> 我的生活被偷换。进入另一河槽,
> 它沿另一渠道流过,
> 而我不认识自己的河岸。②

人的生命在这里被阿赫玛托娃用来与河流相比较。我们知道,在环境影响下,水流方向可能会发生彻底的改变。而对布罗茨基本人而言,从苏

---

① 曼德尔施塔姆:《时值五头的白昼。连续五天五夜……》(День стоял о пяти головах. Сплошные пять суток..., 1935)。

② Ахматова А.А., *Стихотворения и поэмы*, сост. В.М.Жирмунский, Москва: Советский писатель, 1976, с.331.

联移民至美国，亦是其生命河流方向的巨大改变。事实上，尽管诗人刻意回避"流亡"一词，"流亡"主题却时常在他的笔下出现。因此，诗中在奥德修斯眼前所出现的，也是某个"陌生而肮脏的小岛"。根据他所看到和听到的岛中情景：灌木丛、建筑物、猪的咕噜声等，这更像是女巫基耳凯的埃阿亚岛。基耳凯善于用药将人变为动物，奥德修斯在返乡途中曾经过这座小岛，并最终成功逃脱了基耳凯的诡计；但也有可能是女仙卡鲁普索的小岛，她因为爱上了奥德修斯，将他困在那里长达七年之久；又或者，也可能是故国伊塔卡的小岛，只是二十年之后，奥德修斯已经忘却了自己岛国的模样，因为："当你长久漫游之时，/所有的小岛都彼此相似。"时间磨损了鲜活的记忆，一切都已物是人非。存在的解体引起更大的不自由感，导致奥德修斯的心灵死亡。因此，在他抵达过的众多岛屿中，诗人刻意指出了女巫基耳凯的埃阿亚岛。那里，奥德修斯的同行者被变为猪，失去了"人"的存在形式。只是，不同于荷马笔下的情节，布罗茨基的主人公在此并未获得赫耳墨斯的帮助，借神奇的妙药拯救自我与同行者。① 相反，置身于被海洋封锁的空间，他彻底迷失了自我。

事实上，诚如笔者所指出的，这一"迷失"主题早在巴丘什科夫写于1814 年的《奥德修斯的命运》（Судьба Одиссея）一诗中便出现过。在那里，主人公经历了"渴望回归—实现回归—不认识祖国—迷失自我"的心路历程。而诗歌最后一行则构成了整首诗的高潮所在："他醒了过来：怎么回事？不认识祖国。"② 在荷马笔下，奥德修斯因伊塔卡的大雾暂时未能认出家园，但雅典娜将雾驱散后，他很快认出了自己的岛国与亲人。③而巴丘什科夫刻意隐去了"大雾"这一核心意象，暗示奥德修斯的"不认识祖国"是无法改变的结局。这一"回归"也因此成为假象，揭示出整首诗背后的核心寓意——奥德修斯不知自己身在何处，回归无法实现。可以说，巴丘什科夫正是借奥德修斯的命运表达了对自我，乃至整个人类命运的看法，凸显出命运的荒诞及其掌控之下个体存在的无意义。

显然，布罗茨基笔下的奥德修斯形象就像是巴丘什科夫的继续。但与前辈不同的是，他将奥德修斯的"迷失"提前至回归途中，并对这一主

---

① ［古希腊］荷马：《荷马史诗·奥德赛》，陈中梅译，上海译文出版社 2018 年版，第 183—185 页。

② Батюшков К.Н., *Сочинения в двух томах* Т.1，Москва：Художественная литература，1989，c.188.

③ ［古希腊］荷马：《荷马史诗·奥德赛》，陈中梅译，上海译文出版社 2018 年版，第 252 页。

题进行了深化。与此同时，可以发现，尽管布罗茨基在诗中并未提及"大海"一词，它却分明充斥了整个空间，引起痛苦、不自由与无出路的绝望感。海浪（水）仿佛构成奥德修斯独特的日历，成为时间的表现形式，模糊了他的意识——数着它时，"头脑已经不清楚"。

波浪的运动就像是情感的体现，引起了主人公心理上的焦灼。随后，奥德修斯"眼睛被地平线所迷，流出了眼泪"。地平线在此成为空间的界限，同时也是人存在的界限，置身其中的人无法获得自由。尽管这是诗人想象出来的界限，它却如刀刃一般，获得了"尖锐"的可感性，成为奥德修斯所能承受的疼痛极限。事实上，"地平线"这一形象在诗人笔下始终具有多样化的语义。诚如洛特曼所言："地平线——这是世界的自然边界。世界属性在很多方面取决于其边界的属性——这是布罗茨基持续关注地平线的原因所在，其中包括对其品质的关注：它可能是，比如，完美的……没有任何缺陷，（或者）相反，世界'地平线不平坦'，在任何其他方面都有所缺失等等。"① 显然，这首诗中，"地平线"就像是"刀刃"，为主人公带来疼痛，身体语言强化了心灵苦难。与此同时，水中生物阻挡了消息——"水中生物"在这里可以泛指水中一切存在物，它们是长期漂泊在海上的奥德修斯眼里最常看到的物体，可正是它们，在主人公心理层面"阻挡"了来自外界的消息。奥德修斯的视力与听觉同时受到了影响，引起了存在的消亡感。他的身体抵达紧张的极限。

显然，奥德修斯此刻身处的"大海"空间，已不再是普希金笔下那"自由奔放的大海/翻滚着蔚蓝色的波浪/闪耀着娇美的容光"（戈宝权译），此时它已成为孤立与阻隔的象征，暗示着离别。正如诗人在《没有音乐的歌唱》（Пенье без музыки, 1970）中所指出的："散布在我们之间的，/大海，田野的数量……"（Ⅱ, 384）与此同时，这里的大海还暗示着死亡。"死亡"在布罗茨基笔下时常与"大海"意象相关。在他完成于1968年的长诗《戈尔布诺夫与戈尔恰科夫》中，不断涌现的"大海"正是抒情主人公肉体死亡的象征——"是的，这是大海。正是它。/存在之深渊……"（Ⅱ, 283）值得一提的是，在上文所提及的曼德尔施塔姆《时值五头的白昼。连续五天五夜……》（День стоял о пяти головах. Сплошные пять суток..., 1935）一诗中同样也出现了"大海"

---

① Лотман Ю.М., *О поэтах и поэзии: анализ поэтического текста.* Статьи и исследования. Заметки. Рецензии. Выступления, СПб: Искусство – СПБ, 1996, с.736.

形象——"我想要一寸蓝色的大海,哪怕仅针眼般的大海"①。与布罗茨基不同的是,诗人在文中明确提及了"大海",传达出深深的窒息感。这首诗是曼德尔施塔姆在沃罗涅日流放期间所写,生命存在于此同样是一种荒诞,时间和空间都如怪物般——白昼有五个头,而空间则连续五天五夜如发酵般增长。在这异化的生存环境中,"一寸、针眼般"的"大海"成为抒情主人公的梦想——这在强化窒息感的同时,也凸显出他濒临死亡般的困境;同样,在完成于 1961 年的《医院祈祷的日子……》（Больничные молитвенные дни…）一诗中,阿赫玛托娃也描述了死亡般的大海:"医院祈祷的日子/墙外不远某处是——大海/银色的——可怕的,一如死亡。"② 显然,较之 19 世纪浪漫主义诗歌,在 20 世纪俄罗斯诗人的笔下,"大海"多少具有了些严肃特质。

因而,第一诗节的最后,奥德修斯哀伤地说道:"我不记得,战争如何结束,/而你现在多少岁,我也不记得。""遗忘"一次次重复着,而战争在此也使个体存在价值缺失。这仿佛与诗人写于 1988 年《新生活》（Новая жизнь）一诗相呼应:

> 想象一下,战争已经结束,和平笼罩世界。
> ……
> 如果有人问:"你是谁?"回答他:"我是谁?
> 我是——无人③",就像奥德修斯曾对波鲁菲摩斯说的那样。
> (Ⅳ,48—49)

可以说,诗歌第一节充满了"记忆的缺失",奥德修斯的记忆被时间所涤荡,其存在的意义和价值也因此丧失,凸显了诗歌最初便提及的"死亡"主题——被希腊人抛弃的尸体。而接下来,在诗歌的第二节,诗人则笔锋一转,将奥德修斯的独白指向了儿子。情感的倾诉在这里已不是单纯的交际行为,而是指向了存在层面:奥德修斯试图通过对儿子的爱唤

---

① Мандельштам О.Э., *Собрание сочинений в 4 томах*, Т.3, Москва: Арт - Бизнес - Центр, 1994, с. 93.
② Ахматова А.А., *Собрание сочинений в шести томах*, Т.2, книга вторая, Москва: Эллис Лак, 1999, с. 121.
③ [古希腊] 荷马:《荷马史诗·奥德赛》,陈中梅译,上海译文出版社 2018 年版,第 167 页。(《奥德赛》中,奥德修斯曾对波鲁菲摩斯谎称自己的名字为"无人",并在刺瞎他的眼睛后用计成功脱身。)

醒对自我的重新认知。布罗茨基笔下,奥德修斯失去了对时间与空间的掌控,但他同样拥有属于自己的"金羊毛"——"我的忒勒马科斯"。这里刻意凸显"我的"一词,强化了奥德修斯心中对唯一拥有的儿子的珍惜,也强调了"所有"关系的存在。

相比第一诗节,这一诗节较短,却充满了奥德修斯心底深处对儿子的柔情记忆。这一"记忆"与第一诗节中的"失忆"形成鲜明对比,奥德修斯关于儿子的话语证明了他思维的清晰。尽管已经不知道儿子如今多少岁,也不知道,日后是否还会再相见,可多年后,奥德修斯依然清晰记得他离家前的细节:

> 而你如今也已不再是,
> 那个躺在我勒住的公牛前的小婴儿。
> 如果不是帕拉墨得斯,我们还会生活在一起。(Ⅲ,27)

据希腊神话记载,特洛伊战争爆发后,奥德修斯起初并不愿离开年轻的妻子裴奈罗佩和年幼的儿子忒勒马科斯出征参战。于是,当斯巴达国王墨涅拉俄斯与智者帕拉墨得斯来找他时,他便装疯卖傻,"驾了一头驴极不协调地去耕地",还将盐当成种子撒在田里。可聪明的帕拉墨得斯识破了他的计谋,故意将年幼的忒勒马科斯放在奥德修斯的铁犁之下。出于父亲的本能,"奥德修斯小心翼翼地把犁头提起来,从儿子旁边让过去"。正是他这一举动证明了自己的神智依然清醒,于是便无法再找借口拒绝参战。①

如果说前半节诗歌中诗人一直在重复时间所带给奥德修斯的失忆,带走了他作为个体存在的意义和价值,那么,这里这一细节的出现,仿佛是诗人特意设置的用以抗拒时间涤荡、恢复奥德修斯个体价值的证明。当外在一切都被摧毁之时,诗人渴望来自内心的拯救。因此,尽管奥德修斯的一切感官都已麻木,亲情仍是他心中最刻骨铭心的眷恋。穿越被拖长的空间,父爱的柔情顽强地对抗着时间与暴力。可见亲情在布罗茨基心中占据着何等重要的位置。因为正是在1972年,诗人被迫离开祖国,离开双亲和儿子,从此再也未能回归。在这里,布罗茨基以奥德修斯的经历,阐明了亲情之于自己而言的重要程度。只是,这一亲情之爱最终也未能成为连

---

① [德]古斯塔夫·施瓦布:《希腊神话故事》,赵燮生、艾英译,长江文艺出版社2011年版,第254页。

接父子情感的纽带。儿子对父亲的敌意是天然存在的——"俄狄浦斯情结,因而他们早期的分离也是有益的——但或许他是对的:没有我/你会避免俄狄浦斯情结,/并且你的梦,我的忒勒马科斯,是无罪的。"

众所周知,俄狄浦斯情结来自希腊神话中俄狄浦斯弑父娶母的故事,这一专有名词后来成为心理学中"恋母弑父"的代名词,表达了一种难以遏制却又充满伦理矛盾的激情。在短暂寻回个体存在意义和价值之后,奥德修斯又很快对自我进行了否定。漫长的离别中时间不仅剥夺了他的记忆、抹杀了他的个体价值和意义,也削弱了他给予家人幸福生活的信心。于是他从自我缺失对儿子成长有益一面来思考,削减了自己作为父亲在儿子成长过程中的积极意义,却放大了其消极一面。显然,奥德修斯在经历了与亲人漫长的别离之后,失去了重拾往日家庭温馨的信心,迷失了自我:"地球旋转/在宇宙中迷失。"(Ⅲ,226)

可见,这首诗中布罗茨基以漫长离别所带来的时间巨大摧毁力揭示了奥德修斯的心理悲剧:他由于自身经历中记忆的缺失导致了自我价值的迷失,甚至是对自我存在的否定。唯有刻骨铭心的亲情一度复苏了他的意识,还原了他作为人的价值。整首诗中"我的忒勒马科斯"这一称呼重复了三次,奥德修斯对儿子的爱显而易见。只是,当代的奥德修斯已清醒意识到命运的无法克服与存在的虚无,任何主体力量都将在时间作用下坍塌。话语本身并未成为连接他与过去、与儿子的心灵纽带,而是开启了以分离与漫游为基础的新征程的前奏。如果说,"荷马史诗"中的奥德修斯体现了文学传统中的英雄形象,那么,布罗茨基笔下的奥德修斯早已远离了这一形象,他的名字只是成为"英雄"的代名词。布罗茨基更侧重描写了作为生命个体的奥德修斯的感受。这里明显出现了叙述视角的转换:奥德修斯不再是众人眼中辉煌的胜利者,不再是文化长河中经典的英雄形象,而是作为迷途的个体,遭到了时间残酷的打磨。

总体而言,这首诗中所体现出的感受,与奥德修斯对儿子的倾诉密切相关。"失去的时间"在这里获得了"存在缺失"的直接意义,变为了奥德修斯作为父亲对儿子的寻常祝愿:"再长大一些吧!"如果说,诗歌第一部分中重点刻画了"记忆失去"的主题,并与曼德尔施塔姆诗歌相呼应——在曼德尔施塔姆笔下出现的是空间增长与人的蜷缩,布罗茨基则关注了空间实施的暴力——那么,第二诗节则将奥德修斯的关注点投向了儿子。第一诗节以"不记得"结束,第二诗节里则改变了奥德修斯的心理活动:因为亲情的存在,他"记得"这一切。事实上,在诗人看来,记忆是人所拥有的唯一可以与时间抗衡的工具——"因为时间,与记忆相

遇,会明白自己的/无权。"(Ⅳ,64)

接下来,二十年后,对应于奥德修斯的离家期限,布罗茨基写下《伊塔卡》(1993)一诗,将奥德修斯这一悲剧形象再次进行了升华。表面看来,奥德修斯最终回到了故国伊塔卡,但布罗茨基却使英雄的回归成为不可能甚至不必要的表达。生命存在的无意义在此得到深刻揭示:

> 二十年后返回这里,
> 赤脚在沙地上寻找自己的痕迹。
> 家犬对着码头抬高了吠声
> 听不出,几多高兴,几多发狂。
> 
> 如果愿意,脱下你浸满汗渍的衣物;
> 可记得你伤疤的女仆已死去,
> 而那个据说等你的女子,
> 无踪可寻,因为她属于所有人。
> 
> 你的儿子长大了;他也是水手,
> 他看着你,就像你是——乞丐。
> 而辨析周围人叫喊所使用的语言,
> 似乎是,徒劳无益。
> 
> 或许这不是那一岛屿,或者确实,海湾
> 映蓝了瞳孔,你的眼睛感到了厌倦:
> 波浪从一小块陆地奔向地平线
> 不忘看一看(小岛)。(Ⅳ,138)

这首诗的题目《伊塔卡》俄文为 Итака,在发音上类似俄文单词 Итак。这是一个表示总括意义的单词,是总结语。因而这首诗也可看作诗人在创作晚期对"奥德修斯"这一故事进行思考的一个总结。它与前一首诗的关系显而易见,可以说正是上首诗情节的延续。但这里不再是奥德修斯的直接心理描述,而是抒情主人公以旁观者的视角对他进行观察。两首诗中的平行之处显而易见:

> 再长大一些吧,我的忒勒马科斯,长吧——你的儿子长大了;他

也是水手

所有的小岛都彼此相似——或许这不是那一岛屿

两首诗中都出现了眼睛、地平线和波浪的形象,互为映照。但如果说,前首诗中诗人着重强调了奥德修斯的失忆,那么,这首诗中,记忆的缺失则被进一步深化为语言的缺失。

由这首诗可以看出,布罗茨基笔下记忆的缺失是双向的过程:时间带走的不仅是奥德修斯的记忆,还有周围的人及物对他的记忆。但这里,得以凸显的并非主人公不认识伊塔卡,而是恰恰相反——伊塔卡无法认出自己的岛主。

据《奥德赛》记载,当奥德修斯刚返回伊塔卡时,众多的求婚者正密谋将他除掉,以迎娶他的妻子裴奈罗珮。因此,为了避免重蹈阿伽门农的覆辙,女神雅典娜将他变成了一个又老又丑的外乡客,整个是一副乞丐的模样。① 正因如此,奥德修斯的"不被认出"在这里是无法克服的:家犬无法传达心意;记得他伤疤的女仆已死;裴奈罗珮不再是忠实的妻子,她没有等待丈夫,无处可寻。诗中甚至并未出现裴奈罗珮的名字,而只是用"那个"来取代她,展现了奥德修斯内心对妻子的失望及以往甜蜜情感的全然失去。与此同时,儿子不承认奥德修斯——"他看着你,就像你是——乞丐。"两首诗中都出现了儿子形象,但对其称呼已从"忒勒马科斯"变为了"水手",成为疏远的标志。这一"父子情感的疏远"在布罗茨基看来是最令人痛苦的经历。诚如他在致儿子的诗中所言:

但我宁愿在责备中被歪曲,
也不愿有生之年不被你认出。
听我说,你的父亲并未死去。②
《儿子!如果我未死去,那是因为……》(Сын! Если я не мертв, то потому... , 1967)

显然,奥德修斯所受屈辱并非来自求婚者们,而是来自最亲近的人——妻子与儿子。这里布罗茨基再次对《奥德赛》中的情节进行了较

---

① [古希腊]荷马:《荷马史诗·奥德赛》,陈中梅译,上海译文出版社2018年版,第255页。
② Бродский И.А., *Сочинения Иосифа Бродского в 4 томах*. Т.2, сост.Комаров Г.Ф., СПб: Пушкинский фонд, 1994, с.55.

大改动。在荷马笔下，雅典娜女神帮助奥德修斯恢复了原貌与儿子忒勒马科斯相认；妻子裴奈罗珮始终忠实等待着丈夫归来；能认出奥德修斯腿上伤疤的老女仆欧鲁克蕾娅也并未死去。显然，诗人刻意使奥德修斯的"不被认出"成为必然。在他看来，本质而言，时间改变的不是岛屿，而是人自身。然而，诗人笔下，奥德修斯的悲剧并未就此停止。对他来说，更为可怕的是记忆的缺失所导致的语言缺失："而辨析周围人叫喊所使用的语言，/似乎是，徒劳无益。"奥德修斯回到故乡之后，却和故乡人所使用的语言发生了冲突。诗人在这里并未表明究竟是谁的语言发生了变化：是二十年间伊塔卡岛国的语言，还是背井离乡二十年间奥德修斯的语言，但无论如何，语言的改变都是一个不可更改的事实，奥德修斯已经无法明白故乡人的语言。值得注意的是，布罗茨基对语言有着近乎痴迷的崇拜。在他看来，"事实上，我们所使用的语言，赋予了我们每个人现实。它甚至赋予了我们个性……"①"语言是一切之源"②；"语言的堕落引起人的堕落"③。可如今，奥德修斯失去了故乡的语言，这也就意味着对二十年来令他魂牵梦萦的伊塔卡而言，他根本上是一个不存在的"异"个体。记忆与语言的双重缺失使奥德修斯最终对自己身处的伊塔卡产生了深深的怀疑："或许这不是那一岛屿。"而这首诗也解释了在获得诺贝尔文学奖之后，布罗茨基迟迟不愿回俄罗斯的原因："只是因为，我离开的那个地方，已经不复存在。"④ 纵然对诗人而言，关于祖国的记忆与语言就字面意义而言从未缺失，可心灵的记忆与语言，却从被驱逐的那一天起，尘封于灵魂深处，不再鲜活。如果说，返家的十年中，奥德修斯体会到的是对故乡的强烈思念，渴望返家，那么，回归伊塔卡之后，主导他的则是另一种力量——离开。无论主观层面的返家愿望何等强烈，事实上，因为时间消磨带来的失忆，因为无法背叛自己的心，"回归"之于奥德修斯而言已成为不可能的事。他的"离开"既源于环境因素（伊塔卡不再接纳他），又源于他自身的意愿——失去了故乡的语言，也就失去了沟通的可能性，失去了留下来的意义。自然，奥德修斯的离开带有巨大的心理创

---

① Виктор Куллэ, "Беседа Иосифа Бродского с Дереком Уолкоттом. Власть поэзии", сост. Полухина В. П., *Бродский И. Книга интервью*, Москва: Захаров, 2011, c.674.
② Свен Биркертс, "Искусство поэзии", сост. Полухина В. П., *Бродский И. Книга интервью*, Москва: Захаров, 2011, c.100.
③ Энн Лаутербах, "Гений в изгнании", сост. Полухина В. П., *Бродский И. Книга интервью*, Москва: Захаров, 2011, c.317.
④ Ядвига Шимак - Рейфер, "Человек все время от чего - то уходит", сост. Полухина В. П., *Бродский И. Книга интервью*, Москва: Захаров, 2011, c.538.

伤，但这又是前行所必须付出的代价。生命多多少少是线性发展的，人也总是在不断离开着什么——故乡、家人、亲友等。这一"失去"不可避免。

于是，最终，奥德修斯拒绝了自我，不再想要辨析"周围人叫喊所使用的语言"。他唯一能做的只是望向象征边缘与终结的地平线。奥德修斯在此完全失去了英雄的形象，成为时间影响之下迷失自我的存在。诗歌最后一节中词汇的排列初看来稍显混乱，这不仅在形式上与诗歌内容中所表达的主人公头脑不清醒、心绪复杂相呼应，同时还表现出奥德修斯对未来不确定性的犹疑。诗歌以未完成的句子结束，传达了诗人相当痛苦的感受——尽管伊塔卡还留有奥德修斯对过往生活的眷恋，他却因"话语的失去"不得不离开，甚至不知要奔往何处。因为语言——这是诗人最后的避难所与拯救，这一"未完成的句子"也因此再次暗示了时间的破坏性力量：就连"存在"最后的堡垒——语言，也遭到了它的摧毁。

只是，最终，在诗行的结尾处，诗人又使用了"不忘"这一短语，对应着前一首诗歌中不断重复的"不记得"。或许在他看来，时间的流逝会消磨人的记忆、语言，并最终消磨个体存在的意义和价值，但在微弱的希望中，诗人认为，总有一些东西是不应该被忘记的，是可以去对抗时间消磨的，恰如奥德修斯对儿子忒勒马科斯刻骨铭心的爱。这些无形或有形的痕迹，终究是个体生命中能够与时间相抗衡、能够抵挡岁月侵蚀的真实依据。与此同时，还可以发现，两首诗中都出现了"地平线"的形象。但如果说，在《奥德修斯致忒勒马科斯》中，"地平线"获得了负面意义，与"失去"和"刀刃"意义联系在一起，那么，《伊塔卡》中，"地平线"则意味着永恒的追寻，不断突破原有的界限，拓宽并丰富自己的未来。

可以说，《奥德修斯致忒勒马科斯》一诗中主人公因失忆而引发的存在悲剧在《伊塔卡》中得到了更大程度的凸显，以"奥德修斯"形象连接起来的两首诗中，疏离与存在无意义感逐渐递增。生命个体不仅仅是荒诞的牺牲品，甚至成为荒诞本身。回归过去的、熟悉的伊塔卡已不可能，唯有结局的地平线给予了奥德修斯凭借"再次出发"回归自我的可能。

事实上，这一"再次出走"的奥德修斯形象在诗人古米廖夫写于1909年的《屠杀求婚者》（Избиенье женихов）一诗中也曾出现过。富于反抗精神的奥德修斯在回归伊塔卡后，并未像布罗茨基的奥德修斯一样"失忆"，而是清醒意识到在无法逃脱的神的统治下，即便在自己的岛国也无法获得真正的平静与自由。于是他决心邀约儿子再次离开——"那么，准备好与我一起上路吧，/明亮的少年，我的儿子忒勒马科斯"——置身于神的统治之下，奥德修斯所寻求的自我存在意义在"战争成就与复仇体系"中均无法实现。他感到自我与伊塔卡的彻底断裂，漫游已无法停止："我们再次爱上吸引人的远方/以及月光照耀下金色的地平线，/我们再次看到神圣的棕榈/以及泡沫沸腾的蓬托斯海。"①

显然，古米廖夫笔下，奥德修斯的自愿离开是为了寻求心灵平静与存在意义，他的漫游也因此走向了获得"真正自我强烈个性"②的书写。而在布罗茨基笔下，命运（神）的掌控已让位于更强大的敌人——时间。它剥夺了奥德修斯的记忆，并使他的存在成为彻底的虚无。时间作用下，奥德修斯的回归无法实现；他的出走，也成为不得已的选择，失去了目的与意义。

可以说，以"荷马史诗"为蓝本，布罗茨基在自己的创作中对"奥德修斯归来"这一经历进行了复现。但又不同于荷马，布罗茨基着重刻画了奥德修斯的心理感受，并改变了其回归的结局。荷马笔下的奥德修斯在表现出较高坚韧性的同时，始终服从于命运（神）的安排，没有做出任何反抗。而布罗茨基则揭示了命运掌控与时间作用下奥德修斯记忆的缺失。记忆的缺失在诗人笔下同时引起的还有语言的缺失，并最终导致个体存在价值的缺失——在诗人看来，唯有记忆才能保证爱的延续，从而确定存在之意义——"如果有什么可以替代爱，那就是记忆。记住——就意味着恢复亲密关系。"（Ⅴ，110）显然，在以奥德修斯为原型的《奥德修斯致忒勒马科斯》与《伊塔卡》中，布罗茨基展现了"人类永恒的无根基性与被遗忘"③，传达了"回归无益"的思想——时间作用下的漫游失去了最终目的，无法克服存在的荒谬性，奥德修斯的命运成为"必然分离的表达"。于是他以再次出走的方式踏上永恒的心灵漫游之路，以自我拯救的方式探寻存在的意义与价值，从而回归真正的自我。

与此同时，在这一存在意义的追寻中，布罗茨基还凸显了亲情之爱——奥德修斯对亲人的眷恋始终存在。在诗人看来，内心深处刻骨铭心

---

① Гумилёв Н.С.，*Стихи*；*Письма о русской поэзии*.Сост.Богомолова Н.А.，Москва：Художественная литература，1990，с.111.

② Чевтаев А.А.，"Триптих Н.Гумилева «Возвращение Одиссея»：эпический герой в лрическом нарративе"，*Вестник Удмуртского университета*，Вып.3，2009，с.83.

③ Рыбальченко Т.Л.，"К.Батюшков и И.Бродский：интерпретация образа Одиссея"，*Батюшков*：*Исследования и материалы*：*Сборник научных трудов*，Череповец：Череповецкий Государственный университет，2002，с.158.

的情感眷恋可以在时间的消磨和侵蚀中恢复个体"爱"的能力，从而保证其存在的价值。从这一意义上来讲，可以说，布罗茨基借助"奥德修斯的传说"这一古希腊神话意象，阐释了对自己而言极为重要的命题——时间对人的影响。在诗人看来，时间的消磨不可避免，但人终有能力寻找途径对抗这一消磨，重寻存在的意义。事实上，对这一命题的阐释贯穿了诗人创作的始终。

## 第二节　爱情：毁灭

总体而言，布罗茨基完全不是"热烈爱情"的歌手。他的诗中很少出现缠绵悱恻的爱情，很少有一见钟情的悸动。普希金笔下"我记得那美妙的一瞬：/在我的面前出现了你"（戈宝权译）这般神话般美好的邂逅，令人向往的爱情故事，在布罗茨基冷峻的笔端，是完全不存在的。相反，他还曾以讽拟的手法，对人们耳熟能详的普希金《我曾经爱过您》一诗进行了解构，极尽嘲讽、调侃与玩世不恭之态：

> 我曾经爱过您。这爱情（也许，
> 只是痛苦）依然钻痛我的神经。
> 一切都已散成碎片飞去见鬼。
> 我试图射击，但玩枪可不
> 容易。还有，两个太阳穴：
> 向哪一个开火？坏事的不是颤抖，而是
> 沉思。见鬼！一切都是非人的！
> 我曾经爱您那样强烈，那样无望，
> 上帝保佑别人也爱您——但上帝不会！
> 他，即便无所不能，
> 也不会创造——按巴门尼德的学说——两次
> 血液中的这一炽热，宽大骨骼的碎裂，
> 以便口中的铅封因渴望碰触
> 嘴唇——我删去"胸部"——而熔化！（Ⅲ，65）
> 　　《〈献给玛丽·斯图亚特的二十首十四行诗〉之六》（1974）

为方便理解，我们先来回顾一下普希金的原诗：

> 我爱过您：也许，我心中，
> 爱情还没有完全消退；
> 但让它不再扰乱您吧；
> 我丝毫不想使您伤悲。
> 我爱过您，默默而无望，
> 我的心受尽羞怯、忌妒的折磨；
> 我爱得那样真诚，那样温柔，
> 愿别人爱您也能像我。①
>
> 《我曾经爱过您》（1829）（顾蕴璞译）

显然，布罗茨基完全改变了普希金诗歌的内容，并在当代文化语境下扩充了其意义内涵。普希金笔下所固有的关于爱情浪漫、柔情的感受，和谐的旋律在这里荡然无存。在布罗茨基笔下，一切都恰恰相反。他与普希金进行跨越时空的"对话"，并在格律与内容层面都对黄金时代的诗人进行了戏仿，却又并非纯粹嬉笑打诨之作。他的诗歌中充满粗野的不适感，就像是被负面情绪所包裹。尽管描写的都是失去的爱情，布罗茨基的感受却与普希金大相径庭。普希金关注的是心灵层面，而布罗茨基却将重心转移至肉体感受。他的诗行也因此充满了粗俗、尖锐的话语。通过与普希金笔下光明美好爱情的对比，布罗茨基写出了自己对爱情的看法：它"钻痛神经"，令人痛苦。他同时还对普希金的爱情进行了变形——我曾经爱过您，爱您不成，想要自杀；可自杀又缺乏勇气。即便是无所不能的上帝，也不会"保佑别人也爱您"……这样的爱情也因此具有了比普希金"更深刻、更广泛的悲剧性"②。

但与此同时，诗中又充满清醒的认知。诗人试图模仿普希金，以崇高的忍耐与妥协表达对所爱之人的祝福："我曾经爱您那样强烈，那样无望，／上帝保佑别人也爱您。"可紧接着，他又话锋一转——"但上帝不会！"——并以巴门尼德学说进行阐释。巴门尼德学说是一种唯心主义思想，它在哲学史上第一次提出了"存在"的概念，认为只有永恒的、静止的"存在"才是真实的，而运动着、变化着的世界万物则都是"虚妄

---

① ［俄］普希金：《普希金诗选》，高莽等译，人民文学出版社2015年版，第327页。
② 刘文飞：《诗歌漂流瓶：布罗茨基与俄语诗歌传统》，浙江文艺出版社1997年版，第70页。

的意见"和"空洞的声音"①。显然，诗人在这里表达出了一种嘲讽，但讽刺本身并不重要，诗人试图传达出的是对人类情感本质的理性思考：爱情不过是昙花一现的虚幻存在，所以没必要因此而自杀。如果说，普希金以宽容高尚的心接受无回报的爱，并祝所爱之人获得幸福，那么布罗茨基则从根本上否定了这一情感，并试图与生命进行清算以结束痛苦。这就与普希金形成了鲜明对照。

而在古希腊罗马意象的隐喻中，布罗茨基也借助不同的形象描写了爱情，阐释了自己对情感的负面看法。这一段诗人笔下曾以死为誓的爱情，在时间的流逝中走向了背叛，并最终导致了个体存在的毁灭。结合布罗茨基个人的情感经历，或许可以更好地理解为何他对爱情持否定态度。

早在写于1962年的《十四行诗》（Сонет）中，年轻的诗人便借庞贝古城的悲剧命运表达了自己对爱情的决心。爱情自古以来便是文人墨客笔下万古常新的话题，对爱情的歌颂多是感人肺腑的。人们也习惯了"在天愿作比翼鸟，在地愿为连理枝"的柔情誓言，可布罗茨基笔下的抒情主人公却以死亡为誓，向恋人表白自己的一片痴心：

>我们重新生活在海湾，
>白云在我们头上飘游，
>当代的维苏威火山嘎吱作响，
>灰尘在巷道里沉积，
>巷子里的玻璃颤动作响。
>不知何时我们也将被灰尘掩埋。
>
>因此我想在这个不幸的时刻
>乘坐电车来到郊区，
>走入你的房屋，
>如果经过数百年
>挖掘队来到我们的城市，
>那么我希望自己被发现时
>永久地留在你的怀里，
>落满新的灰烬。（Ⅰ，188）

---

① 北京大学哲学系/外国哲学史教研室编译：《古希腊罗马哲学》，生活·读书·新知三联书店1957年版，第52—53页。

写作这首诗的 1962 年，对布罗茨基而言是生命中具有特殊意义的一年。正是这一年年初，他在鲍里斯·季申科的介绍下与玛丽娜·巴斯玛诺娃相识。这是一位才情出众的年轻画家，她的聪明、漂亮给所有见过她的人都留下了深刻印象。对诗人而言，此后很多年，他生活的核心事件便是与玛丽娜的恋情和分手。普希金在《先知》（Пророк，1826）一诗中提到，天上的六翼天使赐予诗人以视觉、听觉和声音。而布罗茨基则坚信，他身上的这种巨变，来源于对一位女性的爱："我原本是瞎子。/你现身又躲藏，/给了我视力。"（诗集《乌拉尼亚》）① 可以说，这首诗也是布罗茨基自身的爱情宣言，他借助庞贝古城的悲剧命运，对恋人做出了庄严的承诺。

众所周知，公元 79 年维苏威火山大爆发，一夜之间将繁华的庞贝古城活埋于火山灰下。幸运的是其街道房屋保存较为完整，为后来的考古挖掘提供了众多关于古罗马社会生活和文化艺术的宝贵资料。这首诗中，庞贝古城的命运被转移至列宁格勒的现实中。诗歌第一节中，抒情主人公想象着自己身处火山爆发的前刻："当代的维苏威火山嘎吱作响，/灰尘在巷道里沉积，/巷子里的玻璃颤动作响。"死亡已经初现端倪："不知何时我们也将被灰尘掩埋。"而就在这个不幸的时刻，主人公向恋人许下誓言，"乘坐电车来到郊区，/走入你的房屋"。他选择与恋人一起，共同迎接死亡：将这爱情的美丽在瞬间凝固，含泪成为永恒的模子，成为挖掘队眼中紧紧依偎的恋人。共同的死亡使他们的爱情成为永恒，也成就了不朽。城市的灰尘在此变为了世纪（庞贝古城）的灰尘，双重风景创建了丰富的时间内涵、凸显了永恒。可以说，这首诗中，抒情主人公正是以庞贝古城的悲剧命运向恋人表明了自己"不求同生，但愿共死"的忠贞誓言。这是一份深沉的、超越了尘世变迁的爱。可这一份爱，却在岁月的流逝中，在时间的变形中，逐渐偏离了原有的轨道。

之后，在写于 1966 年的《赠予安德烈·谢尔盖耶夫瓶上的信》（Стихи на бутылке, подаренной Андрею Сергееву）一诗中，爱情情节再次出现。只不过这一次，它化身为古罗马诗人普罗佩提乌斯（Проперций）与他挚爱的女子卿提亚（Цинтия）之间的爱。在这一段关于约会场景的描述中，普罗佩提乌斯手捧鲜花，满心的期待和喜悦映衬出卿提亚的漫不经心：

---

① 参见［美］列夫·洛谢夫《布罗茨基传》，刘文飞译，东方出版社 2009 年版，第 78—79 页。

> 卿提亚往后看，往后
> 她看到：普罗佩提乌斯进入花园，
> 他手中拿有鲜花。
> 普罗佩提乌斯往前看。
> 卿提亚，你在哪里？
> 而卿提亚嘴里
> 含满了水。
> 卿提亚望着乌云中
> 鹰的飞行。
> 听不到，她心爱的朋友
> 说着什么。
> 玫瑰的芬芳弥漫
> 在普罗佩提乌斯周围，在
> 树木周围，树木喧嚣，喧嚣。①

在随笔《写给贺拉斯的信》（Письмо Горацию）中，布罗茨基写道："甚至普罗佩提乌斯（对我而言）更容易想象他的外表特征：瘦弱的、病态的……"（Ⅵ，365）这位以写作爱情哀歌闻名的罗马诗人，其诗作只专注于一位能歌善舞、才貌双全的女子——卿提亚。普罗佩提乌斯对卿提亚的热烈爱情吸引了布罗茨基，他将自己比作普罗佩提乌斯，而卿提亚则更像是诗人所钟爱的女子玛丽娜。或许正是普罗佩提乌斯影响了布罗茨基的决定，促使他将献给玛丽娜·巴斯玛诺娃的所有诗收集到一本书中，一本关于"一次爱情，唯一爱情"的哀歌之书——《写给奥古斯塔的新诗篇》。并且，"收入到该书中的诗，仿佛构成了一部小说的章节"②。

然而，为了更好地理解卿提亚的形象，我们最好还是回到她的文学形象中。在古希腊诗人们所歌颂的女性形象中，卿提亚是一个鲜活生动的人物，她就像是热烈而复杂的爱情象征，那种从一开始便可看出结局端倪的爱情；除此之外，卿提亚——这是一个迷人却阴险的女人，时常轻易背叛

---

① Бродский И.А., *Сочинения Иосифа Бродского в 4 томах*. Т.2, сост.Комаров Г.Ф., СПб: Пушкинский фонд, 1994, с.19.
② Ефим Курганов, "Бродский и исскуство элегии", сост.Гордин Я.А., *Иосиф Бродский: творчество, личность, судьба*, СПб: Журнал "Звезда", 1998, с.176.

自己所爱的男人。①

　　从这首诗中可以看出，时隔四年之后，爱情中双方的位置已不相当：普罗佩提乌斯手里捧着美丽的鲜花，满心热切呼唤心爱的女子；卿提亚看到了他，可她"嘴里含满了水"，不回应他的呼唤。她抬头仰望乌云中鹰的飞行，脑海里已不再关注恋人的话语。只有玫瑰的芳香依然环绕在普罗佩提乌斯的周围，给予他爱情的美好幻觉。玫瑰是诗人所喜爱的花朵，同时也是世界文学中表达爱情的传统形象。但这里，玫瑰吸引诗人的显然是它短暂的盛放与转瞬即逝的美好。诗中作为爱情象征的玫瑰依然芬芳弥漫，却无法再吸引卿提亚的心。这样不相当的爱情，接下来便会走向离别，走向背叛。

　　于是，1968年，在《我主的纪元》（Anno Domini）一诗中，卿提亚的形象再次出现，只是这里爱情的版本已发展为另一模样：

> 而我，见过世面的作家，
> 骑驴穿越了赤道，
> 透过窗外看熟睡的山丘
> 思考着我们不幸的相似：
> 皇帝不愿看见他，
> 我的儿子与卿提亚不愿看见——我。
> ……
>
> 祖国……别的先生们
> 在卿提亚家中做客
> 他们俯身靠向摇篮，就像现代博士。
> 婴孩打盹。星星微微发光，
> 恰似冷却的洗礼盆之下的炭。
> 而客人们，没有碰头，
>
> 谎言的光晕代替光环，
> 而无瑕的受孕②——恰似谣言，

---

① Паола Котта Рамузино, "Бродский и Проперций: в поиске подтекста", сост. Полухина В.П., и др., *Иосиф Бродский: стратегии чтения: материалы междунар. науч. конф.*, 2-4 сент. 2004 г. в Москве, Москва: Изд-во Ипполитова, 2005, с.313.
② 即"圣灵感孕"，圣母玛利亚受圣灵感孕而生下耶稣。

> 关于父亲的形象避而不谈……
> 宫殿变空。楼层熄灭。
> 一个。另一个。并且,最终,最后一个。
> 整个宫殿只剩两扇窗
>
> 亮着光:我在自己的窗前,背朝光源,
> 观看,月亮的圆盘如何划过
> 稀疏的树林,我看到——卿提亚,雪;(Ⅱ,214—215)

这首诗中,爱情成分中增添了新的角色——作为爱情结晶的婴儿。整首诗仿佛是以普罗佩提乌斯的口吻写成,他以旁观者的冷峻审视自己所爱的女人。此时,"我的儿子与卿提亚不愿看见——我",分手已成为必然的结局,可更令人心痛的是"别的先生们/在卿提亚家中做客","谎言的光晕代替光环,/而无瑕的受孕——恰似谣言","关于父亲的形象避而不谈……"爱情中所出现的已不仅是单纯的离别,还有背叛。抒情主人公被拒绝见到心爱的儿子与卿提亚,可家中却出现了"别的先生们"。宫殿日益空洞,而比宫殿更空洞的还有他的心。宫殿的灯光一个一个熄灭,恰如抒情主人公的希望,一点点被磨灭。生命的微光近似"仅剩两扇窗中的光"。就在这时,背朝光源,他看到了月亮、树林、卿提亚、雪。卿提亚在月亮、树林和雪的背景中梦幻般不真实,恰似抒情主人公脑海中出现的幻觉……爱情的悲剧已接近尾声,却还未导致最终的毁灭。

值得一提的是,诗句——"整个宫殿只剩两扇窗/亮着光"——在这里出现并非偶然。这是因为,"建筑"因素在布罗茨基的诗歌创作中一直起着重要作用。在诗人看来,这与自己出生与成长的城市——圣彼得堡有着密切联系:圣彼得堡——这是"韵律之校",这是"结构之园"。[①] 可以说,他借助这一形象生动地传达了抒情主人公内心的空洞与绝望。

显然,这首诗中明显渗透了布罗茨基的个人经历。1967年10月,布罗茨基与玛丽娜的儿子出生,取名为安德烈·奥西波维奇·巴斯马诺夫(随母亲玛丽娜·巴斯玛诺娃的姓)。而写这首诗的1968年,他则与玛丽娜彻底分手。这段关系中最为悲剧性的时刻出现在1963年与1964年之交。1963年秋,当官方对布罗茨基的诬陷在列宁格勒愈演愈烈时,因担

---

① Биргитт Файт, "У меня нет принципов, есть только нервы…", сост.Полухина В.П., *Бродский И. Книга интервью*, Москва: Захаров, 2011, c.620.

心遭到逮捕,他前往莫斯科,并在当地一家精神病院迎接了新年。可与此同时,他最心爱的女子玛丽娜·巴斯玛诺娃却与被他视为自己最好朋友的德米特里·博贝舍夫在列宁格勒弄出了一段罗曼史。他曾期盼"死亡也不能将彼此分开"的女子就这样背叛了自己,而同时背叛的还有被他视为知己的好友。这双重的打击令布罗茨基如此绝望,他曾在1964年的1月试图割断静脉自杀。① 特别是1968年,他与玛丽娜彻底断绝了关系(二人已育有一子)。朋友们都将当局对布罗茨基的迫害视为一个具有社会—政治意义的可怕事件,但对于当时的布罗茨基来说,失去自己视为妻子的那位女人,这才是真正的悲剧。②

事实上,在布罗茨基看来,背叛正是"俄罗斯文学中本质的、永恒的主题之一"③。从这一意义来讲,他正是遵循了俄罗斯文学的传统。在同样完成于1968年的长诗《戈尔布诺夫与戈尔恰科夫》中,布罗茨基也提及了"爱情"主题。其中他对爱情的思考,正是以"背叛"为核心,通过"鸡油菌"这一形象体现出来的。在疯人院这一沉默而压抑的"黑暗王国"中,对爱情的向往本应成为主人公戈尔布诺夫为自己寻到的"一线光明",它本应作为幸福的象征给予主人公莫大的精神安慰,使其灵魂得以拯救。然而,戈尔布诺夫所珍视的爱情,却偏偏无法使他得到任何慰藉:"鸡油菌并非无害,而对于我,/它们是灵魂健康之敌。"(Ⅱ,255)

从诗中戈尔布诺夫断断续续的陈述中可以得知,他曾结过婚,有过妻子,并且,还努力使妻子为自己生了一个女儿,以为这样便可以留住她的心。然而,这一切都是徒然。绝情的妻子还是带着女儿离开了他。正是妻子的离开给了戈尔布诺夫致命的一击。这一来自亲密之人的背叛,在诗人看来,无异于自我的背叛,是最令人绝望的。因而诗中相应也出现了戈尔恰科夫对戈尔布诺夫的背叛。第八章结尾处,戈尔恰科夫说道:"……我爱你,并将你出卖给痛苦。"(Ⅱ,272)显然,"背叛"成为这一时期诗人眼中爱情的代名词——这是诗人对爱情本质深入思考的结果。

事实上,爱情中的背叛对布罗茨基所造成的巨大的心理创伤影响了他数十年,甚至是一生。在写于80年代中期的《提比略雕像》(Бюст Тиберия,1984—1985)一诗中,还依稀可见这一背叛在诗人心中刻下的

---

① [美]列夫·洛谢夫:《布罗茨基传》,刘文飞译,东方出版社2009年版,第79—80页。
② [美]列夫·洛谢夫:《布罗茨基传》,刘文飞译,东方出版社2009年版,第98页。
③ Ева Берч, Дэвид Чин, "Поэзия – лучшая школа неуверенности", сост.Полухина В.П., *Бродский И. Книга интервью*, Москва: Захаров, 2011, с.62.

伤痕：

> 两千年后我向你
> 致敬。你也曾娶过浪荡女子。
> 我们之间有不少相似。（Ⅲ，274）

罗马皇帝提比略曾被迫迎娶了屋大维的女儿尤利娅，而后者因犯通奸罪而遭到流放。诗人在这里也暗示了自己的情感创伤。

可以说，正是在背叛中，布罗茨基看到了爱情的最终结局——毁灭。于是，1969年，诗人写下了著名的《狄多与埃涅阿斯》（Дидона и Эней）一诗。这首诗中，爱情又化身为古希腊神话中狄多与埃涅阿斯的故事，并最终以狄多自杀身亡的悲剧展示了其彻底的毁灭。曾以死亡为誓的爱情，最终却在绝望中走向了死亡。诗中布罗茨基的声音与神话中女主人公的内心独白有机地融合在一起：

> 这个伟大的男人远眺窗外，
> 而对于她，整个世界的终端
> 就是他宽大的希腊外衣的边缘，
> 是如凝固的大海一般的外衣上
> 那丰富的褶皱。
> 　　　　他却
> 远眺窗外，他此时的目光
> 离此地如此遥远，双唇
> 冷却成一只贝壳，其中
> 潜伏着呼啸，酒杯中的地平线
> 静止不动。
> 　　　　而她的爱
> 只是一尾鱼——它或许能够
> 跃进大海跟随着那船
> 用柔软的身体劈开波浪，
> 有可能把它超出……然而他——
> 他沉思着已踏上滩头。
> 大海于是成了眼泪的大海。
> 但是，众所周知，正是

>   在绝望的时刻，吹起
>   一阵顺风。于是伟大的丈夫
>   离开了迦太基。
>   　　　　　她伫立，
>   面对她的士兵在城墙下
>   燃起的一堆篝火，
>   火焰和青烟之间颤抖着幻象，
>   她在这幻象中看见，
>   迦太基无声地倾塌了
>
>   比卡托的预言早了许久。（Ⅱ，313）　　　　（刘文飞译）

　　狄多与埃涅阿斯的故事取材于古希腊神话传说，这一故事在古罗马诗人维吉尔的史诗《埃涅阿斯纪》中也有记载：特洛伊城的英雄埃涅阿斯在特洛伊沦陷后流亡至迦太基避难，迦太基女王狄多盛情招待了埃涅阿斯，并热烈地爱上了他。而当得知埃涅阿斯要出发前往意大利时，狄多甚至"用眼泪、用乞求去打动他，让自尊心屈服于爱情"。面对女王的痴情，埃涅阿斯并非不动心——他"频频受到恳求的袭击而动摇不定，在他伟大的心胸里深感痛苦"，[①]但神的旨意却要埃涅阿斯离开此地重建家业（建立罗马城）。这一不可抗拒的使命感迫使埃涅阿斯决定听从神的召唤，毅然离开了迦太基，离开了深爱他的狄多。而狄多则在心碎中选择了自尽，以死亡祭奠自己的爱情。

　　阿赫玛托娃也曾在自己的诗歌中阐释过狄多与埃涅阿斯的故事。在写于1962年的诗歌《别怕——我如今依然可以……》（Не пугайся - я ещё похожей…）中，她便以狄多的视角为主展现了女主人公的内心活动。诗人笔下的狄多兼有女王的高贵与女性的柔美。对她而言，爱情与幸福——这便是生活的全部，没有它们生命便无法继续。狄多甚至在死亡之后依然对埃涅阿斯充满了柔情：

>   别怕——我如今依然可以
>   把我们描绘成相似的样子。
>   你是幽灵——还是路人，

---

[①] ［古罗马］维吉尔：《埃涅阿斯纪》，杨周翰译，译林出版社2018年版，第94、96页。

> 我不知为何仍珍惜你的影子。

过往的一切并没有被忘记。狄多清晰记得属于他们的故事，但同时心中也充满委屈，她并不希望所爱之人在命运指使下离开自己。因此，她对埃涅阿斯倾诉道：

> 你短暂成为我的埃涅阿斯，——
> 我那时仅遭遇了篝火。
> 我们可以彼此沉默，
> 你也忘记了我可恶的屋子。
>
> 你忘记了那，在恐惧与痛苦中，
> 穿过火焰伸展的双臂
> 以及该死希望的消息。
>
> 你不知道，你已被原谅……
> 罗马已建立，成群舰队驶来，
> 恭维也吹捧胜利。①

尽管维吉尔的《埃涅阿斯纪》中，主人公最终未能获得所爱女子的原谅——当埃涅阿斯下到冥界再次遇到狄多并试图用话语来抚慰她时，狄多却"满腔怒火，瞋目而视"②——但阿赫玛托娃使自己的狄多变得更为强大。在她的阐释中，狄多原谅了埃涅阿斯："你不知道，你已被原谅……"在笔者看来，这就像是诗人早期创作中抒情女主人公对待爱情态度的延续。在写于1912年的《我的声音微弱，但意志并未衰退……》一诗中，读者可以感受到这份克制与坚定："我的声音微弱，便意志并未衰退，/没有爱情我甚至感觉更好。/蓝天高远，山风吹拂，/我的意愿纯洁无邪。"③ 显然，这里重要的已不是真实的情感纠葛，而是"有限对无穷的眷恋"。炽热的恋情变为了冷静的吟唱。在阿赫玛托娃笔下，爱情常

---

① Ахматова А.А., *Стихотворения и поэмы*, сост. В. М.Жирмунский, Москва: Советский писатель, 1976, с.243.
② [古罗马]维吉尔:《埃涅阿斯纪》，杨周翰译，译林出版社2018年版，第155页。
③ Ахматова А.А., *Собрание сочинений в шести томах*, том 1, Москва: Эллис Лак, 1998, с.95.

常是一种"语言",一种"记录时间信件的密码"。①

在作于 1969 年的《狄多与埃涅阿斯》中,布罗茨基同样表达了自己对这一爱情的看法,但与阿赫玛托娃不同的是,他同时展现了"狄多与埃涅阿斯"两个人的形象。埃涅阿斯是伟大的男人,他将祖国而不是个人的利益放至第一位。因此,他选择了责任与出走。而狄多则恰恰相反,她并未看到自我生命在所爱之人离开之后的意义。简言之,她沉溺于自己的爱情,而他早已超越了情感。

这是一首无韵诗,诗歌韵律的不和谐恰恰体现了埃涅阿斯的焦虑与狄多的恐惧。诗中充满离别的痛苦,却也传达了庄严和崇高之感。这里再次印证了诗人的爱情观:爱情在他看来就像是"磁铁"相斥的两极,是"双方渴望结合却又无法实现的幻影"②,是最终无法圆满的情感悲剧。而这一悲剧在布罗茨基笔下关于阿里阿德涅与忒修斯、俄耳甫斯与欧律狄刻的故事中也有所体现。忒修斯迫于酒神巴克斯的威胁而离开了曾帮助自己,并真心爱上自己的克里特岛公主阿里阿德涅,将她独自留在荒岛中:

  我离开城市,就像忒修斯离开——
  自己的迷宫,留下米诺陶洛斯③
  腐烂,而让阿里阿德涅——
  在酒神的怀抱中柔声交谈。(Ⅱ,199)
    《去往斯基罗斯岛的路上》(По дороге на Скирос,1967)

而在《没有音乐的歌唱》(Пенье без музыки,1970)一诗中,出现在读者面前的则是"不能看到对方"的俄耳甫斯与欧律狄刻:"就像一面镜子,看往那里的/是无法彼此对视的/人"(Ⅱ,388)。在神话故事中,当歌手俄耳甫斯因失去爱妻悲痛不已,前往地府拯救她时,冥后珀耳塞福涅刻意叮嘱他"一眼也不能看跟在身后的妻子"。可俄耳甫斯无法自控地回头,导致了欧律狄刻的第二次死亡。④可见,古希腊罗马神话中,吸引

---

① [美]布罗茨基:《文明的孩子——布罗茨基论诗和诗人》,刘文飞、唐烈英译,中央编译出版社 1999 年版,第 110 页。
② Владимир Маранцман,"Античные и библейские мотивы в поэзии И.Бродского", сост. Полухина В.П.и др., Иосиф Бродский: стратегии чтения: материалы междунар. науч. конф, 2 - 4 сент.2004 г в Москве,Москва:Изд - во Ипполитова,2005,с.305.
③ 古希腊神话中克里特岛迷宫中半人半牛的怪物。
④ [德]古斯塔夫·施瓦布:《古希腊神话与传说》,高中甫等译,中国友谊出版公司 2012 年版,第 56 页。

诗人注意的首先是相爱之人的悲剧性结局。而在《狄多与埃涅阿斯》一诗中，布罗茨基所刻画的"狄多与埃涅阿斯"的形象就像是古希腊罗马风格的大理石浮雕，那里他们都有着属于自己的"典型姿势"[①]：埃涅阿斯望着窗外，望着大海，望着无边无际的世界——"他此时的目光/离此地如此遥远。"埃涅阿斯的静止是一种假象，他的衬衣"那丰富的褶皱"就像是"凝固的大海"，双唇"冷却成一只贝壳，其中/潜伏着呼啸"，而目光，战胜了酒杯中的地平线，已随思绪踏上了大陆……大海使他与迦太基割裂开来。尽管埃涅阿斯留给狄多的是一个背影，但她所有的目光都集中在他的身上："而对于她，整个世界的终端/就是他宽大的希腊外衣的边缘。"这是狄多女王满目深情的凝视，面前的这个男人，便是她情感世界的全部，是她内心小小王国的坚实支柱。他们有着不同的心愿，因此目光也看往不同的方向——埃涅阿斯"远眺窗外"，他的目光是单向的，指向出发的远方。他无法停下来将焦点集中于自己的情感中。而狄多一开始便沉浸于自己的忧伤心绪中。

埃涅阿斯的领域，可以说是大海和无边的世界；而狄多的领域，仅是房间里有限的空间，是埃涅阿斯的衣服和她自己的城堡迦太基。男人与女人的情感空间领域形成鲜明的对比。爱情可以促使女王放弃一切追随埃涅阿斯而去，但诗人却又限制了这一运动的边界——"而她的爱/只是一尾鱼"。鱼儿能够追逐航船，却无法追上埃涅阿斯的感受与思绪。他的心早已不在海里，而是飘向了大陆。在那一片领域，鱼儿无能为力。它无法跃上大陆自由生活，狄多也无法始终陪伴在埃涅阿斯的身边。

这便是主人公的差别。其中一个是"伟大的丈夫"，他属于世界；而另一个只是沉浸于爱情中的女子，她将所有的注意力都集中在对他的爱中。诗歌内部也因此隐含着"严峻的冲突"[②]——埃涅阿斯不可能留下来，狄多也不可能没有他的爱生存。而在诗歌的结尾处，这一矛盾彻底爆发了：

---

[①] Владимир Маранцман, "Античные и библейские мотивы в поэзии И.Бродского", сост. Полухина В.П.и др., *Иосиф Бродский：стратегии чтения：материалы междунар. науч. конф*, 2 - 4 сент. 2004 г.в Москве, Москва：Изд - во Ипполитова, 2005, с.306.

[②] Владимир Маранцман, "Античные и библейские мотивы в поэзии И.Бродского", сост. Полухина В.П.и др., *Иосиф Бродский：стратегии чтения：материалы междунар. науч. конф*, 2 - 4 сент. 2004 г.в Москве, Москва：Изд - во Ипполитова, 2005, с.306.

大海于是成了眼泪的大海。
但是，众所周知，正是
在绝望的时刻，吹起
一阵顺风。于是伟大的丈夫
离开了迦太基。（Ⅱ，313）

主人公们茫然的绝境就此以悲壮的方式得以解决。狄多女王柔情呼唤的大海对她而言成了"眼泪的大海"，无边无际的"眼泪之海"映衬出她心中失去爱人的肝肠寸断。我们知道，大海本身便是咸的，这恰似眼泪的味道。在《奥德修斯致忒勒马科斯》一诗中，笔者提及，大海在诗人笔下往往是离别与死亡的象征。通常而言，布罗茨基在"大海"这一神话及世界文学传统形象中首先关注的并非其自由奔放的力量，而是人类在大海面前深深的无力感，特别是其吞噬一切的无底深渊所传达出的恐惧与死亡气息。正如研究者托波罗夫（В.Н.Топоров）所指出的，"大海作为内容丰富且充满力量的形象，指向人类意识存在的深处，紧张而尖锐地将死亡主题推至人们面前"①。

因此，这里的大海不仅意味着离别，同时还隐喻了无边的悲痛，预示着死亡的到来。诗歌的结尾充满了悲剧感，就像是大自然灾害——地震、火山爆发。而"篝火"这一形象的出现，不仅意味着狄多所有的希望在其中被燃烧殆尽，而且还惊人地形象化：狄多对埃涅阿斯炽热的爱情，就像是那"燃烧一切的篝火"——如果情感的能量未能释放到世界的空间中，那么，它对这一情感的承载者而言就具有毁灭性。② 颤抖的幻象，是篝火，还是眼泪，迷蒙了狄多的双眼。她试图一直用目光追随埃涅阿斯远去的航船，于是空间消失了、生活中断了："迦太基无声地倾塌了/比卡托的预言早了许久。"罗马的元老卡托一贯地预言着迦太基的毁灭，这一意义在最后一行诗中应该说不是"预言"，而是"诅咒"。诗歌中所发生的事件应该说是人类情感的结果，是希望破灭之后的彻底毁灭。因而，最

---

① Анна Александрова,"Эволюция архетипа воды в творчестве И.Бродского на примере образа моря（Океана）", сост.Полухина В.*Иосиф Бродский: стратегии чтения*, Москва: Ипполитова, 2005, c.239
② Владимир Маранцман,"Античные и библейские мотивы в поэзии И.Бродского", сост. Полухина В.П.и др., *Иосиф Бродский: тратегии чтения: материалы междунар. науч. конф*, 2–4 сент.2004 г.в Москве, Москва: Изд-во Ипполитова, 2005, c.306.

终，迦太基女王的命运也预示着这座城堡的灭亡。她将自己的心交给了罗马创始人，却在爱的无望中走向了生命的终结。

人类的情感超越了历史事件的进程。对于狄多的悲剧命运，诗人是怀有深深的同情的，尽管他一贯认为，世界的宏大空间超越了爱情。这首诗中女主人公的内心独白与作者的声音融合在一起，而关于埃涅阿斯的心理活动，我们只能通过狄多眼中的映像来猜测。埃涅阿斯远眺窗外目光透露出坚不可摧的冷静，他紧抿的双唇冷却成一只贝壳，不动声色，可其中却"潜伏着呼啸"。他内心进行着激烈的斗争，可表面却波平如水。理智与情感的冲突在此到达了张力的边缘。可以说，布罗茨基的诗歌，和所有真正的文学作品一样，在读者心中产生了"逆向情感"（противочувствие）的运动——恰如苏联著名心理学家维戈茨基（Л.С.Выготский）在《艺术心理学》（Психология искусства）一书中所描述的那样，形成了强烈的艺术感染力。[①] 而诗人心中也充满了矛盾：他在理智上欣赏威严伟大的埃涅阿斯，在情感上却又同情陷入爱情无可逃脱的狄多。

最终，"她在这幻象中看见，/迦太基无声地倾塌了"。这一可视图景使结尾充满了象征意义：爱情的毁灭同时意味着城市的毁灭。狄多失去了爱情，同时也失去了用爱筑起的生命城堡。诗行在此浓缩而精确，带着不可遏制的激情准确表达了狄多的心境，折射出痛苦的情感张力。而这之后诗行的间隔，则给读者形成了情感上的缓冲地带，用来延缓悲剧的效果。此外，极端仇视迦太基的古罗马执政官卡托死于公元前149年，而迦太基则是在公元前146年为罗马人所灭，这里所写的"比卡托的预言早了许久"，在笔者看来，"并不一定是指真实的历史时间"，而是"狄多在篝火中所见的幻象"[②]，是她内心深深的绝望。理智最终战胜了情感，却将情感引向了死亡、引向了毁灭。整首诗中诗人并未提及主人公的姓名——埃涅阿斯被称为"伟大的男人"，而狄多则只是用"她"来替代。诗人在此并未做出任何评判。他只是冷静地展示出两种不同的爱情观以及由此引发的命运冲突与碰撞。事实上，这也体现了布罗茨基在情感表达上的"克制与分寸"。据诗人所言，这在一定程度上要归功于阿赫玛托娃："与作

---

[①] Владимир Маранцман，"Античные и библейские мотивы в поэзии И.Бродского"，сост. Полухина В.П.и др.，*Иосиф Бродский：стратегии чтения：материалы междунар. науч. конф.，2 - 4 сент.2004 г.в Москве*，Москва：Изд - во Ипполитова，2005，с.307.

[②] 刘文飞：《诗歌漂流瓶：布罗茨基与俄语诗歌传统》，浙江文艺出版社1997年版，第74页。

为个人及诗人的安娜·安德烈耶夫娜·阿赫玛托娃的相识,我所收获的主要教训便是'克制'——对自己身上所发生的一切保持克制,无论是好是坏。我想,这一教训于我而言终生受用。就这一意义来说我的确是她的学生。"①

关于自己写这首诗的原因,布罗茨基是这样解释的:"有两个原因:第一个是安娜·阿赫玛托娃关于狄多与埃涅阿斯的诗组。她在与爱人分离后写下了这些诗。她将自己比作狄多,而那个人则是这一埃涅阿斯,顺便说一句,他还活着;第二个多多少少影响我写下这首诗的原因,是亨利·普赛尔(Генри Пёрселл)的歌剧《狄多与埃涅阿斯》。那里有狄多所唱的著名咏叹调,听起来如此发自肺腑,如此激动人心,里面有这般的绝望。当伊丽莎白·施瓦茨科普夫(Элизабет Шварцкопф)唱《记住我》时,我想起这些。相当不可思议的声音。"

"这就是我写下这首诗的两个原因。但这不是爱情诗。《狄多与埃涅阿斯》——这是一首关于毁灭的诗——迦太基的毁灭,它发生在现实中的毁灭之前。从某种意义上来说它更多的是历史题材。埃涅阿斯离开了狄多。她不想他离开,但他还是离开了。根据传说,他创建了罗马,他的军队在很多年后毁灭了迦太基。这里讲的是爱情及爱情中的背叛行为。它的后果往往是不显著的,但我试图让它们变得更显著一些。"②可见,在布罗茨基看来,正是背叛导致了爱情最终的毁灭,一切都烟消云散。显然,与阿赫玛托娃一样,布罗茨基以当代人的视角阐释了这一古老的神话情节,并赋予了爱情内容更多的含义。

这样一来,布罗茨基笔下古希腊罗马意象隐喻中的爱情主旨有了一条明晰的发展线索:庞贝古城恋人以死为誓的爱——卿提亚与普罗佩提乌斯之间的情感波动——卿提亚的背叛——狄多与埃涅阿斯之间爱的毁灭(死亡)。爱情始于死亡誓言,终于死亡结局——这便是诗人心目中爱情在时间流逝中的结果,是时间作用于人类情感的结果。纵然不排除有更好的结果,白头偕老、恩爱终生也是文学作品中时常出现的结局,可诗人眼中所看到的更多则是时间的冷酷无情与爱情的不堪一击。自然,这与诗人个人的情感经历密切相关:"判决就时间而言与我个人生活中巨大的悲剧

---

① Евгений Горный, "Реальность абсолютно неконтролируема", сост. Полухина В. П., *Бродский И. Книга интервью*, Москва: Захаров, 2011, с.728.

② Анн-Мари Брумм, "Муза в изгнании", сост. Полухина В. П., *Бродский И. Книга интервью*, Москва: Захаров, 2011, с.19-20.

性事件，与所爱女子的背叛等相吻合。"① 与此相应，人性在布罗茨基眼中也是"恶"的，而未来则是"悲"的："但我认为，即将到来的时代，更新中的世界将会变得更少精神性，更多相对性，更无个性，我会说，更缺乏人性。"②

## 第三节　生命：虚无

布罗茨基笔下经常出现对个体生命存在的思考。古希腊罗马意象中，他用不同的形象对人的一生进行了形而上学层面的剖析，隐喻了个体生命的虚无。在诗人看来，人一生的命运，无论曾何等辉煌，终究会在时间之河中被涤荡为"零"的存在，透露出深刻的虚无本质："生命——虚无与违反规则的/同义词。"（Ⅲ，285—286）而死亡，则仿佛是这一虚无的直接证明。

在作于1962年的《十四行诗》（Сонет）中，布罗茨基重现了古希腊神话中特洛伊战争时期两大英雄——赫克托耳与埃阿斯的命运悲剧。诗人以死亡为视点，对他们的命运进行了阐释：

> 伟大的赫克托耳被乱箭射死。
> 他的灵魂漂游在黑暗的水中，
> 灌木丛簌簌作响，白云黯淡，
> 远方安德罗玛开在抽咽。
>
> 如今埃阿斯在悲伤的夜晚
> 徘徊于齐膝的清澈溪水中，
> 而生命从他睁开的双眼中
> 紧追赫克托耳而去，温暖的水
> 已升至胸膛，但黑暗透过
> 波浪和灌木丛溢满他深邃的目光，
> 随后水再次降至腰部，

---

① Свен Биркертс，"Искусство поэзии"，сост.Полухина В.П.，*Бродский И.Книга интервью*，Москва：Захаров，2011，с. 90.
② Анн‐Мари Брумм，"Муза в изгнании"，сост.Полухина В.П.，*Бродский И.Книга интервью*，Москва：Захаров，2011，с. 28.

沉重的剑，被水流托起，
漂至前方
引领着埃阿斯。（Ⅰ，206）

  这首诗由两节构成，以诗人早期创作中较为典型的五音步抑扬格为律，节奏严谨而矜持，凸显了英雄悲剧色彩的浓重与崇高。第一节着重刻画了赫克托耳的命运——死亡，第二节则转为叙述埃阿斯的悲剧——走向死亡。

  特洛伊战争英雄赫克托耳与埃阿斯的形象在古希腊神话及荷马所著《伊利亚特》中都得到了鲜明的刻画。特洛伊大王子——主将赫克托耳英勇善战，臂力过人。他数次带领特洛伊军队击退希腊联军，战绩辉煌。此外，他重情重义，心灵高尚。尽管已预感到特洛伊城的毁灭，万般割舍不下妻儿，却依然选择为保护部落和人民挺身而出——"至于打仗，那是男人的事情，所有／出生在伊利昂的男子，首当其冲的是我，是我赫克托耳"①。最终，他在与希腊联军第一勇士阿基琉斯的决斗中被对方用枪矛刺穿喉部而死。而他的妻子安德罗玛开则是历来文学作品中忠贞妻子的典范。第一节诗行的末尾，正是她为丈夫的死亡悲恸哭泣。

  诗歌第一节诗人用四行诗概述了赫克托耳的悲剧。他被乱箭射死——荷马笔下，赫克托耳是被阿基琉斯用梣木杆的枪矛刺穿喉部而死②——但无论如何，这一死亡已成定局。他曾是"伟大"的战将，可如今也只剩灵魂独自在"黑暗"的水中漂游。诗人特意刻画的"黑暗"之水不仅凸显了死亡，更渲染了这一灵魂的孤独与无助，与他生前辉煌光荣的战绩形成鲜明对比。此刻唯有灌木丛的簌簌声与白云的黯淡映衬他的悲痛。而隐约传来的妻子安德罗玛开的伤心抽咽则表明了赫克托耳孤独的灵魂已远离家乡，远离了亲人，漂往死亡主导的阴间世界……生与死的对照，辉煌与冷清的对比为这位英雄的一生刻上了"虚无"的标签，一切繁华荣耀此刻都失去了意义。

  值得注意的是，这里提及了赫克托耳的"灵魂"。在一次访谈中，布罗茨基曾说过："如果说我作为一名俄罗斯诗人有什么值得自豪的，那么便是，在1961年或1962年，在我最初所写的一首诗——我认为，是我最

---

① ［古希腊］荷马：《荷马史诗·伊利亚特》，陈中梅译，上海译文出版社2018年版，第154页。

② ［古希腊］荷马：《荷马史诗·伊利亚特》，陈中梅译，上海译文出版社2018年版，第527—528页。

初所写的一首好诗中——在四十年或者甚至更长的时间里,我首次在俄罗斯使用了'灵魂'这一词。"① 或许,诗人提及的便是这首诗。之后,在写于1963年的《献给约翰·邓恩的大哀歌》(Большая элегия Джону Донну)一诗中,我们再次看到了这一描写。那里,约翰·邓恩的灵魂同样在哭泣。它与肉体进行着对话:"不,这是我,约翰·邓恩,是你的灵魂。"(Ⅰ,234)

与此同时,"水"在布罗茨基眼中一直是"浓缩的时间形式"②,它的流动就像是时间自身的流动。但该诗节中"黑暗的水"却仿佛是死亡的象征,漂游于其中的只能是亡人的灵魂。如果说这里赫克托耳的死亡尚是一种意外,并非出于己愿,那么,诗歌第二节中,埃阿斯则是自愿选择了死亡。

赫克托耳的灵魂在孤独中寂寞游走已是一种悲剧,而生命鲜活的埃阿斯选择走向死亡则更是悲剧中的悲剧。据希腊神话记载,阿基琉斯战死之后,他的母亲忒提斯提出将儿子的铠甲和武器作为奖品赐予有功的英雄。埃阿斯和奥德修斯都参与了竞争,但最终担任裁判的特洛伊人将代表阿基琉斯荣耀的武器判给了奥德修斯。这一不公平的评判使埃阿斯产生了无可消解的挫败感。他在愤懑中将羊群看作希腊军队举剑疯狂厮杀,后又自觉无颜面对全军将士而拔剑自刎,结束了自己的生命。③ 这位叱咤风云,在战场上久经生死考验的将军,却最终死在了自己解不开的心结中。甚至在《奥德赛》中,当奥德修斯入冥府遇到埃阿斯的魂灵时,看到他因为那次输损,依然"盛怒难平"④。

"如今埃阿斯在悲伤的夜晚/徘徊于清澈的溪水中"——这里"清澈的水"与第一节中"黑暗的水"形成了鲜明对比,以鲜活的生命映衬死亡的灵魂。生命之水依然清澈,并且温暖,生的美好在此可见一斑。可埃阿斯的眼中所看到的,只有"悲伤"的夜晚,只有黑暗与死亡:"而生命从他睁开的双眼中/紧追赫克托耳而去。"

值得注意的是,这一节中"水流"也发生了几次变化:齐膝的清澈

---

① Энн Лаутербах,"Гений в изгнании", сост.Полухина В.П., *Бродский И.Книга интервью*, Москва: Захаров, 2011, с.323.
② Свен Биркертс,"Искусство поэзии", сост.Полухина В.П., *Бродский И.Книга интервью*, Москва: Захаров, 2011, с.80.
③ [德]古斯塔夫·施瓦布:《希腊神话故事》,赵燮生、艾英译,长江文艺出版社2011年版,第412—415页。
④ [古希腊]荷马:《荷马史诗·奥德赛》,陈中梅译,上海译文出版社2018年版,第217页。

溪水——升至胸膛温暖的水——水再次降至腰部。诗人在此似乎是要暗示,流逝的水也不忍夺去埃阿斯的生命,有意将其挽留。可"沉重的剑"却打破了这一希望,它漂至前方,引领着埃阿斯,将他引向了最终的死亡。可以想象,如果这首诗还有第三节,那么将会重复第一节的情景:死亡的埃阿斯,他的灵魂将会像赫克托耳一样漂游在"黑暗的水"中,孤独、冷清,而周围的物也将会为他惋惜,亲人也将为他而哭泣……这样,这首诗便在"死—生—死"之间画了一个完整的圆。即便是战绩卓绝、赫赫有名的大将军,在死亡面前也是如此脆弱与不堪一击。他们的一生,仿佛是一场虚无的梦,以孤独的灵魂游走于"无边的黑暗中"终结……

而这一类似埃阿斯逐渐走向死亡的描述在布罗茨基写于1963年的《来自东方》(Ex Oriente)一诗中也有体现。这里他借助古罗马著名历史学家蒂托·李维(Тит Ливий)的形象,对"生命个体逐渐走向死亡"的虚无进行了描述:

> 是的,确实就像蒂托·李维,他
> 坐在自己的帐篷里,却被
> 周围辽阔的沙堆遮掩
> 揉皱了干枯的手掌中来自罗马的信。
> 太阳炙烤大地。多少个日子连续地
> 他独自徘徊在无水的地方,
> 如今他的目光黯淡下来,
> 他的喉头再也没有唾液。
> 太阳炙烤大地。水银柱上升。
> 而通往帐篷的入口阴森可怖
> 当他思考眼泪的成分时,
> 沙子渐渐将其掩埋。(Ⅰ,274)

这里,消耗生命能量的同样是环境:封闭的沙漠环境,太阳炙烤大地,无水。虽然无法猜测"他"手掌中来自罗马的信内容究竟是什么,但这应该是一封没有带来任何希望的信。或许,在等信时,他也曾有过希望——"多少个日子连续地/他独自徘徊在无水的地方",信念支撑着生命的延续。可如今,收到信之后,他发觉希望彻底破灭,于是"揉皱了干枯的手掌中来自罗马的信",击碎了唯一的期待。最终,在恶劣的环境中,被绝望所包裹,"如今他的目光黯淡下来,/他的喉头再也没有唾液",通往帐篷的入口仿佛也已成为地狱的入口——"阴森可怖",直至最终连眼泪也彻底干涸,他被沙子所掩埋,走向了死亡。而死亡的可怕之处,就在于"它把生命改变成命运"①。

　　诗节一开始便是"就像蒂托·李维",点明了诗歌主人公颇具影响力的生命——蒂托·李维是古罗马著名的历史学家,他以毕生精力所著《罗马史》保存了丰富而宝贵的历史资料,在史学界占有极其重要的地位。可一生的辉煌终究毫无意义。在他接到来自罗马的信后便知道了自己死亡的命运,于是他用干枯的手掌揉皱了信,在绝望中等待死亡的来临。值得一提的是,布罗茨基笔下直接以第三人称代词"他"作为抒情主人公的诗歌是不常见的。这里叙述者刻意拉开了距离,以旁观者的清醒完整观摩了抒情主人公由希望到绝望、由生向死的悲剧历程。生的辉煌与死的悲惨再次得到鲜明映衬。生命飘忽无形,被沙子掩埋的生命个体在世上彻底消失了痕迹,成为永远的虚无。

　　生命的无常与偶然在这里得到深刻揭示。一如诗人所言:"我总是强调,命运——这就是游戏。"(Ⅱ,427)随后,在写于1972年的《致罗马朋友的信》(Письма римскому другу)中,诗人再次对比了两组个体的死亡。这里死亡同样为个体生命的虚无增添了命运的偶然与无常因素:

　　　　这里躺着来自亚洲的商人。他是一位
　　　　精明的商人——能干,却不张扬。
　　　　他很快便死了:热病。他来到这里
　　　　是为了做生意,而不是为了这个。

　　　　他的旁边——是一位士兵,躺在粗糙的石英路下。
　　　　他在无数战役中为帝国争光。
　　　　他有可能死去多少次!可却寿终正寝。
　　　　这里甚至不存在,波斯杜穆斯②,规则。(Ⅲ,10)

　　来自亚洲的商人正值事业蓬勃发展的时刻,他认真踏实,对生命尚抱有很多希望,却不料突然间被疾病夺去了生命,一切在瞬间戛然而止。而曾经无数次在战场上与死神擦肩而过的士兵,却平安地活到了老年——生

---

① 参见杜小真《萨特引论》,商务印书馆2007年版,第96页。
② 莱茵河地区将领,于公元259年自立为帝,建立高卢帝国。

命的悖论性再次得到了充分体现。但无论如何,商人与士兵的存在终究都成了虚无,都走向了死亡。抒情主人公借此思考着人生哲理,他对留在罗马的朋友说道:"这里甚至不存在,波斯杜穆斯,规则。"的确,生命没有规则,死亡同样没有规则,一切都充满了偶然和变数,一切都在生命的时间长河中转化为终极意义的虚无。这里,对亚洲商人死亡的描写是布罗茨基对古希腊诗人西摩尼得斯(Simonides of Ceos)诗行的引用:"我躺进这里的大地,/我来到这儿不是为了这个,而是为了做生意。"① 只是在布罗茨基的诗行中出现了死亡的原因——疾病,而这在西摩尼得斯的诗行中是缺失的。事实上,生命的一切过往,在诗人看来,都已成为废墟,成为时间的尸体。一切的存在都不再具有任何意义:

> 我们活过了多半个人生。
> 正如小酒馆门前的老奴仆对我所言:
> "我们,回首时,看到的只有废墟。"
> 这一看法,当然,很野蛮,但是正确。(Ⅲ,11)

诗人意识到了人类生命在永恒面前的短暂与易逝。他在废墟中思考着自身的存在,试图将永恒与瞬间,过去与现在、未来靠拢。生命进入废墟的永恒中,人的存在以虚无的形式延续着。这一思想在诗人写于1974年的《切尔西的泰晤士河》(Темза в Челси)组诗之四中得到了直接体现:

> 四
> 指使我说出这番话的不是
> 爱情,也不是缪斯,而是失去音速的
> 好奇而平淡的声音;
> 我面墙而卧,回答。
> "这些年你过得如何?"——"就像'oro'里的字母'r'。"

(Ⅲ,77)

显然,这里,诗人用更形象的方式表达了"虚无"的概念。夹杂在"oro"中的字母"r"就像是被"o"所代表的虚无裹挟。随后,在布罗

---

① Сост. С. Апта и Ю. Шульца, *Античная лирика*, Москва:Художественная литература,1968,c.181.

茨基写于1972年的组诗《蝴蝶》(Бабочка)中,"生命存在"于时间中的意义和价值在诗人笔下得到了进一步的深入思考。这首诗就像是诗人的哲学宣言。一方面,他在蝴蝶短暂的美丽中寻找存在的等价物;另一方面,蝴蝶又以"死亡"形象出现,承载着诗人对存在意义的追问。

谈及自己写作《蝴蝶》的缘由,布罗茨基略带调侃说道:"多年前,我在俄罗斯追求一位姑娘。莫扎特音乐会后,我们沿街散步。她对我说:'约瑟夫,你的诗歌中一切都很好,但你在诗歌中永远也无法成功做到将轻盈与沉重相结合,就像莫扎特一样。'这使我有些窘迫。我一直记得这件事,决定写一首关于蝴蝶的诗。希望,我是成功的。"① 显然这里所谓"轻盈与沉重"相结合,指的便是蝴蝶身姿的轻盈与其所承载生命意义的沉重。蝴蝶并非仅是单纯的自然界生物,它同时还是"灵魂"的象征。古今中外,无论是古希腊神话中长有蝴蝶翅膀,与爱神埃罗斯相恋的普绪赫,奥维德《变形记》中的蝴蝶,还是中国民间故事《梁山伯与祝英台》中男女主人公死后双双化蝶,"庄生晓梦迷蝴蝶",等等,"蝴蝶"形象始终与"虚无""死亡"密不可分。这首诗中,诗人正是借美丽、绚烂却又生命短暂的蝴蝶,表达了自己对时间,对存在与虚无的深入思考。

诗歌一开始,诗人便试图说明,蝴蝶这一充满悖论的存在恰似造物主所开的一个玩笑:

一
据说,你已死去?
可你才仅仅活了一天。
造物主的玩笑里
有多少悲伤!(Ⅲ,20)　　　　　　　　　　　(刘文飞译)

地球上的任何生物也无法与宇宙的永恒相比较,诗人正是在这一不对等的关系中看到了造物主那"令人忧伤的玩笑"。可更令人绝望的是,不仅短暂的生命没有意义,甚至日复一日流逝的岁月也未曾留下显著痕迹,成为对度过它的人而言无法避免的虚无:

---

① Еве Берч и Дэвиду Чину, "Поэзия – лучщая школва неуверенности", сост. Полухина В. П., *Бродский И. Книга интервью*, Москва: Захаров, 2011, c.65.

二
随后,岁月之于我们——
虚无。仅仅只是
虚无。(Ⅲ,20)

显然,每一天都使人更接近死亡。诗人仔细观察着死亡的蝴蝶:一方面,它代表逝去的每一日;另一方面,它又象征着整体而言短暂的人类生活。诗人思考着自我存在的意义。可与此同时,蝴蝶鲜艳的色彩却又似乎是对虚无的否定。它展开的双翅印有神秘的图案,勾勒出令人费解的轮廓:

三
据说,你完全
不存在?可我手中
与你如此相似的
又是何物?且色彩——
并非虚无的果实。(Ⅲ,20)
……
四
在你的翅膀上
有瞳孔,睫毛——
美人之,鸟儿之——
告诉我,
这一飞舞的画像,
是谁的面孔碎片?(Ⅲ,21)
……
五
或许,你——是风景,
拿起放大镜,
我看到了一群
大自然女神,舞蹈,海滩。(Ⅲ,21)

这一无生命的昆虫很美。蝴蝶绚丽的翅膀充满"非尘世的花纹、图像与风景"①。这一脆弱的昆虫分明已经死亡，可它的双翅却又似乎包含着整个神秘的世界，象征着蓬勃的生命力。它一方面静止不动，另一方面却又呈现飞行的动态，有着"飞舞的画像"。显然，蝴蝶属于理想和精神领域，飞翔于人和物之上，远离庸俗的现实世界。并且，尽管蝴蝶生来就只有短暂的瞬间——可你才仅仅活了一天——但或许正是因为"出生与死亡在同一天，才使得蝴蝶置身于时间之外"②，自由于肉身。它就像永恒之美的思想，轻盈、神秘，远离隶属于时间的物质世界。它因自身的完美而充满诱惑。

显然，《蝴蝶》一诗中，关于"存在无意义"的思想并未引起布罗茨基绝对的悲观。仔细观察蝴蝶翅膀上的神秘图案，抒情主人公试图弄清他在现实中无法理解的一切：

> 六
> 我认为，你——
> 是那，也是这：
> 星星，面孔，物
> 映现于你。
> 谁是那一造物主，
> 眉也未皱，
> 在微缩图中
> 为它们
> 印上那一世界，
> 使我们发疯，
> 将我们带入困境，
> 那里，你就像是关于物的思想，
> 而我们——是物本身？（Ⅲ，21—22）

值得注意的是，"物与物的思想"在这里再次被提出——人类是"物"，而蝴蝶则是关于"物"的思想，属于更本质的存在层面。类似对比也曾被诗人用来形容"时间与空间"的关系："比如，较之空间，时间

---

① Глазунова О.И., *Иосиф Бродский: метафизика и реальность*, СПб: Нестор - История, 2008, c.101.
② Плеханова И.И., *Метафизическая мистерия Иосифа Бродского Поэт и время*, 2 - е изд., Томск: ИД СК - С, 2012, c.252 - 253.

要有趣得多。因为空间——这是物，而时间——这是关于物的思想，物的观念。"而谈及抽象思想的表达时，布罗茨基则言："我更感兴趣的是纯粹抽象的时间观念。我想，我完全可以说，在进入抽象思考时我使用的是具体的关于时间的概念。我尝试使用意象、具体象征所有这些来使这些抽象思考变得可触可感。"① 显然，蝴蝶正是诗人所选取的关于"时间"这一抽象观念的具体表达。

而"那一世界"则是彼岸的、和谐的、美好的。人类即便无法理解，也可以欣赏它的美丽。此刻，将这一"死亡的蝴蝶"视为哲学思考的对象，诗人就像是赋予了它第二次生命。抒情主人公手指中跳动着"完全沉默的话语"，这一话语就像是被剥夺了声音的蝴蝶在颤抖，死亡之蝶就此复活。正如斯捷帕诺夫（А.Г. Степанов）所言，"克服这一事实（"你已死去"）令人悲伤的不容置疑，诗歌形式使蝴蝶实现了美学现象中的复活"②。这里，通过话语，诗人似乎跨越了他与造物主之间的鸿沟，同样成为新生命的创造者：

> 十一
> 笔尖这般，
> 在打格的练习本
> 表面滑过，
> 未知
> 自己诗行的命运，
> 那里智慧、邪说
> 混在一起，但信任
> 手的颤动，
> 它的指中跳动着话语
> 全然沉默，
> 并非从花中抖落灰尘，
> 而是从肩上卸去重任。（Ⅲ，23）

---

① Еве Берч и Дэвиду Чину, "Поэзия – лучшая школва неуверенности", сост. Полухина В.П., *Бродский И. Книга интервью*, Москва: Захаров, 2011, с.64.
② Степанов А.Г., "Типология фигурных стихов и поэтика Бродского", сост. Полухина В.П. и др., *Поэтика Иосифа Бродского: Сб. Научных трудов*, Тверь: Твер. Гос. Ун-т, 2003, с.259.

显然，布罗茨基在此试图指出，人就像是语言有意识的承载者，必须与时间相斗争。时间固然创造出无意义与虚无，但语言是可与其抗衡的唯一希望。诚如波鲁希娜所言，"布罗茨基在人类创作中看到了减轻存在重负的方法"①。

在布罗茨基看来，世界就像美学现象，只有作为"存在"美学才能保证永恒。诗歌、文学、绘画等是人类死亡之后能够留存于世的，这才是人类存在的真正意义所在。也正因如此，人类才值得生存。可以说，人类在近乎绝望的、永恒的死亡恐惧前寻找着出路。而这一出路以"创作"为名，给予了抒情主人公挣脱困境的希望。换言之，通过创造幻想的、美学意义上的另一现实，人类获得了救赎的可能，得以与自身无意义的存在相和解，从而获得永恒的个体自由。

但与此同时，尽管人类有其智性与想象力，却也仅仅只是"物"，是"看不见的力量——造物主"手中的玩具，无法预知未来。人从世界构建的中心降为辅助链中的一环。诗人指出了人在这个世界上的依赖及无助，指出其并非世界创造的目的所在：

> 十二
> 那一种美丽
> 和那短暂的期限，
> 联合起来，一撇嘴
> 抛出一个谜底：
> 再清楚不过地，
> 实际上，这世界
> 并无目的地被创造，
> 如果真有目的，
> 这目的——也不是我们。（Ⅲ，23—24）

如果世界认知的目的不是人类，那么他的存在，以及他关于周围所发生一切的想象，也就失去了意义。这一悲剧性的论断，再次与诗人关于时间的思考联系在一起。可以说，这一死亡的蝴蝶充满悖论，它象征着吸引人的生命力，却又凸显出上帝以时间为限，将世间一切存在（包括人类在内）变为虚无的残酷。但诗人显然不甘心就此屈服。正因如此，他在

---

① Ранчин А.М., *О Бродском. Размышления и разборы*, Москва：Водолей，2016，с.190.

蝴蝶翅膀上发现了这一在其肉身死亡后依然美丽的神秘世界，赋予诗人灵感。可以说，正是艺术（文学）作为人类存在与永恒之间的链条，为其生命填充了意义。因此，在诗歌最后，诗人以安慰的话语，给予了死亡的蝴蝶"存在与虚无"之间新的定位——胜过虚无：

> 十四
> 你胜过虚无。
> 更确切地说：你更贴近
> 也更清晰。但你的内部
> 又百分之百地
> 近似虚无。
> 通过你的飞翔
> 虚无获得了肉体；
> 因为
> 在一天的忙碌中
> 你赢得了视线
> 如轻盈的障碍
> （你横隔）在虚无和我之间。（Ⅲ，24）

可以说，这首诗中诗人借用"人类灵魂的化身——蝴蝶"这一形象思考了时间与人类存在的关系，其诗行"长短不等，参差不齐，且跨行排列，造成一种轻盈的飞翔感"①。诗中的蝴蝶就像是存在之虚无的体现："据说，你完全不存在？／可我手中／与你如此相似的／又是何物？"与此同时，诗人似乎看到了人在时间中留下的痕迹，绚烂的色彩就像是存在意义的昭显。可随即，他又否定了这一意义："这世界／并无目的地被创作，／如果真有目的，／这目的——也不是我们。"于是，在这一无意义中，"你胜过虚无"，"但你的内部／又百分之百地／近似虚无"，"如轻盈的障碍／（你横隔）在虚无和我之间"。蝴蝶，或者更准确来讲，人，一生的历程胜过虚无，却又等同虚无，同时横隔于虚无与存在之间——总而言之，躲不开，逃不掉"虚无"。显然，这里诗人对生命存在与虚无间辩证关系的

---

① 刘文飞：《诗歌漂流瓶：布罗茨基与俄语诗歌传统》，浙江文艺出版社1997年版，第30页。（另注：布罗茨基俄文诗行整体呈规律性错落不齐，文中因仅节选诗歌片段，故整齐排列；十二、十四诗节参考刘文飞的译法，略有改动。）

思考带有浓厚的哲理意味。

总之，贯穿《蝴蝶》一诗的淡淡忧伤，对生命意义的追问，对存在价值的思索，见证了诗人与现实的矛盾以及试图寻求拯救之途的努力。显然，移民之后崭新的、困难重重的生活使诗人再次思考人生的意义与价值，寻求自我救赎。这一复杂心境在诗人对现实世界中"死亡的蝴蝶"及其双翅所呈现出的神秘美丽的"另一世界"充满悖论性的思考中得以体现。并且，如果回到最初诗人对写作这首诗缘由的阐释，我们有理由说，布罗茨基创建了自己独特的"蝴蝶"，抵达了莫扎特的天才水平。在布罗茨基的诗歌中，我们看到了莫扎特歌剧中所存在的形式与内容的统一。诗歌成了音乐。它所刻画的蝴蝶，不仅复活了诗人和艺术家的心灵，同时还使他们克服了异己与疏远，一如蝴蝶挣脱了茧的束缚而飞舞。或许，正是移民这一年，布罗茨基的心灵经历了破茧成蝶的飞跃，在圣彼得堡与境外的过渡间，他做好了全力创作的心理准备。

事实上，这并非诗人第一次以微小昆虫为对象思考生命存在的意义。早在1960年所写的《从这儿飞走吧，白色飞蛾》（Лети отсюда, белый мотылёк）一诗中，布罗茨基便在这一"小小飞蛾"身上寄托了自己对生命的思考。这里的"飞蛾"类似"蝴蝶"，也被视为灵魂的化身。诗歌一开始，抒情主人公便以保护者的形象出现，温柔呵护着看起来脆弱的飞蛾：

> 从这儿飞走吧，白色飞蛾
> 我留下你的生命。这是尊重
> 与征兆，你的路途并不长远。
> 快点飞吧。我关注着风。
> 我自己也在你身后吹一口气。
> 在荒芜的花园上方快速飞过吧。
> 向前，亲爱的。我最后的建议：
> 那里，电线上方要小心。（Ⅰ，29）

抒情主人公深知这一小小的飞蛾生命并不漫长，路途并不平安，他内心充满怜惜，关切之情溢于言表。与此同时，飞蛾在他眼中并不仅仅是单纯的生物体，它还承载着诗人对未来的期盼与梦想：

> 要知我托付于你的并非消息，

而是某种坚定的梦想；（Ⅰ，29）

诗人的梦想，一如飞蛾般脆弱，需小心呵护。但梦想毕竟高于现实。诗人将梦想托付于自由飞翔的飞蛾，也正是因为飞蛾能够抵达人类无法到达的高空。正如《献给约翰·邓恩的大哀歌》一诗中约翰的灵魂自高空出现，与死亡肉体进行对话。随后，作为梦想的载体，诗人对飞蛾进行了更深层的定位：

你应当是，
轮回场中闪烁的生物之一。（Ⅰ，29）

显然，承载抒情主人公梦想的飞蛾，不仅能够抵达自由的高空，同时还是转世灵魂的象征，被赋予了形而上学色彩。此刻，对这一微小却神秘的白色飞蛾，诗人再次小心叮嘱道：

当心，别落在车轮之下
且以欺骗的运动躲过鸟儿。
并在她面前画下我的面孔
在空荡的咖啡馆里。在雾气弥漫的空气中。（Ⅰ，29）

"她"在这里或是指抒情主人公倾心的女子，或是指他的梦想（грёза），但二者本质上是相通的。飞蛾也因此再次成为联结抒情主人公与未来美好期待的媒介。可以想象，拘泥于现实困境的抒情主人公望着眼前的飞蛾，一如望着自己的梦想，担心它的脆弱，易逝；羡慕它的自由，神秘。他小心呵护着飞蛾，请求它将自己带往那坚定的梦想，哪怕暂时是不清晰的、模糊的——"在空荡的咖啡馆里。在雾气弥漫的空气中。"可以说，20岁的布罗茨基，以具有神秘力量（灵魂转世）的白色飞蛾为中介，联结起抒情主人公与梦想，在模糊的希冀中期待着未来。

这一代表生命活力与希望的"飞蛾"随后在《我环抱这双肩并看到》（Я обнял эти плечи и взглянул，1962）一诗中得以继续。在房间内那"落满灰尘的，凝固了的环境中"，唯有一只飞舞的飞蛾将抒情主人公的眼光从那些静止不动、死气沉沉的"物"中移开，使四周凝固的空气流动起来，带来鲜活的生命气息。

紧接着，在写于1965年《冬天傍晚的干草棚中》（Зимним вечером

на сеновале）一诗中，飞蛾形象再次出现，为抒情主人公带来光明与温暖。

诗歌一开始，我们首先看到的是"被冬雪覆盖的干草"，淡淡的寒冷与惆怅扑面而来。然而，当抒情主人公翻开干草，与飞蛾相遇之后，一切似乎都发生了改变。抒情主人公的心情得到了改善，干草也变得温暖起来，有足够的温度保护弱小的飞蛾：

> 透过顶棚下的缝隙
> 雪层将干草覆盖。
> 我翻开干草
> 遇到一只飞蛾。
> 飞蛾，飞蛾，
> 钻入干草堆，
> 保护好自己以免死亡。
> 活下来，过冬。（Ⅱ，144）

显然，抒情主人公赞美这一生物。他再次充满怜惜地望着飞蛾，劝它保护好自己的生命，鼓励它活下来，延续生命的精彩。

第二诗节一开始，诗人从"飞蛾"视角出发，描写了它眼中生机勃勃的周遭环境。而这一活力，显然也与抒情主人公眼中飞蛾自身的形象相符合：

> 它钻出来看到，
> 炉子冒烟如"蝙蝠"，
> 圆木围墙
> 明亮照耀。
> 将脸贴近它，
> 我看到它的薄粉
> 比火，比自己的手掌，
> 更清晰。（Ⅱ，144）

从飞蛾眼中，我们看到了布罗茨基笔下一贯象征希望的炉火的存在，它照亮了周围的圆木围墙。在这明亮与温暖的环境中，飞蛾形象也越发清晰起来。显然，这一寒冷的冬季傍晚，抒情主人公在飞蛾身上看到了生命的活力与希望。它奇迹般地带来了夏天的感觉,温暖了抒情主人公孤独的心灵,带来了他记忆中的七月时光。干草垛也因此成了夏天的一部分,在寒冷的冬天散发着温暖:

> 傍晚的昏暗中
> 我们全然孤独。
> 我的手指温暖,
> 一如七月时光。(Ⅱ,144)

而这一切均源于一只小小飞蛾的出现。可以说,正是代表活泼生命力与光明的飞蛾的出现,使整首诗的气氛由暗转明,由冷转暖。飞蛾恰似主人公贴心的朋友,在寒冷的冬季黄昏为他带来慰藉。整首诗首尾以交叉韵闭合,中间部分则为双韵,体现出飞蛾与抒情主人公、大自然乃至全世界的高度和谐。

显然,与蝴蝶所承载的生命意义截然不同,在"飞蛾"描写中,年轻诗人以浪漫笔触刻画了白色飞蛾所带来的理想、光明与温暖。它是灵魂,是梦想,是蓬勃生命力的象征。如果说,60年代的"飞蛾"强调了"生命"的积极能量,那么,70年代,蝴蝶则以"死亡"的形象出现,承载着诗人对存在意义的思索。这或许可以从诗人生平经历来解释。《蝴蝶》一诗完成于诗人被驱逐的那一年(1972年),离开家人、祖国、母语,所有这一切都对他造成了不可忽视的影响,对生命意义与移民后不可知未来的思考也因此成为诗歌的核心命题。因此,在《蝴蝶》一诗中,关于生命与死亡,存在的短暂与虚无的永恒便被诗人以蝴蝶为例进行了阐释。

而移民13年后,在写于1985年的《苍蝇》(Myxa)组诗中,诗人则再次以"苍蝇"替代"蝴蝶",思考了存在与虚无间的关系。《苍蝇》(1943年)是法国存在主义哲学大师萨特根据古希腊神话故事改编的一部存在主义悲剧。那里,苍蝇成为连接剧情的重要因素,作为朱庇特的统治工具来营造恐怖气氛,以此来反衬存在主义英雄俄瑞斯忒斯的英雄气概。而在布罗茨基的诗歌中,苍蝇则作为与蝴蝶相对应的形象出现。但如果说蝴蝶属于理想与精神领域,是令诗人景仰的存在,那么苍蝇则属低层次的日常生活范围,也是诗人类比自身的对象。与《蝴蝶》一样,《苍蝇》一诗的结构也是图绘性的，其诗节看起来就像是苍蝇身体的连接。①

蝴蝶是神秘的存在，但苍蝇却被剥夺了象征的多义性——它那困顿的、萎靡不振的状态只"孕育着死亡"②。它活在，也将会死在黑色世界里，就像早期的无声电影：

> 三
> 哎，苍蝇，失去了灵活性，
> 你看起来就像老旧的容克式飞机，
> 就像遥远时代纪录片的
> 黑色镜头。（Ⅲ，282）

诗歌一开始，主旨便得到凸显。可以看到，80年代诗人的世界观已发生了根本改变，话语间明显流露出疲惫：

> 一
> 当你歌唱时，秋天来临了。
> 细木条点燃了炉子。
> 当你歌唱并飞翔时，
> 天气变凉了。
>
> 如今你缓缓沿着脏兮兮的
> 平板表面爬行，不再望向
> 那里，四月你出现的地方。
> 如今你几乎不再
>
> 移动。（Ⅲ，281）

这里，发呆的、几乎不动的苍蝇成为诗人的研究对象，他思考着这一对生活失去兴趣的昆虫毫无意义的存在。而贯穿于诗中的大自然的变化——秋日的荒芜、落叶、枯草、周围风景的灰暗等——都与苍蝇的状态

---

① 同《蝴蝶》一样，因仅节选片段，《苍蝇》一诗在此也整齐排列。
② Ранчин А.М.，*О Бродском. Размышления и разборы*，Москва：Водолей，2016，c.194.

形成贴切的对比。苍蝇"失去了灵活性,已无法对任何事做出反应"①。

生命的秋天,不再年轻的诗人仔细观察着萎靡不振的苍蝇沿着"脏兮兮的平板表面"爬行。显然,布罗茨基在《苍蝇》一诗中多了几分悲观。他将苍蝇令人厌烦的嗡嗡声视为歌声(艺术),这显然充满了讽刺。但布罗茨基恰恰需要这一讽刺。他将自身等同于苍蝇,以自嘲的方式获得了自我疏远的最大可能性。《苍蝇》里抒情主人公的"诗人"特征尽管并不明显,但也略有显露:

> 十四
> 显然,
> 那是,我的手。
> 但手指忙于写作,诗行,
> 墨水瓶。(Ⅲ,286)

一直以来,布罗茨基习惯以第三者口吻来描写自己。早在《礁湖》(Лагуна,1973)一诗中,他便称自己为"全然非谁,身披斗篷之人,/失去了记忆、祖国、儿子"(Ⅲ,44);而在写于 1977 年的《五重奏曲》(Квинтет)中,诗人指出,苍蝇的嗡嗡声是他在周围的喧闹声中唯一能够区别出来的声音:"在东方的集市中,/我能明白的只有苍蝇的嗡嗡!"(Ⅲ,152);《夏季牧歌》(Эклога 5 - я летняя,1981)中,诗人则直接选择了以苍蝇为映照来描写自我——人类的语言和苍蝇的嗡嗡声,在某种意义上是一致的:"困于粘蝇纸中,/苍蝇的嗡嗡声,——不是痛苦之音,/而是自画像在'Ж'音中的尝试。"(Ⅲ,221)

事实上,苍蝇很早以来就被认为是邪恶与传染病的媒介,但令人惊讶的是《苍蝇》一诗中,诗人却意外地将自己与传播疾病的昆虫相比较:

> 八
> 如今只有我们俩是——传染病的
> 散布者。细菌,句子
> 一样可以损害生物。(Ⅲ,284)

---

① Глазунова О.И.,*Иосиф Бродский: метафизика и реальность*,СПб:Нестор - История,2008,c.107.

这里，苍蝇单调的嗡嗡声是对诗人语言再恰当不过的比喻。但诗人"似乎已不再创作"，而苍蝇"也不再歌唱"，它几乎陷入麻木状态。诗人仿佛在自己身上找到了苍蝇的特征——"有害、无用，在时间与死亡面前的无助"①。显然，在《苍蝇》一诗中，布罗茨基更多思考着创作的意义：失去了与现实生活的联系，或许，自己的诗歌就成为任何人也不需要的僵死句子；移民生活的开始，与过往的中断，这些对诗人而言未必全是有益的。类似的想法就像细菌，能够传染个体的存在，将其变为虚无。②这样一来，诗中所描写的现实情况便获得了形而上学层面的意义，成为诗人对自我创作价值思考的基础。而最后，苍蝇的注定死亡并非指整个人类，而是诗人自身的死亡。布罗茨基感觉到自己生命秋天的到来，也看到了死亡的临近。他自身几乎是存在中无形体的一个点，而他能够给予苍蝇的也只有死亡：

> 一
> 一点儿也不值得
> 杀死你。但，就像历史学家，
> 死亡对他而言，比痛苦更无聊，
> 我拖延着，苍蝇。（Ⅲ，281）

事实上，"诗人与苍蝇"这一对组合可能再次暗指"诗人与上帝"。上帝不仅是创造者，同时也是生命的剥夺者。但如果说，在蝴蝶面前，诗人曾在生命的奇迹面前表现出惊讶与悄然的欢喜，那么，《苍蝇》一诗中贯穿始终的则只有秋天的风和冰冷的绝望。即将死亡的昆虫使诗人想起了自己的生活："我被呆滞/掌控——也就是你的病毒。"（Ⅲ，285）

不难发现，80年代诗人的"歌声"中越来越强烈地响起死亡的声音："关于生命我能说些什么？它是如此漫长"（Ⅲ，191）；"世纪很快就要终结，但我将更早死去"（Ⅳ，73）。这样一来，注定走向死亡的秋天的苍蝇此刻对诗人而言显然更为亲近。但即便是在这一艰难时刻，诗人也不想放弃。他鼓励衰老的昆虫，试图将它带出麻木状态：

---

① Ранчин А.М.，*О Бродском. Размышления и разборы*，Москва：Водолей，2016，c.199 - 200.
② Глазунова О.И.，*Иосиф Бродский: метафизика и реальность*，СПб：Нестор - История，2008，c.112.

十二
不要死去！对抗，爬行！
……
十四
别死去，当
情况还未糟透，
当你还在颤抖。（Ⅲ，285－286）

而苍蝇终究是不死的。在诗歌的最后部分，借助隐喻，它实实在在地复活了，经过粪便中的变形重新降临尘世。但此时诗人已不再奢望它重新成为自己的同伴，因为缪斯已选择了新的生命：

二十一
我将会看到你，
在春天，
……
但你飞行的灵魂，
与别的幼虫
吻合，以便对粪便显示
变形。（Ⅲ，289）

这是新的诞生。从苍蝇到苍蝇，周而复始，循环不止。

显然，这里出现了诗人对死亡之后创作继承性的思考。在写于1990年的散文《第二自我》（Altra Ego）中，诗人说道："恋人与缪斯的主要区别在于：后者是不死的。这对缪斯与诗人来说同样适用：当诗人死去，缪斯会为自己在下一代中寻找另一个代言人。"（Ⅵ，79）这也就是说，总体而言，诗人是"不死"的，因为创作将永恒存在。也正因如此，"如果不算相互之间的攻击（这在每个时代的文学圈都很常见），在古希腊罗马时期对诗人持轻视态度是罕见的。相反，诗人被尊为接近神灵的人：在大众意识中，他们占据着预言者与半神半人[①]间的某个位置"（Ⅵ，69）。一批诗人死亡之后，总会有另一批诗人将其代替，以便"一切重新开始，

---

① 即神与人所生的后代。

无论命运打击有多沉重，无论周围人有多冷漠"①。

可以说，与蝴蝶一样，在《苍蝇》一诗中，布罗茨基以秋天即将走向死亡的苍蝇类比自身，思考了生命存在与虚无之间的关系。诗人试图告诉人们，即便生命注定虚无，也要努力克服麻木状态，继续沿着前辈开创的道路前进。因为即使死亡终将来临，缪斯也会在下一代中寻找继承者。个体生命固然短暂，但整体的人类创作是永恒的——"你飞完了（一生）。/但，对于时间，年老/与年轻难以区分。"（Ⅲ，284）生命的意义也因此得以凸显。

总体而言，存在于时间中所透露出的虚无在布罗茨基后期的诗歌创作中一直延续着。在写于1984—1985年的《提比略雕像》（Бюст Тиберия）一诗中，诗人面对罗马帝国第二位皇帝的雕像，再次对个体存在于时间流逝中的命运进行了思考。穿越两千年的历史长河，在空旷的长廊中，面对这位两千年前拥有至高权力的罗马皇帝，布罗茨基在他高度的个人主义生平中看到了自己的影子，感受到了彼此间的相似性：

> 我们之间有不少相似。
> ……
> 我，一个平凡的朝圣者，
> 在空无一人的长廊中
> 向你布满灰尘的雕像致敬。（Ⅲ，274）

这里，曾高高在上的皇帝如今已成为"布满灰尘的雕像"，并且参观的长廊空无一人，没有人再对他感兴趣。前后形成鲜明的对比。时间的流逝抹去了提比略作为皇帝的存在价值，他曾经的辉煌化为虚无，在两千年后的世界留下了无人擦拭的"灰尘"。这一残酷的"虚无"在抒情主人公心中激起悲悯的涟漪。他由此联想到自身的命运。事实上，时间消磨的不仅是帝王的荣誉，还有诗人的存在。二者在时间面前都是无助的。在创作晚期，布罗茨基的抒情主人公越来越感到自己与罗马雕像的亲缘性，并出现了越来越多的"石化"特征。

诗中布满灰尘的雕像就这样在空无一人的走廊失去了存在的价值，虚无在此烙下鲜明印迹。抒情主人公静静伫立在雕像面前，试图跨越两千年

---

① Глазунова О.И., *Иосиф Бродский：метафизика и реальность*，СПб：Нестор - История，2008，с.129.

的岁月，借话语在生与死之间搭建起沟通的桥梁：

> 最终——雕像
> 就像是智慧独立于
> 躯体生命的象征。自身的与
> 皇帝的。你画自己的肖像，
> 它应是由连续的曲线构成。（Ⅲ，274）

显然，雕像在此就像是时间影响下生命虚无的象征，可充满悖论性的是，正是雕像自身所具有的价值使其对立于存在的虚无——"雕像/就像是智慧独立于/躯体生命的象征。"而人与雕像间的"对话"，也在某种程度上强化了这一"智慧"。但诗人很快又将关注点转向提比略本人：

> 这里的你还未满三十。这里没有什么
> 关注你。
> 而你坚定的目光，同样也
> 未在任何地方停留：
> 无论何人的面孔，还是
> 古典风景。哎，提比略！
> 苏维托尼乌斯与塔西佗①在那里絮叨
> 寻找你残暴的原因
> 有何区别！这个世界没有前因，
> 只有后果。而人是后果的牺牲品。（Ⅲ，274）

诗人所描述的雕像中的提比略看起来还很年轻，他目光飘向前方，带着不为世人所理解的孤独与冷漠。据说这一皇帝个性苛严，不易亲近，有着孤傲的灵魂，执政期间由于多种原因引起罗马高层人士的极度不满。因而罗马帝国历史学家苏维托尼乌斯搜集了各种未经证实的传言，将他在卡布里岛的生活描绘得淫秽不堪；而塔西佗也在书中以各式恶劣的动机解释提比略的一切政策。在诗人看来，这一切诬陷活动进行得似乎极为热烈，可这一切又有何意义！曾有过相似经历的，亲身体验过莫须有诬陷和攻击的布罗茨基借助抒情主人公之口发出感慨："这个世界没有前因，/只有

---

① 二人均为罗马帝国历史学家。

后果。而人是后果的牺牲品。"晚年的布罗茨基更深刻地体会到了这句话的含义："当我年轻些的时候，曾试图弄清发生在自己身上的这一切。但到了生命某一阶段我才明白，我只是自己行为和举动的总和，而不是自己意图的总和。"① 而这一"后果的牺牲品"，在笔者看来，便是个体生命于岁月流逝中的虚无。因此，抒情主人公最终选择了逃避"生命"，变为了罗马雕像的对等物——岛屿：

> 我也匆忙逃离了所有
> 发生在自己身上的事并变为了
> 带有废墟与鹭的岛屿。（Ⅲ，276）

最终，这一"虚无"主题在布罗茨基晚期创作的《代达罗斯在西西里岛》（Дедал в Сицилии，1993）一诗中得到了更为深刻的阐释。诗人借助古希腊神话中代达罗斯的传说对这一命题进行了深入的探讨：

> 他一生都在创造什么，发明什么。
> 或是为克里特王后造人工母牛，
> 为了给国王戴上绿帽，或是——迷宫（这
> 是为国王本人），为了向众人
> 隐瞒肮脏的生育；或是——飞行器，
> 当国王最终明白，他身边是何人
> 在宫中能如此以工作保护自己。
> 飞行途中儿子死去，掉进了
> 大海，就像法厄同，当年也曾不顾
> 父亲的劝导。如今
> 在西西里岛沿岸的岩石上，
> 坐着一位深邃的老者，眼望前方，
> 如果不能在大海或大陆移动，
> 他还有能力在空中飞行。
> 他一生都在创造什么，发明什么。
> 一生都不得不逃离这些创造，这些发明

---

① Петр Вайль，"Рождество: Точка отсчета"，сост.Полухина В.П.，*Бродский И. Книга интервью*，Москва: Захаров，2011，c.606.

就像发明与创造都孩子般因父母而羞愧,
渴望逃离图纸。想必——这是重复的
恐惧。波浪潺潺奔向沙地,
身后当地山上雉堞发蓝——但他
尚在青年时期就利用静止与运动的外部相似,
发明了锯。
老人俯身,往脚踝系上
长长的线,以便心甘情愿前往死亡王国时,
不会迷路。(Ⅳ,137)

为了更好地理解诗歌的主旨,笔者首先对这一神话背景进行简单介绍。据古希腊神话记载,代达罗斯是雅典国王厄瑞克透斯的曾孙、墨提翁的儿子。他是远近闻名的艺术家、建筑师和雕刻家。他出于嫉妒杀害了自己的外甥,为逃避惩罚躲到克里特岛弥诺斯国王的宫中。这期间,海神波塞冬赐予弥诺斯一头巨大的公牛,并让他以此来祭献自己。可弥诺斯惊于公牛的美丽而偷偷用另一头牛代替它祭祀了波塞冬。于是,愤怒的波塞冬诅咒弥诺斯的妻子帕西菲深深爱上了这头公牛。代达罗斯于是帮助她做了一头惟妙惟肖的人工母牛,将帕西菲藏于其中好与公牛相爱,之后他们生下了牛头人身的怪物弥诺陶洛斯。后来代达罗斯遭到弥诺斯的囚禁,在大海与陆地均被封锁时,他用鸟类的羽毛制作了飞行的双翅,并带着儿子伊卡洛斯一起飞离了克里特岛。可在飞行途中,兴奋的伊卡洛斯忘记了父亲的叮嘱,因靠太阳过近导致双翼的封蜡融化而从空中跌入大海,失去了生命。① 这类似希腊神话中记载的太阳神之子法厄同的经历:年轻气盛的法厄同不顾父亲太阳神的劝阻执意要求驾驶他的太阳车,后在行驶中出错从空中掉下,并因此丧命。关于这一情节在布罗茨基写于1974年的《库普律斯避难处的战争》(Война в убежище Киприды)中也有描述:

空洞的别墅。裂开的三角墙
带有古代战争的场景。
现代法厄同在大海中燃烧,
掉落时伴随明显轻微的轰鸣声。(Ⅲ,61)

---

① 郑振铎编著:《希腊神话与英雄传说》,北京联合出版公司2020年版,第336—338页。

可见，这一"坠入大海"的死亡所导致的父子间生离死别的场景在布罗茨基心中留有刻骨铭心的伤痛。自被驱逐后，他便永远告别了自己的父亲与儿子，这一情感伤痛也因此刻下了永久的烙印。诗中悲痛不已的代达罗斯在儿子死亡后独自飞向了西西里岛，但他却一直也未能从丧子之痛中恢复过来，最终在忧郁中死于西西里岛。

这样，在诗篇的开端，诗人便对代达罗斯的生平进行了总括：他一生都在创造什么，发明什么。他为克里特岛的国王和王后创造了人工母牛、迷宫，以隐瞒他们的秘密。随后为了摆脱国王的囚禁，他甚至发明了逃亡用的飞行工具。可他最心爱的儿子，却死在了自己的发明中。这对代达罗斯而言，是比任何创造与发明都更巨大的损失。儿子的死亡所带给代达罗斯的绝望，远远超过任何创造与发明带给他的喜悦；而这一骨肉阴阳两隔的"失去"，也是他所有的创造与发明都无法弥补的悲剧。因此，"他一生都在创造什么，发明什么"一句之后的潜台词便是：他一生都在失去什么。并且这一失去，永远无法弥补。

因此，如今身处西西里岛的代达罗斯，坐在沿岸的石边，神情深邃，眼望前方，像是在对自己的一生进行思索。诗人再次重复了这一诗行："他一生都在创造什么，发明什么。"可更为重要的是，他"一生都不得不逃离这些创造，这些发明"，于是最终依然一无所有，甚至也未能留住心爱的儿子。这是怎样的一种无意义！他的一生，终究还是不断"失去"的一生，终究还是一种实实在在的"虚无"。显然，这里，诗人将关注点投向了"存在与虚无"间的相互关系。波浪此时依然喧嚣奔腾，就像时间之流依然不停脚步，映射出无穷——对无穷的感受就像是试图克服自身有限存在的希冀。诗人随后再次强调了代达罗斯的杰出创造才能——"身后当地山上雉堞发蓝——但他/尚在青年时期就利用静止与运动的外部相似，/发明了锯"——可对自己的一生进行思考后，老人却俯身往脚踝系上了长长的线，以便在通往死亡宫殿时不会迷路……代达罗斯心甘情愿而又坚定地走向了死亡。他的一生似曾辉煌，发明创造无数，却又最终一无所有。可以说，这正是时间的影响，它在流动中夺去了个体所拥有的一切，甚至生命，毫不动情：

> 从周二到周三，时间
> 不同于水，水平流动，
> 在黑暗中抚平波纹
> 并抹去自己的痕迹。（Ⅲ，123）

《阐述柏拉图》（Развивая Платона，1976）

然而，在黑暗中"抚平波纹/并抹去自己的痕迹"的同时，时间也带给了人类不可避免的"失去"，使个体存在最终成为虚无：

> 我不知道，我是谁，我的家人在哪里。
> ……
> 我时常觉得：我——谁也不是，
> 水，从筛子中流过。
> ……
> 不要认为，我对您隐瞒了
> 自己的身世，就对您构成
> 危险。我——只是一个字母，站在字母表边缘
> Ю① 之后，一如游吟诗人所言。（Ⅳ，179）
> 《戏剧》（Театральное，1994—1995）

生命个体之"我"（Я）在这里成为字母表中最后的存在，明显淡化了存在的重要性。一如诗人在写于 1978 年的《诗节》（Строфы）中所言，"就像第三十三个字母/ 我一生在回首中前行"（Ⅲ，183）。这里同时体现出的还有诗人对语言的看法。在布罗茨基看来，诗歌是语言的最高形式，而诗人，则是语言的仆人。因此，较之语言，他自身更接近虚无。

这样一来，布罗茨基笔下的古希腊罗马意象集中隐喻了存在个体记忆的缺失、爱情的毁灭与生命的虚无。在诗人看来，这都是时间之于人的"馈赠"，是人类在时间作用下不可避免的宿命结局。如果说在我们对隐喻题旨的阐释中，时间如无形的刽子手一直躲于幕后，那么，此刻，它仿佛又突然跳到了前台，以"野蛮的目光"（Ⅲ，227）注视着浩渺宇宙中任何一个个体——"什么也不会无端发生，/时间——尤其如此"（Ⅳ，85）。而在它的蛮力作用下，人类也似乎进入了一个"冰冷"的时代：

> 二
> 我的生活拖长了。在暴风雪的宣叙调中

---

① 在俄文字母表中，表示"我"的 Я 是最后一个字母（第三十三个字母），其前一个字母则是 Ю。

日益敏锐的听觉无意间分辨出了
冰冷主题。
……
五
时间就是冰冷。
　　　　　（Ⅲ，197—198）《冬季牧歌》（Эклога 4-я，1980）

在这首带有鲜明古希腊罗马特征的牧歌中，抒情主人公多次重复着同样的话——"我的生活拖长了"，而时间就是"冰冷"，他在时间中的结局则是：

十
我没有能力在别处生活。
我被固定于寒冷中，就像烧鹅被穿在铁杆上。（Ⅲ，200）

这一时间的"冰冷"直接导致的便是个体存在的绝望，以及生命最终的无意义——虚无。并且，在诗人看来，不仅现世存在是一种虚无，人类的未来同样也被冰冷的虚无笼罩，不堪拯救：未来是"混乱"和"冰冷"，更是一片"虚空"。并且，这一"未来"，自个体存在时起直至死亡，始终伴随着他：

三
被冲毁的轮廓，
混乱，世界废墟。但这恰意味着
未来——在你已经
存在时。（Ⅳ，83）
……
十三
因为冰冷
是未来范畴，那时，
你不再爱任何人，
甚至自己。
……
从某种意义上说，

> 未来没有任何人；从某种意义上说，
> 未来谁对我们而言也不珍贵。
> ……
> 未来总会
> 来临，当某人死亡之时。
> 特别是人。何况——若神。（Ⅳ，88—89）
>
> 《维耳图诺斯》（Вертумн，1990）

值得一提的是，《维耳图诺斯》一诗在布罗茨基晚期创作中占有重要地位，它与诗人创作的特定阶段及现实生活密切相关。整首诗就像是诗人创作之路的独特编年史，他在其中对自己的生命与创作进行了总结。诗歌由统一的情节串联起来——其核心是世界文化中的漫游。抒情主人公就像是作者的化身，连接起了诗中所有的形象。

诗歌题目本身便具有特殊意义。维耳图诺斯为古罗马神话中掌管四季变化与果林庭园之神，它象征着"各种不同的变化，特别是季节变化……花园与菜园基本在维耳图诺斯的庇护下（生长）"①。这一名字给予了布罗茨基隐喻性的启示，并将诗歌引向了古希腊罗马世界。诗人以"罗马之神"为题进行阐释，事实上是将维耳图诺斯等同于"变形"及"生命力"本身。其中，正是"变形"思想（这一词在诗中共出现了三次）在诗人面前打开了无穷的前景，等同于永恒。

整首诗开始于抒情主人公与维耳图诺斯雕像在夏园②中的相识。抒情主人公首先开口说话，而就在回应他的话语时，雕像"眯眼，蹙额，脸的下半部就像解冻般，嘴唇微动"，并最终说出："我叫维耳图诺斯。"（Ⅳ，82）大理石雕像就此活了过来，就像是被"语言"赋予了生命。

诗中维耳图诺斯就像是抒情主人公的朋友与引路人，恰似但丁《神曲》里的情节。但如果说，但丁在古罗马诗人维吉尔陪伴下开始了自"地狱"起的游历，那么，布罗茨基笔下的抒情主人公则恰恰相反。他在维耳图诺斯带领下所走的路，穿过"时而像石膏，时而像大理石色的云层"，恰似"被冲毁的轮廓，/混乱，世界废墟。但这恰意味着/未来"。（Ⅳ，83）显然，他要抵达的正是冰冷的"未来"——地狱：

---

① Цыркин Ю.Б., *Мифы Древнего Рима*, Москва: Астрель: Аст, 2000, с.135.
② 尽管诗中并未直接指明地点，但根据情节，诗人很可能指的是位于圣彼得堡夏园中的维耳图诺斯雕像，其对面是园艺和果树女神波莫那（Помона）。汉语译名参见［德］古斯塔夫·夏尔克著《罗马神话》中"罗马神话人名、地名简表"第238、241页。

因为冰冷，
是未来范畴，那时，
你不再爱任何人，
甚至自己。（Ⅳ，88）

这里明显呼应了陀思妥耶夫斯基的观点。在《卡拉马佐夫兄弟》（Братья Карамазовы）中，他借佐西马长老的话指出，"我认为，地狱就是'再也不能爱'这样的痛苦"①。可见，世界在朝坏的方向转变："一年四季/越来越彼此相像；鸟儿不再按时飞往非洲；纬度/爬行，特别是黄昏时，彼此相撞。"（Ⅳ，87—88）宇宙变为一片混乱，未来充满"冰冷气息"。而能够与这一"冰冷"对立的，正是维耳图诺斯。因为诗中他的典型特征便是——温暖："你由温暖构成/因此——你无处不在。"（Ⅳ，87）并且，这一"温暖"，并非仅仅只是物理学意义上的参数概念——你的体温是36.6℃（Ⅳ，83），而是更为重要的"真诚的、友好的，在人死亡之后能够对抗'冰冷'的温暖"②。

诗歌的核心范畴"冰冷—温暖"就此得以凸显。维耳图诺斯所代表的"温暖"可以说体现了和谐有序的"过去"，与未来的"冰冷"相对立："在过去，那些你爱的人，不会死亡！"（Ⅳ，89）诚如诗人所言："流亡作家大体上说是爱回忆往事、爱追溯过去的人。换句话说，对往事的回忆在他的存在中起着过重的作用（与其他人的生活相比），回忆笼罩了他的现实，使他的未来暗淡了，比常见的浓雾还要朦胧。"③

与此同时，与"过去"相连的还有"前景"这一概念。抒情主人公正是在这一混乱的世界看到了：

四
每个人背后——完美的前景，
不排除孩子。至于老者，
在他们那里它像是卷了起来——

---

① ［俄］陀思妥耶夫斯基：《卡拉马佐夫兄弟》（上），荣如德译，上海译文出版社2015年版，第414页。
② Медведева Н.Г.，"Метаморфозы мифа и лирического я в поэме И.Бродского «Вертумн»"，Вестник Удмуртского университета，2017，Т.27，Вып.2，с.226.
③ ［美］布罗茨基：《文明的孩子——布罗茨基论诗和诗人》，刘文飞、唐烈英译，中央编译出版社1999年版，第46页。

就像蜗牛壳。(Ⅳ,84)

这就使我们相信,在这一充满废墟的世界里,仍会留下来一些永恒的东西,不受时间和变形的支配:

四
人与雕像,
当他们接近与离开时,
并未增加也未减少,
表明,他们是——常数。(Ⅳ,84)

显然,诗人在这里将"人"与"雕像"并置,暗示了抒情主人公与维耳图诺斯的"等同"。因此,尽管诗中维耳图诺斯最终死去,他"体温降至零","看起来就像是花园雕像的/原料"(Ⅳ,88),无法回应抒情主人公的呼唤,但他仍为对方保留了自己的温暖:

十六
我四肢伏地
用手指刮着镶木地板,就像下面埋着——
你如今的存在——
因为那里传来了温暖。(Ⅳ,90)

维耳图诺斯不再归来。他将这一继续"变形"的重任交到了"另一个自己"——抒情主人公的身上:"我的专业是——变形。/无论我看向谁——他都会立刻变为我。"(Ⅳ,84)作为"同貌人",抒情主人公可以用"话语"创造出新的"神话"。恰如科瓦列娃(И.И.Ковалева)所言,布罗茨基创作晚期诗学特征便是"创造出自己的神话"[①]。事实上,这首诗中,正是"语言"具有魔法功能,它将变形引入了情节中——"我首先开始闲谈。"(Ⅳ,82)"人"在这里扮演了"神"的功能,创造了诗篇与生活。维耳图诺斯雕像也以新的形式走向复活与永恒。

只是,无论对维耳图诺斯还是诗人而言,回归过去都是不可能的事,

---

[①] Ковалева И.И., "Античность в поэтике Иосифа Бродского", сост. Я.А.Гордин, *Мир Иосифа Бродского: Путеводитель*. СПб.: Журнал "Звезда", 2003, с.202.

而未来则不可能带来任何好的结果。显然，80年代诗人创作中便已存在的"冰冷"主题在这里得到了发展。90年代对诗人而言是较为阴郁的时刻——衰老来临，生命即将走向终结。未来前景中存在的死亡与现实相融合，获得了令人窒息的现实感悟。因此，诗人最后的话语——"维耳图诺斯，回来吧"（Ⅳ，90）——听起来就像是毫无希望的求救。世上一切都发生了改变，任何试图复活过往、回到过往世界的尝试，都不可避免地走向了失败。诗人生命中最后一个全然冰冷的阶段——死亡——终将来临。

这样看来，时间带给个体存在的不仅是现世中无可避免的失去，使其成为一种"虚无"，进入一个冰冷的时代。更为可怕的是，甚至是"未来"，在诗人眼中，同样是一片无可救药的"冰冷"——这也就意味着人类之存在是永恒的虚无。如此一来，诗人想要在古希腊罗马意象隐喻中寻找的"关于人及世界的真理"，在笔者看来，似乎是彻底纯粹的"全然虚无"："真理就在于，没有/真理。"（Ⅳ，56）

自然，这一冷峻的人生观和布罗茨基本人的生平经历密不可分，他所承受的世事苦难，心灵深处的伤痛注定了他不会在人间希冀更多的温情——"永远记住，这个世上的任何一次拥抱都将以松手告终。"（Ⅵ，91）然而，尽管如此，布罗茨基也始终努力找寻一些希望的出口，足以抗拒时间消磨的力量，以便复原人之存在的意义。而这一"力量"，他首先在古希腊罗马文明凝固而成的"物"中看到：

> 如果你突然走入石制的青草，
> 它在大理石中看起来比真的还美好，
> 或是看到福纳斯①，醉心于与宁芙女神
> 嬉戏，他们在青铜中比在梦中更幸福，
> 你可将拐杖从累伤的手中扔下：你是在帝国，朋友。（Ⅲ，36）
> 《躯干像》（Topc，1972）

"大理石制的青草"要比"真的"还美好，而"嬉戏的福纳斯与宁芙女神"，在青铜中比梦中更幸福。这一凝固的"物"形象，仿佛具有了诗人心中抵抗时间的厚度与力度。并且，这一"物"的世界，相对于"人"的世界而言，更接近永恒：

---

① 古罗马神话中的畜牧农林神。

> 空气，火，水，福纳斯，那伊阿得斯①，狮群，
> 取于自然或是头脑，——
> 上帝想出而头脑倦于继续的一切
> 变为石头或是金属。
> 这是——物的终点，这是——路尽头的
> 镜子，等待进入。（Ⅲ，36）

《躯干像》（Topc，1972）

诗歌以第二人称形式展开叙述，这是布罗茨基创作成熟期文本建构的核心形式之一。这里出现了大理石雕像之于鲜活存在的本体论超越。福纳斯与宁芙女神就像是存在的另一种形式，他们的神性被石制外形所强化。通过变为无生命的大理石雕像来克服时间的破坏性作用，成为布罗茨基艺术世界的核心标志之一。大理石在他的诗歌世界中成为"活生生的人"与"全然虚无"之间的过渡状态。一方面，它是虚无、死亡、运动的停止；另一方面，石中的永恒又带有不可逆的特征，以其无生命特征来对抗时间的消磨。因此，转向雕像，就像转向大自然的永恒，克服了存在的限制性。

世界"石化"的思想就此增强了。被虚无所吞噬的人类世界就像是不可避免的现实，而唯一克服虚无进攻的办法便是将主人公变为类似石头的状态，以"另一种存在"形式走出时间的限制。因此，在路的尽头，出现了"等待进入"的镜子，仿佛可以继续下一个轮回。与此同时，镜子还是"双面人"的象征，暗示"人与物"的等同。显然，在这"物与人包围着我们"的世界中，诗人倾向于"更可爱的物"，因为——"它们/表面没有恶与善。"（Ⅱ，423）这样，一切凝固的生命——"物"（古希腊罗马文明），便在诗人笔下获得了永生的可能。而从本质上来讲，可以说，正是古希腊罗马文明给予了20世纪的怀疑主义诗人——布罗茨基对抗虚无的希望。

在写于1982年的剧本《大理石像》（Мрамор）中，诗人则进一步阐释了这一古老文明的具体所指，揭示了其永恒的原因所在。剧本的情节围绕公元后2世纪展开。在一座高约一千米铁塔上的监狱里关押着囚犯图利乌斯与普布利乌斯。图利乌斯来自罗马，普布利乌斯则是他口中的"野蛮人"。并且，他们被关押并非因违法行为，而是电脑的随机安排。

图利乌斯安于现状，他将这一切看作"存在的形式"，认为最重要的

---

① 古希腊神话中代表江河、湖泊、溪流等的女神。

是时间，生命的真正意义便是"与时间融为一体"，"摆脱关于自由的思想"（Ⅶ，230）。而在这一"空间不足由时间过剩来弥补"（Ⅶ，230）的监狱里，他主要靠阅读经典作家（特别是古罗马诗人贺拉斯）的作品来打发时间。普布利乌斯为此还刻意向司法官先生请求为囚室送来了贺拉斯的雕像。可以说，雕像——这几乎成为图利乌斯渴望的生存状态："我唯一想尝试的，是使自己的存在更单调一些。"（Ⅶ，275）

在他看来，普布利乌斯是野蛮人，因为他有着不可遏制的激情和蓬勃的生命能量。第三幕中，正是普布利乌斯用剑将自己的膝盖刺破，用手从伤口处挤出鲜血，以证明自己依然活着："就让血流出来吧。它，或许，是我所拥有的唯一证据，证明我的确活着。"（Ⅶ，273）

普布利乌斯不愿继续囚徒的生活，而图利乌斯却在成功出逃后再次心甘情愿返回了监狱。他向普布利乌斯证明了"逃跑"是有可能的，但因此得到的"自由"又是无意义的，因为"安眠药便是——自由。反过来也一样"（Ⅶ，264）。因此他坚持向普布利乌斯索要打赌赢得的安眠药。而归根结底，在这一身体被局限的空间，图利乌斯并未感受到特别的痛苦，"司法官与铁塔"对他而言并不意味着"敌人与监狱"，而是恰恰相反，"他们——什么都不是"（Ⅶ，265）。因为这里他拥有更强大的精神支柱——古罗马诗人贺拉斯与奥维德的雕像（诗歌）。正因如此，出逃时，他将囚室里经典作家们的雕像一个接一个塞进垃圾道口，以借它们的力量来破坏网和躲避鳄鱼，却唯独留下了这两座雕像。并且，最终，在服用安眠药入睡前，他请求普布利乌斯将贺拉斯与奥维德的雕像靠近自己，以便给予自己精神上的陪伴。

显然，诗人在此试图说明，只有诗歌能真正给予人关于自由的思想，能够将人从空间拯救出来，帮助其摆脱时间的消磨而获得生命的永恒。这样一来，我们便明确了具有永恒生命力的古希腊罗马文明在诗人心中的具体所指——文学，特别是诗歌。沉甸甸的大理石雕像，强调了诗歌抵抗时间破坏性力量的强度与力度。特别是，当冰冷来临，诗歌可以成为内心燃烧的火焰。可见，作为虔诚的诗人，布罗茨基在诗歌中寻到了这一坚定的信仰。在他看来，诗歌可以拯救囚徒的心灵，赋予图利乌斯这样一种近似大理石雕像状态的个体存在以鲜活的灵魂。而诗歌又是"语言的最高形式"[1]，因而，归根结底，仍是语言具有这一抵抗时间的力量："对我们这

---

[1] Том Витале，"Я без ума от английского языка"，сост.Полухина В.П.，*Бродский И.Книга интервью*，Москва：Захаров，2011，с.259.

一生物物种而言，语言——比上帝重要，比大自然重要，比任何一切别的都重要。"①

与此同时，早在关于"奥德修斯的失忆"中，读者就可以发现诗人笔下恒久不变的感情：无论是父亲之于儿子的爱，还是忠实仆人之于主人的爱，都战胜了时间对人记忆的消磨。这样看来，在诗人潜藏的心底，一定有些什么，恰如亲情与语言，可以给予人类力量抵挡时间的消磨，照亮未来世界的黑暗。这是"存在"内容中最深刻的痕迹，足以进入永恒，哪怕它是无形的，是暂时无法看得清、说得明的：

> 越是看不见的东西，就越可信，
> 它不知何时曾存在于
> 大地，尤其是它——无处不在。（Ⅲ，232）
> 
> 《罗马哀歌》（Римские элегии，1981）

事实上，在阿赫玛托娃写于1912年的《为女乞者，为迷惘的女子祈祷……》（Помолись о нищей, о потерянной...）一诗中，就出现过类似的信仰："可上帝为何惩罚我，/每一天与每一小时？/或许这是天使为我指出了/我们所看不见的光明？"② 显然，这一"看不见的光明"同样是诗人在遭遇苦难时给予自己的精神支撑。如此一来，尽管古罗马的遗迹无时不在诉说着那过往岁月的残酷："古罗马斗兽场——恰似阿尔戈斯③的头颅，他的眼窝中/白云飘过——就像关于过往兽群的追忆"（Ⅲ，228），可正是在这一曾聚焦古老文明的国度，心灵深处无家可归的朝圣者和永恒的怀疑主义者布罗茨基却又切实感受到了光明战胜黑暗的可能性：

> 我曾去过罗马。那里充满了光明。因为，
> 只有碎片才能够憧憬！
> 我的视网膜上——出现了金色的光点。
> 足以照亮黑暗的所有长度。（Ⅲ，232）

---

① Анни Эпельбуэн, "Европейский воздух над Россией", сост. Полухина В.П., *Бродский И. Книга интервью*, Москва：Захаров，2011，с.149.
② Ахматова А.А., *Собрание сочинений в шести томах*, Т.1，Москва：Эллис Лак，1998，с.97.
③ 古希腊神话中长着一百只眼睛的巨人，睡觉时只闭上两只眼睛。

罗马是布罗茨基创作的核心形象之一。正是它帮诗人懂得了无穷，并将其置于无穷的框架内。也正是在罗马，布罗茨基感受到了世界的和谐。这一诗节中已罕见地出现了乐观的语调，尽管这里的和谐充满了悖论——光产生于极度浓缩的黑暗中："哦，墨水与黑暗相融合／在夜晚产生多少光明！"（Ⅲ，230）——甚至是死亡中：视网膜上的金色光点，这是"殡葬仪式中的清晰特征"[①]。但在笔者看来，这来自黑暗与死亡中的光，就像是人类在极度绝望中的重生——唯有彻底的绝望才能带来崭新的希望。对光明的期待也因此成为人类创造自己未来的基础。可以说，正是在光明与黑暗的对立中，有着人类存在的核心原则。

而与此相应，在诗人创作晚期的《效仿贺拉斯》（Подражая Горацию，1993）一诗中，这一乐观语调则进一步上升。如同剧本《大理石》一样，古罗马诗人贺拉斯在这里再次成为"诗歌"的象征，诗人正是从他（诗歌）身上获得了信心和勇气。他鼓舞个体的生命之舟在时间的汪洋大海中奋力前行，勇敢迎接生命中一切漫无目的的"风暴"；战胜时间，在努力拼搏中成为大海的一部分，成为永恒自由的元素，找到真正属于自己的生命之"光"：

> 随着波浪的意愿疾驰吧，小船。
> 你的帆就像是揉皱的卢布。
> ……
> 疾驰吧，小船，别怕风暴。
> 比子弹狂暴，但更无目的，
> 它自己也不知道，是否
> 该往那一，或是
>
> 这一方向扑去。
> ……
> 沿波浪疾驰成大海的一部分，
> 疾驰吧，疾驰吧。（Ⅳ，155—156）

在笔者看来，这仿佛是隔着36年的岁月，遥相呼应了诗人创作早

---

① Лейдерман Н.Л. и Липовецкий М.Н.，*Современная русская литература 1950 – 1990 – е годы*，т.2，Москва：издательский центр Академия，2003，c.654.

期的一首诗《再见》（Прощай，1957），前后形成了一个完整的圆：

> 愿你的路
> 坚强，
> 愿它笔直而，
> 简单。
> 愿昏暗中
> 有星光
> 为你照耀，
> 愿希望
> 在你的篝火旁
> 温暖手掌。
> 也会有暴风雪，
> 凄风，苦雨
> 与火的猛烈嘶吼，
> 愿前方你的成功
> 会比我更多。
> 愿你的胸中，
> 激起强大而美好的
> 战斗能量。（Ⅰ，19）

显然，布罗茨基认为，懂得世界失去了客观意义且存在本质是虚无的人类，能够凭借自己看似徒劳却不间断的努力在动荡的混乱中找寻意义来填充这一虚无：

> ……那一真空，实际上经常
> 由人类的行为填满；（Ⅳ，56）
> 《在索邦大学的讲话》（Выступление в Сорбонне，1989）

总体而言，借助隐喻思维，可以发现，布罗茨基在"古希腊罗马意象"中隐喻了时间作用之下人类记忆的缺失，爱情的毁灭与生命的虚无。他以古希腊神话中奥德修斯的故事为例，解构了他富有传奇色彩的一生，着重刻画了二十年漫长的离家岁月所带给他的记忆的严重缺失。而记忆的缺失又进一步导致了奥德修斯语言的缺失，使他最终成为故乡人眼中陌生的存在；他借用庞贝古城的命运，古罗马诗人普罗佩提乌斯与所钟情的女子卿提亚以及古罗马创始人埃涅阿斯与迦太基女王狄多的爱情悲剧阐释了时间的流逝中爱情的脆弱和不堪一击，最终，曾以死为誓的爱情"无声地倒塌了"，在绝望中走向了毁灭；他思考了特洛伊战争时期两大英雄——赫克托耳与埃阿斯、古罗马著名历史学家蒂托·李维、罗马帝国皇帝提比略、古希腊艺术家代达罗斯等人的一生，看到他们的命运在时光隧道中留下虚无的痕迹，就像蝴蝶，美丽、绚烂，却又仿佛从未存在过。甚至人类的未来，在他的眼里，也是全然的冰冷与绝望，充斥着死亡气息，透露出虚无的本质。

可以说，在古希腊罗马意象的隐喻中，布罗茨基从多个角度阐释了人类在时间中的"失去"：记忆的缺失，爱情的毁灭，乃至最终人类生命的虚无。从这一方面来看，布罗茨基的笔触是冷峻的，带有浓郁的悲剧色彩。然而诗人又绝非悲观之人。

在正视时间的冰冷与野蛮带给人的消磨时，他也在孜孜不倦地探寻足以抵挡这一"磨损与变形"的力量：骨肉相连的亲情——奥德修斯对儿子的记忆，古希腊罗马文明——文学（诗歌）、创作与语言，都是布罗茨基心目中足以抗衡时间、填补虚无的力量。并且，或许还有某种"看不见的东西"，悄悄存在于大地，始终伴随着人类，带来希望与温暖。因此，人类有足够的能力依靠自身来填补这一虚无。

在创作晚期，布罗茨基则一改往日喜爱的中性语调——在诗人看来，这也是时间的语调——给予了尘世之人热烈的鼓舞，一如十七岁时的意气风发。可见，尽管他淡然了一生，孤独了一生，内心深处，却始终不曾放弃对生命的崇高敬意与热爱。

# 第二章　布罗茨基诗歌中的圣经意象隐喻

> 事实在于，俄罗斯属于基督教文化，因此，不管愿不愿意，基督教都会存在于我的诗歌中，基督教文化在语言自身中就可以看到。
>
> ——布罗茨基

第一章中我们所探讨的古希腊罗马意象，从本质上说，属于多神教范畴。而本章中的圣经意象，则属一神教，它主要由《旧约》和《新约》构成。布罗茨基喜欢多神教胜过一神教。但诗人的确切宗教观究竟如何，这一直是众多研究者关注的焦点。而在多次的访谈中，布罗茨基也对这一问题做出了明确回答：

"说实话，我的宗教归属……我会说，它从来就不曾存在过。它于我而言是缺失的。"①

"我不是信仰宗教之人，完全不是。幸或不幸，我不知道。但我并不认为我属于某种宗教教义。"②

"总体来说，我不是宗教仪式或形式崇拜的追随者。"③

可见，布罗茨基否认了自己具有某种特定的形式上的宗教信仰，但他拥有属于自己的特殊信仰："我唯一真正信仰的，并且在生命中给予我支撑的是——语言。如果我不得不为自己创建上帝，独裁统治者，这便是俄语。"④显然，诗人所追寻的并非上帝，而是语言的巨大能量。同

---

① Элизабет Эдам Рот, "Я считаю себя кальвинистом", сост. Полухина В.П., *Бродский И. Книга интервью*, Москва: Захаров, 2011, с.734.

② Ева Берч и Дэвид Чин, "Поэзия – лучшая школа неуверенности", сост. Полухина В.П., *Бродский И. Книга интервью*, Москва: Захаров, 2011, с.66.

③ Свен Биркертс, "Искусство поэзии", сост. Полухина В.П., *Бродский И. Книга интервью*, Москва: Захаров, 2011, с.99.

④ Виллем Г. Вестстайн, "Двуязычие – это норма", сост. Полухина В.П., *Бродский И. Книга интервью*, Москва: Захаров, 2011, с.211.

时他又坚定地称自己为"加尔文主义者":"如今我会称自己为加尔文主义者。从这一意义上来讲,即你是自己的审判官,并且比上帝更严厉地审判自己。你不会对自己表现出怜悯和宽恕。你便是自己最后的,常常是相当可怕的审判。"①

与此同时,与诗人宗教信仰缺失相反的是,圣经意象却在他的诗歌中不断出现。显然,这一意象引起了诗人极大的兴趣。布罗茨基也承认:"基督教、犹太教,所有这些都引起了我强烈的好奇……我完全被吸引并读了相当多的圣经内容……"②"如果在我的诗歌中有基督的象征,基督的潜台词,那只是因为,我喜欢这个故事"③;"我或许是基督徒,但这不是指天主教徒或东正教徒。我是基督徒,因为我不是野蛮人。我喜欢基督教中的一些东西……我更喜欢《旧约》,因为这本书就其精神而言更崇高……较少宽恕。我喜欢《旧约》中关于审判的思想,不是具体的审判,而是关于上帝的,以及书里时常提及的个人责任。它几乎驳斥了《福音书》里给予人们的一切辩护。"④

由此看来,布罗茨基对宗教的态度可以说是"泛基督的"。他认为:"上帝——基督教或这些宗教现象与当代文化间的关系是非常明显的:这是,如果可以这样说,前因与后果之间的关系。如果我的诗歌中有这些现象,那么这仅仅是后果试图给予前因充分的重视。"⑤而他关于上帝的理解则是这样的:"我更多还是亲近自我意志的观念。在这一意义上来讲,我比以色列的任何犹太人都更亲近犹太教。这仅仅因为,如果说我信仰什么,那么我信仰的便是独断专行的、无法预料的上帝。"⑥或许正是因为心中这一"上帝"的存在,正是因为对语言的热烈崇拜,正是因为与对自我严厉审判的"加尔文主义"的亲近,更是因为基督教本身便是俄罗斯文化的一部分,诗人矢志不移地在自己的诗歌创作中

---

① Дмитрий Радышевский,"Надеюсь, что делаю то, что он одобряет", сост.Полухина В.П., *Бродский И.Книга интервью*, Москва: Захаров, 2011, с.726.
② Элизабет Эдам Рот.Я считаю себя кальвинистом., сост.Полухина В.П., *Бродский И.Книга интервью*, Москва: Захаров, 2011, с.734-735.
③ Давид Бетеа,"Наглая проповедь идеализма", сост.Полухина В.П., *Бродский И.Книга интервью*, Москва: Захаров, 2011, с.551.
④ Анн-Мари Брумм,"Муза в изгнании", сост.Полухина В.П., *Бродский И.Книга интервью*, Москва: Захаров, 2011, с.30.
⑤ Ева Берч и Дэвид Чин,"Поэзия-лучшая школа неуверенности", сост.Полухина В.П., *Бродский И.Книга интервью*, Москва: Захаров, 2011, с.65.
⑥ Свен Биркертс,"Искусство поэзии", сост.Полухина В.П., *Бродский И.Книга интервью*, Москва: Захаров, 2011, с.100.

坚持了宗教这一传统。除此之外，圣经意象中所展示的形而上学视野也是布罗茨基极为关注的。作为"玄学派"的追随者，布罗茨基始终对形而上学的世界进行着深入探索，而这恰好是圣经意象中所展示的："在24岁或23岁，准确记不清了，我第一次读完了《旧约》和《新约》。这在我生命中留下了，或许是，最强烈的印象。也就是说，犹太教和基督教形而上学的视野给我留下了相当深刻的印象"①，"而我感兴趣的恰是人的形而上学的潜能——这是我所练习的，也将会用一生来练习的"②。就这样，布罗茨基坚持着自己的信仰原则，并以自己的方式阐释了圣经意象的隐喻。

布罗茨基创作中具有圣经意象的诗歌，除了《以撒与亚伯拉罕》（Исаак и Авраам，1963）外，都与"圣诞节"密切相关。并且，从第一首写于1963—1964年的《1963年圣诞节》（Рождество1963 года）至1995年所写最后一首《逃往埃及》（Бегство в Египет Ⅱ），前后相隔三十余年。可以说，"圣诞诗组"贯穿了诗人创作的始终。

圣诞节是西方传统节日，它起源于基督教，在每年公历12月25日被人们当作耶稣诞辰来庆祝。但从布罗茨基上述宗教观的阐述中可以得知，他对"基督诞生"主题的长久关注并非出于宗教信仰缘故。在诗人看来，无论多神教，还是基督教，任何一种宗教都"无法充分满足人类的心灵需求"③，因为人们需要更为广阔的、哲学的目光来看待世界。他对圣诞节感兴趣，首先是因为"这一节日是按年代先后顺序，与一定的现实，与时间运动联系在一起"，并且，它还与"生命——或者，至少，个体意识中的存在的计算"④ 相关。

在一次访谈中，布罗茨基讲述了自己写作圣诞诗的动因："最初写圣诞诗，我记得，是在科马罗沃。我住在别墅中，忘了是谁的，似乎是别尔克院士的。那里我从一本波兰杂志——我记得是《横截面》（Пшекруй）里——剪下一张插画。这就是《三博士朝拜》（Поклонение волхвов），我不记得作者是谁了。我将它粘在炉子上方，

---

① Виталий Амурский，"Никакой мелодрамы"，сост. Полухина В.П.，*Бродский И. Книга интервью*，Москва: Захаров，2011，с.501.

② Давид Бетеа，"Наглая проповедь идеализма"，сост. Полухина В.П.，*Бродский И. Книга интервью*，Москва: Захаров，2011，с.551.

③ Подгорская А.В.，*Иосиф Бродский и русская рождественская поэзия*，Магнитогорск: ГОУ ВПО «МГТУ»，2009，с.122.

④ Петр Вайль，"Рождество: точка отсчета"，сост. Полухина В.П.，*Бродский И. Книга интервью*，Москва: Захаров，2011，с.598 – 599.

晚上经常看。顺便说一句，后来这幅画、炉子和别墅都烧了。但那时我看了又看，决定写一首关于这一情节的诗歌。也就是说，一切并非始于宗教情感，帕斯捷尔纳克或是艾略特，而是这张插画。"① 显然，正是这张画触动了诗人内心，引起他本能的创作冲动。而在谈及自己持续写圣诞诗歌的确切缘由时，诗人说道："这个话题很复杂。您知道吗，在我24—25 岁时有那样的想法，我试着去遵循它，即在每个圣诞节写一首诗……有一段时间我坚持这样做，但后来情况妨碍了我……但我到现在仍试图这样做。总体而言，其中包括了我对基督教的看法，如果可以这么说的话……就像人每年照相一样，为了知道他看起来怎么样。据此，我认为，这多少能够探究风格的发展——某种方式中的心灵发展，也就是说这些圣诞诗——就像是心灵照片。"② 这样看来，诗人在这些诗歌中试图揭示的，依然是时间之于人的影响。

  总体而言，俄罗斯圣诞诗歌传统来源于两个派别：一是以赞美诗为主的礼拜式象征主义；二是宗教诗歌的基督教抒情，首先是个人对基督诞生这一事件的感性接受。③ 显然，布罗茨基的创作属于后者。事实上，尽管在《致约翰·邓恩的大哀歌》（Большая элегия Джону Донну，1963）、《戈尔布诺夫与戈尔恰科夫》（Горбунов и Горчаков，1965 – 1968）、《与天神的谈话》（Разговор с небожителем，1970）、《静物画》（Натюрморт，1971）等诗中都曾出现过圣经情节和人物片段，作为宗教原型来阐释诗人形而上学的思考，但总体说来，布罗茨基诗歌中以圣经意象为核心内容的诗歌，主要由两部分构成：一是诗人对圣经内容的直接描述，包括《旧约》中的《以撒与亚伯拉罕》及《新约》中的基督诞生事件；二是诗人以"基督诞生"这一事件的全部或部分情节穿插于诗歌中，作为圣诞节的背景来映衬抒情主人公的心境。可以说，除了《旧约》中的《以撒与亚伯拉罕》，布罗茨基仅依靠一个情节——福音书中的基督诞生——创建了独一无二的"圣诞诗组"。但他的创作是在宗教信仰之外的，这里不存在颂扬"救世主诞生"这一事件的热烈激情。从这一意义上来讲，布罗茨基同样解构了基督诞生的普适性意义：圣诞节在他的笔下

---

① Петр Вайль, "Рождество: точка отсчета", сост. Полухина В.П., *Бродский И. Книга интервью*, Москва: Захаров, 2011, с.601.

② Бенгдт Янгфельдт, "Стихотворение – это фотография души", сост. Полухина В.П., *Бродский И. Книга интервью*, Москва: Захаров, 2011, с.308 – 309.

③ Подгорская А.В., *Иосиф Бродский и русская рождественская поэзия*, Магнитогорск: ГОУ ВПО «МГТУ», 2009, с.124.

从来就不是充满喜悦气氛的。

这样一来，借助隐喻思维可以发现，诗人以圣经意象隐喻了亚伯拉罕以及婴孩基督所经受的考验以及抒情主人公在人世间所承受的苦难。这两组看似平行的隐喻主旨实质上又是相通的，就像是灵魂与肉体的对照：遭受考验的亚伯拉罕与婴孩基督就像是抒情主人公的灵魂，对应着他在尘世所经历的一系列苦难。而事实上，这也是时间之于人的"馈赠"。

## 第一节 灵魂：考验

"灵魂的考验"在布罗茨基笔下主要体现为《旧约》中的亚伯拉罕献子祭祀与《新约》中基督诞生的故事。无论是亚伯拉罕还是婴孩基督，在诗人笔下，都因在尘世肩负上帝的重托而经受着严峻的考验。

据《旧约》可知，亚伯拉罕是犹太教、基督教的先知，是耶和华从地上众生中所拣选并给予祝福的人，同时也是希伯来民族的祖先。上帝预言：亚伯拉罕一百岁时，妻子撒拉将为他生下儿子以撒。他对这个儿子宠爱到极点。可上帝却决定要以以撒的性命来考验亚伯拉罕，让他将爱子以撒带至摩利亚山上作为燔祭献给自己。亚伯拉罕不舍心爱的儿子，可他更无法违背上帝的旨意，只好奉旨行事，杀子祭祀，后被天使及时阻止。这便是《旧约》中亚伯拉罕"杀子祭神"的故事。[1]

据此情节为基础，布罗茨基于1963年完成了长诗《以撒与亚伯拉罕》的创作，这是在他首次阅读圣经之后："我是在通读圣经之后的几天里写出《以撒和亚伯拉罕》的。"这首诗是诗人创作中"第一部圣经题材的作品，也是他诗歌中唯一一个对《旧约》情节进行细致加工的尝试"[2]。布罗茨基对《旧约》有着特别的喜爱，正如他自己所说，"《旧约》对我而言更为亲切，因为我是犹太人"[3]。可以说，这是一首关于祭祀与牺牲的诗，它融入了青年布罗茨基深刻的精神探索，诗歌容量远远超过了《旧约》内容。

---

[1] 洪佩奇、洪叶编著：《圣经故事·旧约篇》（名画全彩版），译林出版社2008年版，第41页。

[2] 参见［美］列夫·洛谢夫《布罗茨基传》，刘文飞译，东方出版社2009年版，第158页。

[3] Гжегож Мусял, "Эстетика – мать этики", сост.Полухина В.П., *Бродский И. Книга интервью*, Москва: Захаров, 2011, c.469.

事实上,"牺牲"主题在俄罗斯诗歌中并不少见。在曼德尔施塔姆的诗歌《永远保留我的话语……》(Сохрани мою речь навсегда...,1931)中,我们便发现了这一主题——为了获得诗人应得的承认而作出的牺牲。诗人试图与现实及时间妥协,以便他的话语(创作)能够保留下来。而《以撒与亚伯拉罕》中,则是亚伯拉罕以牺牲以撒来表达对上帝的忠诚。两首诗中同样提及的是心灵事件与信仰问题。

在这首讲述父亲为了完成神的考验而带着心爱儿子走向祭祀之地的诗歌中,诗人将整个场景置于沙漠里。如果说根据圣经,祭祀应在摩利山上举行,那么这里它则被带到了沙漠中——象征死亡与虚无的沙漠是布罗茨基惯用的背景(基督诞生组诗的背景也大多是沙漠)。

这首诗中,亚伯拉罕携子前行的路可以说同时也是"人的命运,人类的历史"。这一诗歌的历史模型也体现在"命运—道路"这一隐喻中。①沿着空旷沙漠前往祭祀之地的途中,父亲用不断的呼唤声来掩盖内心深处的复杂情感,在他的声声呼唤中透露出孤独与无助:

> "走吧,以撒。你为何停下?走吧。"
> "这就走。"——潮湿树枝中的回答
> 隐没在滂沱夜雨中,
> 恰似疾行的木筏——驶往呼唤消失的地方。
> ……
> "以撒!以撒!"——回声向右,向左:
> "以撒!以撒!"——那一瞬间烛光
> 摇曳树枝,火焰冲天。
> ……
> "走吧,以撒。"——"这就走。"
> "走快些。"——但以撒迟不作答。
> "你在那里逗留什么?"——"稍等。"——"我等着。"
> (蜡烛在黑暗中映出漫天光明。)
> "走吧。别掉队。"——"这就来。"(Ⅰ,252)

---

① Медведева Н.Г.,"Когда фонетика - служанка серафима...:Семантика звука,буквы и цифры в стихо - творении И.Бродского «Исаак и Авраам»",сост.Полухина В.П.и др.,*Поэтика Иосифа Бродского*:*Сборник научных трудов*,Тверь:Твер.Гос.Ун - т,2003,с. 294.

可以看出，诗歌中出现了大量的"对话"——在布罗茨基看来，"诗歌中存在着对话的、辩证的逻辑：一行诗在另一行中得到回应。音乐中同样如此：声音及其回声"①。这一"对话"原则在诗人完成于1968年的长诗《戈尔布诺夫与戈尔恰科夫》中也广泛使用。

诗中不断出现的"走吧"起初是亚伯拉罕带领以撒走向死亡之路。他心中燃烧着整个世界的痛苦。除了对儿子的不断呼唤，他无法告诉儿子自己所要做的事——将他作为祭品来迎接考验。布罗茨基在这里展现了亚伯拉罕复杂的心理世界，他所承受的巨大心理压力只能通过与儿子以撒的对话来舒缓。

现代存在主义哲学创始人克尔凯郭尔（Soren Aabye Kierkegaard）也曾在自己的作品《恐惧与战栗》（Fear and Trembling）中展示了"以撒与亚伯拉罕"这一圣经故事的心灵层面。但克尔凯郭尔的主要研究对象是亚伯拉罕——信仰骑士。他指出，"亚伯拉罕的故事正包含了一种对伦理学的神学怀疑"②，他的行动"超越了整个伦理的范围"③。并且，这一故事中起主导作用的是宗教因素而非心理因素。因为心理层面往往指向伦理或美学，而宗教层面则指向绝对的神性王国。正是信仰使亚伯拉罕无法怀疑上帝要求他杀死自己唯一儿子的公正性，并以此来证明自己的忠诚。但就伦理意义而言，亚伯拉罕的行为近乎发疯，谁也无法理解。他不惜付出牺牲儿子的代价来完成上帝的考验，成就了自身的伟大，同时也构成悲剧的原因所在。总体而言，在克尔凯郭尔看来，亚伯拉罕有所抛弃，亦有所坚持："他抛弃的是世俗的庸见，坚持的是他的信念。"④

与克尔凯郭尔不同，布罗茨基的关注点始终在牺牲品——以撒身上。亚伯拉罕知晓一切，而以撒却对即将发生的事一无所知。只有诗中不断出现的灌木形象暗示着他即将成为祭品的命运。荒芜沙漠中的灌木就像是诗中出现的第三个主人公，在形而上学意义上与整个世界联系在一起，并在某种程度上象征着未来：

突然亚伯拉罕看到了灌木。
稠密的枝伸展得很低——很低。

---

① Лиза Хендерсон, "Поэзия в театре", сост.Полухина В.П., *Бродский И. Книга интервью*, Москва: Захаров, 2011, c.344.
② ［丹麦］克尔凯郭尔：《恐惧与战栗》，刘继译，贵州人民出版社2018年版，第54页。
③ ［丹麦］克尔凯郭尔：《恐惧与战栗》，刘继译，贵州人民出版社2018年版，第58页。
④ ［丹麦］克尔凯郭尔：《恐惧与战栗》，刘继译，贵州人民出版社2018年版，第3—4页。

> 尽管地平线，一如既往，在这里是空的，
> 但这意味着：他们已接近目的地。
> ……
> 本质而言灌木像一切。
> 像帐篷阴影，像可怕的爆炸，像袈裟，
> 像河流的三角洲，像光线，像车轮——
> ……
> 但它与身体最不相似，
> 而是近似心灵，及其所有的路。（Ⅰ，254—255）

显然，诗人在这里赋予了灌木无穷的寓意——灌木像一切，并使它成为风景中最重要的形象。亚伯拉罕艰难地转移着以儿子为祭品的痛苦，灌木却似乎知晓以撒的命运。神秘的灌木就此进入了形而上学空间，并与心灵相似。但不是所有人都明白这一点，这一昭示只有在以撒面前才得以显现——于是，以撒的梦里出现了灌木形象：

> 以撒在梦中看到了这样的场景：
> 沉默的灌木在他面前挥舞树枝。
> 他想要用手触碰它们，
> 但每一片叶子都在他面前惊慌舞动。（Ⅰ，258—259）

为了解释灌木为何会引起以撒的兴趣，诗人对其进行了逐字逐句的分析。但这同样是令人费解的，具有某种寓意的分析：

> 谁：灌木。什么：灌木。其中再也无根。
> 其中字母本身——大于词语，更广阔。
> "K"就像是树枝，"y"——更像。
> 只有"C"与"T"在某个别的世界。
> 在他面前所有树枝，所有心灵之路
> 合拢，互相拍击，聚集。
> ……
> 树枝越来越长，越长，越长，
> 叶子越来越，越来越靠近他的脸。（Ⅰ，259）

显然，这一梦境是具有暗示意义的：以撒就像是基督的象征，而亚伯拉罕献子祭祀则令人想起基督受难于十字架。因此，最终，以撒在梦里看到了这一"十字架"：

> 但他明白了："T"——祭坛，祭坛，
> 而"C"躺在它上面，一如被缚羔羊。
> ……
> 只要上部板条向下滑动，
> 不是字母"T"——而是十字架立现于我们面前。（Ⅰ，259）

在俄罗斯诗歌传统中，梦类似大海，象征着通往永恒自由之路。在长诗《戈尔布诺夫与戈尔恰科夫》中，戈尔布诺夫便是经过"梦—死亡"走向了"大海—自由"。这里，以撒梦里出现的灌木就像牺牲时的十字架，也即耶稣受难像，成为"世界的本原与拯救"①。

随后整首诗也在亚伯拉罕做好准备杀子的刹那抵达高潮。他剧烈的心理挣扎体现出对上帝的忠诚以及对儿子的爱。事实上，这是他所经受的最艰难的考验，因为儿子以撒的命运是由他手中的刀子来决定的。但他对上帝的忠诚不容置疑。他下决心完成考验——于是他拔出了刀子：

> "是时候了"，——他说，注视着：
> 现在他的掌中有什么？
> 一边是匕首，而另一边——亲生骨肉。
> "现在要动手了……"——瞬间呆立，
> 他喃喃自语："救救我吧，上帝。"——
> 沙丘中迅速出现了天使。
>
> "够了，亚伯拉罕"，——他说，
> 亚伯拉罕瞬间汗流浃背
> 他松开了手掌，
> 匕首掉落在地，天使迅速捡起。

---

① Руслан Измайлов, ""Библейсий текст" в творчестве Бродского: священное время и пространство", *Сибирские огни*, номер 5, 2008, https://magazines.gorky.media/sib/2008/5.

> "够了，亚伯拉罕。一切都结束了。
> 一切都已结束，上帝很满意，
> 你做出了牺牲——尽管你是祭品的父亲。
> 好了，这已足够。现在我们返回吧……"（Ⅰ，260）

诗中刻意描写了刀。这原本用来切割面包的刀如今成为杀子的工具。亚伯拉罕的故事包含一种悖论。他足足等到100岁才生下以撒，可如今却要亲手将儿子杀死。信仰使他呈现出生命最高的激情。他当然爱自己的儿子，可与上帝的"绝对"关系相对照，父子之间的伦理关系却是"相对"的。① 这就是为什么亚伯拉罕始终保持沉默。好在天使及时出现并阻止了悲剧的发生。天使的出现成为诗歌鲜明的分界线，经受住考验而得到拯救的亚伯拉罕随后在神的无限恩赐中与儿子踏上了返家的征途。显然，我们看到了亚伯拉罕对上帝的绝对忠诚，但布罗茨基在这里直接强调的却并非"信仰"，而是"牺牲品"。事实上，以撒在诗中恰似基督受难的原型。亚伯拉罕经受住了神的考验，得到奖赏，而以撒则踏上了对他而言未知的、永恒的路。可以说，正是凭借信仰，亚伯拉罕得到了拯救，同时也再次得到了以撒。

于是，随后这一再次出现的"走吧"成为他们重新走向新生命之路的开端。个体命运之路会走向死亡，但可以通过牺牲的途径，在经受住考验后得到拯救。并且，在诗人看来，这或许是唯一的途径。

与此同时，正如笔者所提及的，这首诗中，儿子以撒比父亲亚伯拉罕的地位更为重要，这首先可以从诗歌题目中得到证实。② 如果说亚伯拉罕代表着过去（他已完成了上帝的考验），那么，以撒则代表着现在和未来。尽管《旧约》中这一情节描述的是亚伯拉罕下决心献子祭祀以完成上帝的考验，可事实上，以撒才面临着生与死的巨大考验。因此，当这一切结束后，正是以撒与沙漠中的陌生来客交谈着：

> 那里，骆驼身躺之地，以撒
> 与某个来客交谈着。（Ⅰ，262—263）

---

① ［丹麦］克尔凯郭尔：《恐惧与战栗》，刘继译，贵州人民出版社2018年版，第73页。
② Медведева Н.Г., "Когда фонетика - служанка серафима…: Семантика звука, буквы и цифры в стихо - творении И.Бродского «Исаак и Авраам»", сост.Полухина В.П.и др., Поэтика Иосифа Бродского: Сборник научных трудов, Тверь: Твер.Гос.Ун - т, 2003, с. 294.

或许我们可以认为，这一"来客"正是亚伯拉罕派往美索不达米亚为以撒寻妻的奴仆。生命在他面前正展开美好的一面，充满了希望。于是他们接着走，父子深情中，他们走向家园，走向未来，走向生命，走向新生的希望：

"走吧，以撒。你为何停下？走吧。"
"这就走"，——潮湿树枝中的回答
隐没在滂沱夜雨中，
恰似疾行的木筏，——驶往呼唤消失的地方。
"以撒，别掉队。"——"没有—没有，在走。"
（白桦显示出力量与坚定。）
"以撒，你可记得家？"——"是—是，会找到。"
"那我们走吧。别掉队。"——"别担心。"（Ⅰ，263）

除此之外，两位主人公身处的空间也具有一定的象征意义——沙漠中的滂沱夜雨可以说是苦难的象征，而贯穿于其间的"光明"——蜡烛、篝火、星星则对抗着夜雨与黑暗。值得一提的是，这一"光明对抗黑暗"的情节同样贯穿于布罗茨基的"圣诞组诗"中。

这首诗使笔者想起了莱蒙托夫（М.Ю.Лермонтов）的长诗《童僧》（Мцыри，1839）。在那里，渴望自由的少年修士在一个雷电交加的秋季夜晚突然失踪。类似于以撒与亚伯拉罕行进中"漆黑的夜雨和无边的沙漠"，他出逃的背景是："修道院的四周层峦叠嶂，无尽的森林黑压压一片。"[①] 这里经历苦难者的背景基本是相似的，唯一的区别是当少年奔跑在漆黑的夜中时，"没有一颗星星为他照亮崎岖的路"[②]。因而少年的出逃最终以失败告终，他也失去了生命。可见，在诗人的眼中，带来光明的"星星"及其类似物，是生命和希望的象征。

可以说，《以撒与亚伯拉罕》一诗中，亚伯拉罕在艰难环境中完成了上帝的考验，并最终得到了上帝无限的恩赐，父子二人重返家园。诗中亚伯拉罕对上帝的忠诚与对儿子的爱也得到了鲜明刻画。接下来，布罗茨基持之以恒地以"基督诞生"这一场景为创作内容，继续思考着"考验"

---

① Лермонтов М.Ю.，*Избранные произведения*，Санкт - Петербург：Лениздат，1979，с.245.

② Лермонтов М.Ю.，*Избранные произведения*，Санкт - Петербург：Лениздат，1979，с.250.

主题——婴孩基督降临尘世所经历的一系列考验同样映衬着抒情主人公在人世所经受的苦难。在分析这一"圣诞组诗"前，有必要先对圣经中所描述的这一场景进行阐释，以便更好地理解诗歌内容。

据圣经记载，童女玛利亚由圣灵感应怀了身孕，她的未婚夫约瑟则按照天使的吩咐娶玛利亚为妻。当罗马皇帝奥古斯都要求在全国进行人口普查时，约瑟便带着身孕极重的玛利亚返回伯利恒申报户口。但由于城中客栈已住满，他们只好在一间马棚中暂且安身。当天夜里（12月24日夜）玛利亚由于产期已到，便在马棚中生下了孩子，并将他放在马槽内。这一婴儿便是道成肉身的基督。

彼时，伯利恒的郊外，主的使者向野外露宿的牧羊人宣告了救世主基督的诞生："你们会看见一个用布包着的婴儿，躺在马槽里，这就是他的标志。"[①] 牧羊人在城中客栈的马棚中果然看到了约瑟夫妇与婴儿。玛利亚得知天使的话已应验，在婴儿出生八天后，他们为婴儿实行割礼，并按天使的话为他取名为耶稣。随后在洁净期满四十天后，约瑟和玛利亚于2月2日带着婴儿基督前去耶路撒冷为主献祭。这一纪念日后被称为"圣烛节"（也是布罗茨基的同名诗）。

此时的伯利恒正处于希律王的统治之下，根据星象指引从东方抵达耶路撒冷寻找"犹太人的王"的三位博士在星象引导下寻到了屋内的婴儿，随后俯伏朝拜，并拿出黄金、乳香和没药等礼物献给他。这便是著名的东方三博士朝拜的故事。三博士离开后，主的天使又在约瑟的梦中显现，告知他们逃往埃及，因为希律王为了维护自身的统治地位，想要杀害这一婴儿。于是约瑟连夜带着孩子和玛利亚逃往埃及，后又在主的天使指示下，重新回到以色列的拿撒勒城定居。[②]

这样，圣经意象中与《新约》有关的第一首诗歌，在笔者看来，便是写于1963—1964年之交的《1963年圣诞节》（Рождество 1963 года）。这首诗中出现了人们所熟悉的救世主——婴孩基督诞生以及三博士朝拜的情节：

　　救世主诞生于
　　严寒中。

---

[①] 洪佩奇、洪叶编著：《圣经故事·新约篇》（名画全彩版），译林出版社2008年版，第11—12页。
[②] 洪佩奇、洪叶编著：《圣经故事·新约篇》（名画全彩版），译林出版社2008年版，第21、41、43页。

牧人的篝火在沙漠中熊熊燃烧。
暴风雪怒吼并耗尽了
带来礼物的可怜博士们的心。
骆驼扬起毛发蓬松的腿。
起了风。
星星在夜晚熠熠生辉,
观看着,三行队列行进如光线般
交汇于基督的洞穴中。(Ⅰ,282)

事实上,这一"救世主到来"的情节早在俄罗斯诗人索洛维约夫(В.С. Соловьёв)写于1892年的《上帝与我们同在》(Имману-Эль)一诗中便得到鲜明清晰的体现。索洛维约夫的诗中体现了"基督降生"这一夜对于尘世之人的真正意义,它是光明与希望的象征,是苦难终结的标志:

世纪的黑暗中那一夜已撤退,
当大地疲惫于仇恨与惊慌,
长眠于天空的怀抱时
寂静中上帝诞生了,与我们同在。
……
但这一夜所揭示的永恒,
在时间中坚不可摧,
很久以前诞生于马槽下的话语,
如今重又归于你的心中。

是的!上帝与我们同在……

如今,他在这里——在偶然的虚空中,
在生命惊慌的暗流中
你掌握了普天同庆的奥秘:
邪恶无力;我们永恒;上帝与我们同在![1]

---

[1] Соловьёв В.С., *Стихотворения и шуточные пьесы*, Санкт-Петербург: Ленинградское отделение, 1974, c.89.

可在布罗茨基的诗中，我们读不出丝毫因救世主降生而带来的喜悦之感。相反，这首诗中，恶劣的自然环境无论是对救世主还是对朝圣的三博士而言都是严峻的考验。作者在诗歌的开始便直接点明："救世主诞生于/严寒中。"而尽管诗中没有出现朝圣博士直接的心理活动，诗人却将他们称为"可怜的"博士们，并描述了朝圣途中的种种艰辛——这是走向新的启示和新的信仰之路的艰辛：

> 暴风雪怒吼并耗尽了
> 带来礼物的可怜博士们的心。
> 骆驼扬起毛发蓬松的腿。
> 起了风。

这一描述类似英国著名诗人 T. S. 艾略特（T.S.Eliot）写于 1927 年的诗歌《东方三贤①的旅程》（Journey of the Magi）。诗人以其中一个博士的口吻讲述了多年后他对朝圣之行的回忆。这一切在他眼中成为"寒潮来临，/正是一年中最不利于出门/旅行的时间"所进行的一次漫长旅程："路深难行，气候严酷，/一片死寂的冬季。"他们也曾为这一行程后悔过，并且有声音在他们耳边唱道："这是彻头彻尾的愚行。"博士并未因婴儿的出生感到欣喜，然而，他还是意识到这一"道成肉身"的奇迹已改变了一切。于是他问道：

> 我们被一路引导着过去
> 是为了出生或死亡？有人出生了，当然
> 我们有证据，毫无疑问。我见过出生和死亡，
> 但想到了其中有不同之处；这个出生
> 对我们是艰难苦涩的极度痛苦，如死亡，我们的死亡。②

艾略特的诗歌可以说是"构建在生与死的辩证法基础之上"③。婴孩

---

① 耶稣诞生时自东方去朝拜的三位贤士，按波斯原文之意，是古波斯的三位祭师，亦称三智者、三博士、三王。
② [英] 托·斯·艾略特：《荒原》，张炽恒译，上海文艺出版社 2020 年版，第 124—126 页。
③ Подгорская А.В., *Иосиф Бродский и русская рождественская поэзия*, Магнитогорск: ГОУ ВПО «МГТУ», 2009, с.88.

基督的诞生同时也意味着博士的死亡。因此，诗歌的讲述者——年老之时回忆这一行程的博士说道，在那一诞生之后他的世界便已死亡。他除了等待自己生命的尽头之外别无他事：

> 我们回到自己的地方，这些王国，
> 但在旧教规下，这里已不再安逸，
> 一个外来民族紧紧地拽着他们的神。
> 我本该为另一种死亡感到高兴。①

可见，在对"基督诞生"这一主题的描述中，布罗茨基延续了艾略特的传统，解构了索洛维约夫笔下所呈现出的"婴孩诞生"在传统意义上的普世欢庆之意。但在诗行的最后，诗人同样强调了基督诞生对全人类的意义："星星在夜晚熠熠生辉，/观看着，三行队列行进如光线般/交汇于基督的洞穴中。"值得一提的是，布罗茨基在这里并未完全复现圣经内容。在《福音书》中，基督诞生于伯利恒城中的一处马棚内，并且在博士前来朝拜时，婴孩已经在屋内。但诗人在此刻意将这一空间位移至暴风雪肆虐下沙漠中的一处洞穴内。

事实上，在"福音书"中，"沙漠""洞穴"与"暴风雪"这三个形象并不存在，但它们却作为救世主诞生的背景持续地出现于布罗茨基的"圣诞诗组"中，也是他所面临的尘世考验的具体体现形式。

沙漠这一形象首先与"虚无和死亡"相关，暗示人类从一个世界进入另一世界前的毁灭。正因如此，在《以撒与亚伯拉罕》中，诗人也将摩利山上的祭祀移位于沙漠中。沙漠在诗人眼里，是对考验而言再也合适不过的环境。

洞穴在神话传说中则象征宇宙诞生前的混乱②，它同时还是诗人喜欢的"套子"——"洞穴中的婴孩"这一形象并非来源于宗教情节，而更多的是美学或心理学层面的思考。诗人喜爱这一隔离于世的洞穴形象，因而将这一场景浓缩于洞穴中。而暴风雪在俄罗斯文学传统中一贯具有神秘

---

① [英]托·斯·艾略特：《荒原》，张炽恒译，上海文艺出版社2020年版，第126页。
② Ерохин В.Н.，"Три «лишних» мотива в рождественских стихах И.Бродского"，сост.Полухина В.П.и др.，*Поэтика Иосифа Бродского: Сборник научных трудов*，Тверь：Твер.Гос.Ун-т，2003，c.156.

力量，有着巨大的破坏力，同时与死亡密切相关。① 可见，这三个形象均以"虚无与死亡"的象征出现于救世主诞生的背景中，凸显出他降临人世所面临的严峻考验及其之于全人类的重大意义。

与此同时，诗中的自然背景则取代城市背景持之以恒地出现，这与诗人对圣诞节的理解有关。对布罗茨基而言，与圣诞节联系在一起的视觉形象是自然风景。圣诞情节中的城市形象总体是很少见的，并且，"当背景是大自然时，现象本身便会更永恒。无论如何，是超越时间的"②。也正因如此，诗人喜欢在威尼斯度过圣诞节，因为那里主要的风景便是水——与圣诞节和时间联系在一起。上帝心灵呈现于水面，体现于其涟漪中，令人想起"那一生命计算的起点"。

诗中所描述的环境显然是冬季——这是诗人最喜欢的季节。在他看来，"冬季——这是一年黑白分明的时节。也就是带有字母的页面"③。与此同时，尽管整首诗中所描述的环境是恶劣的，博士的行程是艰难的，可沙漠中出现了牧人熊熊燃烧的篝火，恰似《以撒与亚伯拉罕》一诗中不断出现的"篝火"形象——代表光明与希望的、对抗黑暗之火。同时，天空出现了熠熠生辉的星星。这一形象在布罗茨基的"圣诞组诗"中占据重要地位，更为重要的是，它在博士前往朝圣的途中起着至关重要的引导作用，是希望的象征。这就令笔者想起了帕斯捷尔纳克写于1947年的《圣诞之星》（小说《日瓦戈医生》中日瓦戈所作的诗）一诗。在那里，"这颗星像燃烧的草垛，靠近／天空与上帝，／宛若火场的返光，／又似田庄焚烧，谷仓一炬。／似一捆点燃的干草／它升腾，升腾在／整个宇宙间，／宇宙为之惊骇"④。也就是说，在经受考验之时，诗人没有忘记留下希望。这一带来光明与希望的星星，恰似及时制止亚伯拉罕杀子的天使，保留着最后的希望。

可见，尽管布罗茨基强调自己写圣诞诗，"一切都出于那张插画，而非艾略特或帕斯捷尔纳克"，但此诗已经与这两位诗人的诗有了明显

---

① 段丽君：《俄罗斯经典作家笔下的暴风雪主题》，《俄罗斯文艺》2015年第4期，第46、48、54页。
② Петр Вайль，"Рождество: точка отсчета"，сост.Полухина В.П.，*Бродский И.Книга интервью*，Москва：Захаров，2011，c.602.
③ Людмил Болотова и Ядвига Шимак - Рейфер，"Положительные санименты - самое тяжелое дело на Свете"，сост.Полухина В.П.，*Бродский И.Книга интервью*，Москва：Захаров，2011，c.672 - 673.
④ ［俄］帕斯捷尔纳克：《日瓦戈医生》（下卷），白春仁、顾亚铃译，上海译文出版社2012年版，第664页。译文略有改动。

的呼应之处。考虑到布罗茨基对他们的高度评价："我崇拜帕斯捷尔纳克，尤其是作为诗人的他……我非常喜欢福音诗"①；以及"阿波罗，摘下花环/将它置于艾略特的脚边/就像世间不朽躯体的/界限……/如果不是花岗岩，/蒲公英也会保留对他的纪念"（Ⅱ，116—117），这一呼应就不足为奇了。

紧接着，诗人于1964年1月写下了另一首几乎同名的圣诞诗：《1963圣诞节》（Рождество 1963）（俄文中的差别仅在于上首诗中多了"年"这一单词）。这首诗或许可以看作上一首诗歌情节的延续——经历考验后的博士来到了婴孩出生的地方：

> 博士来了。婴孩熟睡。
> 星星从苍穹明亮照耀。
> 冷风将雪吹成了堆。
> 沙子簌簌。篝火在入口处噼啪作响。
> 烟雾缭绕如烛光。火焰如钩飘摇。
> 影子时而短小，
> 时而突然又变长。周围的人谁也不知道，
> 生命的计算将从这一夜开始。
> 博士来了。婴孩熟睡。
> 陡峭的拱门包围着牲口槽。
> 雪花打转。白雾缭绕。
> 婴孩躺着，礼物也摆着。（Ⅱ，20）

正如笔者所指出的，这首诗就像是上一首情节的延续。如果说在第一首诗中博士还在前行的路上，那么，第二首中则是博士来了，抵达目的地。圣经中这些事件是连贯而成的，但诗人没有将情节安排到同一首诗中，而是分成了两首。事实上，如果将它们看作统一的整体，诗歌的统一时空也与圣经时空相对应。帕斯捷尔纳克的诗歌同样也是由格律不同的两部分组成，但诗人将它们合二为一。而布罗茨基则有意未将二者合并，或许，是为了避免受前辈的影响。但事实上，二者的联系并不仅仅在结构中，还在形象中。可以说，正是对"基督诞生"这一主题的哲理与美学

---

① Бенгдт Янгфельдт，"Стихотворение - это фотография души"，сост.Полухина В.П.，*Бродский И.Книга интервью*，Москва：Захаров，2011，с.308.

探寻，使布罗茨基延续了帕斯捷尔纳克的传统。

这首诗以传统五音步抑扬格写成，押交叉韵，严谨的节奏增添了神圣的氛围。如果说上首歌描述了博士行程的艰难，那么，这里，他们已经到达了婴孩诞生的马棚中："博士来了。"并且看到了刚出生的救世主："婴孩熟睡。"外界依然寒冷，冷风不断，雪被吹成了堆，沙子也簌簌作响。可内部却是另一种景象：燃烧的篝火如钩飘扬，崩裂作响，烟雾缭绕如烛光，这给人增添了温暖与祥和之感。婴孩睡得很香甜。内外环境可以说形成鲜明对比。而全诗的诗眼，或者可以说，几乎全部圣诞组诗的诗眼便在这一对比中出现："周围的人谁也不知道，/生命的计算将从这一夜开始。"这一句是对上一首诗歌最后诗行的回应：只有观看这一切的，在夜空熠熠生辉的星星懂得基督诞生对全人类的重要意义——人类的生命正是从救世主诞生这一刻起开始计算——也懂得为何三位博士前来朝圣，但周围的人并不知道。于是，在婴孩的熟睡中，了解其诞生之宏大意义的博士来了，并虔诚地摆上了礼物。

全诗"博士来了。婴孩熟睡。"重复了两次，强调了博士到来的意义重大，却反衬出了婴孩的暂时无力。这是诗人第一次对诞生后的婴孩进行描述，而事实上，在整组圣诞诗中，婴孩的状态基本没有发生太多改变，他或是熟睡或是打盹儿。因为此刻他无法再做什么。而"陡峭的拱门包围着牲口槽"，就像是巨大的光环围绕在他的上方，暗示着婴孩所代表的重大意义。

如果说这两首诗有什么区别，应该是在叙述语气方面。第一首诗是严峻的考验——对救世主降生与前来朝拜博士的考验。因此，救世主降生于严寒中，而可怜的博士则被暴风雪的怒号耗尽了心力，身心俱疲。第一首诗中诗人在诗行末尾称呼婴孩为基督，而第二首诗中出场的始终是"熟睡的婴孩"，不再有"基督"字眼。这是因为第二首诗中的描述口吻较之第一首柔和了许多，仿佛是救世主与博士都经受住了考验。于是在烟雾缭绕、篝火飘摇、白雾升腾的洞穴内，婴孩甜甜地睡着，而象征祥和的礼物也在此出场。但事实上，考验到此还远未结束。婴孩基督所面临的考验，绝不仅仅止于其降生环境的严酷。

这样一来，可以看出，布罗茨基在写于1963年的两首内容连贯的圣诞诗中延续了艾略特与帕斯捷尔纳克的圣诞诗歌传统，并在其中全然除却了诗人自身的情感，隐藏了作者的激情。诗歌的叙述语调是平静的，就在这一平静的叙述中诗人表达着统一的主旨：救世主基督的诞生。尽管刚诞生的救世主还面临众多考验，但毫无疑问，这是对全人类而言具有重大意义的一件事。

接下来，就像是圣经中情节的延续，在大约写于 1969—1970 年《……伯利恒傍晚的人群中》(...И Тебя в Вифлеемской вечерней толпе) 一诗中，首次出现了圣经意象中新的主人公——试图加害婴孩的希律王。而婴孩基督，却没有被人认出。并且，希律王所带来的恐惧显然超过了婴孩基督诞生带来的希望：

> ……伯利恒傍晚的人群中
> 谁也没有认出你：不知
> 谁用火柴照亮自己唇上的茸毛胡子，
> 还是电气列车疾驰的火花
> 那里，在希律王扬起血腥双手的地方，
> 城市出于恐惧用铁皮雕刻而成；
> 或是光环开始亮起来，小范围地，
> 长期照在简陋的入口处。（Ⅱ，334）

据"福音书"记载，基督诞生于伯利恒。因而在当代读者的意识中，谈起伯利恒，尤其是夜间的伯利恒，他们的脑海中会不自觉想起基督诞生的故事。但救世主的诞生，最初却并未引起世人的关注："伯利恒傍晚的人群中，/谁也没有认出你。"这一"谁也没有认出基督"的情节在白银时代著名诗人叶赛宁（С.А.Есенин）写于 1914 年的《并非风吹散密林》(Не ветры осыпают пущи) 一诗中也有所体现，只是这里所讲的是复活之后的基督（上帝的受膏者）没有被人认出：

> 对每一个赤贫的朝圣者
> 我都心怀渴念上前打探，
> 是否上帝的受膏者
> 拄着桦皮的拐杖。①

但布罗茨基在诗歌中很少直接称呼基督诞生，他只是用大写的"Ты（你）"来间接指出。可他的诞生不为世人所知，而他所出生的地方，也

---

① Есенин С.А., *Полное собрание сочинений в семи томах. Том первый, стихотворения*, Москва: «Наука» – «Голос», 1995，с.44.

只有简陋的入口。这首诗中，救世主基督的出现（生命计算之日的开始），谁也没有认出来，谁也没有感觉到新生的希望。相反，他们切实感觉到了因基督诞生所带来的恐惧。如果说，尽管布罗茨基的圣诞诗歌中一贯没有基督诞生所带来的欢快主题，但至少恒定出现的圣诞之星（或类似星星之物）曾带给诗人救世主降临的希望，那么，这首诗则强化了希律王所带来的恐惧：

> 那里，在希律王扬起血腥双手的地方，
> 城市出于恐惧用铁皮雕刻而成；

正如前文所说的，据"福音书"记载，希律王为了杀死基督，曾下令将城内所有两岁以内的男童杀死。这样，"城市出于恐惧用铁皮雕刻而成"，更强化了这一可怕氛围。但事实上，在诗人看来，希律王的大肆杀戮，正说明了救世主诞生的确凿性："希律王是否知道，他越强大，/奇迹就越真实，越不可避免。"（Ⅲ，7）

然而，这首诗的独特之处还在于，诗人将"基督诞生"这一情节转移至了当代世界——诗中出现的是当代世界的环境。如果说"伯利恒傍晚的人群"还没有明显的体现，那么，"电气列车的疾驰"便足以点明这一当代环境。同时，被铁皮所雕刻的城市，也是对其现代化特征的描述。那么在当代世界，人类的恐惧又来自何方呢？或许，在布罗茨基看来，这首先是苏联体制禁锢下个体无可逃脱的精神空虚，一切都笼罩在无边的恐惧与黑暗中。但诗歌最后出现了"光"——"长期照在简陋的入口处"。这一"简陋的入口"或许也具有特殊的象征意义：它既可以是基督诞生马棚的入口，也可以是逃往埃及中圣家族一家藏身洞穴的入口，同时也是人类走向拯救与希望的入口。尽管这一入口可能因为"简陋"而被忽略，但仍有"光"为它照耀。这一代表希望与光明的"光"，依然恒定地出现在诗人的"圣诞组诗"中：燃烧的火柴、电气列车疾驰的火花、闪亮的光环——这些形象总和起来完全可以与"圣诞之星"相比。可见，这一"光"对诗人而言是极为重要的，哪怕是微弱的、不显眼的光。

但紧接着，仿佛是对"伯利恒的人群没有认出婴孩"的补偿，在写于1972年的《圣烛节》（Сретенье）一诗中，布罗茨基又以基督教徒西面之口道出了婴孩基督之于世界的重大意义。

据圣经记载，洁净期满之后，约瑟和玛利亚便带着孩子前往耶路撒冷为主献祭。① 而这一日后来则被称为"圣烛节","圣母行洁净礼日"或"献主节",在每年的2月2日。据布罗茨基所言,安娜·阿赫玛托娃的命名日是在圣烛节,而他儿子的生日同样也在这一天。因此,这首诗中混合了多种因素:帕斯捷尔纳克、阿赫玛托娃、诗人自身(他的儿子)。② 而约瑟的缺席,则是因为诗人无法认真地创作以"与自己同名之人"为主人公的诗歌。③ 这是布罗茨基为数不多的可以称为"宗教主题"的诗歌之一。较之诗人的"圣诞诗组"系列,它更准确地遵照了"福音书"内容。诗歌以四音步抑扬抑格写成,这正是阿赫玛托娃的传统——在布罗茨基看来,阿赫玛托娃就像是俄罗斯文化传统的体现。

在这首"颇具帕斯捷尔纳克风格"④ 的诗中,诗人主要刻画了两个形象:婴孩基督与基督教徒西面,强调了生命的开始与终结,即基督的诞生与基督教徒西面的死亡:

> 当她初次带着婴孩
> 走入教堂,
> 西面与先知安娜,
> 站在教堂经常出现的人群中。
>
> 老人从玛利亚手中接过
> 婴孩;三人站立围在
> 婴孩身边……
>
> 一道偶然的光落到婴孩
> 头上;但他还什么也不知道
> 仍安静躺在西面坚实的臂中,
> 熟睡。(Ⅲ,13)

---

① 洪佩奇、洪叶编著:《圣经故事·新约篇》(名画全彩版),译林出版社2008年版,第41页。
② Бенгдт Янгфельдт,"Стихотворение – это фотография души", сост.Полухина В.П.,*Бродский И.Книга интервью*,Москва:Захаров,2011,с.308.
③ Джордж Клайн,"Карта стихотворения поэта", сост.Полухина В.П.,*Бродский И.Книга интервью*,Москва:Захаров,2011,с.15.
④ Бенгдт Янгфельдт,"Стихотворение – это фотография души", сост.Полухина В.П.,*Бродский И.Книга интервью*,Москва:Захаров,2011,с.308.

西面从玛利亚手中接过婴孩，这一行为就像是《旧约》（西面）向《新约》（婴孩）的转换。在教堂这一神圣空间内，西面的行为意味着他所怀抱的便是上帝的体现者。与此同时，尽管先知安娜并未指明什么，"一道偶然的光"却凸显了婴孩基督的重大意义——上帝之子降临尘世。他在"时间的喧嚣"之外熟睡，象征着永恒。而教徒西面也从婴孩的降生中看到了自己的死亡：

> 这位长者曾被告知
> 他看到死亡的黑暗
> 不会早于，上帝看到儿子。
> 如今已完成。（Ⅲ，13）

据圣经记载，西面得到圣灵的启示，知道自己离世之前会看见主所应许的基督。于是，对于自己的死亡，西面心甘情愿接受，因为他已经亲眼看到了基督的诞生：

> "……你与世界同在，上帝，你让我离开，
> 只因我已目睹这一
> 婴孩：他——是你的延续及
>
> 令人尊敬的民族偶像光源，
> 他身承以色列的荣耀。"（Ⅲ，13）

这样，在亲眼看到救世主降临后，西面便在两位女子的注视中"躯体缩小"，心满意足地"走向了死亡"。这一死亡并非因为衰老，而是因为他的使命已经完成，死亡是理所当然的结局。因此，他从"生命空间"进入"死亡空间"。救世主已经降临，他没有任何遗憾。而婴孩的形象在这里就像是世界光源，照亮了西面前行的路，也照亮了原本隐藏在黑暗与虚无中的东西：

> 他在丧失支柱的空间中行走，
>
> 他听到时间失去了声响。
> 西面的灵魂以死亡之途

第二章　布罗茨基诗歌中的圣经意象隐喻　137

> 将光辉环绕柔软头部的婴孩形象
> 带到了自己面前
>
> 就像某盏灯，进入那一黑暗，
> 其中尚无人曾
> 为自己照亮过路。
> 灯光亮了，道路变宽了。（Ⅲ，14—15）

可以说，布罗茨基在这里描写了新的、基督般祥和而神圣的死亡。这一诗歌中的死亡并不可怕。它带来的并非虚无，而是拯救，是永恒生命之源——基督的诞生。因此，诗歌最后一行中，我们看到，"灯光亮了，道路变宽了"。根据常识，远方道路本应是变窄了，最终成为一个点，成为虚无。但诗人却给我们指出了不同的结局：道路变得越来越宽阔了。显然，这条路不是通往虚无，而是经过死亡及其之后的复活进入永恒的生命中。① 西面的灵魂，也因此走向了永恒。

这首诗是布罗茨基创作中较少见的一首：死亡在这里不是虚无与恐惧，而是光明、希望与解脱。因而西面离开时所走的"路"拓宽了，阐释了对死亡崭新的理解。这与阿赫玛托娃完成于1958年《海边的十四行诗》（Приморский сонет）中的"路"有所相似：

> 永恒之音呼唤着
> 带着非尘世的不可抗拒，
> 盛放的樱桃树之上
> 轻盈之月辉光流泻。
>
> 似乎是这般容易，
> 在苍翠林中发白，
> 我不会说路通往何方……
>
> 树干那里更明亮，

---

① Руслан Измайлов，""Библейсий текст» в творчестве Бродского：священное время и пространство"，*Сибирские огни*，номер5，2008，https：//magazines.gorky.media/sib/2008/5.

> 一切都像是
> 皇村池塘边的林荫道。①

这里抒情主人公似乎觉得人生之路并不艰难，没有必要害怕它，哪怕将通向死亡。但她仍希望这条路是贴近心灵的、珍贵的路——"树干那里更明亮"，就像是曾留下美好回忆的"皇村池塘边的林荫道"。因为唯有那里才有获得幸福的可能。

与此同时，可以发现这首诗中还出现了荷兰著名画家伦勃朗（Rembrandt，1606—1669）的"光线"特色。伦勃朗一生创作广泛，但最主要的则是圣经题材。他画有《基督诞生》系列作品，其中便包括《西面预言》（1631）。布罗茨基喜欢绘画，其诗作中时常出现绘画因素。这首诗中，我们便可看出著名的"伦勃朗光线"影响——用对比强烈的光线塑造形体，作品画面层次丰富，富有戏剧性，以黑暗来表现光明，② 曼德尔施塔姆因此称其为"光影的苦修者"③。诗中明暗交错、远近呼应的光线恰似"伦勃朗光线"，采用"光暗"处理手法，用精准的立体光勾勒出人物的轮廓线，凸显核心形象（婴孩），而次要人物（西面、安娜、玛利亚）则隐藏于暗光之中，给人以稳定庄重的感觉。诗人灵活勾勒画面中的光线，强化婴孩，弱化和消融西面，形成了魔术般的明暗处理特色。当然，这一切都是无意识产生的。诗歌中所形成的画面感一气呵成，浑然一体。

接下来，在长达十余年的空隙中，尽管有"基督诞生"的零星意象贯穿于诗歌中，但诗人没有再关注完整的圣经图景。直到 1987 年，布罗茨基生命中的"星星"开始熊熊燃烧，正是这一年他以"包容一切的，因思想的鲜明和诗的强度而见长的文学活动"荣获诺贝尔文学奖。据诗人所言，正是这一事件成为他创作诗歌《圣诞之星》的动因。布罗茨基有意将该诗冠以帕斯捷尔纳克写于 1947 年的诗歌名，其本质上也是对帕斯捷尔纳克的"回答"，或者说"辩论性的抨击"④。这是诗人长期思索与探寻的结果。

---

① Ахматова А.А., *Стихотворения и поэмы*, сост. В.М.Жирмунский, Москва: Советский писатль, 1976, с.251.
② 洪佩奇、洪叶编著：《圣经故事·新约篇》（名画全彩版），译林出版社 2008 年版，第 52 页。
③ ［俄］曼德尔施塔姆：《一如光影的苦修者伦勃朗……》（Как светотени мученик Рембрандт..., 1937）。
④ Подгорская А.В., *Иосиф Бродский и русская рождественская поэзия*, Магнитогорск: ГОУ ВПО «МГТУ», 2009, с.111.

在与记者沃尔科夫（С.М.Волков）的交谈中，布罗茨基回忆起了自己与阿赫玛托娃的谈话："我们那时恰好讨论过将赞美诗和圣经改编为诗的想法。产生了这样一个念头，将所有这些圣经故事好好地改编为广大读者能阅读的通俗诗。我们也讨论了——这样做值不值得。如果值得，又该如何去做。谁可以写得最好，一点儿也不逊色于帕斯捷尔纳克……"① 这样看来，他的圣诞诗似乎是在与帕斯捷尔纳克竞争，直到1987年写出了与其完全一样的题目《圣诞之星》。关于帕斯捷尔纳克与布罗茨基的这两首同名诗，约瓦诺维奇（М.Йованович）在文章《帕斯捷尔纳克与布罗茨基（问题的提出）》«Пастернак и Бродский（к постановке проблемы）»中令人信服地指出：帕斯捷尔纳克对布罗茨基而言是必不可少的，就像是他的诗歌创作最重要的起点之一。没有帕斯捷尔纳克，他的诗中便会有太多难解之处，尽管两位诗人之间的分歧是"基本的、原则性的"。帕斯捷尔纳克笔下的"我"承认"复活"这一事件，能够效仿基督的榜样——献身精神的典范，向往"融合"在人群中，"就像是给予他们的馈赠"。而布罗茨基的"我"则远离这一认可，并不打算走入人群，拒绝承认自己属于"群体"。②

的确，帕斯捷尔纳克在《圣诞之星》一诗中慷慨地敞开了内心深刻丰富的情感世界，并通过主人公日瓦戈医生个人命运的体验来领悟东正教教义的神赐。特别是，这首诗写于第二次世界大战结束后不久，当时满目疮痍的世界等待拯救，期待着新生的奇迹，而俄罗斯的命运将走向何方还是未知数。太多不确定的因素使帕斯捷尔纳克将希望寄托于基督教，并在这一神圣的命题中探讨俄罗斯的未来。整首诗也因此留下了这样的印象：它的"明亮及抒情感染力与世界的福音式崇高精神联系在一起，与基督，上帝之子日瓦戈的福音感，与诗意心灵的祈祷——光明状态联系在一起"③。尤其是具有标志性象征的"圣诞之星"，在帕斯捷尔纳克的诗中得到了鲜明刻画：

在守院人的小窗中
去往伯利恒途中的星星闪烁。

---

① Волков С.М., *Диалоги с Иосифом Бродским*, Москва: Издательство Независимая Газета, 2000, с.242.

② См. Подгорская А. В., *Иосиф Бродский и русская рождественская поэзия*, Магнитогорск: ГОУ ВПО «МГТУ», 2009, с. 111.

③ Подгорская А.В., *Иосиф Бродский и русская рождественская поэзия*, Магнитогорск: ГОУ ВПО «МГТУ», 2009, с.111 – 112.

> 这颗星像燃烧的草垛，靠近
> 天空与上帝，
> 宛若火场的返光，
> 又似田庄焚烧，谷仓一炬。
>
> 似一捆点燃的干草
> 它升腾在，升腾在
> 整个宇宙间，
> 宇宙为之惊骇。①

而与帕斯捷尔纳克诗歌中浪漫主义的自发性与崇高精神相比，布罗茨基的诗歌几乎是刻板的"数学公式，被有意识地剥夺了'语调激昂与形式上的新花样'"②。该诗的前三行就像是对问题"何时、何地、谁、为什么"清楚而连贯的回答：

> 在寒冷时刻，在首先习惯了炎热，
> 而不是寒冷，在习惯了平面，而不是山的地方，
> 婴孩在洞穴诞生了，以便拯救世界；
> 冬天沙漠刚能飞扬时，暴风雪旋转。
> 一切对他而言都是巨大的：母亲的胸，犍牛鼻孔的
> 黄色热气，博士们——巴尔塔扎尔，加斯帕尔，
> 梅尔基奥；他们的礼物，拖入这里。
> 他仅仅只是一个点。星星也是一个点。
> 远方，透过稀疏的云层，星星仔细地，不眨眼地，
> 从宇宙的深处，从它的另一端，
> 望向洞中，
> 躺在马槽中的婴孩。这是父亲的目光。（Ⅳ，10）

显然，这首诗中诗人有意识降低了所有重音，按照自己一贯以来所追求的中性化情感音调，即类似时间钟摆所发出的声音来叙述，避免情感激

---

① ［俄］帕斯捷尔纳克：《日瓦戈医生》（下卷），白春仁、顾亚铃译，上海译文出版社 2012 年版，第 663—664 页。译文略有改动。
② Подгорская А.В., *Иосиф Бродский и русская рождественская поэзия*, Магнитогорск: ГОУ ВПО «МГТУ», 2009, c.112.

荡。诚如诗人所言："我倾向于不使用第一人称'我'，不使用第一人称说话，而仅仅只是对事实进行描述。避免听起来刺耳或是过于伤感。"①他选取了古典的四音步抑扬抑格（帕斯捷尔纳克的《圣诞之星》也是这样写成）。这一格律在布罗茨基看来，凸显了单调性，取消了重音与情感的激昂，属于绝对中性的韵律。一般来说，声音越是单调、低沉，就越接近真理和意识层面。尽管抑扬格、六音步长短短格等韵律也可达到这一效果，但在四音步抑扬抑格中，这一单调性显得更自然一些。并且，在布罗茨基看来，正是在这样的韵律中，存在"时间本身固有的音调"②。诗歌创作中，一定的形式（韵律）总是与一定的内容（意义）密切相关。在六七十年代的圣诞诗中，诗人描写的首先是"圣诞主题"的联想，或者说，与圣诞节相关的诗歌；而后期圣诞诗中，内容则发生了变化——诗人开始创作关于圣诞节本身的诗歌。因此，声音也变得更为中性。在这种情况下，声音的缺乏就需要较大的艺术性和哲理性来弥补，从而建构起更加丰富充盈的精神世界。

这首诗中，婴孩基督降临人世的使命首次被诗人正式提出——拯救世界。可他如今是如此幼小，以至于眼前的一切在他的眼里都是巨大的——"母亲的胸，犍牛鼻孔的/黄色热气，博士们"——在周围所有因他而起的布景中，他仅仅是一个点，却是意义重大的一个点——生命计算之日的起点。与他有着同等重要意义的则是星星："星星也是一个点。"这里星星的意义显然也得到了升华，但它不是生命的起点，而是父亲的目光，是"三位一体"中圣父遥望道成肉身的圣子的目光。这一目光是复杂的，既有对降临尘世的圣子的关切，又透露出做好准备使圣子迎接考验的坚定：

> 想象一下，上帝在人子中
> 相隔黑暗中的遥远距离
> 将首次认出自己：无处安身的流浪者。（Ⅳ，70）
>   《想象一下，划亮火柴，那晚的洞穴中……》
>   (Представь, чиркнув спичкой, тот вечер в пещере..., 1989)

在笔者看来，帕斯捷尔纳克与布罗茨基的主要分歧，正是在于"圣

---

① Валентина Полухина, "Портрет поэта в его интервью", сост. Полухина В.П., *Бродский И. Книга интервью*, Москва: Захаров, 2011, с.754.
② Петр Вайль, "Рождество: точка отсчета", сост. Полухина В.П., *Бродский И. Книга интервью*, Москва: Захаров, 2011, с.599.

诞之星"形象的不同。帕斯捷尔纳克《圣诞之星》的结尾处是这样的:"圣诞之星就像女客,/从门槛望向少女";而布罗茨基则以星星"望向洞中/躺在马槽中的婴孩。这是父亲的目光"作为结束语。约瓦诺维奇在对两首诗的结尾处进行比较后指出了两位诗人描述原则的不同:"帕斯捷尔纳克笔下定位为母亲、圣母的女性角色和布罗茨基笔下的男性角色。"其中,他写道:"帕斯捷尔纳克笔下的少女作为'全宇宙事件'的主人公,保护着婴孩,而布罗茨基笔下的圣父则已做好了牺牲儿子的准备。"① 这样,两位诗人笔下的"圣诞之星"因角色定位的不同而产生的一柔一刚之效——母爱的温柔与父爱的深沉——在此形成了鲜明的对比。显然,布罗茨基在这首诗中延续了"亚伯拉罕献子祭祀"这一情节的原型,凸显出父爱的严厉。

在1991年魏尔的采访中,布罗茨基说出了自己与帕斯捷尔纳克的不同:"他(帕斯捷尔纳克——作者注)的笔下起主导作用的是离心运动。半径一直在以中心人物,以婴孩为圆心扩大。与此同时,本质上,一切恰好相反。"② 在布罗茨基笔下,的确,主导力量是向心运动:一切都朝着基督而去。他是生命的计算之点,一切希望的起点,也正因如此,朝圣博士的三行队列"就像光线交汇于洞穴中"。这里的光线是由星星发出,而不是奔向星星的。尽管布罗茨基并不否认自己对帕斯捷尔纳克诗歌的喜爱——"小说中的诗歌相当令人惊叹……我非常喜欢福音诗"③,但他同时也强调了一切都来源于"那幅画",而非"帕斯捷尔纳克或艾略特"④。

在布罗茨基看来,帕斯捷尔纳克属于"微观世界诗人"(поэт микрокосма)。他的微观激情在于——"伟大的爱,伟大的细节等。他的诗节——这是微观宇宙……"但与此同时,帕斯捷尔纳克是"向心诗人"而非"离心诗人",而曼德尔施塔姆则属于"离心诗人"。就这一点而言,布罗茨基显然更倾向于后者——"我喜爱曼德尔施塔姆,因为他的辐射状世界观,因为沿半径从中心向外的运动。在思维层面这极其有趣,甚至

---

① См.Подгорская А.В., *Иосиф Бродский и русская рождественская поэзия*, Магнитогорск: ГОУ ВПО «МГТУ», 2009, c.113.
② Петр Вайль, "Рождество: точка отсчета", сост.Полухина В.П., *Бродский И.Книга интервью*, Москва: Захаров, 2011, c.603.
③ Бенгдт Янгфельдт, "Стихотворение – это фотография души", сост.Полухина В.П., *Бродский И.Книга интервью*, Москва: Захаров, 2011, c.308.
④ Петр Вайль, "Рождество: точка отсчета", *Бродский И.Книга интервью*, Москва: Захаров, 2011, c.601.

不是思维，而是声学层面"①。

一直以来，在传统的阐释中，圣诞节的星星所起的作用都是导引朝圣博士前往基督诞生的地方。而在这首诗中，布罗茨基首次在俄罗斯圣诞抒情诗中将星星的形象解释为圣父望着儿子的目光。这一目光中充满了父亲的关切与柔情，但更多的则是牺牲圣子承担人世考验的坚定。而将星星解释为"上帝的目光"在欧洲文化传统中并非没有先例。因为早在希腊和罗马人那里，星星就被看作神——维纳斯金星（爱神）、墨丘利水星（商业神）、萨杜恩土星（农业神）等，目的是对它们进行崇拜和安抚。② 但接下来，在《逃往埃及》(Бегство в Египет, 1988) 一诗中，婴孩基督又完全在传统精神中被等同于星星，照亮着人类前行的路：

> ……赶牲口的人不知从何而来。
> 在上天为奇迹所选的沙漠中
> 根据夜宿相似原则，
> 他们燃起了篝火。在被大雪掩盖的洞穴中
> 婴孩未能预感自己的使命，
> 在神速获得发光能力的头发的
> 金色光环中
> 打盹——不仅在黑发人的强国中，
> 如今——但的确类似星星，
> 当大地存在之时：处处。（Ⅳ，43）

从这首诗的题目来推断，此刻圣家族应该正在赶往埃及的途中。关于"圣家族逃亡"的这一幕情景，在西方绘画中常有表现：玛利亚骑在毛驴身上，抱着婴孩；约瑟牵着驴。"逃往埃及"这一事实已成为宗教传统中的"圣母七苦"之一。

这时，打盹儿的婴孩尽管依然未能预感自己的使命，可他的头顶，却已出现了"金色的光环"——他的身体已在昭示奇迹。这里诗人再次强调了婴孩基督经受重重考验的根源所在。并且，婴孩与星星在此刻几乎合为一体。一直以来象征希望的星星，此刻已被逐渐显现奇迹的婴孩头顶的

---

① Дэвид Бетеа, "Наглая проповедь идеализма", сост.Полухина В.П., *Бродский И.Книга интервью*, Москва: Захаров, 2011, с.569.

② Подгорская А.В., *Иосиф Бродский и русская рождественская поэзия*, Магнитогорск: ГОУ ВПО «МГТУ», 2009, с.113 – 114.

光芒所替代。这是足够令人欣慰的显现，因为婴孩的神奇能力已得到揭示。而与这一基督教象征更为直接的平行关系可以在 1991 年的《牲口槽》（Presepio）一诗中找出。这里圣父再次出现，他化身为星星的形象从高处注视着逃往埃及途中的圣家族：

> 如今你比其余一切都巨大。你
> 如今从他们无法到达的高度
> ——宛若午夜行人在陋室窗口——
> 从宇宙望着这些小小的身形。（Ⅳ，107）

隔着遥远的距离，一切在圣父眼中似乎都幻化为雕像。而这些"小小的身形"的具体所指，则是：

> 婴孩，玛利亚，约瑟，博士，
> 牲口，骆驼，它们的牵引者，
> 身穿齐脚羊皮的牧羊人——勇士
> ——一切都成为黏土制的一套玩具。（Ⅳ，107）

这样，表面上看来，"圣家族群体"在圣父眼中成为"黏土制"的玩具，失去其神圣意义，然而婴孩基督所肩负的使命却丝毫未减弱。他仍在照耀：

> 而最小的品尝乳汁。
> 想要眯起眼睛，或者——进入
> 另一个星系，在声响回荡的沙漠
> 照耀——就像是巴勒斯坦的沙漠。（Ⅳ，107）

巴勒斯坦的沙漠在此成为整首诗中唯一的现实。这一总体意义上的沙漠就像是布罗茨基笔下主人公无可逃脱的存在环境，也是诗人诗歌世界中基本的形而上虚无的具体体现形式。① 而婴孩在此照耀，则赋予了这一虚无某种意义。总体来说，在早期宗教艺术中，圣父最初被描述为"象征

---

① Подгорская А.В., *Иосиф Бродский и русская рождественская поэзия*, Магнитогорск：ГОУ ВПО «МГТУ», 2009, с.116 – 117.

之眼或是从云中延伸出来的,或许,拿着王冠的手的形象"①。这样看来,布罗茨基对圣诞之星的阐释并未超出基督教神学范畴,但他仍区别于帕斯捷尔纳克,描写出了自己的独特特征。我们可以援引诗人在阐释帕斯捷尔纳克《抹大拉》(Магдалина)一诗时说的话:"优质文学因何卓越——在使用宗教材料时,诗人或诗歌自身的形而上学追求要高于教条本身的形而上学追求……诗歌自身指使着,诗节积累到一定程度,要求下一步的运动、扩展。"② 这一扩展,在笔者看来,便是圣父目光的出现。正是这一形象构成诗人 90 年代所写圣诞诗的核心,即集中于"圣子与圣父的相互关系中"。虽然时间上要早一年,但正是在《周围的一切并不重要》(Не важно, что было вокруг, 1990)一诗中,这一关系在逻辑上得到了进一步发展:婴孩基督似乎在圣父的观望中获得了某种感应,他似乎懂得了自己所担负的拯救使命,于是也开始抬头望向圣父:

> 他们休息之处上方严寒的天空
> 习惯于成年人俯向年幼者
> 闪烁星光———它如今
> 无处躲避来自婴孩的目光。(Ⅳ, 81)

事实上,从这一首诗中我们也可以发现作者生平的经历。兰钦在《在摩涅莫绪涅的盛宴上:布罗茨基的互文性》(На пиру Мнемозины: Интертексты Бродского)一书中写道:"与圣父相隔遥远距离的圣子的诞生——这也是诗人与玛丽娜所生儿子的出生,他与尘世父亲——流亡者相隔数千公里或英里……"③

而接下来,仿佛对应于"圣父—圣子"的关系,在诗人写于 1992 年的圣诞诗《摇篮曲》(Колыбельная)中,则首次出现了母亲的口吻。这是布罗茨基圣诞诗中唯一一首以女性口吻写作的诗。初次看来,这似乎接近于帕斯捷尔纳克所定位的"女性原则(约瓦诺维奇):母亲——保护婴

---

① Холл Дж., *Словарь сюжетов и символов в искусстве*, Москва: Крон‑Пресс, 1997, с.564.
② Петр Вайль, Рождество: точка отсчета, сост.Полухина В.П., *Бродский И. Книга интервью*, Москва: Захаров, 2011, с.604.
③ Ранчин А.М., *На пиру Мнемозины: интертексты Иосифа Бродского*, Москва: Новое литературное обозрение, 2001, с.77.

儿的圣母"①。但事实并非如此——布罗茨基诗中的圣母，本质上就像是圣父形象的继续，她在温柔的关爱中同样做好了令儿子接受考验的准备。诗歌一开始，母亲便讲述了基督诞生所面临的恶劣自然环境（沙漠）及原因：

> 我生你于沙漠中
> 并非徒然。
> 因为沙漠中
> 全然没有沙皇。
>
> 在沙漠中寻你是枉然。
> 沙漠中的冬天
> 严寒比它自身的空间
> 更多。（Ⅳ，116）

显然，布罗茨基再次将婴孩基督的诞生之地移到了沙漠中。在这"严寒比它自身的空间更多"的恶劣自然环境中，婴孩的诞生可以避免希律王的追捕。而他所承担的救世使命也注定了自己与其他孩子的不同：

> 一些孩子拥有——玩具，小球，
> 房屋高耸。
> 而你的婴儿玩具
> ——整个沙漠。（Ⅳ，116）

并且，在这无边的沙漠中，那象征光明与希望的圣诞之星也隔着遥远的距离映衬出婴孩基督降临人世所肩负的特殊使命：

> 那一颗星——相隔遥远的
> 距离——星中
> 你前额的光辉，
> 看来，更为显著。（Ⅳ，116）

---

① Подгорская А.В., *Иосиф Бродский и русская рождественская поэзия*, Магнитогорск: ГОУ ВПО «МГТУ», 2009, с.117.

第二章　布罗茨基诗歌中的圣经意象隐喻　147

与此同时，母亲意识到儿子所面临的考验也将更为严峻。因此，她多次重复着"习惯沙漠吧，儿子"这一呼唤，仿佛是代替圣父角色来监督儿子承担起尘世使命的考验：

习惯沙漠吧，儿子
就像习惯于命运。
无论你身在何处，今后
它就是你的归宿。

我用乳汁把你喂养。
而它
使目光习惯于荒芜，
它充满虚空。
……
习惯沙漠吧，儿子，
在脚底，
除了它，没有别的
支柱。
……
习惯沙漠吧，儿子，
就像一撮
习惯于风，感觉，你不仅
只是肉身。
……
习惯沙漠吧，亲爱的孩子，
也习惯星星，
这样强力流泻的光
星中到处都是，（Ⅳ，116—117）
……

诗中母亲对儿子的谆谆教诲仿佛是对索洛古勃（Ф.К.Сологуб）《亲爱的母亲，你——圣母玛利亚》（Милая мать, ты-Мадонна, 1918）一诗传统的延续。这首诗中，玛利亚唯一应该教给基督的，在抒情主人公看来，便是"无呻吟地死亡，无眼泪地承受痛苦"：

> 亲爱的母亲，你是——圣母玛利亚，
> 而你的儿子——婴孩基督。
> 教会他无呻吟地死亡，
> 教会他无眼泪地承受痛苦。
>
> 除此之外你无需再做什么。
> 你永远不懂他的命运。
> 远远看到客西马尼园①的荫覆，——
> 你将刀刺入自己的胸膛。②

　　这种对圣母形象的解释完全可以看作在中世纪就已经出现的"玛利亚画像"的诗意体现——她被描述为被七把剑刺穿胸膛或是围绕头部，象征着她的七种悲痛。③

　　这两首诗中的圣母给予儿子的首先都不是母亲的柔情呵护，而是对其承担世间考验的监督。而《摇篮曲》中反复出现的沙漠形象，同时也象征着尘世无边的虚无，以及人类精神的空虚。总体而言，沙漠就像是时间与空间统一的象征。一望无际的空间成为水平线，而时间则由沙子来体现。沙漠中的时间停止了，因为它已实现了自己的目的——虚无。可以说，"沙漠"在此成为对布罗茨基而言极为重要的哲学主题——"虚无"的实体体现形式。在这一具体的形而上学的沙漠中，人类本质上没有任何获得拯救的希望。也正是在沙漠中，圣母看到了婴孩基督未来的命运——在经历尘世的考验之后，等待他的，只有无边的"虚无"。并且这一"虚无"将比"考验"更为漫长：

> 习惯于伴随这一秘密生活吧：
> 那些感觉
> 看来，在无边的虚无中
> 有益。

---

① 圣经中客西马尼园是耶稣祷告和被捕之地。
② Сологуб Ф.К., *Полное собрание стихотворений и поэм в трех томах* Т.3, Санкт-Петербург: Наука, 2020, с.120.
③ Подгорская А.В., *Иосиф Бродский и русская рождественская поэзия*, Магнитогорск: ГОУ ВПО «МГТУ», 2009, с.117.

> 它并不比这更糟：
> 只是更长，
> 而对你的爱——位于其中的
> 标志。（Ⅳ, 117）

"这一秘密"，在笔者看来，便是婴孩基督降临尘世所承担的拯救使命，而"那些感觉"，则仿佛是他因身担重任而经受的考验之苦。显然，在诗人看来，婴孩基督所承担的重任足以抵抗虚无。并且，在这一无边的虚无中，还有能够与其相抗衡的最终力量——这便是爱。因而，诗歌结尾处，在母亲的眼中，一贯严肃的圣父似乎也在无边的虚无中思念起自己的儿子：

> 就像燃起灯，在沙漠中
> 比我们更长久之人
> 在很晚的时刻
> 回忆起儿子。（Ⅳ, 117）

圣父形象再次出现。并且，他此刻一改往日的严肃，充满父爱的柔情——这毫无疑问是爱的奇迹。而这一奇迹似乎也可以用诗人的个人经历来解释：1993 年 6 月 9 日，布罗茨基的小女儿安娜·玛丽娅出生。人类的父爱，此刻仿佛等同于圣父之爱。而这两种爱，本质上来讲，又是一致的——严厉，却又充满了柔情：

> 总之，牢记我将会在你身边。甚至，
> 无生命之物或许会成为你的父亲，
> 特别是如果物比你老，或是大。
> 因此时刻留意它们，因为它们一定会
> 评判你。（Ⅳ, 354）
>
> 　　　　　　　　　　《致我的女儿》（To My Daughter, 1994）

诗人此刻仿佛想告诉女儿：即使我不能成为你生命中的"星星"，也会成为"角落里的家具"，陪伴在你左右；我存在，比你老，比你大，并且会评判你：父亲的爱，永远是"严厉的爱"……我将与你告别，告别并且离

开，如果不是成为天空中的"星星"，那便会是角落里的"家具":①

> 如果再给我一次生命，我将
> 在《拉斐尔》咖啡馆歌唱。或只坐在
> 那里。或像角落里的家具，站在那里，
> 假使那一生命不比之前慷慨。（Ⅳ，354）

"角落里的家具"在此就像阿赫玛托娃笔下那"有意识的存在"，成为"父亲"的代名词——"我知道，众神将一些人/变为物，并不消除意识，/以便美好的忧伤永存心间"②——他将以"物"的姿态继续教导并保护女儿。可以说，父爱的严厉与柔情在这里得到淋漓尽致的体现。而在《摇篮曲》这首诗中，尽管圣母与圣父的任务首先是监督儿子经受尘世的考验，但他们对儿子的爱，却是他抵抗无边"虚无"的坚实支柱。诗人在此似乎暗示着"家庭之爱"对于婴孩基督的重大意义。这样，在写于1995年的最后一首以"基督诞生"为主要内容的诗歌《逃往埃及Ⅱ》（Бегство в Египет Ⅱ）中，尽管仍然没有逃离险境，但经受考验的婴孩基督第一次感受到了家庭的舒适、平静与温暖：

> 在洞中（无论如何简陋，总是容身之处！
> 比直角的总和更有希望！）
> 在洞中他们三个温暖地依偎在一起；
> 干草与破布的气息袭来。
>
> 稻草为铺。
> 暴风雪从外面磨碎了沙土。
> 想起了他的磨粉，
> 骡子与犍牛半睡不醒地转动。
>
> 玛利亚祈祷着；篝火呼呼。

---

① Подгорская А.В., *Иосиф Бродский и русская рождественская поэзия*, Магнитогорск: ГОУ ВПО «МГТУ», 2009, c.119.
② 阿赫玛托娃：《就像白色的石头沉在井底……》（Как белый камень в глубине колодца..., 1916）。

约瑟,皱眉,望着火。
婴孩打着盹
他还实在太小不能做什么。

又过去了一天——伴随着他的
惊慌,恐惧;伴随派出士兵的
希律王的叫喊;
眼皮——渐渐合拢。

那一夜他们三人都很平静。
烟雾飘向门孔,
以便不惊扰他们。只有骡子(或是犍牛)
在梦中喘着粗气。

星星从门槛望着。
他们中,唯一能
读懂它目光含义的,
是婴孩;但他沉默着。(Ⅳ,203)

乍一看来,这首诗简洁得令人震惊。诗人关于洞中场景的描写完全不带任何激情。他使用了口语词汇,且几乎未用晚期诗歌中典型的复杂句法结构。但是,细细品读该诗时,我们会发现一切并非如此简单。

这首诗整体都是描述圣诞情节的。我们面前仿佛出现了圣家族逃亡途中在洞穴停留的生动画面。洞穴要比直角更有希望,因为"直角"就像欧几里得的空间,直角总和——这就像死胡同,暗示人类生命的绝境。而洞穴在这里属于神圣空间,时间无论如何也无法将其摧毁——因为这里有婴孩基督,他的存在改变了周围的一切。

《逃往埃及Ⅱ》中的情节有其矛盾性。事实上,可以发现,这一洞穴中的描写与"基督诞生"的情节相符合,而并非"逃往埃及"。根据"福音书"情节,基督诞生与圣家族逃往埃及以躲避希律王追杀二者之间的时间间隔相当明显。当婴孩诞生时,伯利恒之星出现在苍穹,三博士正是在它的指引下前往伯利恒对基督进行朝拜。但由于他们先前已在梦中得到了主的指示,朝拜结束后,并没有立刻回去耶路撒冷向希律王回话,而是从另一条路返回自己的家乡去了。① 因此，当希律王最终得知基督的诞生时，婴孩已将近两岁了。恼羞成怒的希律王这才"派人把伯利恒和附近地区两岁以内的男孩子都杀掉"②。此外，当三博士拜访圣家族时，他们已经离开了暂时的居住地——马棚。因此，尽管基督诞生于马棚中，但三博士是在圣家族后来居住的屋子里对他进行朝拜的。

显然，这里，布罗茨基刻意将婴孩及其亲人安置于洞穴中，并用圣诞夜的重要元素来进行描述：基督诞生的地方——马棚（洞穴）与房间相对立（比直角的总和更有希望）；马槽被干草铺所取代；而基督则被描述为刚出生的婴孩。被希律王追踪的圣家族就像是再次进入了"圣诞之夜"的状态，这一洞穴则类似于两年前基督诞生之夜因旅店人口过满圣家族不得不居住的马棚。而星星从门槛望着，就像每一年圣诞节，伯利恒之星都会在苍穹闪耀。但事实上，希律王对婴孩的追捕，已经是发生在三博士朝拜之后的事了。这里的时间显然不符合"福音书"逻辑，但出现在我们面前的又的确是圣家族逃往埃及途中的情景：又过去了一天——伴随着他的/惊慌，恐惧。与此同时，洞穴中没有牧羊人，没有前来朝拜的博士与星星，只有逃亡的交通工具——骡子（或是犍牛）。献给希律王的第四诗节在这里就像是诗人刻意写出的，目的是强调"逃往埃及"这一主题。③

类似的形象还有陪伴圣家族逃亡的牲口：骡子和犍牛。诗人似乎并不想区分开它们——"只有骡子（或是犍牛）/在梦中喘着粗气"。显然，"基督诞生"与"逃往埃及"这两个事件的时间层次在布罗茨基笔下是吻合的，他更倾向于视"圣诞情节"为原型。因为对诗人而言，圣诞节——这是时间节日，与"时间运动"联系在一起。重要的不是基督诞生后过去了几年——两年还是两千年，而是"伯利恒之夜"所发生的事件再次出现了，人们再次感受到了奇迹的来临。而诗歌题目《逃往埃及Ⅱ》中的"Ⅱ"则指向了逃亡的重复，对应于写于1988年的第一首《逃往埃及》。

在第三诗节中，玛利亚祈祷着，篝火燃烧。这里的篝火（костёр）与

---

① 洪佩奇、洪叶编著：《圣经故事·新约篇》（名画全彩版），译林出版社2008年版，第21页。
② 洪佩奇、洪叶编著：《圣经故事·新约篇》（名画全彩版），译林出版社2008年版，第43页。
③ Анна Сергеева - Клятис, "Загадка стихотворения И. Бродского «Бегство в Египет Ⅱ»", Литература, 2001 - 07 - 21, №27 (459), https://lit.1sept.ru.

波兰天主教教堂（костёл）构成了声音上的相似。① 玛利亚的祈祷伴随着篝火的呼呼声。所有发生在洞穴中的行为都被转移到了教堂中，成为现实的反映。诗人逐条列举了圣家族成员的行为——玛利亚祈祷，约瑟望着火，婴孩打盹儿，这也直接呼应了第五诗节开头处的总结——"那一夜他们三人都很平静"。

献给希律王的第四诗节在这里成为凸显题目的核心，它与诗人写于1972年的《1971年12月24日》（24 декабря 1971 года）一诗构成了明显的呼应：

> 虚无。但思考它时
> 突然又像看到了不知从何而来的光。
> 但愿希律王知道，他越强大，
> 奇迹就越真实，越不可避免。
> 这一相似性的恒定——
> 圣诞节的基本机制。（Ⅲ，7）

显然，两首诗中诗人都表达了相同的思想：希律王在新诞生的救世主——婴孩基督面前的无能为力。事实上，这也是每年圣诞节奇迹的一部分。因此，此刻的婴孩，尽管依然沉默，却在爱的包围中似乎懂得了星星目光中所蕴含的深意，懂得了自己降临人世的使命：

> 星星从门槛望着。
> 他们中，唯一能
> 读懂它目光含义的，
> 是婴孩；但他沉默着。（Ⅳ，203）

"圣诞组诗"中习惯于熟睡或打盹儿的婴孩，在最后一节诗行中，仿佛突然睁开了眼与星星对望。此刻他似乎从星星的目光中读懂了自身降临尘世的意义与价值。但对自己的使命，他保持了沉默。这一沉默使诗歌的结尾保持了开放性。我们可以猜测，这一方面或许是因为他还太小，另一方面，却仿佛是验证了布罗茨基的怀疑主义："世界，大约是

---

① Анна Сергеева - Клятис, "Загадка стихотворения И. Бродского «Бегство в Египет Ⅱ»", Литература, 2001 - 07 - 21, №27（459）, https://lit.1sept.ru.

不堪拯救了。"① 但无论如何，这一刻，重要的是，在简陋的洞中，他与玛利亚、约瑟、牲口一起享受着安宁与平和，感受着爱与温情的包围。

这首诗是布罗茨基所写的第二首《逃往埃及》，第一首写于1988年。在这两首逃往埃及的诗歌中，布罗茨基所描绘的场景实质上并非逃亡，而是圣家族在通往埃及途中的休息。如果说，在1988年的诗歌中，占据主导地位的是婴孩基督的形象，他"在神速获得发光能力的头发的/金色光环中/打盹"，周围的人只是没有个性面孔的"他们"——"他们燃起了篝火"，那么，在1995年的诗歌中，处于中心地位的则是"圣家族"的形象②——在诗人看来，家庭的爱与平和是抵挡一切考验的最终力量：

> 母亲对基督说：
> ——你是我的儿子还是我的
> 上帝？你被钉上十字架。
> 我怎能返家？
>
> 我该如何踏入家门，
> 如果尚未弄清：
> 你是我的儿子还是上帝？
> 也就是说你已死去还是活着？
>
> 他回答：
> ——死抑或活，
> 妇人，这并无区别。
> 儿或上帝，我是你的。（Ⅱ，425）
>
> 《静物画》（Натюрморт，1971）

这也与布罗茨基本人的经历密切相关。他在1990年经历了生命中的第一次婚姻，三年后女儿出生。历经人生考验的诗人，在家庭的温暖中找到了最终的精神寄托：

---

① 参见［美］布罗茨基《文明的孩子——布罗茨基论诗和诗人》，刘文飞、唐烈英译，中央编译出版社1999年版，第33页。
② Подгорская А.В., *Иосиф Бродский и русская рождественская поэзия*, Магнитогорск：ГОУ ВПО «МГТУ»，2009，c.120.

女儿与妻子从栏杆处
远眺，看到钢琴
帆船或是热气球——
钟声沉寂下来。
……

我们三个在这里，打赌，
我们一起所看到的，三倍于
埃涅阿斯目光所及之处的，
无目的与蓝。（Ⅳ，134—135）

《十月的伊斯基亚岛》（Иския в октябре，1993）

这样一来，可以看出，布罗茨基笔下围绕"考验"主旨所写的诗歌，主要是对《旧约》与《新约》，特别是《新约》中"基督诞生"这一情节的再加工：经受考验的亚伯拉罕面临爱与信仰的抉择，而婴孩基督则面临自然环境的恶劣，希律王的追杀，以及无边沙漠的虚无。可以说，无论对亚伯拉罕还是婴孩基督而言，考验都是极其严峻的。但与此同时，在这一考验的过程中，诗人却又突出强调了两点——爱与希望：上帝对亚伯拉罕的爱，圣母、圣父对婴孩基督的爱；上帝赐予了亚伯拉罕父子，特别是儿子充满希望的未来，而圣诞之星则自始至终以其光亮陪伴在婴孩基督周围——这些似乎都是支撑主人公们经受住考验的重要力量来源。同时，诗人还特别强调了婴孩基督所要面临的更大考验——对抗尘世（人类存在）的虚无。而这一对抗的力量，在他看来，恰在于"圣家族"（家庭）的温馨与和谐，在于亲情的坚不可摧。因此，亚伯拉罕也在经受住考验后携子重返家园——这是人类心灵最后的栖息地。

事实上，圣经中的主人公——亚伯拉罕与婴孩基督所经受的考验在诗人笔下正是为了衬托圣经意象隐喻中的另一主旨：苦难，即抒情主人公在现实尘世中所遭遇的一切苦难。在诗人看来，抒情主人公就像是圣经中身担重任的亚伯拉罕与婴孩基督，而他所遭遇的一切苦难，正是出于"身担重任"的使命。这恰如孟子所言："故天将降大任于是人也，必先苦其心志，劳其筋骨，饿其体肤，空乏其身，行拂乱其所为，所以动心忍性，曾益其所不能。"（《孟子·告子下》）显然，这与布罗茨基本人的经历密切相关。正因如此，我们说，当抒情主人公的肉体在尘世遭遇苦难之时，其灵魂就好比因承担上帝使命而不得不经受考验的亚伯拉罕与婴孩基督。而当"灵魂"在爱与希望中经受住考验，并最终归于家庭的温暖之时，"肉体"也将会在苦难中超脱，寻到真正的力量之源——亲情。

## 第二节　肉体：苦难

圣经意象的另一个隐喻主旨正是苦难，并且，这首先是诗人自身的苦难。这里布罗茨基没有再提及《旧约》中的任何情节，而是以《新约》中的"基督诞生"这一事件为背景描写了抒情主人公在尘世承受的众多苦难。或许，在诗人看来，婴孩基督的诞生更接近于抒情主人公在苦难中精神世界的重生。那些我们所熟悉的"福音书"中的情节——婴孩基督、圣诞之星、朝圣博士、牧人、篝火等，在这些诗作中频频出现。事实上，正如笔者所指出的，这一诗组更像是诗人的生平自传——关于他过于坎坷的人生经历。也正因如此，在长诗《戈尔布诺夫与戈尔恰科夫》中，戈尔布诺夫的苦难经常与基督的苦难相比较。戈尔布诺夫在极端的生存状态下出现了人格的分裂——他的大脑臆想出一个精神同伴戈尔恰科夫。而这一分裂，类似于陀思妥耶夫斯基小说中的"双重人格"——当人物内心发生激烈的斗争和矛盾时，人格意识就会发生分裂，看到自己的同貌人。而这一分裂，其实是通过"个性的充分自我展示、崩溃、解体而显露共性本质，看到存在于虚幻现实中的人在疯狂的精神世界中趋向神性的需求"①。于是，就在这一"人神化"的过程中，诗人将"基督"形象引入了诗中，并以基督所受的苦难——背叛、受审与十字架殉难来映衬戈尔布诺夫的经历。事实上，也正是在讨论苦难主题时，诗人才更经常地提及宗教形象。

1982 年，在回答记者所提的"在所有这些（艰难）情况下您也成功地保留了对诗歌的兴趣，对语言的品位吗"这一问题时，诗人说道："无论这听起来多么奇怪，是的。无论是在囚室，还是在囚室转移中我都坚持写诗。我写的是除其他事之外一件相当自信的事情，这里指的正是关于语言，关于诗人的创作。诗歌是极端自信的，但我当时的心情是悲剧性的，

---

① 戴卓萌等：《俄罗斯文学之存在主义传统》，中央编译出版社 2014 年版，第 71 页。

我可以这样说自己。告诉自己。"① 显然，布罗茨基正是在流放中重新认识了自己，不仅在精神上，而且也在创作中。极端艰苦的条件促进了心灵的复活，诗人与原本就感到亲近的存在主义哲学间有了更强烈的共鸣。

总体而言，完成于1961年的《圣诞浪漫曲》（Рождественский романс）可以说是诗人所写的第一首圣诞诗。诗歌名为"浪漫曲"，却背离了我们对这一术语的传统理解。在这首纯粹为圣诞节而作的《圣诞浪漫曲》中，我们没有发现任何与爱情有关的激情，甚至没有出现我们所熟悉的婴孩和博士等"福音书"中的形象。事实上，全诗没有任何一处与"基督"相关的字眼，却处处笼罩着与节日气氛极不和谐的忧伤，这显然有悖于常理。只有间接出现的"月亮"——漂浮于莫名忧愁中的"亚历山大花园里/永恒的夜船"和冷漠的"夜灯"仿佛暗示着圣诞之星的出场，带给尘世之人微弱的希望：

> 在砖石的吃力中
> 亚历山大花园里
> 永恒的夜船
> 漂浮于莫名的忧愁，
> 冷漠的夜灯，
> 宛若黄色玫瑰，
> 在爱人头顶，
> 在行人脚下。（Ⅰ，134）②

可以发现，夜灯被诗人描写为"黄色玫瑰"。一贯以来，诗人很少描写玫瑰的色彩。但这里，他特意将路灯与黄色玫瑰相比，赋予其特定意义。在虚幻现实上方照耀的"宛若黄色玫瑰"的夜灯就像是永恒的象征，与庸俗尘世对立。但无论是"月亮"，还是"夜灯"，它们所散发出的凄冷而漠然的光显然无法令抒情主人公在圣诞之夜感到喜悦。事实上，这首诗整体处于"漂浮"的忧愁中。"漂浮"一词在诗中出现了八次，凸显出抒情主人公内心深处无可排遣的悲伤。可见，尽管这首诗中并未出现明确的圣经意象，但其整体所传达出的浓郁的"忧愁"气氛，已为接下来的

---

① Свен Биркертс, "Искусство поэзии", сост.Полухина В.П., *Бродский И. Книга интервью*, Москва: Захаров, 2011, с.90.
② 克里姆林宫左近的公园正对列宁墓。因为公园外沿低于街道的路面，街灯（形状颇似船上的灯火）高出公园里游人的头顶，却低于园外街道上行人的脚部。——英译本注

"圣诞组诗"奠定了"苦难"基调。

特别值得一提的是,在诗歌最后一节中,诗人首次在基督教与时间之间建立了联系:正是在《圣诞浪漫曲》中,出现了"摆锤"形象——它不仅与诗歌节奏,同时也与内容和结构密切相关。象征时间的摆锤在最后一节出场,为全诗笼罩上了虚幻色彩:

> 在城市的喧嚣中
> 你的新年沿着深蓝色波浪
> 游向莫名的忧愁,
> 仿佛生活将会重新开始,
> 仿佛将会有光明与荣誉,
> 成功之日与充足的面包,
> 仿佛曾左摆的生活,
> 如今摇往右侧。(Ⅰ,135)

总体说来,这首"过去与现在"相交织的圣诞诗"摇摆"出与圣诞节极不相称的忧伤氛围,弥漫着挥之不去的哀愁。幻影与模糊仿佛是这一荒诞世界的真实写照,而生活在"向左与向右"的摇摆中则无法给出任何有关幸福的承诺。诗中略显伤感的描述就像是对生活不可逆过程的清醒认知。唯有间接出现的"月亮"以及"夜灯"仿佛圣诞之星,带给诗人些许慰藉。事实上,早在写作这首诗的前一年(1960年),诗人便第一次被克格勃传唤,并因在《句法》中发表诗作而被短暂拘留。1963年11月29日,《列宁格勒晚报》刊登了约宁、列尔涅尔等人的《文学寄生虫》一文,开始了对诗人的迫害;12月13日,列宁格勒作家组织领导层赞同对他的迫害。1964年1月1日,布罗茨基在莫斯科的心理病医院度过新年;祸不单行,1月2日,当他离开医院,晚上在莱茵家用餐时又得知恋人玛丽娜·巴斯玛诺娃和他的好友博贝舍夫一起迎接了新年;随后,2月18日,第一次审判会结束后诗人被送往列宁格勒第二心理病医院做医学鉴定,并在那里待了三周;3月13日,第二次审判会上他被判处五年强制性劳动,并被送往苏联北方科诺莎的流放地——诺连斯卡亚村。① 作为情绪的释放,这一段黑色生命历程也自然而然地被诗人写进了圣经意象组

---

① 参见 [美] 列夫·洛谢夫《布罗茨基传》,刘文飞译,东方出版社2009年版,第346—350页。

诗中。

而第一次入住精神病医院的痛苦经历则在布罗茨基写于1964年1月的《卡纳契科沃别墅中的新年》（Новый год на Канатчиковой даче）一诗中得到了描述。这首诗的题目虽然表面上与新年相关，可诗中的主人公却是等待被食用的圣诞大餐——圣诞鹅，并且出现了博士、驴、星星、暴风雪、婴孩等"福音书"中的形象。只是它的情节却与"福音书"并无太多关联，而更像是精神病院里病人的臆想——他试图在圣诞夜熟睡，但医院可怕的现实却"在他的意识中离奇地与'福音书'中的名字和情节混合了起来"。① 他将自己想象为圣诞节的祭品——"圣诞鹅"，脸朝向墙孤独地躺着，仿佛是"福音书"中的婴孩住在洞穴中：

　　睡吧，圣诞鹅，
　　脸朝向墙，
　　背负黑暗，
　　如同项链的闪烁，
　　在梦中点燃自己的水晶。（Ⅱ，10）

这使笔者想起布罗茨基关于这一"封闭姿态"的一段话："在精神病学中有这样一个概念：'兜帽情结'（комплекс капюшона）。当人试图保护自己免受世界伤害时，他会用兜帽套住头，弯腰坐下。在那张插图（即'三博士朝拜图'——作者注）及其类似物中有这一元素——这首先借助洞穴本身的形象，对吗？我是这样认为的。"② 这也可以解释为何诗人将婴孩基督的诞生地移至沙漠洞穴中。而"如同项链的闪烁，/在梦中点燃自己的水晶"这两句诗行则聚集了对布罗茨基的圣诞诗而言极为重要的主题——光，就像是星星所发出的光。紧接着出场的又是"福音书"中的形象：

　　不是博士，不是驴，
　　不是星星，不是暴风雪，

---

① Лекманов О.А., "Ночь под Рождество в палате №6", сост.Полухина В.П.и др., Поэтика Иосифа Бродского: Сборник научных трудов, Тверь: Твер.Гос.Ун-т, 2003, с.317.

② Петр Вайль, "Рождество: точка отсчета", сост.Полухина В.П., Бродский И.Книга интервью, Москва: Захаров, 2011, с.602.

> 将婴孩从死亡中拯救，（Ⅱ，10）
> ……

据圣经记述，当希律王要杀害耶稣时，主的天使在约瑟梦中显现，督促他们及时逃往埃及躲过了这一劫难。可见，危难之时，博士、驴、星星与暴风雪都对婴儿的命运无能为力，唯一能够对他进行拯救的只有上帝。那么，这只圣诞鹅的命运又有谁能够拯救？这是一种深深的无力感。圣诞鹅的姿态暗示着病人的心态。于是，在诗歌第八节中，病人所处的精神病院形象出现了：

> 这里，在第六病室中，
> 留宿于可怕的
> 隐藏了面孔的白色王国中，（Ⅱ，11）
> ……

"第六病室"——这显然是对契诃夫小说《第六病室》（Палата №6，1892）的明显呼应。契诃夫与布罗茨基对精神病院有着类似的看法：他们都将其比作监狱，视其为对人而言最无望的关押地：

> 难道在法庭与监狱中你们会比在这里更糟吗？如果被判流放，甚至是苦役，难道会比待在病室中更糟吗？我认为，不会更糟……①
> 因为在监狱中，至少，您知道，等待您的是什么……原则上你知道，你迟早会被释放，对吗？而在病室中，你完全受制于医生的专横。②

而"隐藏了面孔"则是指精神病院中戴着口罩、身穿白色制服的医护人员。就在这一恐怖的白色王国中：

> 身体之于医院的恐惧，
> 就像白云——之于眼眶，

---

① Чехов А.П., *Полное собрание сочинений и писем：В 30 т.*, сост. Бельчиков Н.Ф., Москва：Наука，1974 - 1983，Т.8，c.99.
② Волков С. М., *Диалоги с Иосифом Бродским*, Москва：Независимая газета.，2000，с.73.

昆虫——之于鸟儿。（Ⅱ，11）

学者列克马诺夫（О.А.Лекманов）在文章《第六病室中的圣诞夜》（Ночь под рождество в палате №6）中对"白云——之于眼眶"这一组合进行了阐释。他写道："'眼眶里的白云'这一形象的宗教背景有可能是韦列夏金（В.В.Верещагин）的圣像画《战争颂》（Апофеоз войны，1871），那里布满了散布于大地上的头骨空洞的眼窝。"① 死亡气息扑面而来，一如昆虫面对即将攫取其性命的鸟儿。显然，医院为身体带来的恐惧便是死亡。

这样看来，诗人在这首诗中借助病人的臆想——类比洞穴中婴儿的圣诞鹅，描述了精神病院中非人的生活和精神折磨。而在诗人完成于1968年的长诗《戈尔布诺夫与戈尔恰科夫》中，主人公戈尔布诺夫也曾将"苦难代名词"的疯人院称为"沙漠"："等等，我看到……一个人……很瘦……/周围——沙漠……亚洲……看：/沙子涌动如鞑靼压迫，/太阳熊熊燃烧……如何照他呢？……当头。/他被充满敌意的环境所包围……"（Ⅱ，261）显然，疯人院同时被诗人等同于荒芜的沙漠，赋予其更广阔的人类存在层面的虚无之意。曾在诺连斯卡亚的流放中访问过布罗茨基并著有回忆录的学者马克苏多夫（С.Максудов）这样写道："在讲述中我记得他对被囚禁以及对精神病院中变形了的空间的恐惧，面对医生与卫生员的专横而无能为力的恐惧。在监狱中更平静一些。精神病医院是比监狱更恐怖的地方。"② 因此，诗中多次重复："睡吧，圣诞鹅。"诗人习惯用"睡"这一词来形容"死亡"——著名的《致约翰·邓恩的大哀歌》一诗便是这样写成："约翰·邓恩睡了。"（Ⅰ，231）而在长诗《戈尔布诺夫与戈尔恰科夫》最后一节中，诗人同样四次描写戈尔布诺夫"睡了"，并连用四个"睡吧"来描述这一场景："睡吧……睡吧，戈尔布诺夫……睡吧，睡吧，我的朋友。"（Ⅱ，287）显然，抒情主人公如同"等待被食用的祭品"圣诞鹅，成为精神病院这一异化生存空间中的牺牲品。但值得注意的是，即便是在这一极度的恐惧中，诗人也并未完全陷入绝望，他"在梦中点燃自己的水晶"——幻想中的希望之光。

随后，流放时期的生活在诗人写于1964年5月的《星星闪烁，而你

---

① Лекманов О.А.，"Ночь под Рождество в палате №6"，Сост. В. Полухина и др，*Поэтика Иосифа Бродского，Сборник научных турдов*，Твердь：Твер. Гос. Ун – т，2003，с.319.

② Максудов С.，"Командировка в Норинскую"，*Новое лит. Обозрение*，2000. №45，с.204.

很远……》(Звезда блестит, но ты далека...) 一诗中得以体现。这里，诗人将个人的主观情绪融入了基督的诞生中：

> 星星闪烁，而你很远。
> 母牛哞哞叫，牛奶
> 与羊尿的气味混在一起，
> 绵羊在夜里大声咩咩。
>
> 靴子的细带与裤子的脚口，
> 而全然不是，周围的一切，
> 阻碍了我感觉自己的确是 ——
> 畜栏里的婴孩。(Ⅱ，32)

在这首诗中，"福音书"中的圣经意象再度出现："闪烁的星星"及"畜栏里的婴孩"，而朝圣博士、牧人及篝火缺席。但值得注意的是，婴孩基督此刻在诗人笔下是生命计算的新起点，是抒情主人公精神世界重生的象征。

这首诗写于 5 月，而布罗茨基本人出生于 5 月 24 日。他在回答魏尔的采访中说道："首先这一节日（圣诞节）是按时间顺序排列的，与一定的现实，与时间的运动联系在一起。而根本来讲，圣诞节意味着什么？神人的生日。人们会很自然地把它当作自己的生日来过。"[①]这样看来，我们也可以将这首诗看作一首生日祝贺诗。这样，"畜栏里的婴孩"就像是精神世界得以重生的诗人自身。他实现了心灵的复活。

可以想象，流放的岁月自然是艰苦的，身处偏远的北方农村，生活单调而无味。这里充斥着的是再也平凡不过的尘世风景，奇迹与神圣的氛围完全缺失：

> 母牛哞哞叫，牛奶
> 与羊尿的气味混在一起，
> 绵羊在夜里大声咩咩。

---

① Петр Вайль, "Рождество: точка отсчета", сост.Полухина В.П., *Бродский И.Книга интервью*, Москва: Захаров, 2011, с.598.

与此相对应的，则是"星星闪烁，而你很远"。如果说，"闪烁的星星"依然给人以希望，依然起着"引导博士"的作用，暗示诗人心中依然存有某种希望，艰难的岁月里不会轻易放弃，那么，"而你很远"则透露出了浓郁的忧伤。这一句带有明显情绪特征的话语似乎指向了背叛诗人并离他而去的恋人。这样一来，被流放的日子里所感受到的深刻的孤独与遗忘，恋人的决绝与背叛，使诗人内心世界经历了一次炼狱般的折磨。他期待自己精神世界的复活，甚至在一瞬间产生了某种幻觉，感到自己仿佛是刚诞生的婴孩基督。可这一虚幻的假设很快便破灭了：

> 靴子的细带与裤子的脚口，
> 而全然不是，周围的一切，
> 阻碍了我感觉自己的确是——
> 畜栏里的婴孩。

的确，没有什么比清醒地意识到自己的幻觉更令人痛苦的了。在孤独的抒情主人公周围，唯一真实的只有平凡的尘世。"星星闪烁"此刻所能够带来的微弱希望，也在"而你很远"的转折中消磨殆尽，占据主人公身心的终究还是难以消解的痛苦。

之后，在流放的日子中，诗人还写下了另外两首圣诞诗《客人告别时》（На отъезд гостя）与《1965年1月1日》（1 января 1965 года）。流放岁月中所有的孤独与无可排遣的落寞，在这两首诗歌中得以延续。如同《1963年圣诞节》及《1963圣诞节》一样，这两首诗在内容上也可看作连贯的整体，传达了诗人内心深处的痛苦。

《客人告别时》一诗作于1964年12月。在布罗茨基流放时期，确实有客人前来探望他。如历史学家A.巴别内舍夫（马克苏多夫）曾受维格多罗娃和楚科夫斯卡娅之托前往诺连斯卡亚为布罗茨基送去打字机、书籍和食品。而在一年半的流放时间里，亲朋好友们也至少十次造访过布罗茨基。① 但前来探视的客人终归还是要告别离开，而这一离别愁绪以及流放的孤独在诗歌中体现得淋漓尽致：

> 你离开我的天空。
> 轮子转动一圈，

---

① ［美］列夫·洛谢夫：《布罗茨基传》，刘文飞译，东方出版社2009年版，第123页。

带动天空运行。

我高兴于新发现。
于是土道变窄，保护
视野不会缩小。

路越是长，
关于它的见解便越窄。
因此冬天

盛典等候殉道者
而圣诞节自身
保护其免受心脏的压迫。

绵羊低声咩咩。
莱卡狗从门廊奔来。
烟囱作响。我在家中。

从高空叫喊，发不出 P 音
伯利恒之星的底片，
护送着各茼的博士。（Ⅱ，85）

  这首诗中的意象可以说是片段性的，因此将它们合理地串联起来是非常困难的，作者的想象出其不意、令人费解。

  诗行第一节便点明了诗人送客的心境：客人的离开同时也带走了抒情主人公的心，带走了他的天空，只留下内心一片空洞。意大利诗人埃乌杰尼奥·蒙塔莱（Eugenio Montale）曾说过："任何优秀的诗歌都诞生于诗人或许自身也未曾意识到的危机中。但确切来讲不是危机……我想说的是不满，是内心的空虚……"[①] 据此，我们或许可以推断，正是客人告别后诗人心中极度的"空虚和孤独"促使了这首诗的诞生。[②] 而第二节中，诗

---

① Монтале Эудженио, *Избранное Стихи и рассказы пер. с итал.*, Москва：Прогресс, 1979, c.234.
② Подгорская А.В., *Иосиф Бродский и русская рождественская поэзия*, Магнитогорск：ГОУ ВПО «МГТУ», 2009, c.94.

人却又突兀地提出:"我高兴于新发现。"可这一新发现是什么,我们不得而知,接下来的诗行也没有继续阐释。但或许,这首诗的产生,正是诗人所高兴的"新发现"——于是,他的天空也得以"运行"。

随后,诗人指出,尽管乡间土路狭窄,可视野并不会因此而缩小。只是路越长,关于它的见解便越窄。这似乎是诗人暗示"生命之路"的意义并不在于其"漫长"。随后诗中出现了圣诞节的庆祝活动(盛典):它等候着殉道者(可理解为被流放的诗人本人),并且圣诞节自身也保护他免受心脏的压迫。布罗茨基一直有心脏问题,并曾在狱中发作。因此,这些诗行就像是诗人对圣诞节,特别是庆祝活动的虚幻期盼,好给予自己孤独的心些许慰藉。

而接下来的诗节更像是诗人的幻觉。绵羊的咩咩声再次出现,莱卡狗也从门廊奔来,这意味着它们熟悉的主人回到了家中。烟囱作响,充满了生活气息。于是,抒情主人公感觉到:"我在家中。"这仿佛是流放中的诗人所做的一个美好的梦。随后出场的更像是诗人本人:"从高空叫喊,发不出 P 音。"布罗茨基本人无法发出这一颤音。① 而"福音书"中的情节在此也得到间接的描述:"伯利恒之星的底片,/护送着吝啬的博士。"圣诞星在此出现,却是"底片"的形象,而不是星星自身,那么它所带来的"希望"较之真正的星星便已弱化,更何况它护送的还只是吝啬的博士——他们并未带来礼物。诗人心中的黯淡可见一斑。显然,远离熟悉的城市生活,诗人感到了自我在世界中的缺席,体会到深深的孤独。

显然,这首诗中,诗歌主旨正是透过诗人的个人经历得以体现,并在很大程度上折射出了浓缩于其中的生活背景。在寄托着诗人强烈情感的客人离开之后,他心中产生的空虚和孤独促成了这首诗的诞生。而在接下来的诗歌《1965 年 1 月 1 日》中,这种被抛弃与孤独的痛苦感仍在持续。如果说在上首诗中,圣诞节还有希望保护受难者免受心脏压迫(由于忧愁)的痛苦,抒情主人公也在虚幻的想象中回到了熟悉的家,诗歌中还透露出一丝难得的温馨:

> 绵羊低声咩咩。
> 莱卡狗从门廊奔来。

---

① Петр Вайль, "Чаще всего в жизни я руководствуюсь…", сост. Полухина В.П., *Бродский И. Книга интервью*, Москва: Захаров, 2011, с.713.

烟囱作响。我在家中。

那么在这首诗中被博士"遗忘了地址"的主人公所听到的却仅是"风嘶哑的号叫",而他唯一的同行者只是自己的影子。幻想破灭之后的现实更令人无法接受,诗中也因此充满了无望之感——希望此时全然抛弃了诗人,甚至星星也彻底消失。这是"圣诞组诗"中少有的星星完全缺失的诗歌:

> 博士将会忘记你的地址。
> 头顶将不会有星星。
> 只有风嘶哑的号叫
> 你听得清楚,就像很久以前。
> 你从疲惫的双肩抛下影子,
> 在躺下之前,吹灭蜡烛。
> 因为日历许给我们,
> 比蜡烛更多的日子。(Ⅱ,118)

这是布罗茨基所写的一首关于自己流放时期无出路状态的诗歌。第一诗节中,他特意用"动词将来时"加强了这一无出路的绝望心境——生命中将再也不会有奇迹。因为最初领悟到基督诞生的博士将会忘记"你"的地址,他们不会再出现;而那起着引导作用的,为全世界带来希望之光的星星也消失了——从星星的"底片"到现在"完全消失",这在"圣诞诗组"中从未发生过。可见此刻诗人心中的痛苦已达到极点。而这里唯一确切与真实的,只有风嘶哑的号叫,折磨着孤独之人的心。可以说,诗人整体创作中极为典型的"斯多葛式悲观主义的音调"①,在这首诗中清晰地体现出来:

> 这是什么?忧愁?或许,是忧愁。
> 把熟悉的曲调用心吟唱。
> 它重复着。就这样。
> 就让它在将来重复。

---

① Подгорская А.В., *Иосиф Бродский и русская рождественская поэзия*, Магнитогорск: ГОУ ВПО «МГТУ», 2009, с.95.

> 即便是在死亡的时刻也让它，
> 听起来就像是嘴唇与眼睛对
> 那间或迫使我们
> 望向远方的感谢。（Ⅱ，118）

诗中的独白就像是人的自白。他知道自己所做出的选择不会带来任何好处。这里的慰藉完全不多。尽管如此，他依然做好了准备对命运发起挑战。因此，诗人并未给整首诗定下悲剧性的结论，而是笔锋一转，走向了乐观：纵然博士忘记了地址，星星也不会出现，可生命中最珍贵的礼物，终究还是存在的——这是"生命与创作"的赠予：

> 抬头仰望天空，
> 你忽然感觉到，自己是
> ——真诚的礼物。（Ⅱ，118）

这样，当抒情主人公清醒地意识到从外界确实无法得到任何慰藉与希望的情况下，重新将思考的视点放于自己身上，重新审视自身的价值——自己便是前来朝拜博士所携带的真诚礼物，这也就暗示了某种奇迹的存在，哪怕暂时是未知的。这一诗行似乎也回应了上一首诗中"我高兴于新发现"。这一"新发现"仿佛等同于某种奇迹，而抒情主人公本身，便是为迎接这一奇迹而献上的礼物。他高兴于重新认识到自身的价值——实现自我拯救。

事实上，这首诗中诗人只是在第一行和最后一行描绘了"福音书"中基督诞生时博士朝拜的情景，构成了诗歌的环形结构。与此同时，忘记了地址，完全没有带来任何礼物的博士同样也是上一首诗中"吝啬博士"形象的继续，从而在更多方面将这两首诗歌联系在一起。而对被流放的诗人而言，客人的离开，全然的孤独，旷远的天空，这对他而言又何尝不是一次崭新的"计算之点"？他的生命中又将会出现怎样的奇迹？

这样一来，流放时期布罗茨基所作的圣诞诗，首先就像是包罗万象的计算起点，但这里指的是在具体个体的意识中。因为布罗茨基正是在流放的苦难中感到了自己灵魂的重生，就像是刚诞生的婴孩基督，历经一切考验，正是为了向世界呈现奇迹——救世主的诞生。除此之外，他还感到了自己就像是被奥古斯都流放至北方的罗马诗人奥维德，试图从遥远的前辈身上获得精神世界的某种坚定：

> 你可爱的模样
> 应不惧枯萎，
> 自最后一次会面起，
> 我从海边，给我的罗马写信，
> 它未曾改变，就像你。（Ⅱ，124）
> 《来自黑海》（Ex Ponto，1965）

这再次验证了诗人一贯的人生哲学："我允许自己一切，除了抱怨。"① 紧接着，在诗人写于 1967 年的《关于溢出的牛奶》（Речь о пролитом молоке）一诗中，我们没有找到圣经意象中出现的相关情节，但"星星"依旧存在。这同样是一首纯粹为了圣诞节而作的诗歌。这首诗的独特之处在于，它是诗人为了这一节日所写的最长的一首诗（全诗由 40 个诗节构成）。这首诗就像是诗人对自己之前生命阶段所作的一个总结：在经历了一系列迫害、监禁、审判与流放之后，重新归来的布罗茨基已经不再是曾经的那个布罗茨基了。他经历了一次精神世界的重生。

1965 年 9 月，由于欧洲文化界的大力干涉及国内阿赫玛托娃等人的积极奔走，诗人被提前释放，结束了流放生涯。而"流放"这一在布罗茨基生命中留下阴影的事件却也有着一定的积极意义：它在某种程度上为年轻的诗人带来了一定的知名度。与此同时，这一段流放时期，除了孤独与痛苦等不可避免的负面因素外，客观上也成为布罗茨基创作生涯中的"鲍尔金诺之秋"。正如诗人本人所言，"或许，流放是诗人存在的自然条件，诗人与小说家不同，后者需要处于其所描写的社会结构之内。我在自己的生存条件与所从事职业的吻合中感受到了某种优势"②；"在农村度过的那两年——在我看来，是生命中最美好的时光。那时我比任何时候都创作得多"③。同时，在诺连斯卡亚时期，诗人在远离城市喧嚣的僻静之地

---

① Ларс Клеберг и Сванте Вейлер，"Я позволяю себе все，кроме жалоб"，сост.Полухина В.П.，*Бродский И. Книга интервью*，Москва：Захаров，2011，с.449.
② Джованни Буттафава，"Идеальный собеседник поэту – не человек，а ангел"，сост.Полухина В.П.，*Бродский И. Книга интервью*，Москва：Захаров，2011，с.288 – 289.
③ Майкл Скаммелл，"Я никого не представляю，кроме самого себя"，сост.Полухина В.П.，*Бродский И. Книга интервью*，Москва：Захаров，2011，с.8.

进行了某种心灵上形而上学的思考,而诗歌《关于溢出的牛奶》可以说正是这一思考的结果。

布罗茨基的个人经历对理解这首诗而言极为重要。抒情主人公在圣诞节来临之时,回忆了自己这些年来的种种遭际,期待在这一"生命的计算将从这一夜开始"的日子,掀开人生新的一页。诗中体现出了某种悲剧性特征,凸显出物质与精神的双重缺失。且自第二行开始,诗歌内容便远远偏离了圣诞情节:

> 1
> 我两手空空来过圣诞节。
> 出版商拖延着我的小说。
> 莫斯科的日历沾染了《古兰经》。
> 我不能起身去做客
> 无法去孩子哭闹的朋友家,
> 无法去任何家庭,无法去熟悉的女孩家。
> 到处都需要金钱。
> 我坐在椅子上,因气愤而颤抖。
> ……
> 3
> 了解我的状况,我的未婚妻
> 第五年也不想嫁给我;
> 她如今身在何处,我不知道:
> 鬼也无法从她身上获得真相。
> 她说:"不必徒劳伤心。
> 重要的是——感觉!同意否?"
> 这就她而言极好。
> 但她自己,想必,在那里痛饮。(Ⅱ,179)

显然,这一双重的缺失勾起了抒情主人公圣诞节时分心底深深的落寞。此时,青年布罗茨基的人生观已得到明确凸显:完全怀疑周围的一切。事实上,这一怀疑精神贯穿了诗人的一生——波兰著名诗人斯坦尼斯拉夫·巴兰恰克(Станислав Бараньчак)便称布罗茨基为"持怀疑态度的古典主义者",并得到他的高度认同。①而众人都以敌对的姿态出现在主人公面前:"他们认为我是土匪。"(Ⅱ,180)于是,在茕茕孑立中,唯一能与诗人相伴的只有他自己的影子:

> 5
> 我在玻璃中看到单身的自己。
> 我不明白一个简单的事实,
> 我是如何活到一九六七年的。
> 圣诞节。(Ⅱ,180)

除了孤独,抒情主人公也对自己的存在进行了定位,再一次表明了自己与时代的格格不入:

> 6
> 我的存在是反常的。
> 我从时代中翻跟斗。
> 原谅我的嬉戏!(Ⅱ,180)

但这首诗中,依然出现了"希望之光"——圣像前的长明油灯。它代替"圣诞之星"照耀着尘世,并且与"上帝之光"联系在一起。这一微弱却坚定的光在诗歌每部分的结尾处出现。首先在第一部分结尾处,诗人直接描写了长明油灯,它就像是光源,在圣像前燃烧:

> 9
> 夜晚……
> 对面的窗户亮着灯。
> ……
> 我只看到长明油灯。但圣像
> 我没有看到。(Ⅱ,181)

在第二部分结尾,诗人则使用了转义,并赋予了长明油灯"全宇宙

---

① Бенгдт Янгфельдт, "Стихотворение – это фотография души", сост.Полухина В.П., *Бродский И. Книга интервью*, Москва: Захаров, 2011, с.304.

的宏大意义":

> 31
> 夜晚……
> 行星晃动起来,就像是
> 上帝在苍穹燃起了长明油灯……(Ⅱ,187)

而诗歌第三部分倒数第二诗节结尾处,来自对面窗户的灯光,在笔者看来,已可以看作"上帝之光的象征"①:

> 39
> 安静坐着,持斋
> 并对着窗户祷告,
> 当它还未熄灭时。(Ⅱ,190)

这一持续出现的"长明油灯",成为照亮全诗否定与负面气氛的希望之光,也是诗人在极度的苦闷中持续留给自己的希望——生活将会有新的开始。正如前文所指出的那样,布罗茨基对人生的看法或许是悲观的,但并非绝望的。就像尽管他认为,"世界,大约是不堪拯救了",但又坚信,"单个的人总是能被拯救的"②。这首诗中对上帝的信仰只是作为个体道德的准则之一——"通常,谁唾弃上帝,/首先唾弃人类。"(Ⅱ,187)布罗茨基否认了基督教的忍耐和不抵抗道德:"我几乎在思考暴动!"(Ⅱ,189)正如诗人所言:"我反对贯穿基督教的小商贩心理:付出就要得到回报,对吗?或者这样说更合适:指望上帝无限的仁慈。这从本质来讲是神人同形观。我更亲近《旧约》的上帝……此外,我欣赏琐罗亚斯德教的主神,他是最残暴的。"③

与此同时,这一"夜晚在窗户中燃烧的灯"形象,在诗人写于1968年的圣诞诗《我主的纪元》(Anno Domini)一诗中也有所提及。只是这

---

① Подгорская А.В., *Иосиф Бродский и русская рождественская поэзия*, Магнитогорск: ГОУ ВПО «МГТУ», 2009, с.97 – 98.

② [美]布罗茨基:《文明的孩子——布罗茨基论诗和诗人》,刘文飞、唐烈英译,中央编译出版社1999年版,第33页。

③ Свен Биркертс, "Искусство поэзии", сост.Полухина В.П., *Бродский И.Книга интервью*, Москва: Захаров, 2011, с.99 – 100.

里贯穿整首诗的是"微弱的光"。这首诗是布罗茨基"圣诞组诗"中唯一一首使用了古希腊罗马意象的诗（第一章古希腊罗马意象中关于此诗已有提及）。如果说《关于溢出的牛奶》一诗中的光首先是上帝之光的象征，"希望"是针对全人类的存在而言的，那么，这首诗中的光针对的则是尘世之物——爱情和生活本身。① 正如第一章中已经提到的，这是一首关于背叛的诗。诗中出现了两组人物形象："总督与妻子"对应"诗人与卿提亚"。而卿提亚的出现则令我们自然而然想起她的恋人——古罗马诗人普罗佩提乌斯。总督的妻子背叛了总督（并因此影响了总督的工作，导致皇帝不满），而卿提亚则背叛了诗人（普罗佩提乌斯）。这可以说是他们不幸的相似之处：

    皇帝不愿看见他，
    我的儿子与卿提亚不愿看见——我。（Ⅱ，214）

  这首诗中"福音书"的情节可以再次借助诗人的生活原型来解读，就像在1964年的《星星闪烁，而你很远》一诗中一样。只是这次"婴孩形象"代表的不是抒情主人公，而是他的儿子；朝拜的博士成了"别的先生们"，玛利亚则由背叛诗人的卿提亚来替代。而那引导博士前来朝拜的充满希望的星星，此刻也微弱得如同洗礼盆之下的炭。诗人在此彻底破坏了圣经中的神圣氛围，诗中处处充斥着背叛与伤害：

    祖国……别的先生们
    在卿提亚家做客
    他们俯身靠向摇篮，就像现代博士。
    婴孩打盹。星星微微发光，
    恰似冷却的洗礼盆之下的炭。
    而客人们，没有碰头，

    谎言的光晕代替光环，
    而无瑕的受孕——恰似谣言，
    关于父亲的形象避而不谈……（Ⅱ，214）

---

① Подгорская А.В., *Иосиф Бродский и русская рождественская поэзия*, Магнитогорск: ГОУ ВПО «МГТУ», 2009, c.98.

第二章　布罗茨基诗歌中的圣经意象隐喻　173

对饱受折磨的诗人和总督而言，心中的希望之光一点点破灭。宫殿即便不是轰然倒塌，也已不再灯火通明，取而代之的则是一片黑暗——然而，却也不是全然的黑暗。微弱的光留了下来，哪怕只有两扇窗中的光：

宫殿变空。楼层熄灭。
一个。另一个。并且，最终，最后一个。
整个宫殿只剩两扇窗

亮着光：……（Ⅱ，214—215）

关于这首诗的写作背景，第一章中已有阐释——1967 年布罗茨基与玛丽娜的儿子出生。而 1968 年 1 月初，他则与玛丽娜彻底分手。遭遇巨大心理创伤（曾试图自杀）的诗人借"圣诞节"主题，讽刺性地描述了自己的现状。他将"总督与妻子"，"普罗佩提乌斯与卿提亚"的形象与"隐性的自我（布罗茨基与玛丽娜）"综合在一起进行了描述。在这首诗中，不同的主题、缘由以及叙述的形象通过抒情主人公的联想依次连串起来，构成了多层次的奇特结构，体现了复杂的生活本身。同时，在世界东方出现的微弱黎明之光，也是"生活自身的象征"——无论如何，都会继续下去的生活①：

黎明稀疏的光，
在世界东方微露，
它爬入窗户，竭力想要看到
里面发生的事，
撞上宴会残余，
晃动。但路仍在继续。（Ⅱ，215）

诗人在此试图给予自己重生的希望，哪怕极其微薄。因为毕竟，"路仍在继续"。正因如此，在《与天神的谈话》（Разговор с небожителем，1970）中，再次出现的婴孩形象就像是新路程的开端：

---

① Подгорская А.В.，*Иосиф Бродский и русская рождественская поэзия*，Магнитогорск：ГОУ ВПО «МГТУ»，2009，c.100.

>头脑痛苦，
在薄如纸页的墙后
婴孩号哭，而在医院的窗边
老人站立着。（Ⅱ，366）

诗中抒情主人公与人的意识所无法抵达的形而上学层面（天神）交谈，但他对天神的呼唤并未减轻自己的痛苦。相反，整首诗中，抒情主人公所看到的是充满孤独与失去的世界——"无穷/是关于孤独的思想，我的朋友。"（Ⅱ，365）但他并未因此一蹶不振，而是对命运发起了挑战。他在即将到来的悲剧面前表现出了令人震惊的平静。号哭的婴孩与医院窗边的老人形成鲜明的对比，象征着生命的开端与终结，一如《圣烛节》中的婴孩基督与基督教徒西面。而最终，在经历了众多坎坷之后，抒情主人公选择了平和坚定的生活方式：接受苦难的生活本身。因为爱情关系的破裂，其结局不管有多么痛苦，也无法与人类总体的存在相比较。毕竟，这一破灭并不意味着世界末日的到来：

>我不能说，没有你就无法
>生活——因为我还活着。（Ⅱ，416）

《……岸边的第二个圣诞节》（Второе Рождество на берегу..., 1971）

这也像是布罗茨基对自己的告诫，即使失去了最爱的人，生活也还要继续："人与动物的区别/就在于，他能够离开自己的所爱。"（Ⅱ，405）这样，"圣诞组诗"中，诗人的创作由对个人经历的描写转为了对全人类情感与苦难的思索。但在他眼中，人类却仿佛失去了世界中心的位置，"被无声爆炸抛向了/未来"（Ⅱ，416），其存在就像是无可避免的虚无。可从另一方面来讲，正是虚无成为光之来源，战胜了存在的黑暗与无望——这一悖论性也呼应了古希腊罗马意象隐喻中诗人所指出的"光来自黑暗与死亡中"。在"圣诞组诗"中这一主旨首次在《1971年12月24日》（24 декабря 1971 года, 1972）一诗中得以体现：

>虚无。但思考它时
>突然又像看到了不知从何而来的光。（Ⅲ，7）

这一诗节建构在悖论之上——虚无的感觉越是强烈，就越需要更多的希望来填充它。这一现象只能用奇迹来解释。但奇迹的发生并不取决于节日前夜人们的感受以及他们是否有信仰，而是由一道"不知从何而来的光"所昭示。在这首庆祝基督诞生的诗歌中，作者照例强调了人类的存在被剥夺了客观意义。世界充满了无意义的忙乱，通往上帝的路看不见，而且也并不特别被需要：

>  人群混乱，因为雪糁
>  看不到通往伯利恒的路。（Ⅲ，7）

人们满足于琐碎的、眼下的快乐，上帝在他们生活中的缺失并未使他们感到苦恼：

>  寻常礼品的散发者
>  跳上车，闯入门中，
>  消失在院落盲区，
>  甚至知道，洞中是空的：
>  没有动物，没有马槽，没有那一，
>  头顶——金色光环之人①。（Ⅲ，7）

圣诞前夜的奇迹对所有人而言都是隐藏的——他们是普通人，从事日常琐碎的事务，无法懂得这一奇迹。但是，尽管普通民众的出发点仅是为了借圣诞节来寻欢取乐，甚至明明知道洞中是空的："没有动物，没有马槽，没有那一，／头顶——金色光环之人"，但凭借本能指引，他们还是感受到了某种奇迹的来临。就在对这一模糊的、尚不明确的奇迹期盼中，人们热烈庆祝着圣诞节。布罗茨基正是从这一积极行为中看到了拯救的希望：

>  如今处处庆祝，
>  他的到来，移动
>  所有的桌子。
>  ……

---

① 即圣母玛利亚。

牧人的篝火熊熊燃烧。（Ⅲ，7）

牧人尚未看到星星之时，便从使者的话中得知了救世主的诞生，燃起了篝火。这与东方三博士需要借助星星出现来证实主的诞生并不一致——前者更多的是感性认知，源于自我感受；后者则倾向于理性。[1]于是，即便尚不明确信仰意义的普通人群，也以感性认知分享着圣诞的喜悦。而这也正是虚无中的"光"之所在——在布罗茨基看来，正是懂得虚无是存在主要内容，并始终与之抗争的人类自身，才是世间真正的奇迹。人类只有靠自己不间断的努力，在动荡的混乱中寻找意义来填补这一虚无。况且人作为这虚无世界中不可或缺的一部分，担负着构建世界的责任，并在成为世界一部分的同时，"最大可能地实现自己的自由"[2]——这正如萨特在《存在与虚无》一书中所指出的："人，由于命定是自由，把整个世界的重量担在肩上：他对作为存在方式的世界和他本身是有责任的。"[3] 这样一来，与萨特一样，布罗茨基把弥补世界与个人虚无的责任归结至人类身上，人类需要自我拯救与超越——这也直接回应了《1965年1月1日》一诗。于是，在漆黑的夜间燃起了星星——这是人类自身力量散发出的光芒：

但是，当门口的过堂风起
从夜间稠密的雾里
出现戴头巾的人时，
你心中毫无愧疚感受到
婴孩，圣灵；
抬头望天，你看到——星星。（Ⅲ，8）

于是，虚无最终被填充了——与自我成为一体，人有能力将婴孩与圣灵融入自己的心中，理解并接受基督诞生的奇迹，甚至感受到自我便是创

---

[1] Клятис А.С., "Суета, пустота и звезда в стихотворении «24 декабря 1971 года»", Сост.Гордин Я.А., *И.А.Иосиф Бродский и мир. Метафизика, античность, современность*, СПб: Журнал "Звезда", 2000, с.263.

[2] Подгорская А.В., *Иосиф Бродский и русская рождественская поэзия*, Магнитогорск: ГОУ ВПО «МГТУ», 2009, с.104 – 105.

[3] ［法］萨特：《存在与虚无》（修订译本），陈宣良等译，生活·读书·新知三联书店2014年版，第671页。

造者。可以说，经历了对自我价值的怀疑、困惑到认可、肯定，直至最终在心中毫无愧疚感受到新诞生的婴孩基督，有绝对资格享受圣诞之星的照耀，生命个体的价值在诗人笔下借"圣诞之星"得到了一步步深入的阐释。事实上，这首诗中的"圣诞主题"本身已经降到了第二位，它只是思考人类存在本质的根据。对布罗茨基而言，世界建立在"本体论的虚无"① 中，人应该为自己负责。否则，这一虚无终将使个体疏远于世界，成为无个性的面孔模糊的存在，失去自我意义和价值。这是诗人离境前在国内写的最后一首圣诞诗。紧接着，1973 年，移民的第二年，在诗人最为痛苦和忧郁的圣诞组诗之一《礁湖》（Лагуна）中，抒情主人公成为无家可归的人，没有过去与未来——他甚至也不是形象生动的"个人"，而仅仅只是"斗篷中的躯体"。这首诗中的圣诞节"没有雪、气球与枞树"（Ⅲ，45），而抒情主人公成为：

> 全然非谁，身披斗篷之人，
> 失去了记忆、祖国、儿子；
> 林中白杨因他的驼背而泣，
> 如果说还有谁为他哭的话。（Ⅲ，44）

显然，诗人的个人生平是这首诗产生的直接原因。1972 年布罗茨基被迫移民，并的确永远失去了"记忆、祖国、儿子"。正因如此，在他的诗歌中，抒情主人公也成为"全然非谁，身披斗篷之人"。诗人以第三者视角审视自身，平静的叙述语调强化了感受的悲剧性。但这里，令布罗茨基感兴趣的不是圣诞节，而是"身披斗篷之人"的存在状态：他就像是被世界抛弃之人，被剥夺了身份，没有过去，亦没有未来。"全然非谁（谁也不是）"就像是"虚无"的代名词。诗人由此展示了人的躯体逐渐凝固的过程，将人变为无生命之物，等同于雕像。要知道雕像——这是活生生的人与虚无之间的过渡状态。因此，"失去"在这里又可以理解为人类整体存在的虚无——这里出现的不仅有记忆的缺失，同时还有个体存在价值的消失。抒情主人公几乎成为"零"的存在，失去了一切。在诗人的哲学自画像中我们也可以清楚读到这一"存在与虚无"间的关系：

---

① Подгорская А.В., *Иосиф Бродский и русская рождественская поэзия*, Магнитогорск: ГОУ ВПО «МГТУ», 2009, c.105.

> 我们一直在分别，朋友。
> 在纸上画一个简单的圆。
> 这就是我：内部空洞。
> 看看它——然后擦去。（Ⅲ，196）
> 《并非缪斯沉默不语》（То не Муза воды набирает в рот，1980）

意识到人类存在的渺小和短暂，将人变为物、灰尘和虚无——这是布罗茨基抒情诗的核心主题之一。诗人以时间视角来审视个体存在。我们所看到的这一自画像是没有个性的，由虚无所刻画的面孔，记忆全然缺失——恰如曼德尔施塔姆在《拾到马蹄铁的人》（Нашедший подкову，1923）一诗中所言："时间销蚀着我，像销蚀一枚硬币，/而我已失去了自我……"[①] 可以说，正是在移民期间，"虚无"概念在布罗茨基笔下获得了绝对的形而上意义。而逃离命运却远远不是这样简单的事。因此，并非偶然，在《礁湖》一诗的开端便出现了命运主题："三个老妇人带着编织物坐在深圈椅中。"（Ⅲ，44）这很容易令人想起古希腊罗马神话中掌管人类生命之线的三姐妹，只是这里三姐妹都已年老，似乎暗示着生命的冗长与无意义。生命已变为了"躯体"，并且，这一虚无中，光也消失了，全然黑暗：

> 那里，无处可去，在其界限外
> ——黑色的，无色的，或许，白色的——
> 有某种东西，物品。
> 或许是，身体。在冲突时代
> 光的速度便是视力的速度；
> 甚至当光不存在之时。（Ⅲ，47）

可以说，布罗茨基的哲学视角最终形成于移民时期。当诗人与所熟悉的环境脱离后，他的诗歌中越来越频繁地出现了"死亡与冰冷"主题，对生命的思考也不可避免地与"离别和失去"联系在一起。"失去"在这一时期已从单纯的诗歌主题变为了诗人对世界与人生的总体看法，成为其诗歌文本构建的核心原则。在这一"失去"面前的存在是可怕的，而持

---

[①] Мандельштам О. Э.，*Собрание сочинений в 4 томах*，Т. 2，Москва：Арт – Бизнес – Центр，1993，с. 45.

续生活于这一"失去"之下则是不可能的。因此,在描述"失去"的同时,布罗茨基又尝试着寻找对抗"时间与死亡"的力量,"失去"也因此只成为诗人所展现主题的一个层面。事实上,尽管移民时期诗人的生活因"失去"而转向了"虚无",但正是这一"虚无"为他打开了新的可能性,使他获得了新的体验。生命在这里就像是充满悖论性的过程:正是因为不断失去着,人才会前进。而诗人之所以为诗人,就在于他有着坚定的使命感,会在关键时刻"拿起鼓槌击鼓"——"当你拿着鼓槌时,就击鼓吧"(Ⅲ,19)——任何失去与痛苦都将转化为回报,没有什么会平白无故消失。无论如何,人类身上总会留下"话语的部分",留下他的诗:

> 想想很奇怪,我活了下来,但这的确发生了。灰尘
> 覆盖着方形物。(Ⅲ,81)
> 《科德角摇篮曲》(Колыбельная Трескового мыса,1975)

这样,至1980年,在《礁湖》一诗完成7年后,布罗茨基所写的《雪花飞扬,把整个世界留在少数人手里》(Снег идет, оставляя весь мир в меньшинстве)一诗中再次出现了圣诞情节。只是这里出现的并非圣诞之星,而只是它的碎片。圣诞之星的碎片就像是亏蚀与损失的象征,但即便是这一碎片中也聚集了光,令人目眩:

> 星星碎片中聚集了多少光,
> 望向夜!就像小舟中挤满逃难者。(Ⅲ,192)

只是这一碎片中的光没有给抒情主人公带来更多的希望与拯救。并且,这里出现的仅是冒名的博士,以及摇篮里熟睡的寻常孩子:

> 最好大声祈祷,就像另一个拿撒勒人,
> 为带着礼物在大地两端
> 徘徊的冒名博士
> 也为摇篮中的所有婴孩。(Ⅲ,192)

显然,这里没有出现任何奇迹足以对抗这一虚无。随后,在写于1985年的圣诞诗《冰冻的基谢利海岸》(Замерзший кисельный берег)中,我们再次看到了时间流逝中的虚无。在这首写给好友叶甫盖尼·莱茵

(Евгений Рейн）的信中，诗人提及写作日期——这恰逢基督生日："我在地球的另一端给你写信/在基督的生日。"（Ⅲ，279）但这里没有任何圣诞的气氛，而是恰恰相反，世界与人年复一年地接近死亡。诗中对死亡的刻画就像是与基督会面——"那时我们将会相逢。"（Ⅲ，279）但显然，这一冰冷的叙述没有带来任何节日的喜悦，而是充满虚无与失去："细看个人姓名的/形状，那里没有我们：那里，/数量取决于减法。"（Ⅲ，279）直到1993年，在《25.Ⅻ.1993》一诗中，诗人的语调突然上升——这首诗中出现了奇迹：

    奇迹将完成。因为奇迹，
    受大地吸引，保存地址，
    它如此渴望能抵达终点，
    甚至在沙漠中寻到住户。（Ⅳ，151）

  "奇迹"在沙漠中寻到了住户来实现自身。那么，这一住户是谁？谁的生命中将完成奇迹？这里，诗人仿佛将"基督诞生"这一奇迹转移至尘世的抒情主人公身上。再进一步讲，如果以布罗茨基的个人生平来理解，那么，这一奇迹应是诗人的小女儿安娜·玛丽娅的出生（1993年6月9日）。这样，在奇迹完成后，星星的光芒也瞬间强烈起来，照亮着这一虚无的世界：

    如果你离开家——告别时
    点亮四支蜡烛中的星星，
    以便它照亮无物的世界，
    在所有的时代，目送着你。（Ⅳ，151）

  这仿佛再次印证了布罗茨基的话："世界，大约是不堪拯救了，但单个的人总是能被拯救的。"[1] 纵然世界依然虚空，存在依然虚无，可有星光陪伴个体，希望便会长存。而这一强烈的"星光"，在诗人看来，首先来源于家庭。

  这样看来，在以苦难为主旨的隐喻中，仿佛对应着"婴孩基督"经

---

[1] ［美］布罗茨基：《文明的孩子——布罗茨基论诗和诗人》，刘文飞、唐烈英译，中央编译出版社1999年版，第33页。

受住考验后所面临的尘世之虚无，抒情主人公在超脱尘世间的苦难后，同样陷入无可逃脱的存在之虚无中。但他显然是不甘心的。一路陪伴着抒情主人公的"圣诞之星"，尽管在他心情极度悲痛时也曾缺失过、黯淡过，却始终是主人公心中不可或缺的精神支柱。可以说，正是"圣诞之星"构建起布罗茨基笔下独一无二的"圣诞诗组"。这颗昭示奇迹的星星于基督诞生之夜闪耀于苍穹，对抗尘世永恒的虚无，揭示出布罗茨基整个"圣诞诗组"所蕴含的哲理深意：它以"希望之光"暗示新生命的开始，又昭示着生命个体独一无二的自我价值，同时还作为圣家族中连接圣父与圣子目光的纽带，传达出严厉监督中也无法掩饰的亲情之爱。与此同时，抒情主人公也希望通过人类自身的努力来战胜这一虚无。并且，最终，在家庭的爱与温暖中，抒情主人公真正感受到了生命中"奇迹"的完成，找到了足以抵抗存在之虚无的终极力量。

总体而言，借助隐喻思维可以发现，布罗茨基在圣经意象中隐喻了时间作用下抒情主人公所经受的灵魂之考验与肉体之苦难。作为其灵魂的象征，亚伯拉罕经受着效忠上帝被迫杀子的考验，婴孩基督则面临降生尘世必须经受的一切考验——暴风雪的嘶吼、希律王的追杀、漫无边际的沙漠。并且，这最终漫长的"虚无"，才是他所要面对的最大考验；而肉体——抒情主人公则在现实生活中承受着一系列苦难：精神病院的折磨、流放的孤独、恋人的背叛、被驱逐的痛苦。同样，最后，他在经历一系列苦难之后，也成为失去一切的"面孔模糊的存在"——虚无。显然，灵魂所经历的考验正是为了映衬肉体的苦难，并最终和肉体一起陷入了虚无的状态。

正如前文所说，当抒情主人公在尘世遭受一系列苦难之时，他将自己想象为因肩负上帝使命而经历严峻考验的亚伯拉罕与婴孩基督，借此为自己增添信心和勇气。正因如此，在灵魂的考验中我们看到，尽管时间的流逝中考验越来越严峻，但象征希望的"光明"始终不曾缺失——无论是篝火、蜡烛，还是圣诞之星（及其类似物）。并且，最终，亚伯拉罕得到了上帝的恩赐，而婴孩基督也在圣父圣母爱的陪伴下得到了经受考验的最终力量。他们的成功是抒情主人公精神世界莫大的安慰。需要指出的是，这里"圣诞之星"起着非常重要的作用，它几乎贯穿了诗人笔下圣经意象的全部创作。正如兰钦所指出的："布罗茨基笔下的星星，不仅将我们引向了伯利恒的福音之星，还有柏拉图的《理想国》第七卷（即'洞穴隐喻'——作者注），以及康德的星空。"① 而诗人自身也在星中寄托了战胜黑暗的希望："黑暗中似乎存在的点，或许只有／一种——星星。"（Ⅲ，81）——这就像隔着半个世纪，回应了艾略特在《空心人》（The Hollow Men, 1925）中所写的诗行："什么也看不见，除非／重新出现眼睛／如死亡的暮光之界里／那永恒的星……"② 与此相对应的则是抒情主人公在尘世所经历的苦难。这一诗组中的语调显然更低沉些。并且，在布罗茨基流放时，象征希望的"光——圣诞之星"也曾黯淡和缺失过，主人公心中的绝望可想而知。但在极度悲痛中他试图从自身寻找光明和希望，将自己等同于"礼物"，甚至是"圣诞之星"——这正验证了萨特的哲学理念：人只有依靠自己才可自救。③ 而俄罗斯文学的核心理念同样体现于此：除了对苦难的关注，更为重要的是对救赎的信念。

最后，我们看到，在寻找力量对抗存在之虚无时，婴孩基督与抒情主人公同时回归了家庭——无论是圣家族的温馨，还是人类家庭的爱与温暖都散发出强烈的"希望之光"，对抗着虚无。或许可以说，在布罗茨基看来，人类世界和谐、美丽与永恒的最高价值正在于幸福家庭的旨归中。

---

① Ранчин А.М., *На пиру Мнемозины: интертексты Иосифа Бродского*, Москва: Новое литературное обозрение, 2001, c.127.
② ［英］托·斯·艾略特：《荒原》，张炽恒译，上海文艺出版社2020年版，第105—106页。
③ 参见杜小真《萨特引论》，商务印书馆2007年版，第2页。

# 第三章　布罗茨基诗歌中的
## 花园意象隐喻

> 夏园——这是诗歌最后的盛宴。
> ——布罗茨基

　　类似于古希腊罗马意象与圣经意象，在花园意象的隐喻中，诗人同样对人类存在的栖居地——花园天堂进行了解构，并以花园作为人类存在的空间思考了时间对人的影响。显然，"花园"在这里已不再是任何具体的花园形象，而是作为文化的象征与古希腊罗马意象和圣经意象并存。

　　总体而言，作为最古老的文化形式之一，"花园"在世界文学传统中历来备受诗人关注。早在古罗马时期，布罗茨基高度称赞的诗人维吉尔便在文学中引入了花园——"就像是神话诗歌模式，消除了神话的、抒情的与现实的花园之间的界限……当花园被提升至更高层次，与自身的现实原型相脱离时，便符号化了"①。与此同时，花园又是人类对大自然精心培植与修饰的结果。几个世纪以来，这一诗意之地通常被理解为理想之地，是天堂和幸福的象征。每一座花园都有自己独特的风景，传达出某种深刻的哲思、诗意情感与梦想。诚如利哈乔夫（Д.С.Лихачёв）所言："花园总是表达着某种哲学，关于世界的美学观念，人对大自然的态度；这是其理想表达中的微观世界。"② 与此同时，花园——这还是"特别之书：它仅在美好与理想本质中来反映世界。因此，花园的最高意义——这是天堂、伊甸园"③。而在与花园相联系的所有艺术形式（文学、建筑、

---

① Цивьян Т.В.，"Verg.Georg. IV，116 - 148：К мифологеме сада"，отв.Ред.Цивьян Т.В.，*Текст：семантика и структура*，Москва：Наука，1983，c.148 - 149.
② Лихачев Д.С.，*Поэзия садов.К семантике садово - парковых стилей.Сад как текст*.Изд.3，испр.и доп，Москва：Согласие：ОАО «Тип. "Новости"»，1998，c.11.
③ Лихачев Д.С.，*Поэзия садов.К семантике садово - парковых стилей.Сад как текст*.Изд.3，испр.и доп，Москва：Согласие：ОАО «Тип. "Новости"»，1998，c.24.

绘画、雕像等）中，诗歌又尤其突出。多愁善感的诗人对花园的眷恋与追寻就像是对梦想世界的渴望，借以逃离现实的苦涩。如在俄罗斯诗人——花园歌手费特眼里，花园便是焦灼情感的心灵避难所，带有明显的个人特征。他以自己炽热的情感激活了花园的诗意联想。费特的花园——这时常是相遇与爱情感受最常见的背景："刚要打盹儿——你再次于花园出现在我面前"①；"你答应要来/沿这一条穿过花园的小路"②；在象征主义诗人巴尔蒙特（К.Д.Бальмонт）笔下，花园同样是和谐与美好的天堂象征："我许诺给你们花园，/那里你们可以永久居住，/那里有晨星的清新，/那里安静的河流沉睡"③；又如茨维塔耶娃在《我只需闭上炽热的双眼……》（Только закрою горячие веки...，1917）一诗中所描述的：

> 我只需闭上炽热的双眼——
> 天堂的玫瑰，天堂的河流……④

诗中茨维塔耶娃对花园的想象构成与苦涩现实截然不同的对立面。茨维塔耶娃是布罗茨基在"心灵层面"最为接近的俄罗斯诗人。而最令布罗茨基着迷的便是她的"不适哲学"（философия дискомфорта）。⑤ 但这首诗中，茨维塔耶娃眼里的花园同样是"天堂"的代名词。可以说，诗人不仅是花园艺术的思想家，还是其直接的创造者。诗歌与花园间天然有着密切联系：一方面，诗歌与花园艺术在每个时代都有共同的修辞原则，共同的思想—哲学基础；另一方面，与其说是诗歌与花园艺术的共性，不如说是二者的区别使它们在"美学补充"寻找中彼此接近。⑥ 花园所蕴含的丰富内涵需要言说者，而诗歌则恰好胜任这一角色。

与此同时，花园作为城市风景的重要标志，不仅是尘世现实，而且也来源于建筑、绘画、音乐、文学等文化符号。布罗茨基对花园的兴趣，或

---

① 费特：《一整天你都使我充满幻想……》（Целый заставила день меня промечтать...，1857）。
② 费特：《我等待着，惴惴不安……》（Жду я, тревогой объят...，1886）。
③ 巴尔蒙特：《从那里》（Оттуда，1899）。
④ Цветаева М.И., *Собрание сочинений в семи томах*, Т.1.*Стихотворения*, Москва: Эллис Лак, 1994, с.332.
⑤ Дэвид Бетеа, "Наглая проповедь идеализма", сост.Полухина В.П., *Бродский И.Книга интервью*, Москва: Захаров, 2011, с.569–570.
⑥ Лихачев Д.С., *Поэзия садов.К семантике садово-парковых стилей.Сад как текст*.Изд.3, испр.и доп., Москва: Согласие, ОАО «Типография "Новости"», 1998, с.29.

许是受他出生的城市——圣彼得堡的影响。那里有举世闻名的夏园,就像是人类存在幸福的象征。阿赫玛托娃曾在写于 1959 年的《夏园》(Летний сад)一诗中满怀深情地表达了自己的眷恋:"我想去欣赏玫瑰,/在那唯一的花园,/那里围绕世上最美的篱笆,/那里的雕像记得我青春的模样,/而我记得它们涅瓦河畔的身影。"① 诗人也在自传体散文《一间半房子》(Полторы комнаты,1985)中回忆了自己与父亲在夏园中散步时的情景:"我记得,在我 19 岁或 20 岁时,晴朗的正午时分我们两人漫步在夏园中……这里那里耸立着一些白色的大理石雕像,点缀着豹纹—斑马纹式的阴影,人们沿着铺满砾石的小路沙沙而行,孩子们在池塘边叫喊,而我们谈论着战争与德国人。"(V,354)而普希金在写给妻子的一封信中也说道:"要知道夏园便是我的菜园。我醒来后,穿着睡袍与拖鞋走入那里。午饭后我在园里午睡、阅读、写作。在那里我就是在家中。"(V,323)可以说,夏园吸引诗人之处并非其高贵,而是幽静,是足以作为心灵的栖息地。这正是自然风景独有的特质——诚如阿赫玛托娃在《柳树》(Ива,1940)一诗中所言:

> 人的声音我不觉亲切,
> 而我能听懂风的声音。
> 我爱牛蒡与荨麻,
> 但最爱银色垂柳。②

如此,由夏园延伸开来,布罗茨基在自己的诗歌世界中描写了各种各样的花园:虚幻之地、禁锢之地、死亡之地及毁灭之地。花园就像是自然界的"魔法地",被诗人不同的心灵状态赋予了不同的风景。如果说,世界文学传统中花园通常作为幸福与梦想的象征,那么,布罗茨基则赋予了其新的内涵。他笔下花园的内部装饰与其说是具体的、个性的,不如说是形而上学的,充满了普世性的意义。借助隐喻思维可以发现,花园作为人类存在的空间,成为诗人解构天堂之地。花园意象在布罗茨基的诗歌中不仅作为特定主题背景出现,同时也隐喻了不同的主旨,贯穿了诗人全部的创作。换言之,花园已成为诗人抒情诗不可分割的一部分,成为其世界观

---

① Ахматова А.А., *Стихотворения и поэмы*, сост. В.М.Жирмунский, Москва: Советский писатель, 1976, c.252.

② Ахматова А.А., *Стихотворения и поэмы*, сост. В.М.Жирмунский, Москва: Советский писатель, 1976, c.194.

的组成部分。

总体而言，布罗茨基的花园创作受不同文化传统的影响，但其中首先源于 20 世纪初俄罗斯诗歌的悲剧性感受。这一时期的诗歌不仅影响了诗人的世界观，还有他的美学理念。因此，脱离白银时代的广阔文化背景，我们便无法理解布罗茨基诗歌中的花园特点，正是它推动了诗人诗歌思想的发展。[①] 作为文化的保护者，布罗茨基在创作中视"花园"为重要的"思想—主题"综合体，具有特殊的形而上美学意义。而园中恒定出现的植物、雕像、喷泉和人等则参与到诗人的艺术表达中来，体现出独特的哲理内涵与审美意蕴。

创作初期，布罗茨基也曾视花园为人类的心灵寄托与精神支柱。在《旷野中的停留》（Остановка в пустыне，1966）一诗中，他为希腊教堂小花园的消失感到了深深的忧虑。因为正是花园象征着人类存在的和谐，而失去它，则意味着人类美好心灵与崇高信仰的缺失：

> 教堂的小花园中驶入了挖掘机
> 吊杆上悬挂着铁锤。
> 墙壁开始悄悄屈服。
> 不屈服会很可笑，如果你是
> 墙，而你面前是——破坏者。
> ……
>
> 今夜我望着窗外
> 思考着，我们走向了哪里？
> 我们离什么更远：
> 东正教还是希腊文化？
> 我们走近了什么？前方，等待的是什么？（Ⅱ，167—169）

然而，总体而言，正如前文已指出的那样，布罗茨基笔下的"花园"是对一切美好的解构。花园在诗人眼中不再是美好的伊甸园，不再是天堂福地。相反，这一意象作为人类存在的空间出场，隐喻了时间带给人的不可避免的影响——梦想的虚幻、生命的禁锢、心灵的死亡与未来的毁灭。

---

① Разумовская А.Г., *И. Бродский: метафизика сада*, Псков: ПГПУ, 2005, с.10.

## 第一节 梦想：虚幻

在对古希腊罗马意象和圣经意象隐喻的阐释中，我们已经得知，诗人眼中"人类的存在"于时间消磨中成为一种虚无。花园意象的隐喻中，这一虚无仍在继续。本节中，笔者将主要探讨"梦想的虚幻"这一隐喻主旨——布罗茨基将虚幻的花园等同于人类梦想的虚幻：朦胧的理想、美好的想象，却终究是不存在的。

早在诗人写于 1961 年的《圣诞浪漫曲》（Рождественский романс）中，花园的这一"虚幻"形象便得到了刻画：

> 在砖石的吃力中
> 亚历山大花园里
> 永恒的夜船
> 漂浮于莫名的忧愁，（Ⅰ，134）

这里所出现的看似现实、具体的亚历山大花园，却同时具有双重的形象。它既属于圣彼得堡，又属于莫斯科，与全诗只字未提却如幻影般存在的"河流"与"月亮"一起，强调了生活本身的虚幻与昙花一现。随后，这一虚幻的花园又转化为它所代表的幸福生活的虚幻。在 1962 年所写的《他们两人望着邻近的花园》（Они вдвоем глядят в соседний сад）一诗中，布罗茨基强调了"这一仿佛与尘世相邻的花园"就像是梦想中的神秘世界，可这一世界终究是虚假的、不可靠的，因此，抒情主人公宁愿选择荒芜之地，在真实的尘世寻找幸福：

> 他们两人望着邻近的花园，
> 想象身处那间大房
> 已经很久。但他们的影子
> 沿番茄田畦一起向后奔跑。
> 木屋沉默站立，
> 但一切都在皱褶中：墙壁，门，屋梁——
> 就像在这里讲述着，
> 彼此间相似性已到来。（Ⅰ，200）

这首诗中出现了尘世生活与虚幻花园的对立，传统的"花园—伊甸园"形象在此得以体现。诗人同时描述了两个世界：现实的尘世世界与邻近的花园——神秘的、吸引人的梦想世界（天堂）。尘世世界是不完美的，"破旧"是其主要特征：沉默的木屋，尽在皱褶中的墙壁、门、屋梁……一直幻想过上梦想生活的抒情主人公尽管"想象身处那间大房/已经很久"，却依然为自己尘世中的存在感到满足和幸福：

  他们没有颤动。但眼中
  透出看往异处玫瑰平和的光。
  多么美好，他们如今
  仍不是在那里，完全不是那里，梦想之地，
  而他们能够选择的，
  倾心荒芜之地胜过爆竹柳，
  在那里重复着自己的困境，
  就像关于菲利蒙与鲍西斯的神话。（Ⅰ，200）

  诗中的"另一世界"，天堂生活的象征传统地体现为"异处的玫瑰"。众所周知，这是世界文学中充满诗意的形象。通常而言，玫瑰象征着爱情与美好，但诗人却赋予了这一传统意义中的花朵新的内涵——死亡。他将天堂与死亡相联系，对立于尘世生活。诚如托波罗夫所言："玫瑰较为稳定的象征元素是神秘、安静、爱情，与此同时，这还是'阴间王国的花朵'。"① 在布罗茨基晚期所作的《西班牙女舞蹈家》（Испанская танцовщица，1993）一诗中，死亡的生活便直接与玫瑰相比较："其中有——一切：威胁，/希望，死亡。/玫瑰的渴望/回归茎秆。"（Ⅳ，152）这里的玫瑰不仅是女舞蹈家美丽与热情的象征，同时还暗示了死亡及其之后的复活。

  而这首诗中，主人公尽管对天堂向往已久，但看往那异处玫瑰时眼中透出的却始终是"平和而非狂热的光"。并且，他们能够选择的，倾心于尘世的荒芜之地胜过邻近花园（天堂）中的爆竹柳。这里明显体现出了布罗茨基对"花园—天堂"的态度。在散文《作家——孤独的旅行者……》（Писатель - одинокий путешественник...，1972）中他宣称："我想说，对

---

① Топоров В. Н.，"Роза"，Гл. ред. Токарев С. А.，*Мифы народов мира：Энциклопедия в 2 - х томах*，Т. 2，Москва：Большая Рос. знцикл.，2003，с. 386.

于心灵——对于人类的心灵来说——在尘世中宣扬天堂带有某种侮辱性……人类今天不是在善与恶之间做出选择，而是在恶与恐怖之间。如今人类的任务是在恶的王国中保持善良，而不是自身成为恶的体现者。"（Ⅶ，65—66）而在《阿·普拉东诺夫〈基坑〉后记》（Послесловии к «Котловану» А.Платонова，1973）中诗人则比较了天堂与地狱的形而上学范畴，他指出："天堂的观念是人类思维合乎逻辑的终结，就这一意义而言，即它，思想，无法走得更远；因为天堂之后什么也不存在，什么也不会发生。因此可以说，天堂——死胡同；这是空间最后的幻象，物的末日，山的高峰，顶点，无处可走……"（Ⅶ，72）因而，诗中的抒情主人公宁愿选择尘世的荒芜之地而非虚幻的天堂花园来实现自己的幸福，就像是神话中的菲利蒙与鲍西斯。

在这里，布罗茨基将古希腊罗马元素作为与虚幻相对应的理想引入了花园意象中，抒情主人公被等同于古希腊神话中的菲利蒙与鲍西斯。众所周知，菲利蒙与鲍西斯是一对善良的夫妇，因其善得到神的恩赐，死亡之后变为了同根生长的橡树和椴树。显然，这是象征幸福与爱情的传说，它的出现也就意味着抒情主人公在尘世，而并非虚幻的天堂花园中寻到了属于自己的幸福。

而在接下来的《囚犯守则》（Инструкция заключенному，1964）组诗之四中，则出现了古希腊神话中的花园形象：

> 就像世上处处——这里
> 空间的每一小块都叮嘱
> 要仔细选择路线，
> 就像赫斯帕里得斯在花园中选择小路。（Ⅱ，24）

赫斯珀里得斯（Hesperides）是古希腊神话中的仙女，夜神的女儿们，她们主要负责与百头巨龙拉冬一起守护圣园中的金苹果树——大地女神该亚送给宙斯与赫拉的结婚礼物。[①] 而诗中由赫斯帕里得斯所守护的种有金苹果的圣花园非但不是理想的象征，反而成为威胁生命的险境，更是直接揭穿了这一花园"虚幻幸福"的假象。

70年代，布罗茨基继续在古希腊罗马世界中描写花园中虚幻的美好。

---

① ［德］古斯塔夫·施瓦布：《希腊神话故事》，赵燮生、艾英译，长江文艺出版社2011年版，第147页。

在《致罗马朋友的信》（Письма римскому другу，1972）一诗中，他从更为广阔的存在意义中来描述花园的形象，这里的花园就像是宇宙辽阔与世界秩序的隐喻。在这首诗中，"罗马"是作为背景出现的。主人公，也即写出这封信的人，并非生活在罗马，而是在省城边缘。尽管信件是写给生活在罗马的朋友的，但抒情主人公同时也在与读者进行着交谈。他通过罗马的日常生活、战争、政治等来表达自己对存在的看法。抒情主人公提醒读者：生活将会是无聊的，世界充满无意义的忙乱，罗马——远非世界最美之处。事实上，罗马统治阶层的欺骗与虚伪完全对立于大自然的纯净与真实：

> 我把这些书寄给你，波斯杜穆斯。
> 首都那里如何？人们还是那般奸诈？虚伪？
> 凯撒怎样？他在忙些什么？全是阴谋吗？
> 全是阴谋，或许，还有暴食。
>
> 我坐在自己的花园里，油灯燃烧。
> 没有女友，仆人，熟人。
> 取代这一世界弱者和强者的——
> 只有昆虫和谐的嗡嗡声。
> ……
>
> 来这里吧，我们一起喝葡萄酒，品面包。
> 或李子。给我讲讲新鲜事儿。
> 我会在花园纯净的天空下为你铺床
> 并告诉你，这些星座叫什么名字。（Ⅲ，10—12）

这里的花园就像是抒情主人公生命的花园，可这仅仅是幸福的乌托邦空间。在这一虚幻的花园中，燃烧的油灯就像某种光明与希望的象征，可这更像是抒情主人公虚幻的想象。因为在现实的世界中，他茕茕独立，孑然一身：这里没有女友、仆人与熟人，而陪伴他的，只有"昆虫和谐的嗡嗡声"。并且，这一世界的意义，在他看来，已不再是无休止的强弱之争。所有沉重的尘世包袱，在抒情主人公想象的生命花园中，已被全然抛弃。最终，他做出了类似哲学家的断言：

如果恰好出生在帝国，
最好生活在偏远之地，在海边。（Ⅲ，11）

海边偏远之地的寂静与安宁带来心灵的平和，给人无限的精神慰藉；大海则富有涌动的自然能量，以永恒的神圣暗示人类存在的生生不息——这一类似向往也可以在阿赫玛托娃的诗中读到："以一种崭新的、宁静与严肃的方式，/我生活在偏远的岸边……/当我因幸福而慵懒和倦怠/心怀无可言喻的颤动梦想着/这样的寂静……"① 而饮酒谈天，在花园纯净的天空下沉睡，这一美好的意境听起来更像是主人公心中对理想生活的期盼。广阔的天空在此是自由的象征，对抗着尘世的拘束与禁锢。而这一期盼可以说是布罗茨基持续一生的渴望。直至生命晚年，他依然在诗中寄托着对广阔天空下自由生活的无限期盼：

让我们记住今天
广阔天空下享用葡萄酒和面包的生活，
以便随后在其中逃离大地的
逮捕——因为那里有更多的空间。（Ⅳ，168）
《空气中——严寒与针叶》（В воздухе-сильный мороз и хвоя，1994）

抒情主人公如此渴望这一自由，是因为他清楚地知道，生命的乐土是不存在的，这般美好的花园也是虚幻的。这一主旨在布罗茨基写于1974年的组诗《献给玛丽·斯图亚特的二十首十四行诗》（Двадцать сонетов к Марии Стюарт）中再次得到体现。这是布罗茨基所写的一组被广泛研究的诗歌，其中充满了幻觉与联想。而众多研究者对它的持久关注，或许可以用巴特金（Л.М.Баткин）的话来解释："在《献给玛丽·斯图亚特的二十首十四行诗》中，很容易发现对布罗茨基其余诗歌的众多呼应，他的恒定主题、核心词汇等。"② 在笔者看来，"花园"便属于这样的核心词汇之一。布罗茨基对这一美好的花园形象进行了讽刺性的重新思考，破坏了其传统主旨中所蕴含的永恒与幸福。在他看来，这一表面真实存在的、极具观赏性的花园只是假装成为天堂，构建了世界和谐的幻觉。

---

① 阿赫玛托娃：《我的命运就这样改变了吗……》（Судьба ли так моя переменилась…，1916）。

② Разумовская А.Г., И.Бродский: метафизика сада, Псков: ПГПУ, 2005, с.89.

据兰钦观察，这首诗中花园（сад）与向后（взад）一词押韵，听起来就像是地狱的回声，其中有流亡者但丁，他走过了一半的尘世之路。①抒情主人公孤独漫步于这一"诗情画意"的花园：

三
尘世之路走到中途，
我，出现在卢森堡花园，
望着思想家，作家
凝固的白发；
女士，先生来回散步，
蓝色制服的宪兵出现在绿植中，留有胡子，
喷泉轻鸣，孩子喧闹，
无人使我不悦。
而你，玛丽，不知疲倦地，
站在许久以前石制女友——
法国女王的花条中——
默不作声，头顶有麻雀。
花园看起来像是万神殿
与著名的《草地上的早餐》② 混合体。（Ⅲ，64）

事实上，诗人在创作中很少对花园进行具体的定位。通常而言，花园的地理位置不是他关注的重点。可这里我们眼前所出现的"卢森堡花园"却是具体城市中的具体花园。众所周知，位于巴黎的卢森堡花园，是世界上最美丽和浪漫的花园之一，也一直是众多诗人笔下抒情的对象。它创建于"多样化的文化对照中"③，是人类文明的象征。布罗茨基曾于移民的第二年来到这里。而这些诗行，首先使笔者想起了但丁的《神曲》，在那里生命就像是漫游的历程：

尘世之路走到中途，

---

① Ранчин А.М., *На пиру Мнемозины*: *Интертексты Иосифа Бродского*, Москва: Новое литературное обозрение, 2001, c.371.
② 法国印象派画家爱德华·马奈的作品，名为《草地上的午餐》。布罗茨基诗歌中称为《草地上的早餐》，或是小的失误。
③ Разумовская А.Г., *И. Бродский: метафизика сада*, Псков: ПГПУ, 2005, c.90.

我来到了昏暗的森林，
在谷地的黑暗中迷失了正确的路。①
　　　　　但丁：《神曲》(地狱)（俄译者为洛津斯基）
（Данте：«Божественная комедия – Ад»）(Пер. М. Лозинского)

与此同时，引起我们联想的还有法国诗人热拉尔·德·奈瓦尔（Жерар де Нерваль）所作的《卢森堡花园的小径》（Аллея Люксембургского сада）一诗：

这般年轻的女郎走过，
走过并消失在远处，
唱起最后的曲调，
手握初绽的花朵。
……

但不！我已年老，而这意味着，
再见了，远方闪烁的光……
鲜花，青春，与成功，
我只能在身后眼望你们。②

显然，多样化的联想在这里创建了更为广阔的文化空间。诗中的核心形象，在笔者看来，正是诗人对"花园—生命"这一和谐田园思想的再思考。通常而言，卢森堡花园与青春易逝、幸福、爱情与生命的快速流逝等主题联系在一起，映衬着抒情主人公的感受。但如果说，但丁笔下的主人公在漫游中感受到了心灵迷失的可怕；奈瓦尔笔下的抒情主人公面对花园的美景感慨逝去芳华的永不再现，那么，布罗茨基笔下的主人公更像是看穿了这一派繁华的假象。在他的眼里，浪漫、多情的卢森堡花园，仿佛只是美丽的幻影。他给予崇高的花园形象讽刺性的反思，破坏了其中平和与永恒福祉的传统观念。布罗茨基用充满诗意的语言描写了散步的人群、蓝色的宪兵、轻鸣的喷泉及喧闹的孩童。这里出现的喷泉形象更是深化了

---

① Данте Алигьери, *Божественная комедия*, перевод М. Лозинский, Москва: издательство Наука, 1967, с.9.
② Жерар де Нерваль, *Избранное*, Москва: Искусство, 1984, с.27.

花园的生机蓬勃——正如利哈乔夫所言，在中世纪的花园象征中喷泉是"永恒生命"的记号。① 可这些尘世的繁华却与抒情主人公全然无关。吸引他注意力的只有雕像中"思想家，作家/凝固的白发"——或出于对尘世生活的痛苦思考。人与雕像间的和谐与"秩序守护者"——蓝色制服的宪兵——相对应，而散步的女士与玛丽女王之间的距离则被消除，强化了幸福乌托邦的假象。诗人在此强调了画面的完整性，将生与死、运动与静止联系在一起。但花园平静安逸的表象遭到了他的讽刺，凸显了喷泉轻鸣之下隐藏的不安。在这一虚幻的乌托邦中，有着某种令人窒息的压抑感。

而紧接着，苏格兰女王玛丽·斯图亚特雕像的出场仿佛具有更深层次的意义。它拓宽了文化与历史联想空间，并再次打破了这一花园虚幻幸福的假象：

> 而你，玛丽，不知疲倦地，
> 站在许久以前石制女友——
> 法国女王的花条中——
> 默不作声，头顶有麻雀。

表面看来，在描绘女性雕像时，布罗茨基仿佛延续了俄罗斯诗歌中固有的传统。普希金笔下也有过栩栩如生的雕像描绘。在《皇村雕像》（Царскосельская статуя，1830）中他展示了由活生生的少女到少女雕像的神奇变形，从鲜活生命到无生命的瞬间。② 在普希金看来，少女的静止便意味着永恒的平静：

> 水罐掉落在崖边，少女打碎了它。
> 少女忧伤地坐着，手握空瓦片。
> 奇迹！水从破罐中流出，源源不断；
> 少女，在永恒的水流上方，永恒忧伤地坐着。③

---

① Лихачев Д.С., *Поэзия садов. К семантике садово‐парковых стилей*, Л.：Наука，1982，с.42.
② Разумовская А.Г.，*И. Бродский：метафизика сада*，Псков：ПГПУ，2005，с.93.
③ Пушкин А.С.，«Полнощных стран краса и диво…»：*А. С. Пушкин о Петербурге*，Л.：Лениздат，1987，с.77.

而在阿赫玛托娃所作同名诗中，这一雕像则似乎被光线所复活，拥有了女性迷人的神秘特质，引起诗人的羡慕：

> 她的身姿何等苗条动人，
> 蜷曲的双腿，不觉寒冷，
> 她坐在北方石上
> 望向远方的道路。
>
> 在这被赞美的少女面前
> 我感到了隐秘的恐惧。
> 一缕缕逐渐衰弱的光线
> 在她的双肩跳跃。①

《皇村雕像》（Царскосельская статуя，1916）

显然，阿赫玛托娃与普希金笔下的雕像都是既冰冷僵硬又鲜活生动，被赋予了灵魂。并且，阿赫玛托娃的诗行仿佛暗示了普希金笔下少女雕像的复活，那一缕缕在少女肩头跳跃嬉戏的光线极富动感，打破了静态的诗意画面。但与此同时，如果说普希金的雕像所展示的是忧伤中的"平静与安宁"，并有源源不断的水流象征"奇迹与永恒"，那么，阿赫玛托娃的世界中，这一"和谐"已被摧毁。那"逐渐衰弱的光线"引起了抒情主人公"隐秘的恐惧"，他似乎预感到了时间长河中虚无的逼近，少女雕像终将回归冰冷。而布罗茨基笔下的玛丽雕像则仿佛深化了这一"虚无"感。她被剥夺了灵动与优雅之美，而其姿态——"不知疲倦地站立"似乎也传达了某种平静感。可她的眼中，没有普希金笔下少女雕像的忧伤，身姿也不比阿赫玛托娃诗中的女性的优雅。她的头顶，停留着下一刻便可能飞走的普通麻雀，随时会破坏这一平静的气氛。女王的高贵在此不值一提。事实上，"玛丽女王雕像与麻雀"的组合也使我们想起了诗人笔下古希腊罗马意象中"罗马皇帝提比略雕像与灰尘"的搭配。穿越时光厚实的壁垒，所有伟大人物昔日的辉煌与荣誉都会被涤荡一空，仅留下虚无的印迹。

从组诗题目来看，诗歌仿佛专为这位昔日的苏格兰女王而作。众所周

---

① Ахматова А.А., *Стихотворения и поэмы*, сост. В.М.Жирмунский, Москва: Советский писатель, 1976, с.101.

知，玛丽·斯图亚特（Mary Stuart）一生跌宕起伏：她曾贵为法国王后，荣耀一时；寡居后返回苏格兰，卷入情感纠纷；逃到英国寻求庇护，又成为宗教斗争的牺牲品，最终被伊丽莎白女王判处死刑，殒命断头台。诚如斯蒂芬·茨威格（Stefan Zweig）所言，"命运以叵测的轻率把玛丽·斯图亚特捧到了人间权力的顶峰，而她日后生活道路急转直下以致酿成悲剧，也以这叵测的轻率所起的作用最大"①。显然，命运的偶然与无常因素在这里得以凸显。而最终，在和伊丽莎白女王斗争失败后，她被丈夫、兄长、臣民，甚至亲生儿子所抛弃，"整个世界只剩下她自己"②。花园中默然矗立的女王雕像，似乎正是为了揭示历史长河中这一悲剧女王命运的虚无。这就使笔者想起了阿赫玛托娃的《在皇村》组诗之二《……而那里我的大理石孪生体》（…А там мой мраморный двойник，1911），其中女主人公仿佛预感到虚无的来临，在面对雕像时，更是直接将自己等同为冰冷的雕像，揭示了个体生命的冰冷、无激情，以及最终存在的虚无：

>　　……而那里我的大理石孪生体，
>　　俯卧在古老的槭树下
>　　被湖水映照出容颜，
>　　倾听绿植的沙沙声。
>
>　　明亮的雨水洗净
>　　它凝结的伤口……
>　　冰冷的，白色的，且慢，
>　　我也将成为大理石。③

显然，大理石雕像在这里等同于"虚无的存在"。而诗行的最后两句更是点明了这一"卢森堡花园"的本质：

>　　花园看起来像是万神殿

---

① ［奥］斯蒂芬·茨威格：《第一位走向断头台的女王：玛丽·斯图亚特传》，侯焕闳译，华中科技大学出版社2021年版，第21页。
② ［奥］斯蒂芬·茨威格：《第一位走向断头台的女王：玛丽·斯图亚特传》，侯焕闳译，华中科技大学出版社2021年版，第259页。
③ Ахматова А.А., *Стихотворения и поэмы*，сост，В.М.Жирмунский，Москва：Советский писатель，1976，с.26.

与著名的《草地上的早餐》混合体。

万神殿是罗马帝国奥古斯都时期的杰出建筑,用以供奉奥林匹斯山上诸神,这是神圣之地;而马奈笔下的《草地上的午餐》却仿佛是对这一神圣氛围的讽刺。在这幅引起官方学院派强烈抗议的画中,出现了全裸的女子与衣冠楚楚的绅士。由此可以看出,卢森堡花园内部的平静、安宁、有序、欢乐在诗人眼中都如同虚幻的空间,充满了讽刺意味。在布罗茨基看来,这一尘世的"伊甸园"与"天堂"显然只是花园表面上虚幻的假象,园中生命的平和与田园诗意遭到了他的讽刺。因为永恒神性与幸福的花园,在尘世是不存在的。

这样一来,在对卢森堡花园所象征的虚幻图景的讽刺中,布罗茨基表达了对他而言最为重要的,本质上关于生命存在的基本看法:再辉煌的生命也会在时间消磨中成为虚无。就这一意义而言,著名的女王雕像与散步的人群在时间面前是等值的。诗语描绘中的他们失去了等级性,同属于被时间所打磨的世界。就在这一不真实的世界中,马奈作品的最后出场似乎强调了运动与静止的和谐,"有限与无穷的互为目的"[①]。而这一以"卢森堡花园"为背景的组诗也为俄罗斯诗歌提供了新的语境。诗人在此与前辈们进行了对话,表达了自己对一些重要哲学问题的看法:关于爱情、生命、死亡与创作。[②] 与此同时,甚至是这一虚幻花园的守卫者——园丁,也遭到了诗人犀利的讽刺:

> 傍晚。剪短的半博克斯式头型的笨重身躯
> 行走在狭窄的长有一排排倒挂金钟与
> 栽培天竺葵的小径,恰似无畏战舰在乡村的
> 浅水渠道。被白粉弄脏的夹克右袖,一如声音本身,
> 泄露职业种类——"玫瑰与唐菖蒲
> 可比天竺牡丹与风信子浇得少一些,
> 一周一次或两次。"他对我援引来自
> 《给业余园艺家的建议》中的数字
> 以及维吉尔的诗行。大地以令人意外的速度

---

① Плеханова И.И., "Формула превращения бесконечности в метафизике И.Бродского", сост.Гордин Я.А., *Иосиф Бродский и мир: матафизика, античность, современность*, СПб: Журнал "Звезда", 2000, с.43.

② Разумовская А.Г, *И.Бродский: метафизика сада*, Псков: ПГПУ, 2005, с.96.

吸收着水，他避开眼睛。（Ⅲ，162）

《在英格兰》（В Англии，1977）

  毫无疑问，令布罗茨基感到亲近的是动态的、野生的、不受拘束的大自然，而不是受人类支配与掌控的大自然。这一节中，诗人借助引发人们有关"尘世天堂与伊甸园"联想的虚幻花园隐喻了人类梦想的虚幻。在他看来，无论是那朦胧的、似昙花一现的亚历山大花园，邻近的天堂花园，广阔天空下的花园，还是有着幸福假象的巴黎卢森堡花园，都是人类美好而天真的梦想，终究是无法实现的。幸运的是，抒情主人公显然已清醒认识到这一点。因而，尽管被梦想"美好的假象"吸引，他还是宁愿接受现实的不完美，在尘世中寻找幸福。因为他知道，梦想的天堂，是完全不存在的：

我所停留的地方是天堂，
因为天堂——这是无能之地。因为
这是那些没有前景的，
星球之一。（Ⅲ，89）

《科德角摇篮曲》（Колыбельная Трескового мыса，1975）

## 第二节　生命：禁锢

  布罗茨基笔下的花园，同时还是对立于自由的禁锢空间，就像时间给予人的枷锁。花园美好的假象下一片暗涌奔流，恰似监狱束缚着人类。布罗茨基曾在写于 1962 年的《山丘》（Холмы）一诗中，将死亡等同于监狱与花园。他直接将监狱与花园这两个表面看起来截然相反的意象并置来阐释死亡，可见花园在诗人眼中，无异于禁锢人类自由的监狱，等同于死亡。而抒情主人公却仿佛识破了花园的僵死与禁锢，极力想要离开这令人窒息的空间。这首先在诗人写于 60 年代的《意识，就像第六课》（Сознанье，как шестой урок）一诗中有所体现：

但是，努力向前，
紧张的目光这般沉重，
心脏这般憋闷，以致口

第三章 布罗茨基诗歌中的花园意象隐喻 199

> 无法尝试吸入空间。
> 只是背后的花园
> 呼唤他离开陌生的
> 边缘，就像回去的路，
> 就像，熟悉的犬吠。
> 月亮透过乌云寒冷的空隙
> 努力照耀，
> 以便提醒，栅栏指向
> 通往新世界的路。（Ⅱ，354）

在这里，试图前行的抒情主人公似乎很难做出决定。前方的路是这样沉重，以至于他目光紧张、心脏憋闷、呼吸困难。而此时，背后的花园却以主人公早已习惯的平静呼唤着他——"就像回去的路，/就像，熟悉的犬吠"，并"呼唤他离开陌生的/边缘"。显然，做出前行的决定对抒情主人公而言很难。可他心里很清楚，那一切"熟悉"都是僵化的、失去活力的空间，那里不是属于他的生存之地。为了成就真正的自我，他需要更为广阔的空间。因此，他克服一切困难离开了"亲近"的世界，希望能够投身于生命中真正的存在。封闭与开放空间的对立，在布罗茨基笔下也因此成为不自由与自由的写照。紧张的目光、憋闷的心脏，都凸显了抒情主人公渴望逃离的强烈愿望。而前行之处，月亮也似乎尽力帮忙，以"照耀"来提醒主人公："栅栏指向/通往新世界的路。"可以说，这首诗仿佛回应了布罗茨基笔下抒情主人公一贯的逃离愿望（如《花园》《我就像奥德修斯》等），而这次，他则以实际行动逃离了往日熟悉的束缚与禁锢，寻找心中的理想存在——他需要的是整个世界、整个大自然。接下来，仿佛是上一首诗的继续，在写于 1962 年的《穿过修道院的花园》（Прошел сквозь монастырский сад）一诗中，布罗茨基细致描绘了抒情主人公前行的路。这里，这一平静而熟悉的昔日花园化身为具体的"修道院的花园"，增添了几分神秘：

> 穿过修道院的花园，
> 躬身钻入豁口，
> 下行向水井
> 迫不及待回顾。
> 从五处闪光的穹顶

透过凋零的树木
出现了青草的覆盖层
以及修道院
褐色屋脊的舞动,工厂
喧闹的合音环绕,
下方那里,脸朝向墙,
出现了红发的客人。

将一切路留在身后,
余下的路——令人羡慕,
背朝水,望向那一花园,
沉默,凝视穿顶。
如此懂得这一意义,
便不再沉迷于归来,
终究认为,有责任
攀至这一高度
将看到一切:从起点
到岸边,波浪冲击的地方。
但如果听出什么,
那就意味着:"无法归去。"
一切都仿佛蒙上了面纱
浸入全然的黄昏中。

他在自己面前看到了,
那曾位于背后的,——波浪。(Ⅰ,148)

诗歌第一节是对抒情主人公下定决心前行的写照。他努力挣脱熟悉的存在环境——修道院的花园,前往自由开阔的崭新世界。通常而言,在俄罗斯修道院的花园里,围墙就像是象征性的"天堂栅栏"。因此,不仅是花园,整个修道院也成为天堂的象征。[①] 可诗人笔下,这里却不再与天堂有任何关系,相反,它成为抒情主人公心灵的束缚。于是,他穿过了修道

---

① Лихачев Д.С., *Поэзия садов. К семантике садово - парковых стилей. Сад как текст.* Изд. 3, испр. и доп, Москва: Согласие, ОАО «Типография "Новости"», 1998, c.61.

院的花园，钻出豁口走向了水，也就走向了自由。这里笔者需要强调一下"水"在诗人眼中所具有的特殊意义：它不仅传达了对布罗茨基而言极为重要的时间主题，同时也与自由、永恒、离别、诗歌等有着密切联系。而从根本上来讲，它是人类生命得以延续的基础：

> "很多人没有爱，——
> 诗人注意到，——可以生存，
> 却不能没有水。"（Ⅳ，187）
>
> 《特里同》（Тритон，1994）

显然，这里的"诗人"指的正是奥登（W. H. Auden）。在完成于1956年的《要事优先》（First Things First）一诗中，奥登写道："很多人无须爱也可苟活，但没有水则万事皆休。"① 此外，在布罗茨基眼里，水不仅是时间的浓缩形式，还是克服空间与不自由的象征：

> 在奔向我们的，
> 众多水的面孔中，泛起涟漪，
> 如马竖起前蹄，
> 似乎是逃离
> 一切，逃离自身的自由，
> 更不用说——命运。（Ⅳ，191）
>
> 《特里同》（Тритон，1994）

同时，诗中还出现了抒情主人公的形象——红发的客人。由于已经离开花园，他于是变为了"客人"。这里仿佛正是布罗茨基本人的出场——导言中我们曾提及阿赫玛托娃说过的话："可是，他们为我们这位红头发小伙子制造了怎样的一份传记啊！"② 逃离了往昔花园的抒情主人公，选择走向了水边：只有这里才有对抗这一禁锢的自由，才有真正的存在之意。随后他站在水边，再次回顾了自己所离开的地方——修道院的花园时，真正明白了前行的原因："如此懂得这一意义，/便不再沉迷于归

---

① [英] W. H. 奥登：《奥登诗选：1948—1973》，马鸣谦、蔡海燕译，上海译文出版社2015年版，第81页。

② 参见 [美] 列夫·洛谢夫《布罗茨基传》，刘文飞译，东方出版社2009年版，第111—112页。

来。"这一意义具体指的是什么，诗人没有直接言明，然而，我们可以推断，这正是逃离身后熟悉的花园，走向自由的喜悦与兴奋。因此，他不会再沉迷于归来，不会再返回那一禁锢空间。并且，抒情主人公此刻非常清楚，攀至这一高度，他终将会看到岸边——"波浪冲击的地方"，那里才是真正的自由和幸福所在。

"岸边"在诗人眼中一直具有某种与幸福有关的联想。在写于1965年的《预言》（Пророчество）一诗中，抒情主人公正是将自己与心爱之人的幸福生活场景设置于海岸边，描绘了一幅温馨的生活场景：

> 我将与你一起生活在岸边，
> 被高高的堤坝隔开
> 大陆，在自制灯所照射的，
> 小范围内。
> 我们将一起打牌
> 并倾听，激浪如何疯狂，（Ⅱ，125）
> ……

岸边于是成为"天堂"的隐喻。这里的岸边形象是具体的，一对幸福的情侣生活在这里，象征着永恒的神性存在。"水"在此也带有了甜蜜的爱情味道，它与永恒的时间相关，暗示相爱之人永恒的幸福。而其潮涨潮落的周期性则有关"世界和谐、美好与恒久的最高形而上价值，体现于幸福家庭的思想中"①。因此，诗歌结尾处出现了婴儿形象——"我们的婴儿会沉默地/看着，什么也不明白。"（Ⅱ，126）——前后构成了一个完整的圆。堤坝之后的世界是不舒适的、无望的，它对立于岸边光明稳定的世界。因而，这首诗的最后，抒情主人公似乎从波浪的冲击中听出了什么，也正是这一领悟，促使他明白再也无法回到昔日禁锢的生活空间——修道院的花园。因为他亲眼看到了奔腾不息的波浪，看到了自由自在的生命能量。这也让笔者再次想起了柏拉图《理想国》第七卷中的"洞穴隐喻"——唯有走出"洞穴"，才能真正获得自由，看到生命的"阳光"。

---

① Анна Александрова, "Эволюция архетипа воды в творчестве И. Бродского на примере образа моря (океана)", сост. Полухина В. П. и др., *Иосиф Бродский: стратегии чтения: материалы междунар. науч. конф.*, 2-4 сент. 2004 г. в Москве, Москва: Изд-во Ипполитова, 2005, с.240.

事实上，这一"禁锢的花园"在俄罗斯文学中多次出现过，如莱蒙托夫的《童僧》，以及索洛古勃与吉皮乌斯笔下的"花园—栅栏"主题等。但布罗茨基诗歌中的花园形象，与勃洛克的《夜莺园》（Соловьиный сад，1915）一诗尤其相呼应。花园中封闭的空间对应着广阔的世界——这在两位诗人的笔下化身为"水"的自然力量：波浪冲击（布罗茨基）与海洋的轰鸣（勃洛克）：

> 即便沉入玫瑰的围墙
> 能够避开尘世的悲伤，——
> 夜莺之歌也无法
> 盖过海洋的轰鸣！
>
> 进入歌声的惊慌，
> 为我带来波涛的喧哗……①

可以说，在勃洛克的诗歌中，同样是海洋的轰鸣激发了抒情主人公蓬勃的生命能量。他问道："如果我偏离了路，/等待着的，是惩罚还是奖励？"② 而布罗茨基的诗歌中恰巧也有这一主旨的体现：

> 终究认为，有责任
> 攀至这一高度
> 将看到一切：从起点
> 到岸边，波浪冲击的地方。

可见，两位诗人笔下的抒情主人公都面临生命的选择，他们决心逃离尽管平静却充满束缚的花园，奔向蓬勃生命力之地。特别是当肉体被禁锢之时，精神的相对自由就尤其可贵。那来自远方的渴望，就像是黑暗中的出口。

70年代以后，在诗人创作的成熟期，他笔下的花园形象中出现了大自然与人类文明的截然对立。这一时期的诗人经常用原生态的大自然对立于温室中失去了活力的花园，而花园也由禁锢抒情主人公的空间转变为被

---

① Блок А.А., *Лирика*, сост. В.Г. Фридлянд, Москва：Издательство Правда, 1988, с.350.
② Блок А.А., *Лирика*, сост. В.Г. Фридлянд, Москва：Издательство Правда, 1988, с.349.

人类所禁锢的空间，成为温室中的装饰品。这样的花园，在笔者看来，仿佛是普希金笔下失去了原始本性的《茨冈人》（Цыганы，1824）形象的发展：

> 那里，人们聚集在栅栏之后，
> 不呼吸清晨的凉爽，
> 及草地的春天气息；
> 耻于爱情，驱逐思想，
> 出卖自我意志，
> 在偶像面前低头
> 乞求金钱与锁链。①

可以说，在诗人写于60年代的诗歌中，花园意象所表达的核心主题便是"自由—不自由"的对立。70年代起，这一禁锢主题则尤其清晰地体现在诗人笔下的帝国空间中。在写于1970年的组诗《我们的纪元之后》（Post aetaem nostram）中，帝国的存在便与大自然相对，充满了残酷与暴力："帝国——愚人的国度。"（Ⅱ，397）这里出现了帝国花园中的喷泉形象：

> 二
> 雕刻在大理石中的萨提尔
> 与宁芙女神望向水池深处，
> 它平静的表面覆盖玫瑰花瓣。
> 赤脚的总督亲手
> 用血染红当地沙皇的嘴脸
> ……
> 沙皇沉默俯向
> 总督有力多筋的膝盖之下
> 潮湿的地板。玫瑰的芬芳
> 弥漫墙壁。仆人们漠然地
> 望着前方，就像雕像。
> 但光滑的石中没有倒影。（Ⅱ，397—398）

---

① Пушкин А.С.，*Цыганы*，Москва：ООО «Да! Медиа»，2014，c.12.

帝国文明在诗人笔下等同于没有出路的死胡同，对立于广阔的世界。帝国中的花园仿佛只是模仿了天堂的生活。这里花园的场景由喷泉、雕像与弥漫墙壁的玫瑰芬芳得以强化，却传达出深深的窒息感，与死亡相对比。花园在这里失去了自身从容的动态美，反而仿佛成为室内装饰的一部分。这里，显然是被人类歪曲的僵化的大自然，对立于原生态的花园。与此同时，可以发现，诗人在这里刻意描写了由萨提尔与宁芙女神雕像构成的喷泉形象。一直以来，"雕像与喷泉"在布罗茨基笔下有着重要意义，它们不断出现在诗人的"花园"形象中。在写于 1991 年的散文《悲剧式哀歌诗人》（Трагический элегик）中，布罗茨基曾提及："每个著名的诗人都有自己最喜爱的独特风景。在阿赫玛托娃那里，显然，这是带有花园雕像的长长林荫道。在曼德尔施塔姆那里——这是圣彼得堡宫殿正面的柱廊与壁柱，其中就像刻有文明的公式。对茨维塔耶娃来说——这是有车站月台的郊区，以及后景某处有山峦轮廓的地方。帕斯捷尔纳克则喜欢——丁香盛开的莫斯科后院。"（Ⅶ，153）而在笔者看来，布罗茨基最喜爱的风景之———这便是"喷泉与雕像"的组合。

自然，在描述花园时，诗人不可避免将关注点投于其重要构成部分——"雕像与喷泉"中。它们不仅仅与花园相联系，同时也在整体上与城市空间相连。而这首诗中，喷泉水池的表面是平静的，这也就意味着，装饰背景中的喷泉是静止的。接下来，诗人进一步深化了这一被禁锢的"干涸"，将它等同于僵化的帝国世界：

八
海豚形状的喷泉
在广阔的大海中，彻底干涸。
完全理解：石制的鱼
可以离开水生活，
就像石制的水，可以没有鱼。（Ⅱ，401）

通常而言，向上奔涌的喷泉就像试图克服大地的牢固引力，以蓬勃的能量赋予雕像鲜活的动态美。正是得益于喷泉水流的喧嚣，雕像才具有了生命。可布罗茨基笔下，"喷泉与雕像"在装饰背景中是静止的、无生命的。诗人讽刺性刻画出干涸的喷泉形象：失去了喷泉的石制海豚只能假装在大海中自由自在地游泳。干涸的喷泉在这里象征着从历史空间抽离而出的帝国世界。显然，帝国文明在诗人笔下就像是终结与死胡同。与它相对立的是大海所象征的广阔的、无边无际的世界。

事实上，诗人笔下不止一次出现了干涸的喷泉形象："这里本应有喷泉，它却未能喷射。"（Ⅱ，409）如果说，喷泉本身已是被禁锢的水，那么，花园中干涸的喷泉更是进一步传达了这一空间中令人窒息的禁锢。"干涸的喷泉"在诗人笔下也因此成为"失去自由"的象征。这一意象的隐喻义在布罗茨基写于1967年的《喷泉》（Фонтан）一诗中得到更为鲜明的体现。凌乱排列的诗节就像是喷涌而出的喷泉，但事实上，它并不存在：

> 狮子的口中
> 未有潺潺水流，未听到吼声
> 风信子盛开。没有哨声，没有喊声。
> 没有任何声音。叶子静止。
> 对这般可怕的面孔而言这一环境陌生，
> 并且新奇。
> 双唇干涸，
> 喉头生锈：金属并不永恒。
> 只是某人拧紧了，
> 隐藏于密林中狮尾的开关，
> 荨麻缠绕阀门。……（Ⅱ，206）

这是诗人流放归来之后完成的诗作，带有鲜明的生平印迹。其中诗人以狮子为背景来描绘喷泉——诗歌灵感与创作的象征。布罗茨基很喜欢狮子这一形象。他曾说过："……我很喜欢这一野兽。首先，这是《马可福音》，我对它的兴趣超过其他'福音书'。其次，它看起来令人愉悦：凶猛的野兽——长有翅膀。我并非将自己等同于它，但毕竟……实在是漂亮的野兽！"① 可这里，狮子是沉默的，它的口中——"未有潺潺水流"，也就失去了活力——"未听到吼声"，一切都陷入死一般的沉寂——"没有哨声，没有喊声。/没有任何声音。"与此同时，"全然干涸"的喷泉也暗指诗人自身的遭遇：他并非出于自己的意愿而被迫停止了写作——"只是某人拧紧了，/隐藏于密林中狮尾的开关。"诗人在这

---

① Волков С.М., *Диалоги с Иосифом Бродским*, Москва: Независимого газета, 2000, с.203.

里就像是与丘特切夫（Ф.И.Тютчев）展开了辩论。在写于1836年的同名诗《喷泉》中，丘特切夫认为，人类思想的喷泉由无形的命运巨掌所控制：

> 哦，人类思想的喷泉，
> 你无穷无尽，从不止息！
> 不知是本着什么规律
> 你永远喷射和飞旋？
> 你多么想要凌云上溯！……
> 但无形的命运巨掌，
> 却打断你倔强的飞翔，
> 于是你变为水星洒落。①

（查良铮译）

而在布罗茨基看来，不是命运，也不是上帝，而是现实中的"某人"掌控着喷泉。随后，在自己的晚期创作——《提比略雕像》（Бюст Тиберия，1984—1985）一诗中，布罗茨基又继续着这一辩论："喷泉，击向地面，从那里/无人注视——非透过指缝，也非/眯起眼睛。"（Ⅲ，275）他讽刺了丘特切夫试图与天空建立对话的尝试：喷泉击向那里（地面），而地下则是无生命的世界（虚无），没有人可以从地下往上注视，也就不可能对水的喷溅做出任何回应。并且，诗歌话语已不可能流出，因为之前鲜活的喷泉现已干涸。"喷涌与干涸"在布罗茨基笔下就像是存在与虚无的对立。

值得一提的是，这一"干涸的喷泉"形象在诗人80年代所作的《罗马哀歌》（Римские элегии，1981）中同样有所体现。在永恒之城里，"人"与周围包裹着他的"物"都在石化，处处可感存在的干涸。虚无的催化剂便是广场喷泉的缺席，这是时间停滞的标志："头脑中的月亮，就像空旷的广场：/没有喷泉。但来自同一块石头。"（Ⅲ，227）这一背景中的喷泉已不再是具体的物，而是成为抽象的存在，就像是关于喷泉的思想："那里，时而紧张，时而无力，/在广场移动双脚/从喷泉到喷泉，从教堂到教堂。"（Ⅲ，230）这一情形中的"喷泉"就像是神话，在自身中融合了过去、现在与未来，进入永恒循环之列。诗人也

---

① Тютчев Ф.И., *Стихотворения*, Москва: Художественная литература, 1986, с.127.

从具体之物转向了抽象思考——喷泉不仅仅是空间坐标，也是时间坐标。它已经不再像以前一样与雕像相比，而是与教堂相提并论：作为通往无穷之路上的心灵坐标。① 可以说，正是在罗马，诗人切实体会到了人类存在的短暂性，感受到其与虚无的接近。

与此同时，笔者注意到，《喷泉》一诗中还出现了人工与大自然的对立。第二诗节里出现了雨水形象，取代了喷泉。但布罗茨基笔下的雨水并不具备起死回生的力量。相反，它仿佛是为狮子建起了牢笼，象征着不自由：

> 雨倾斜而下落向地面，
> 为狮群在空中建起网或笼子
> 　　没有绳结与钉子。
> 　　　温暖的
> 　　　细雨
> 　　　蒙蒙。（Ⅱ，206）

这里，对抒情主人公而言重要的并非外部世界的现实，而是人在时间与空间中的感受。诗中所描写的"喷泉与雕像"就像是因窒息而走向虚无，揭示了布罗茨基诗歌中的核心要素。这里再次出现了禁锢主题，诗人同时暗示了囚徒的状态——干涸的喷泉（狮群）被困于静止的树叶与盛开的风信子中。但与此同时，温暖的蒙蒙细雨却又似乎暗示了诗歌的源泉依旧鲜活。

显然，"喷泉与雕像"这一组合在布罗茨基的艺术世界中具有重要的隐喻含义，构成了文化与形而上空间的核心要素。雕像就像是对立于人类存在的短暂性，将人变为了无生命之物，随后又变为虚无。但与此同时，得益于喷泉（创作），雕像又象征着从死亡向无穷的转换，具有了对抗时间消磨的力量。在诗人的"喷泉—雕像"组合中，得到体现的不仅仅是其关于诗歌创作的思考，还有大自然与人工、自由与禁锢、存在与毁灭、永恒与瞬间的对立。他在形而上学层面大大拓宽了对这一组合的思考。

可以说，在这一节中，花园中的禁锢主旨在喷泉形象中得到了鲜明体现。联想起诗人六七十年代在俄罗斯的黑色遭遇（失去所爱的女子，

---

① Разумовская А.Г.，*И. Бродский：метафизика сада*，Псков：ПГПУ，2005，с.83 – 84.

失去人身自由，直至最终失去祖国），这里的禁锢仿佛也是个体生命真实体验的表达。诗人曾在接受采访时提及自己的感受："一个决定在内心创造出自己独立世界的人，或迟或早一定会成为自身所处社会中的异类，随后便会成为挤压与排挤的自然法规所施压的对象。"① 毫无疑问，布罗茨基更喜欢不受拘束的动感的原生态大自然，而不是根据人类意愿强行加入其中的东西。事实上，早在 60 年代初，仿佛是回应普希金，布罗茨基在《我为自己建立另一座纪念碑》（Я памятник воздвиг себе иной，1962）一诗中，便表达了自己对禁锢与僵化的厌恶：

　　就让我被推翻，被毁坏，
　　就让我被指责为独断专行，
　　就让我被拆毁，被肢解，——

　　在辽阔的国度，为了孩童的欢乐
　　透过院中石膏雕像
　　白色失明的双眼
　　我将水流击向天空。②

诗人早期创作中喷泉便与诗歌灵感联系在一起，无怪乎他视自己的创作纪念碑为带有喷泉的雕像形象。他讽刺性地破坏了普希金的传统，试图剥除僵死的外壳，凸显出不可遏制的、渴望冲向天空的激情。"我为自己建立另一座纪念碑"——这不是否定，而是从内部颠覆了传统。这并非诗人如普希金般对自我创作进行总结，而是借助于诗歌，对时间与虚无发出了挑战——双眼中那"击向天空的水流"（创作）便以强大冲击力传达了生命的蓬勃。要知道，水流越窄，爆发力便越强。这一思想仿佛等同于马雅可夫斯基的宣言：

　　我憎恨
　　　　各式各样的死东西！
　　我崇拜

---

① Валентина Полухина, "Портрет поэта в его интервью", сост. Полухина В.П., Бродский И. Книга интервью, Москва: Захаров, 2011, c.751.
② Бродский И.А., Назидание. Стихи 1962 - 1989, сост. В.И. Уфлянд, Ленинград: СП «Смарт», 1990, c.12.

各式各样的生命！①
《纪念日的诗》（Юбилейное，1924）（智量译）

事实上，60年代后半期以来，诗人创作中持续表达了同一思想：禁锢（不自由）就像是人类文明区别于大自然的核心所在。在诗人看来，只有花园中所生长植物的原生态能量，才表达了永恒的胜利和生命的不灭性：

> 想象一下，战争结束，和平降临。
> 你仍映于镜中。喜鹊
> 或是画眉，而不是容克式飞机，在枝上叽喳。
> 窗外并非城市遗迹，而是城市的
> 巴洛克；五针松，棕榈，木兰，缠绕的常春藤，
> 月桂。月亮在连缀的铁饰边思念
> 结果引出了含羞草的冲击，以及
> 龙舌兰的爆炸。生活需要重新开始。（Ⅳ，48）
> 《新生活》（Новая жизнь，1988）

显然，诗人笔下植物群的刻画中，同样有着形而上的深意。这里的植物群就像是诗人心灵状态的隐喻——它们渴望冲向天空，以悲剧的姿态实现生命的挣脱。人格化的植物群在此获得了令人耳目一新的表达，对立于城市风景，展现出鲜活的生命能量。事实上，布罗茨基不止一次强调了自己对大自然原生态的兴趣。作为坚定的个人主义者，他喜爱自由自在的生命能量。因此，在"花园诗组"中，诗人借被禁锢的花园形态，表达了将人从时间毁灭性力量中解放，拯救自身于虚无的渴望。可以说，正是大自然蓬勃的能量推动了诗人的创作。与此同时，在诗人笔下，能够对抗这一禁锢的，还有自由流动的水。"水"在这里就像是永恒的代名词。诗人多次提及"水"的形象——喉咙里的水、水龙头里的水或是喷泉里的水。它源源不断地奔涌类似的创作灵感：

> 就像水，口才之师，

---

① ［苏联］马雅可夫斯基：《马雅可夫斯基诗选》，卢永编选，人民文学出版社1998年版，第134—135页。

> 从生锈的孔隙流出，什么也未
> 重复，除了吹奥卡利那笛的女神，
> 除了，她是——原料
> 将面孔变为废墟。（Ⅲ，229）
>
> 　　　　　　　《罗马哀歌》（Римские элегии，1981）

　　喷泉在这里再次成为创作的象征——这一次与"吹奥卡利那笛的女神"（雕像）一起出现。奥卡利那笛是意大利民间乐器，它贴近诗人之口。显然，在布罗茨基看来，能够对抗虚无的，便是从奥卡利那笛中流出的水（诗歌）——这是人类永恒的精神源泉。而作为"原料"，变为"废墟"的面孔也以"虚无"的形式蕴含着新的创造。与此同时，文学，这还是自由之女。只要人类存在于大地之上，文学便不会断流，而自由，也终将永恒：

> 让所有星星从苍穹掉落，
> 让地形消失，
> 自由仍未留下，
> 它的女儿是——文学。
> 当喉咙里尚有水分时，
> 它不会没有避难地。
> 吱吱响吧，笔尖。更黑些吧，纸张。
> 飞吧，时间。（Ⅲ，212）
>
> 　　　　　　　《马太广场》（Пьяцца Маттеи，1981）

　　可以发现，诗歌前三行就像是对奥登的直接呼应。在完成于1936年的组诗《谣曲十二首》（Twelve Songs）之九中，奥登写道："不再需要星星，让它们都熄灭，／裹起月亮，再把太阳拆卸，／将大海倾空，把森林连根拔除；／因为现在一切都已于事无补。"[①] 但与其不同的是，布罗茨基在第四诗行进行了转折：尽管自由仍未留下，但"它的女儿是——文学"，如此一来，一切便不会"于事无补"。显然，在布罗茨基看来，正是文学（诗歌）能够对抗存在的虚无，具有永恒的价值和最高意义。并且，得益

---

① ［英］W. H. 奥登：《奥登诗选：1927—1947》，马鸣谦、蔡海燕译，上海译文出版社2014年版，第184页。

于创作——"当喉咙里尚有水分时,/它不会没有避难地"——生命的有限与无穷才最终融合,人类存在的短暂性也因此被延长。恰如阿赫玛托娃所言:

> 金子生锈,钢铁腐烂,
> 大理石变为碎屑。一切都准备好死亡。
> 比大地上一切更坚固的是——悲伤
> 更长久的是——壮丽语言。①

《金子生锈,钢铁腐烂》(Ржавеет золото и истлевает сталь, 1945)

  生命与创作就此统一为完整的圆,恒定进行着自我更新。正是文学创作弥补了个体生命中接连不断的失去。诚如诗人所言:"如果说有什么东西使我们有别于动物王国的其他代表,那便是语言,也就是文学,其中包括诗歌,诗歌作为语言的最高形式,说句唐突一点的话,它就是我们这一种类的目标。"② 在写于1977年的《五周年》一诗中,诗人也曾发出过同样的呼唤:"响吧,响吧,笔尖!"(Ⅲ,150),可见文学创作对他而言的重要作用——在布罗茨基的心中,文学是反抗生命中一切禁锢的最佳良药。特别是在人类心灵自由遭遇碾压时,诗歌发展就越繁荣。事实上,作为对抗时间的武器,语言、文学主题在布罗茨基的创作中恒定出现——这可以说是其诗学的基础,诗歌演变的主旋律。在诗人看来,要在世上留下自己的痕迹,与永恒融为一体,人只能依靠创作来克服自身在时间与空间中的局限性。正因如此,他始终借助自己独特的武器——语言,与虚无进行着孜孜不倦的斗争,同时也阐释了诗歌的永恒。

  这样一来,我们可以看出,诗人笔下的花园隐喻了双重的禁锢:它既是禁锢抒情主人公生命自由的空间,同时又是被帝国所禁锢的空间——这尤其鲜明地体现在帝国花园的喷泉形象中。但渴望自由的抒情主人公极力想要逃离花园的束缚,他在流动的水,特别是奔腾不息的波浪中看到了生命自由的原生态能量。而被人为禁锢的花园自身同样是一片僵化,对立于鲜活的生命能量。这一能量,才是抒情主人公孜孜不倦的追求所在。于是,在努力摆脱花园带来的禁锢时,他走向了象征自由和幸福的"水"

---

① Ахматова А.А., *Стихотворения и поэмы*, сост. В.М.Жирмунский, Москва: Советский писатель, 1976, с.226.
② [美] 布罗茨基:《文明的孩子——布罗茨基论诗和诗人》,刘文飞、唐烈英译,中央编译出版社1999年版,第33页。

与"海岸",走向了文学创作,寻找生命中真正的自由。

## 第三节　心灵：死亡

除了隐喻虚幻与禁锢,诗人笔下的花园,还是对人类存在更本质的隐喻——死亡。在古希腊罗马意象的隐喻中,我们看到了时间流逝中人类生命的虚无,并最终走向了死亡——肉体的死亡;而这里,在花园意象所隐喻的死亡中,我们更多看到的则是时间消磨中人类心灵的死亡、精神世界的死亡。"死亡"主旨在诗人笔下就像是痛苦与失去的逻辑性终结。

在创作初期的花园意象中,布罗茨基便开始以"死亡视角"来看待世界。在他的笔下,花园不是外部世界的一部分,而是诗人自身心灵状态的隐喻。事实上,将外部现实转化为内心的写照,这是20世纪初期俄罗斯诗歌中常见的表达手法。在写于1960年的《花园》(Сад)一诗中,我们便看到了布罗茨基对花园这一"伊甸园"空间的彻底颠覆和悲剧性凸显。这首诗是诗人笔下花园意象的开篇之作,也是他思想世界的独特宣言。正如梅拉赫(М.Б.Мейлах)所说:"布罗茨基真正成为布罗茨基,是从1960年他写下《花园》一诗开始的。"① 诗歌整体充满了悲剧性的黑色色调:

> 啊,你是何等荒芜与寂静!
> 在秋季的黄昏
> 笼罩花园的光线是这般模糊,
> 那里落叶纷纷飘向大地
> 因万有引力而降落。
>
> 啊,你何等寂静!
> 莫非你的命运
> 在我的命运中猜中了召唤,
> 离你而去的果实的喧哗,

---

① Полухина В.П., "Освобождение от эмоциональности", интервью с Михаилом Мейлахом, сост.Полухина В.П., Бродский глазами современников, СПб: Журнал "Звезда", 2006, с.74.

就像是钟声，你不觉亲切？

伟大的花园！
赠予我的话语
树干的旋转，真理的徘徊，
那里我漫步向弯曲的树干
在叶落中，在欲望的昏暗中。

啊，如何活到
下一个春天
你的树干，我忧伤的灵魂，
当你的果实被带走
只有你的荒芜是真实的。

不，离开吧！
随便何处
巨大的车厢吸引着我。
我的曲折之路与你的陡峭之路——
如今它们同样宽阔。

再见了，我的花园！
长久吗？……永远。
在心中保留黎明的缄默，
伟大的花园，将岁月
落入诗人忧伤的田园诗中。（Ⅰ，30）

  这首诗由六个诗节构成，整体由抑扬格写成，押交叉韵，体现了诗人早期诗作的明显特征。但诗节的安排明显打破了诗歌原有的规范格式，整齐中略显凌乱，仿佛映衬着树叶的"凋零"。前四个诗节构成该诗第一部分，凸显了死亡主旨，其基调是低沉的、悲剧性的；而后两节则笔锋一转，描写了抒情主人公试图克服"死亡"花园所带来的消极情绪，以"离开"的方式寻找新的生命"花园"、新的希望的决心。

  诗歌第一节便奠定了整首诗的悲剧性叙述语调，点明了花园的存在背景——并非春意盎然，并非夏之茂盛，而是落叶凋零的秋季时节里一座黄昏的花园。因而,它荒芜、寂静;光线昏暗,落叶纷纷——整体透露出浓郁的凋零气息。而永恒死亡的象征——落叶,更是凸显出生命的衰亡。诗人在此就像是延续了安年斯基的传统,接受了他的死亡感召美学,表达了对作为世界建构原则与感受方式基础——和谐——的不信任。① 在安年斯基笔下,那"镀金的,却枯萎的花园"② 彻底颠覆了花园神话,体现出生与死的等同,并视死亡与崩落为生命的主导成分。尽管诗中描写的是金色的秋季花园,安年斯基还是在其中感受到了死亡的诱惑——世界分崩离析,生命成为损失与荒诞的代名词,而死亡则是"存在"死胡同的出口,展现出悲剧性的世界感受。与此同时,诗歌中仿佛又回荡着阿赫玛托娃与茨维塔耶娃的声音。在写于1911年的同名诗《花园》(Сад)中,阿赫玛托娃正是借"冰封的花园""太阳苍白暗淡的面孔"传达出抒情主人公内心的冰冷与绝望——"这里我的安宁永远被/不幸的预感夺去"③;而茨维塔耶娃的笔下,"花园"也被"苍白"所笼罩:

> 不用颜料,不借刷子!
> 光——它的王国,因为苍白。
> 谎言——红色的叶子:
> 这里光,破坏着色彩。④
> 《不用颜料,不借刷子》(Не краской, не кистью, 1922)

显然,与阿赫玛托娃与茨维塔耶娃一样,布罗茨基的"花园"同样是抒情主人公内心孤独与无望的真实写照。事实上,作为"无穷"的尘世体现,布罗茨基笔下的花园往往被剥夺了鲜艳色彩与明亮色调——这是诗人笔下植物世界的显著特征。俄罗斯文学传统中的花园一贯是诗人心灵与创作的双重隐喻,如叶赛宁在《金色的丛林不再说话了……》(Отговорила роща золотая..., 1924)一诗中所言,"就像树木悄悄落下

---

① Мусатов В.В., *Пушкинская традиция в русской поэзии первой половины XX века: От Анненского до Пастернака*, Москва: Прометей, 1992, c.9.
② 安年斯基:《九月》(Сентябрь, 1904)。
③ Ахматова А.А., *Собрание сочинений в шести томах*, Т.1, Москва: Эллис Лак, 1998, c.87.
④ Цветаева М.И., *Стихотворения*, редактор С.Степанова, Ашхабад: Туркменистан, 1986, c.207.

叶子，/我写下忧伤的话语"①。但如果说对于叶赛宁而言，重要的是诗人与大自然的融合，以及生命能量涌动的色彩体现，那么对布罗茨基而言，这里则没有任何生命奇迹的喜悦。在他看来，花园的悲剧性恰在于其内部不可协调的矛盾，在于将其瓦解的"万有引力"②。秋天的叶子在诗人听起来就像是死亡的召唤。显然，凋零引起的死亡主题持续吸引着诗人，他笔下的花园也因此充满了死亡诱惑。布罗茨基在这里视秋天为"对诗人及诗歌而言毫无结果且临近死亡的时间"。这就与普希金展开了论辩——后者是"创作之秋"③的歌颂者。

随后，诗歌第二节中，抒情主人公直接将自己的命运与秋季花园的命运等同了起来：

啊，你何等寂静！
莫非你的命运
在我的命运中猜中了召唤，
离你而去的果实的喧哗，
就像是钟声，你不觉亲切？

这里，花园的命运就像是抒情主人公自身命运的真实写照，他因对世界不接受与不理解而产生了深深的孤独。而纷纷离去的果实，则恰似他生命中不断失去的事物。他的悲剧性感受由内心的冲突加剧——伟大的"万有引力"。这一秋季的花园就此体现出"死亡"的幻影，被虚无所笼罩。最终，无论是花园，还是抒情主人公，都仅剩下生命的荒芜，乃至死亡。这里再次呼应了安年斯基的诗歌："但心灵仿佛只感到失去之美"④，同时也间接回应了诗人一直关注的问题：时间对人的影响。在笔者看来，诗人笔下，时间所带给人的最重要的影响之一便是"失去"——失去记忆、爱情，并最终导致死亡——无论是肉体的还是精神的。正是这座秋季枯萎的花园展示了自己的虚幻性，同时出现了死亡暗示——死亡就像是虚无的代名词，被永恒的神秘光环所包裹。在布罗茨基早期创作中，"死亡"一词便作为必要成分经常出现。诚如他本人所言："死亡作为一个主

---

① Есенин С.А., *Полное собрание сочинений*, Т.1, научный редактор А.М.Ушаков, Москва: «Наука» - «Голос», 1995, c.210.
② Разумовская А.Г., *И.Бродский: метафизика сада*, Псков: ПГПУ, c.25.
③ Ранчин А.М., *О Бродском. Размышления и разборы*, Москва: Водолей, 2016, c.196.
④ 安年斯基：《九月》（Сентябрь, 1904）。

题，是对一位诗人伦理观很好的石蕊测试。"①

而接下来，诗歌第三节中再次重复了"叶子掉落"这一意境，强化了死亡氛围——腐烂是落叶唯一的结局。"弯曲的树干"与"欲望的黄昏"似乎都是心灵死亡的映衬。但抒情主人公称呼这一花园为"伟大的花园"，仿佛死亡在他绝望的心境中也有着某种诱惑力，他感受到某种"莫名的迷醉"。于是，抒情主人公悲从中来，感慨万千：

啊，如何活到
下一个春天
你的树干，我忧伤的灵魂，
当你的果实被带走
只有你的荒芜是真实的。

在这里，只有"荒芜"是真实的，而当生命的"果实"全被带走时，也就意味着只有"死亡"是真实的。谢达科娃（О.А.Седакова）认为，"死亡、有限与瓦解敏锐持久的感受"②将布罗茨基的诗歌与英国玄学派联系在一起。他延续了他们的传统。可以说，正是秋天凋零苍白的花园袒露出自己的荒芜，隐喻了生命的苍凉与死亡。这一寂静的花园就像是聋哑的宇宙——而在诗人看来，正是阿赫玛托娃让这一聋哑的宇宙有了"听说的能力"（Ⅳ，58）。

这样一来，诗歌前四节诗人借助"秋季黄昏"中的花园形象集中刻画了"死亡"的命运——落叶与果实纷纷离去。显然，生命在这里就像是不断失去的过程与荒诞的体现者，而死亡则成为逃离困境的唯一出口。这就令我们想起未来主义派诗人赫列勃尼科夫（В.В.Хлебников）关于存在本质的思考。在他完成于1921年的长诗《皮亚季戈尔斯克的秋季游行》（Шествие осеней Пятигорска）中，秋季尽管依然是传统中的金色——"花园披上了金色的梦。/一切都裸露出来。金色流淌"③，但其中却有着某种邪恶的力量存在——肺结核金色的唾液，正是它引起了死

---

① ［美］布罗茨基：《文明的孩子——布罗茨基论诗和诗人》，刘文飞、唐烈英译，中央编译出版社1999年版，第114页。

② Седакова О.А., Воля к форме, опубликовано в журнале Новое литературное обозрение (НЛО), номер 5, 2000, с.235.

③ Хлебников В.В., Собрание сочинений в шести томах, под общей редакцией Р.В.Дуганова, Москва: ИМЛИ РАН, Т.3, 2002, с.324.

亡——"死亡的树枝，/落到脚下"①。显然，对于赫列勃尼科夫而言，在死亡协助下大自然出现的持续变形正是世界建构的悲剧性所在：

> 太阳死了——青草长成了，
> 青草死了——山羊长大了，
> 山羊死了——皮衣增加了。②
> 《斯摩棱卡的一封信》（Письмо в Смоленке，1917）

同样，在茨维塔耶娃写于1934年的同名诗《花园》（Сад）中，我们也发现了这一"死亡诱惑"。这里的"花园"就像是与世界的悲剧性分离，表达了"最后一次被弃的绝望"③："因这一地狱，/因这一呓语/在年老之时/送予我花园。"然而，诗行最后，花园却又似乎承载了某种圣经层面的意义——那一道光：

> 年老之时给予我这样的花园……
> ——那一花园？又或许——那一道光？
> ——
> 在我年老时来临——
> 为了心灵的宽恕。④

与茨维塔耶娃一样，布罗茨基笔下，"花园"意蕴随后又发生了转折。面对园中"落叶与果实的纷纷离去"，在与世疏离中思考着人生路途的命中注定，抒情主人公显然不甘心自己年轻的生命就这样荒芜。于是他一改忧伤的语调，发出了热烈的呼唤：

> 不，离开吧！
> 随便何处

---

① Хлебников В.В., *Собрание сочинений в шести томах*，под общей редакцией Р.В.Дуганова，Москва：ИМЛИ РАН，Т.3，2002，с.328.
② Хлебников В. В.，*Собрание произведений в пяти томах*，под общей ред Ю. Тынянова и Н. Степанова.，Л.：Изд‐во писателей в Ленинграде，Т. 5，1933，с. 59.
③ Кудрова И.*Версты，дали … Марина Цветаева：1922‐1939*，Москва：Советская Россия，1991，с.278.
④ Цветаева М.И.，*Душа и имя*：［стихотворения］，СПб.：Амфора.ТИД Амфора；М.：ИД Комсомольская правда，2011，с.215‐216.

> 巨大的车厢吸引着我。
> 我的曲折之路与你的陡峭之路——
> 如今它们同样宽阔。

"巨大的车厢"仿佛是前行的象征。诗人感受到自我与花园在心灵层面的亲近，但同时又决心告别这一花园。在布罗茨基写于1961年的《圣诞浪漫曲》中，我们就曾见到过这一"车厢"形象：午夜的新婚列车，"雪花在车厢上打颤"（Ⅰ, 134）。而这一渴望离开的强烈愿望，随后在诗人的创作中再次出现：

> 冬天，冬天，我在冬天启程，
> 去往可见祖国的某处，
> 驱赶我吧，阴雨天，沿着大地，
> 哪怕是后退，沿着生命驱赶我吧。（Ⅰ, 136）
> 　　　　　《我就像奥德修斯》（Я как Улисс, 1961）

诗人仿佛是要给予自己及花园新的希望，无论是曲折的路，还是高处的路，都同样宽阔。显然，花园在这里不仅仅是死亡的象征，它同时还暗示了抒情主人公心灵的复活——前行便意味着克服地平线的羁绊，寻找生命崭新的出口。一如莱蒙托夫在《我独自一人上路》（Выхожу один я на дорогу, 1841）中所说——"我寻找自由与平静！"[①] 又如普希金所言：

> 我发誓！我早想离开这一世界：
> 我要摧毁生命，丑陋的偶像，
> 飞向自由，享乐的国度，
> 飞向没有死亡的国度……[②]
> 　　普希金：《婴儿般呼吸甜蜜的希望……》
> 　　（Надеждой сладостноймладенчески дыша..., 1823）

可以说，这是生命本能的拯救渴望，亦是对不完美世界的绝望回应。

---

① Лермонтов М.Ю., *Стихотворения · Поэмы · Маскарад · Герой нашего времени*, Москва: Художественная литература, 1984, с.142.
② Пушкин А.С., *Собрание сочинений в десяти томах*, Т. 2, Л.: Наука, 1977, с.200.

这就使我们想起了最初使诗人闻名的诗作《朝圣者》(Пилигримы, 1958)。布罗茨基以莎士比亚的诗句——"我的梦想和情感一百次地/以朝圣者的方式走向你"——作序,描述了永恒走向某处的朝圣者:"头顶深蓝的太阳/朝圣者行走在大地。/他们身带残疾,他们含胸驼背,/他们面黄肌瘦,他们衣不蔽体,/他们眼里充盈夕照,/心头溢满晨光。"(Ⅰ,21)诗中尽管明显体现出年轻人所持有的怀疑态度,但总体而言,我们还是可以感觉到诗人对生活、对世界的欣喜接受。这与当时"总的思想趋向、世界感受是十分一致的"①。情感色彩贯注于字里行间,体现在庄严的词语和句法上。

而这首诗中,布罗茨基同样提出了走向某处的建议:"不,离开吧!/随便何处/巨大的车厢吸引着我。"但这里,诗人的艺术世界已发生了明显改变,直感的人生悲剧性代替了浪漫主义的情绪。他所反映的更多是世界现实与残酷的一面。诗人创作的核心主题之一——个人命运与世界空间的融合——在此也得以体现。与此同时,笔者还发现布罗茨基在诗中使用了第二人称"你"的交际功能,这有助于打开视野。他以新的交际手段使诗歌成为命令艺术,以言语交际的方向性和对话特征构建起诗歌独特的思维类型,并在某种程度上确定了自我风格。

于是,怀着寻找崭新生命的希望,抒情主人公告别了这一昭示死亡的花园,并且是永远地告别。这里再次出现了"伟大的花园",抒情主人公仿佛预感到这一秋日"死亡"花园的阴影将会挥之不去。他表明了自我内心与花园的亲近,却又下决心与之告别——再见了,我的花园!而这一花园,也"将岁月/落入诗人忧伤的田园诗中",留下了永久的烙印。显然,从人类存在不可避免的悲剧中寻找心灵出路的"乌托邦式"尝试无法成功,"我"终将会被虚无所吞噬:

> 我们急于前往之地,
> 这一地狱还是天堂福地,
> 或许不过是阴郁,
> 昏暗,一切都未知,(Ⅰ,203)
> ……

《从边缘到中心》(От окраины к центру, 1962)

---

① [俄] 符·维·阿格诺索夫主编:《20世纪俄罗斯文学》,凌建侯等译,中国人民大学出版社2001年版,第613页。

> 周四来了。我相信虚无。
> 虚无就像地狱，但更糟。
> 新的但丁俯身向纸页
> 在空白之处留下话语。（Ⅲ，35）
>
> 　　　　《鲍勃的葬礼》（Похороны Бобо，1972）

如此一来，《花园》一诗中，布罗茨基在前辈阐释的基础上，赋予了花园崭新的意义，拓宽了其形而上学范畴——"从心灵的隐喻延伸至宇宙和世界秩序形象的隐喻，将微观世界与宏观世界联系了起来"①。而布罗茨基投射于这一永恒形象中的悲剧性世界观也再次表明了，花园远非其理想世界的表达。

如果说，《花园》一诗中，诗人笔下的花园形象与死亡的联系尚是隐喻式的，没有直接点明，那么，时隔两年，在写于1962年的《山丘》（Холмы）一诗中，诗人则直接将死亡等同于花园：

> 死亡——这是一切机器，
> 这是监狱与花园。（Ⅰ，216）

而接下来，在写于1968年的诗歌《空凉台之歌》（Песня пустой веранды）中，诗人将抒情主人公比作荒芜花园中光秃灌木上的一只老鸟，再一次思考了花园形象中蕴含的死亡主题：

> 三月快结束了，我的花园空了。
> 一只老鸟，停在灌木上，
> 它在这一天
> 只有阴影。
>
> 就像从未有过
> 它喜爱繁盛那六年；
> 荒芜将在未来，
> 刻下鲜明印迹。（Ⅱ，217）

---

① Разумовская А.Г.，И.Бродский：метафизика сада，Псков：Псков.ПГПУ，2005，c.25.

这里同样出现了虚无、孤独与痛苦主题，但诗人却又有意识地寻求对抗死亡的途径。花园在这里就像是对冰冷而漠然世界的隐喻，而生活于其中的诗人，其创作就像是对虚无发出的挑战。

可以看到，这首诗中不再是秋季的花园，而是春天——"三月快结束了。"

这本应是大自然中最富有动态美、生命最蓬勃的时刻，抒情主人公的生命花园却"空"了、荒芜了。在空洞的、无生命的花园背景下，灌木也是光秃的。它不再具有目的性，不再自由自在肆意生长。如今它所拥有的只有"阴影"，无法作为花园风景的一部分来装点城市。显然，这里，花园与灌木都是抒情主人公生命的象征。诗人特别喜爱"灌木"这一形象。通常而言，灌木象征着大自然的自发性与无拘无束，但这诗中出现的光秃秃的、枯死的灌木就像是生命沉默的悲剧，在其外部荒芜和与世疏离中隐藏着内在的紧张与不安。

尽管曾有过六年的"繁盛"时光——这可以从诗人的生平经历中寻找原因：1962年布罗茨基与玛丽娜相识；写作这首诗的1968年，他们则彻底分手。因此，曾有过的六年繁盛时光，就像是曾有过的甜蜜恋情。事实上，"灌木上的鸟儿"这一形象是花园中常见的风景，它们往往有着悦耳的歌喉与美丽的外形。可如今，灌木上停留的，是一只生命即将走到尽头的老鸟——显然，这是抒情主人公命运的写照。它不再鸣叫，失去了声音。静默的花园在这里就像是时间停止了流动的空间，呈现出一片荒芜。显然，这里再次出现了"死亡与失去"主题。老鸟象征生命的衰亡，而光秃的灌木，则是"失去"之后的结果。与此同时，与《花园》一诗相应，这里再次出现了"离开"的想法。抒情主人公像是对自己，又像是对老鸟建议："老鸟，离开自己的灌木吧。"（Ⅱ，218）因为老鸟自身，在充满荒芜的环境中，也逐渐成为"死亡"的化身：

> 你的样子发生如此大的改变，
> 就像是你落入了水中，
> 你的爪子看起来
> 比光秃的卷枝更枯死。（Ⅱ，218）

鸟儿拥有自由的高度，它能从人类无法抵达的高度完整认知世界。因而，鸟儿的存在方式对年轻诗人而言极为重要，就像是另一空间。与此同时，鸟儿，这还是布罗茨基笔下约翰·邓恩的灵魂——"像一只鸟儿，他睡在自己的巢里;像一只鸟儿,他的灵魂纯净"(Ⅰ,235)——诗人的话语就此拉近了熟睡的身体与空中飘浮的灵魂之间的距离。可这首诗中,出现在我们面前的却是"样子发生了巨大改变"的鸟儿,它枯死的爪子象征着生命即将走向终结。

随后,仿佛是生命枯竭的老鸟飞走之后,抒情主人公便正式代替了它的位置,走向了死亡:

> 你可以在黑暗中安静飞翔。
> 我将起身代替你的位置。
> 能够斥责这一行为的,
> 只有从未遇见虚无之人。(Ⅱ,218)

显然,这一"从未遇见虚无之人"在抒情主人公眼里是不存在的——因为整个世界便是一片虚无。花园的"死亡空间"也因此上升为整个世界悄无声息的灭亡:"世界如果正在灭亡,那便是/没有声响的灭亡。"(Ⅱ,219)

"世界如果正在灭亡,那便是/没有声响的灭亡。"(Ⅱ,219)如果我们记得,艾略特也曾在《空心人》一诗中提及现代人的精神空虚以及由此引发的存在意义的缺失。在他看来,"世界就是这样终结/不是一声巨响而是一声呜咽"①,可布罗茨基笔下,连这"一声呜咽"也不复存在,世界灭亡将变得"没有声响"。

事实上,这一"树上的老鸟"还令我们想起了布罗茨基分析过的托马斯·哈代与罗伯特·弗罗斯特的两首诗。在哈代所写《黑暗中的画眉》(The Darkling Thrush)一诗中,抒情主人公"倚靠着矮林的门",在"严寒灰白如幽灵"的冬天看到一幅凄凉的、死亡般的风景,并由此产生了低落情绪——"地上的每一个精灵/都没了热情,像我。"可紧接着,一只"憔悴瘦小/蓬乱着浑身的羽毛"的"年老画眉"出场——它的声音在抒情主人公头顶的"萧瑟细枝间"响起,以"飞升"的姿态带给他全新的顿悟:"一曲饱含热情的晚祷,/唱出无尽的欢乐",它"决定就这样把它的灵魂/投向越来越浓的黑暗"。②显然,在抒情主人公眼里,这一只年

---

① [英]托·斯·艾略特:《荒原》,张炽恒译,上海文艺出版社2020年版,第108页。
② [美]约瑟夫·布罗茨基:《悲伤与理智》,刘文飞译,上海译文出版社2015年版,第356—357页。

老的画眉以"喜悦的鸣叫"来对抗黑暗,并带着某种"神圣的希望"寻求步出"生命死胡同"的方式,实现了精神上的腾升;而弗罗斯特所写《步入》(Come In)一诗中,我们又看到了画眉。抒情主人公在幽暗的树林中倾听它的歌声,可"树林对于鸟儿过于黑暗"——这意味着作为鸟儿,它的一生已快到尽头,恰似布罗茨基笔下的"老鸟"。无论它如何"灵巧地拍打翅膀",也没有任何灵魂的悸动,更无法改变自己最终的命运——林中的一根树枝将是它生命的终点。落日时分,画眉仍在歌唱——"从远处立柱支起的黑暗中/传来画眉的音乐",只是这歌声并未带来任何喜悦,相反,它"几乎是在召唤人们/步入黑暗和悲哀"(死亡)。但抒情主人公果断拒绝了这一召唤,表达了自己积极的人生态度——"可是不,我是来看星星的:/我并不愿意步入。/即使有人邀请我也不去,/何况也无人请我。"①

显然,尽管都有"树上的老鸟"这一场景,哈代与弗罗斯特所呈现的情感却与布罗茨基截然不同——哈代笔下的画眉虽已年老,但自身却蕴含了积极的能量对抗"黑暗",深深感染了抒情主人公;而弗罗斯特的"画眉"相对来说则更接近布罗茨基的"老鸟",它在生命走到尽头时也召唤抒情主人公"步入黑暗和悲哀",步入死亡,但抒情主人公拒绝了这一邀请,展现出饱满的生命能量。如此一来,哈代的"抒情主人公"与弗罗斯特的"老鸟"结合起来,似乎便构成了布罗茨基的诗歌原型。可以说,布罗茨基在创作时以独特的方式与前辈进行了"对话"——恰如诗人所言:"诗歌就像一位出身名门望族的夫人,其中的每个字眼实际上都带着诸多典故和联想。"②

这样,在60年代的诗歌中,布罗茨基以"荒芜的花园"意象隐喻了个体生命心灵的死亡,并将这一死亡上升至整个世界的精神灭亡。但显然,诗人笔下的抒情主人公清醒意识到了这一"心灵死亡"的结局,因此他极力渴望摆脱"死亡"影响,而并非仅仅只是消极面对。

随后,70年代中,花园意象中关于死亡的隐喻仍在继续。但此时,诗人仿佛在寻找导致个体心灵死亡的原因。在写于1975年的组诗《墨西哥变奏曲》(Мексиканский дивертисмент)中,我们从花园中所看到的已不仅仅是个人心灵的死亡,还有国家的死亡、政权的死亡。布罗茨基借

---

① [美]约瑟夫·布罗茨基:《悲伤与理智》,刘文飞译,上海译文出版社2015年版,第240—241页。
② [美]约瑟夫·布罗茨基:《悲伤与理智》,刘文飞译,上海译文出版社2015年版,第244页。

第三章　布罗茨基诗歌中的花园意象隐喻　225

助花园的死亡隐喻，给予了国家政权极大的讽刺。在诗人看来，正是政权的庸俗、残酷与愚蠢导致了国家的衰落，而国家的衰落又不可避免地引起个体生命花园的荒芜与枯萎：

　　拥有纯正印第安人血统美女的，
　　法国庇护者 M. 的花园中，
　　坐着一位来自远方的诗人。
　　花园稠密，就像拥挤在一起的《Ж》。
　　鸠鸟飞翔，像是合在一起的眉毛。
　　傍晚的空气响亮赛过水晶。

　　水晶，顺便提及，碎裂。
　　M. 在这里做皇帝已三年。
　　他引入水晶，香槟，舞会。
　　这些物品装饰了日常生活。
　　随后是共和国的步兵
　　枪毙了 M.。忧伤的鹤鸣

　　从稠密的蓝色中传来。
　　农人无所事事。
　　三只白鸭在塘中游动。
　　诗人从树叶的絮语中听出了
　　过于拥挤的地狱中，
　　灵魂交流所使用的行话。（Ⅲ，92）

可以看出，这里的花园已上升为"皇帝的花园"，并且它的景色不再是 60 年代的荒芜凄凉，而是一片"繁茂"。可诗人的语调显然是讽刺性的，皇帝的花园看起来就像是豪华奢侈的人间天堂，这里有水晶、香槟、舞会，可共和国的步兵，却枪毙了 M.——皇帝的花园中皇帝死亡。并且，花园中来自远方的诗人，从树叶的絮语中，听出了"过于拥挤的地狱中，/灵魂交流所使用的行话"。在最初的移民时期，诗人笔下的"天堂福地"经常与地狱联系在一起，其中，叶子起着尤其重要的作用。这一形象往往与话语联系在一起，其中有着诗人凭借敏锐听觉才能捕捉到的

"心灵语言"①。可这里，叶子与地狱中"灵魂的行话"联系在一起，传达出鲜明的死亡意义。这也就意味着稠密、华丽的花园形象已不复存在，相反，死亡的阴影却处处笼罩——国家的死亡。布罗茨基在此意图说明，正是政权的庸俗与不道德导致了国家的灭亡，并最终引起个体存在心灵的死亡。而这也再次通过"花园"形象得以体现：

> 包括池塘，一切迅速生长。
> 蛇与蜥蜴成群出现。有蛋
> 与无蛋的鸟群簇拥树冠。
> 毁坏了一切朝代的是——无法
> 胜任宝座的总督们。（Ⅲ，93）

显然，这一花园中出现了更为具体的令人恐怖的死亡：成群出现的蛇与蜥蜴。而诗人在此也明确提出了：正是无法胜任宝座的总督（皇帝）们，才导致了一切朝代（政权）的灭亡。这一主旨与布罗茨基对苏联体制的看法密切相关，诗中所讽刺的仿佛就是苏联的共产主义制度。布罗茨基曾公开表明过对苏联体制的极度反感，并将其等同于法西斯体制。而二者的唯一区别，在他看来，仅在于"后者输掉了战争"②。正是这一时期，布罗茨基在散文中密切思考着现存的世界制度问题。在写于1973年的《关于鬼蜮的思考》（Размышления об исчадии ада）中他描写了极权主义的道德影响，这正是"拒绝道德等级，不是为了有利于另一等级，但对虚无有益"（Ⅶ，78）。可以说，在诗人看来，正是这一体制导致了个体生命在现实世界中的心灵死亡。而文学的主要任务，作者认为，便在于"使人了解所发生事件的真正规模"（Ⅶ，66）。

这样一来，国家政权的"花园"尽管景色稠密而奢华，终究还是逃离不了死亡的命运：

> 神龛中
> 雕像消失，门廊暗淡起来，
> 墙壁如山谷中牙床下沉。

---

① Разумовская А.Г., *И. Бродский: метафизика сада*, Псков: ПГПУ, 2005, с.56.
② 海伦·贝内迪克特，"逃避可预测性"，сост.Полухина В.П.，*Бродский И. Книга интервью*, Москва: Захаров, 2011, с.217.

观点充盈，但思想却并未延伸。
花园和公园变为热带丛林。
唇边无意间脱落：癌症。（Ⅲ，93）

死亡导致了一切雕像被大自然所吞没，回归原生态的怀抱。国家花园彻底消失，死亡以癌症的出现作为终结。而在这一死亡的背景中，政权体制下一切的虚假文明仿佛也成为最邪恶的谎言，带来了悲剧性的世界感受，导致人类存在的虚无与个性的消失。大自然也一改往日的友善，成为诗人笔下邪恶的追随者，对立于人类文明：不仅太阳狡猾微笑、残酷毕现，龙舌兰的对面也出现了一堆生锈的废物，毫无半点生命气息：

仙人掌，棕榈，龙舌兰。
太阳从东方升起，
调皮地笑着，
细看——残酷地。

……向右
走去——那里立有龙舌兰。
它在——左侧。直走——
一堆生锈的废物。（Ⅲ，96）

这里文明恰似最邪恶的谎言，引起了存在意义的缺失。这些异域风情的植物在布罗茨基笔下不再根植于文化土壤之上，而是具有了特殊的形而上深意。诗人拓宽了异域风景的传统概念。墨西哥的植物失去了美与新鲜，作为痛苦的象征出现，变为了"废物"①。并且，这里还出现了僵死的国家政权对爱情的破坏——这也是引起个体死亡，首先是精神死亡的原因之一，抒情主人公因此而产生了"生命无意义。或者/实在太长"（Ⅲ，99）之感。而当他与恋人在"花园"约会之时，国家政权仿佛强行介入并破坏了这一爱情：

花园堆叠着树叶
不让你们忍受炎热。

---

① Разумовская А.Г., *И. Бродский：метафизика сада*, Псков：ПГПУ, 2005, c.51.

(当你和我在一起时
我知道,我存在。)

广场。麻斑宁芙的喷泉
屋顶的斜坡。
(当我和你在一起时
我看到一切物的侧面。)

天堂福地与
背后地狱之音。
(当你和我在一起时
是谁一直在身旁?)

夜间血红色的月亮,
恰似信封上的火漆。
(当你和我在一起时
我不惧怕死亡。)(Ⅲ,97)

可以发现,这里还出现了爱情喷泉。在"喷泉与雕像"的背景中,出现了爱情的悲剧因素。事实上,"喷泉与爱情"这一组合在俄罗斯文学传统中广泛存在。如在普希金笔下,就曾出现过这一"喷泉"形象:

爱情的喷泉,鲜活的喷泉!
我携两朵玫瑰赠予你。
我爱你不间断的絮语
以及充满诗意的眼泪。

你的银色水雾
如冰凉露珠般溅湿我:
啊,流吧,流吧,快乐的源泉!
说吧,对我说说你的往昔……①

---

① Сост.Сидяков Л.С., *Стихотворения Александра Пушкина*, Санкт‑Петербург: Наука, 1997, c.43.

《致巴赫奇萨赖宫殿的喷泉》(Фонтану Бахчисарайского дворца, 1820)

普希金笔下的喷泉总是鲜活的,时而欢乐,时而忧伤。它象征着爱情、创作(诗意的眼泪),以及灵感的来源(快乐的源泉)。在茨维塔耶娃写于1915年的诗歌《话痨与邻人的狗都睡了》(Спят трещотки и псы соседовы)中,也出现了这一令人熟悉的场景:

> 这里,在小小的圣母旁,
> 整个科尔多瓦许下爱的誓言。
>
> 我们将静静坐在喷泉旁
> 这里,在石制台阶上,
> 你第一次用狼一般的眼睛
> 紧盯我的脸庞。①

《话痨与邻人的狗都睡了》(Спят трещотки и псы соседовы, 1915)

显然,普希金与茨维塔耶娃的创作对布罗茨基有重要影响。但他以自己的方式变形了传统喷泉所包含的有关人类命运的隐喻。如果说,死亡的花园中,唯有爱情是抒情主人公唯一的慰藉——"当你和我在一起时/我不惧怕死亡"——可如今,这一感情却被强行介入的国家政权所破坏。这里,甚至诗人一贯喜爱的宁芙女神形象,也成为有斑点的雕像。这一斑点就像是时间带给雕像的印迹,又像是僵化政权留下的标志,同时也是爱情中背叛的象征,强化了悲剧性。这一诗节又是布罗茨基个人情感经历的映射。在之前的章节中,我们曾提及诗人深爱的女子玛丽娜·巴斯玛诺娃最终离开了他。可如果不是诗人当时遭到苏联体制的一系列迫害,被迫与女友长期分离,或许便不会出现这样的结局。因此抒情主人公在此反问国家政权——执政者:究竟是谁的过错导致了他幸福的失去和爱情的破灭?在情绪张力的紧绷中大自然也参与了进来。与狡猾而残酷的太阳一样,月亮此刻仿佛也对人类充满了敌意,冷漠而冰凉:"夜间血红色的月亮,/恰似信封上的火漆。"

"血红色的月亮"这一意象陡然增添了几分血腥色彩,渲染了死亡氛围,带给人强烈的不安感受。特别是这里再次出现了树叶的形象。在

---

① Цветаева М.И., *Стихотворения*, редактор С.Степанова, Ашхабад: Туркменистан, 1986, с.47.

《墨西哥变奏曲》中，叶子与地狱中的"灵魂行话"联系在一起，听起来就像是地狱的回音。而这一死亡气息浓郁的花园形象，在诗人创作晚期表现得尤为明显。花园与个体所面临的心灵死亡，以及命中注定的在劫难逃紧密联系在一起：

> 无论看往何处，处处是花园，背面。
> 当原木决定并于一处时
> 却难成屋舍，如果无法逃脱
> 一个灾难，那么七个也是一样
> 什么也无法分担，除了
> 周，月，年，世纪的岁月。（Ⅳ，127）
>
> 《外省》（Провинциальное，1992）

这样一来，"花园"这一形象在诗人笔下首先渲染出秋季凋零的氛围，以其树叶的纷纷落下，荒芜、寂静的整体背景传达出失去与死亡的气息，映衬着抒情主人公深深的孤独，乃至心灵的死亡。但与此同时，面对死亡的威胁，他并未全然沉沦，而是渴望"离开"这一充满死亡气氛的花园空间，去寻找生命中的"繁花满园"；而70年代以后，诗人笔下充满死亡气息的花园却是春天的稠密花园。这本应是生命蓬勃旺盛的象征，可他在此却用了反讽的手法，将花园比作国家政权——表面看来繁荣昌盛，可事实上其衰败却不可避免，死亡是注定的结局。而这一死亡的政权正是引起抒情主人公悲剧命运的原因——它破坏了他的生活与爱情，导致了他的心灵死亡。同时，花园意象在这里还从微观世界拓展为宏观图景，而它所隐喻的人类心灵死亡，也因此成为全世界的精神死亡——并且，无声无息。

显然，与陀思妥耶夫斯基一样，布罗茨基将创作的重心放在了对"心灵状态"的描写中——对死亡、苦难等主题的关注，构成二者创作的核心要义。也正因如此，诗人一贯对陀思妥耶夫斯基怀有相当的尊敬。诚如他所言："我崇拜陀思妥耶夫斯基，因为他非常接近我的思维与感觉方式。"[①] 而就在对这一"全人类共同主题"不懈的探索中，诗人指出，唯

---

[①] Фриц Раддац, "Литературе все по силам", сост.Полухина В.П., *Бродский И. Книга интервью*, Москва：Захаров，2011，с.457.

有诗歌（文学）能够给予我们"支撑存在重负的可能"①。

## 第四节　未来：毁灭

如果说，在花园意象所隐喻的虚幻、禁锢与死亡主旨中，我们都是以花园自身为出发点来进行分析，立足于其内部风景（如落叶、喷泉、雕像等），那么，在花园意象所隐喻的毁灭主旨中，我们将主要以花园中的外来客——嬉闹的孩子为着眼点进行分析。这里的"花园"已上升为形而上学层面的纯粹抽象的概念。与此同时，它不仅是人类过去与现在生存空间的隐喻，还象征着未来。而孩子作为未来的象征，在花园中却充满了毁灭性的力量。如果说之前我们所了解的时间之于人的影响，都是现世的，那么，在这一隐喻主旨中，时间则通过孩子对人类的未来施加影响，并且，这一影响的直接结果便是导致它的毁灭。

事实上，在布罗茨基创作的早期，我们便发现了有关"孩子具备毁灭性力量"这一主旨的诗歌。在写于1963年的《树木包围池塘》（Деревья окружили пруд）一诗中，诗人暗示了"孩子"象征着不可避免的未来之破坏性力量，他们以自己的入侵破坏了大自然习常的平静：

>　　树木包围了，
>　　秃顶般发白的池塘，
>　　几乎已成环形，但这里
>　　小径打开了缺口。
>　　出于对游客的愤怒
>　　最后一棵松树颤抖。
>　　但孩子如一股黑流
>　　奔入这一洁白。
>　　下面仍在吹哨，喧闹，
>　　上面——已是忧愁笼罩。
>　　树端，似乎是，绝望地
>　　望向云朵。

---

① Фриц Раддац, "Литературе все по силам", сост. Полухина В.П., *Бродский И. Книга интервью*, Москва: Захаров, 2011, с.460.

> 想必，恳求黄昏的
> 黯淡，夜的黑暗，——
> 以便小河收回
> 这些水滴。（Ⅰ，230）

通常而言，正是植物（树木）、水（池塘）和孩子构成了布罗茨基花园中恒定出现的因素。植物群在这里起着重要作用，其广阔与多样化的存在就像是关于世界的构想"秃顶般发白"的池塘则呼应了阿赫玛托娃笔下那"慵懒地闪着银光"的池塘①。与此同时，诗中出现了包围池塘的树木。与此同时，孩子闯入了这一画面。"树木与人（孩子）"组合的同时出现让我们想起了茨维塔耶娃的诗行：

> 有人去往——致死的胜利。
> 树木有着——悲剧的姿态。
> 犹太人是——牺牲的舞者！
> 树木有着——神秘的颤抖。②
> 　　　　　　《有人去往……》（Кто - то едет..., 1923）

可以说，对布罗茨基与茨维塔耶娃而言，重要的不是树木的覆盖，而是心灵的状态——树木形象在这里就像是心灵状态的隐喻。与此同时，"孩子如一股黑流"则深化了这一悲剧隐喻。他们仿佛带着无数的邪恶力量，以不可阻挡之势，奔入这一"洁白"之中，污染并毁灭着尘世的未来。这一色彩鲜明的对比产生了强烈的视觉冲击。如果说，阿赫玛托娃在《孩子们说》（Говорят дети, 1950）一诗中描述了孩子的痛苦——"痛苦的声音突然传入城市，/这些来自合唱队的声音——来自孤儿的合唱队，——/没有比这更崇高更纯净的声音，/并不洪亮，却可以被全世界听到。"③——那么布罗茨基笔下的孩子本身，则为世界带来了痛苦。随后在布罗茨基写于1983年的《坐在背阴处》（Сидя в тени）一诗中，花园中具有破坏性力量的"孩子"形象得到了更加鲜明的刻画。

---

① 阿赫玛托娃：《炎热的风吹来，令人窒息……》（Жарко веет ветер душный..., 1910）。
② Цветаева М.И., *Стихотворения*, редактор С.Степанова, Ашхабад：Туркменистан，1986，c.209.
③ Ахматова А.А., *Стихотворения и поэмы*, сост, В.М.Жирмунский, Москва：Советский писатель，1976，c.234.

## 第三章 布罗茨基诗歌中的花园意象隐喻

在布罗茨基创作的成熟期，他将目光更多地集中在了以"花园"为背景所体现的"对立"中。这里出现的不仅有个人与群体的对立，还有存在与虚无的对立。诗人笔下花园风景的抽象性、理性与形而上学性增强了。虚无在这里就像是永恒的对立面，体现了诗人关于诗歌思想与世界建构、人与宇宙相平衡的形而上学思考。表面看来，这首诗中所描述的花园枝叶繁茂，人群熙攘，似乎是对立着荒芜与虚空。但是，静静坐在花园林荫下的诗人，却对花园这一表面的热闹充满了怀疑。他在这一假象的背后看到了未来世界的更多危机：这里不仅有个性的逐渐消亡，更为重要的是，花园中作为未来世界希望象征的孩子，却成为这一未来的毁灭者，并亲手破坏着人类的世界。

这首诗的创作与诗人奥登（W.H. Auden）有关。在赠给莱茵的诗集《乌拉尼亚》中，布罗茨基写道："奥登《1939 年 9 月 1 日》的韵律。创作并完成于第勒尼安海中的伊斯基亚岛……"① 布罗茨基一贯对奥登赞赏有加。他欣赏奥登创作中所体现出的"对激情的逃避"。在诗人看来，这是"文学中极其高尚的姿态"②。因此，这首诗中，布罗茨基刻意采用了奥登诗作的韵律。诚如研究者萨克罗夫（К.С. Соколов）所言："布罗茨基诗歌中的'奥登韵律'就像是附加的自身交际密码，将自我置于奥登位点，重建了作者信息与个性。"③ 在这首由 23 个诗节构成的诗歌中，贯穿整体的不仅有传统主题，如人与自然的关系、代际更替、诗人与民众的对立等，更有对布罗茨基而言极为典型的时间主题——诗人对未来世界（花园）的思考。在他看来，时间通过对子辈施以影响，导致了人类未来的毁灭。

诗歌一开始便是对花园场景的描写。这是布罗茨基笔下极为典型的"某个不确定的花园"，而抒情主人公则安静地在花园舒适的环境中观察着来回奔跑嬉戏的孩子：

一

起风的夏日。

---

① Рейн Е., "Мой экземпляр «Урании»", сост. Лев Лосев и Петр Вайль, *Иосиф Бродский: труды и дни*, Москва: Независимая газета, 1998, c.145.
② Ева Берч и Дэвид Чин, "Поэзия - лучшая школа неуверенности", сост. Полухина В.П., *Бродский И. Книга интервью*, Москва: Захаров, 2011, c.67.
③ Соколов К., "Бродский = Оден: Коммуникатвный аспект стихотворения", а так же Разумовская А.Г., *И. Бродский: метафизика сада*, Псков: Псков. ПГПУ, 2005, c.105.

> 树木及其影子
> 紧贴墙壁。
> 影子在我看来更有趣。
> 小路，长满蔓藤，
> 延至池塘。
> 我望着花园中，
> 奔跑的孩子。（Ⅲ，255）

这让笔者想起了普希金笔下的夏日："啊，美丽的夏日！若你不甚炎热，/我会爱上你，包括灰尘、蚊子、苍蝇。"[①] 乍一看来，布罗茨基同样歌颂了夏日田园之美。他的笔下呈现出一幅和谐温馨的园中画面，充满了动感美：起风的夏日，小路曲折盘绕，长满蔓藤；林影斑驳，小路尽头的池塘，嬉戏游玩的孩子……这些元素构成了一幅生机蓬勃的动态画面。这样的花园仿佛又是人间天堂的象征，寓意着幸福与美好。事实上，"花园与嬉戏游玩孩子"间的联想一直是俄罗斯诗人所钟情的画面：漂亮的、在花园中无忧无虑玩耍的孩童体现了生命的全部诱惑力。而诗歌中不断重复的形象：墙壁、树木、影子、小路、池塘与孩子，则仿佛展现了天堂福地（伊甸园）的美好——树木、池塘或是喷泉、雕像及玩耍的孩子在文化中是花园主题中固定的元素，通常构成了"微观世界的理想表达"，象征着人类蓬勃的生命力。

但很快，布罗茨基便打破了这一理想世界的幻想。因为，这里的花园，是充满敌意的。它破坏了天堂花园诗意的崇高，再次表明了在这一虚幻的花园空间中，人类所期待的田园生活是不可能的。而这也同样印证了布罗茨基对天堂的看法："因为天堂——这是无能之地。因为/这是那些没有前景的，/星球之一。"（Ⅲ，89）与此同时，空间与视觉范围逐渐拓宽，清晰表明了不仅仅是在主人公所思考的花园内，即便在其范围之外，人类所渴望的田园风景也是不可能存在的：

> 三
> 玻璃制的砖
> 划破天蓝色的苍穹
> 就像我们自身

---

① 普希金：《秋天》（Осень，1833）。

梦想的瘫痪
鼓舞了空间；
这些巨物的外形
能使你们沮丧，
令头脑陷入绝境。（Ⅲ，255）

这一诗节中划破了天蓝色苍穹的"砖"令笔者想起了曼德尔施塔姆笔下刺伤天空的"细针"①，却又比细针更具威力：因为这里，镶有玻璃的砖所威胁到的，不仅仅是天空，还有人群——"能使你们沮丧"/"令头脑陷入绝境。"随着虚幻美好的被打破，花园的景色此刻仿佛瞬间黯淡起来，并充满了危机感：

八
起风的夏日。
污物的气味
盖过丁香花。
……
九
起风的夏日。
花园。警笛
在远方鸣叫，
就像话语的未来。
鸟儿从箱里啄食
垃圾而不是黍米。（Ⅲ，257）

诗歌思想螺旋式发展，其中不仅有诗人关于时间、未来、文明的思考，还有他关于人类存在危机的担忧。与此同时，可以发现，与这一动态环境形成鲜明对比的则是"静坐"的抒情主人公形象。他平和而理性，望向花园中奔跑嬉闹的孩童，仿佛想要弄清生命中所发生事件的真正意义。抒情主人公不是公园里嬉闹人群的参与者，相反，他只是将目光聚焦于每一处细节，并在一定程度上置身于人群之外。这就再次回应了诗人一贯的疏离感，以"旁观者的眼光"来审视自身。自然，抒情主人公的思

---

① 曼德尔施塔姆：《我憎恨光……》（Я ненавижу свет…，1912）。

考完全不同于"理想模式"——就像茨维塔耶娃在诗中对"花园与孩子"这一场景充满母爱柔情的描述:

> 浓密树枝低垂,
> 塘中喷泉水流轻鸣,
> 繁茂的林荫道处处是孩子,处处是孩子……
> 哦,草中的孩子,为何不是我的?
>
> 深情注视孩子的目光,
> 恰似他们头顶的王冠。
> 对每一位轻抚婴儿的母亲,
> 我想大声喊道:"整个世界是你的!"
> ……
>
> 我爱不畏战争的女子,
> 能够拿起长矛刀戟,——
> 但我知道,只有成为摇篮的俘虏
> 才是我的普通的——女性的——幸福![①]
>
> 《在卢森堡花园中》(В Люксембургском саду,1910)

布罗茨基对茨维塔耶娃有着极高的评价。在所有的俄罗斯诗人中,茨维塔耶娃最令他感到亲近,她的诗学和诗歌技巧最令他倾心。并且,诗人认为茨维塔耶娃具有"俄罗斯诗歌中最悲剧的声音"——不仅在内容方面,还在语言与韵律层中。她"极其阴郁地看待这个世界"[②]。可是,即便在茨维塔耶娃的眼中,花园里的孩子也是神圣的。并且,在她看来,孩子是未来世界的拥有者,是未来的象征。而她自己,也乐于成为孩子的俘虏。诗中充满浓浓爱意。可在布罗茨基的笔下,花园中嬉闹的孩子带给抒情主人公的,却完全是另一种印象。他在自己细致的观察中断然解构了这一理想图景:

---

① Цветаева М.И., *Собрание сочинений в семи томах*, Т.1,*Стихотворения*, Москва: Эллис Лак, 1994, с.53 – 54.
② Свен Биркертс, "Искусство поэзии", сост.Полухина В.П., *Бродский И.Книга интервью*, Москва: Захаров, 2011, с.95 – 96.

## 第三章　布罗茨基诗歌中的花园意象隐喻

二
他们追逐游戏的猛烈，
他们悲痛的哭声
会使未来世界感到不安，
如果它有视力的话。（Ⅲ，255）

对于未来一代而言，大自然不过是虚伪的装饰，失去了亲切感。花园中的孩子，也完全不是未来的希望，他们的嬉闹、奔跑，始终带着野蛮的气息，就像"恶"的体现者。而花园中的抒情主人公坐在背阴处观察着游玩的孩子，感觉到自己与他们的疏远：

四
孩子将我们赶往
记忆的郊区花园
——以虚无的形式
满足眼睛。（Ⅲ，256）

需要说明的是，这一场景描写——抒情主人公坐在花园里观察着玩耍的孩子并感到自身与他们的疏远——在文学中并非首创。兰钦便指出了布罗茨基诗歌中兰钦便指出了布罗茨基诗歌中"花园里的主人公与玩耍孩童间的疏远"这一情节与奥地利作家罗伯特·穆齐尔（Роберт Музиль）小说《没有个性的人》（Человек без свойств）的相似。① 但在穆齐尔笔下，主人公的思考中并未出现"代际继承问题"②，而这对分析布罗茨基作品而言却是极为重要的。因为诗歌《坐在背阴处》的情况是完全不同的。它的抒情主人公静坐在林荫中，用雕像般凝固的目光望着花园中奔跑之人，对生命的日常行为进行着本体论的思考。事实上，这一极为典型的"静坐在园中观察周围动态氛围"的抒情主人公形象早在诗人写于 1971 年的《静物画》（Натюрморт）中便已有体现：

我坐在公园里的

---

① Ранчин А.М., На пиру : Мнемозины: Интертексты Иосифа Бродского, Москва: Новое литературное обозрение, 2001, c.72.
② Разумовская А.Г, И. Бродский: метафизика сада, Псков: ПГПУ, 2005, c.102.

> 长凳上，观望
> 过往的家庭。
> 我讨厌光。（Ⅱ，422）

抒情主人公是远离人群的观察者。他坐在背阴处，静止不动，感受到自我与雕像的接近。他看向花园中奔跑孩子的目光联结起了具体生活与抽象哲思。在这一诗歌背景中我们仿佛也听到了诗人霍达谢维奇（В.Ф.Ходасевич）的声音。在写于1918年的《正午》（Полдень）一诗中，他同样描述了花园中玩耍的孩子场景：

> 林荫路何等寂静，晴朗，困顿！
> 风一起，沙子飞扬
> 沙浪拍打草地……
> 如今来到这里这样长久坐着
> 神志迷糊，真好。
> 我喜欢，几乎不用看，听
> 孩子时而笑，时而哭，环形小径后
> 他们脚步清晰。多么美好！
> 这一喧嚣，这般永恒与真实，
> 就像雨，激浪或风的喧嚣。
> ……
>
> 认真的小男孩用沙子
> 填满小桶，又推倒，洒向
> 我的腿，鞋子……多么美好！①

可以看出，霍达谢维奇笔下的抒情主人公仿佛也感到自己如同雕像一般，昏昏沉沉坐在游玩的孩子中，温柔地望着他们。但这位被称为"俄罗斯最忧郁的诗人"②，同样给予了孩子极高的评价。他们象征着纯洁而无辜的存在，并且有资格享受天堂中的游戏。因而，玩耍孩童那"时而

---

① Ходасевич В.Ф., *Собрание стихов*, в двух томах, Т.1, Paris: La Press Libre, 1982, с.115.
② Разумовская А.Г., *И.Бродский: метафизика сада*, Псков: Псков.ПГПУ, 2005, с.103.

笑,时而哭"的喧闹,清晰的脚步声,在他眼里,是"多么美好",哪怕是孩子调皮的恶作剧,也是美好的。相反,抒情主人公感到自己在这天使般纯洁的孩子面前,因承受太多尘世苦难而显得过于复杂:

……在这年幼的生命之上,
在戴有绿帽的头颅之上,
我耸立着,像沉重悠久的石头,
经历了众多
人与帝国,背叛与英雄。①

显然,霍达谢维奇对孩子形象进行了高度神圣化。孩童世界在他眼里比成人更纯洁、更永恒、更和谐。而在诗歌《11月2日》(2 - го ноября, 1918)中他又详细描写了庭院中观察鸽子飞翔的孩子:

时而下降,时而上升,鸟儿
飞翔,就像远方大海中的
白帆。孩子们追随它
吹哨,鼓掌……只有一个,
四岁的胖孩子,头戴大耳帽,
坐在凳上,张开双臂,
向上观望,安静微笑。
但望着他的眼睛,我明白,
他是在对自己微笑,
对凸起的,眉毛稀疏的额头下
产生的那一奇异思想,
并倾听自己的心跳,
汗液的流动,生长……在,
痛苦,破烂,没落的莫斯科,——
他坐着,像小小的冷漠的偶像,
带着茫然,神圣的微笑。

---

① Ходасевич В.Ф., *Собрание стихов*, в двух томах, Т.1, Paris: La Press Libre, 1982, с.115.

> 我也向男孩致敬。①

这一仔细倾听生命之音的四岁男孩引起了诗人的关注，他沉思的目光饱含尊敬，甚至是景仰。可"玩耍的孩子"这一美好形象，在布罗茨基笔下却获得了完全相反的意蕴，他们带来的只有惊慌。并且，他们将我们赶往了记忆的"郊区花园"——这便意味着遗忘。在布罗茨基笔下，这"年轻的陌生一代"的到来是与精神空虚的人群"野蛮的、破坏性的进攻"联系在一起的。② 恰如兰钦所言，"布罗茨基所描述的新一代就像是抒情主人公的掘墓人"③。因此，诗人在自己的时代充满怀疑地回应着霍达谢维奇对孩子的神圣想象，并断然否定了普希金笔下对孩子的希冀——"我让位于你：/我该腐朽，你正盛开。"④

而即将到来的死亡原因，在诗人看来，在于可怕的、精神空虚的大众之于个人的胜利。并且，如果说，诗人早期的诗歌中，出现的是"孩子如一股黑流/奔入这一洁白"，那么，二十年后，这一未来已全然黑暗：

> 十三
> 未来黑暗，
> 但因为人，而不是
> 因为，它
> 令我感觉黑暗。
> 就像借贷，
> 孩子如今看到的
> 已不是，我们所看到的；
> 毫无疑问也不是我们。（Ⅲ，258）

随后诗人再次明确指出了未来的象征，这新一代力量的代表——孩子所具有的狠毒与毁灭性力量：

---

① Ходасевич В.Ф., *Собрание стихов*, в двух томах, Т.1, Paris: La Press Libre, 1982, с.113 – 114.
② Разумовская А.Г., *И. Бродский: метафизика сада*, Псков: Псков.ПГПУ, 2005, с.103.
③ Ранчин А.М., *На пиру Мнемозины: Интертексты Иосифа Бродского*, Москва: Новое литературное обозрение, 2001, с.35.
④ 普希金：《不论我漫步在喧闹的大街……》（Брожу ли я вдоль улиц шумных..., 1829）。

十四
他们的眼光无法捕捉。
结实的淘气鬼，
街道的基路伯①，
口含冰糖，
在花园中用弹弓
瞄准麻雀，
不是想要——"打中"，
而是确信——"打死"。（Ⅲ，258）

显然，这是"制造恶的世界"，而抒情主人公就像是诗中所出现的孤独的父亲——"父亲的夜曲，/少数人的独奏曲"（Ⅲ，259）。父辈的力量如此微弱，显然无法阻止这一破坏性的力量。布罗茨基诗歌中的花园就像是大众与人群的象征，排挤了个性：孤独的抒情主人公（父辈）类似于单木，对立于冷酷无情的孩子——未来的创建者（树群与花园）。大众化时代的来临令抒情主人公感到了恐惧。与此同时，这里仿佛还呼应着奥登《阿基琉斯之盾》（The Shield of Achilles，1952）一诗中对衣衫褴褛的顽童的描写。但奥登笔下的破坏者——孩子，显然不具备布罗茨基笔下这一孩子的强大毁灭力量：

一个衣衫褴褛的流浪儿，漫无目标地
独自徘徊在那片空地；一只飞鸟
振翅高飞，只为逃离他精准掷出的砾石：②
……

在完成于 1978 年的《旅行之后，或曰献给脊椎》（После путешествия, или посвящается позвоночнику）一文中，布罗茨基曾写道："……那些与当下全无干系的诗句会始终纠缠着你，或是你自己的诗句，或是别人的，更多是别人的诗句，更多的是英语诗而非俄语诗，尤其是奥登的诗句。那些诗句就像是海藻，你的记忆像一条在海藻间来回游动

---

① 九级天使中的第二级，司智慧。
② ［英］W.H.奥登：《奥登诗选：1948—1973》，马鸣谦、蔡海燕译，上海译文出版社 2015 年版，第 104—105 页。

的鲈鱼。"如此一来，便不难理解奥登或其他诗人在布罗茨基诗歌中反复出现的原因了，它更多是一种"不知不觉的自我陶醉"，一种"自旁观角度看到自我这一事实本身所带来的乐趣"。①

如果说，在《静物画》一诗中，坐在园中的主人公，因看不到未来丝毫的希望而失去了生命的热情，他在现实世界中渐渐化为大理石雕像：

> 我无法移动。两腿
> 冰凉，就像冰。
> 静脉的蓝色
> 近似大理石。（Ⅱ，424）

那么，布罗茨基笔下，则仿佛解释了这一毫无希望的未来缘由所在：野蛮的孩子将世界的未来引向了毁灭，而毁灭之后便是世纪的终结，是一切都不复存在的"虚无"：

> 十二
> 一千年与一世纪
> 自己走向了终结，
> 以便谁也不使用
> 炸药或枪弹。（Ⅲ，258）
> 二十二
> 看来，物质在
> 时间中的作用，
> 就在于此——将一切置于
> 虚无的支配，
> 以便入住
> 蓝色梦想花园，
> 将虚无兑换为
> 个人特征。（Ⅲ，261）

花园的古语词汇——верто - град——在此被分裂为两部分，分行排

---

① ［美］约瑟夫·布罗茨基：《悲伤与理智》，刘文飞译，上海译文出版社 2015 年版，第 73—74 页。

列（俄文诗中这一单词处于不同诗行，形式为 верто -/град），其所包含的意义也被降低，遭到了诗人的讽刺。这一割裂从语音视角来看更为重要，它破坏了这一形象中所固有的平和与幸福的联想，揭示了诗人心中的怀疑：若向未来的虚无发起挑战，人类将会击碎自身，处于绝境中。恰如研究者普列汉诺娃所指出的那样，"虚无"的变形，就像是从无限饱满变为微小的，无意识的"空"①。这也就意味着，人类将会成为纯粹虚无的存在，人类世界也将会是一片荒芜。因为在"虚无"的"界线"之后，人类不复存在。而这，在诗人看来，才是未来世界所带给我们的最大的恐惧：

> 十一
> 这——不是刀
> 或新网的恐怖，
> 而是那一界线，
> 之后我们不存在。（Ⅲ，257）

显然，诗中抒情主人公的思绪从具体走向抽象，从特定的时间与空间（夏日花园）走向了无穷。而他在某一花园中的具体存在也逐渐被填充了形而上学意义。这一传统中与天堂相关的花园，在布罗茨基笔下已全然失去了其所表达的幸福与安宁意义。相反，抒情主人公敏锐地感受到了生命的严酷与非诗意化。区别于前辈们，布罗茨基写出了个人主义意识承载者（抒情主人公）与将其排挤在外的人类群体的悲剧性分离。他延续了奥登的风格，谈及了时代关系的改变及父辈与子辈代际矛盾的不可调和。抒情主人公就像是坐在"整个当代生活"的花园中，对世界未来发出了预警，宣告了世界末日的来临。

这样一来，在花园意象所隐喻的"毁灭"主旨中，诗人更多的是将花园作为人类未来世界的空间，而象征未来的孩子，在诗人笔下则具备了毁灭性的破坏力量，直接导致了人类未来的毁灭，以及，最终，整个世界彻底的终结，人类全然消失——恰如布罗茨基所言："在真正的悲剧中，死去的不是主人公，而是合唱队。"②。这也是时间对人的可怕影响——从

---

① Плеханова И.И.，"Формула превращения бесконечности в метафизике И.Бродского"，сост.Гордин Я.А.，*Иосиф Бродский и мир*: *метафизика*, *античность*, *современность*，СПб: Журнал "Звезда"，2000，с.43.

② [美] 约瑟夫·布罗茨基：《悲伤与理智》，刘文飞译，上海译文出版社 2015 年版，第 55 页。

现世的虚无到未来的毁灭（虚无）。可见，在对人类未来的思考中，布罗茨基全然是不抱有任何希望的。诚如诗人所言："未来不属于信仰，也不属于思想。如果有什么能够使世界统一，那么这就是金钱。正是资本为我们所见证的'人类学'融合负责。金钱是天然的罪恶，但这同样也是未来的罪恶。金钱——这是世界真正的统治者。相信我：总有一天，人们区别于彼此之处仅在于他们拥有什么样的货币。"① 这也再次强调了古希腊罗马意象隐喻中我们已经提起过的诗人眼中人类的"未来"：混乱、冰冷、虚无与死亡。可以说，在布罗茨基的诗歌创作中，未来作为时间流动的最终结果，是令人绝望的——它或是全然冰冷荒芜："散发冰冷气息。/散发，我会补充，新石器时代与旧石器时代气息。/俗语来说——未来气息"；"因为冰冷，/是未来范畴……"（Ⅳ，88）；或是完全缺失："勿为没有未来痛哭"（Ⅱ，307）；"这里是前景的终结"（Ⅱ，312）；或是存在于现实中，并在失去的痛苦中体现出来："当人不幸时，/他便在未来"（Ⅳ，111）；"未来总会/来临，当某人死亡之时"（Ⅳ，89）……可见，对于人类的未来，诗人是不抱任何希望的——"望向未来，除了黑暗，我们什么也看不到"②。

  总体而言，借助隐喻思维可以发现，布罗茨基在"花园意象"中隐喻了人类梦想的虚幻、生命的禁锢、心灵的死亡以及最终未来的毁灭。诗人描写了多样性的"花园"——天堂，爱情与背叛，死亡，大众背景中个体的孤独，等等。总体而言，他笔下的花园形象与其说是具体的、个性的，不如说是抽象的、宏观的。他在前辈所建构的"花园"传统中进行创作，却又对这一传统进行了独创性的革新。文学传统中的花园形象多是与"天堂及伊甸园"联系在一起的。可布罗茨基笔下的花园，却全然不是幸福与平静的空间。相反，他以这一意象解构了人类幸福生活的栖息地，将"花园—天堂"变为了"花园—地狱"，并以此阐释了"虚幻、禁锢、死亡与毁灭"四个隐喻主旨。在诗人看来，花园虚幻的幸福就像是人类梦想的虚幻，只是美好却不切实际的幻影，无法给人以任何慰藉。而花园的空间隐喻着对生命的禁锢，是人类想要逃离的地方，可反过来，它作为温室中的布景却又被人类所禁锢，这尤其体现在花园中的喷泉形象中，这一形象可以说隐喻了双向的禁锢。秋季花园中凋零的落叶又传达出

---

① Сост.Полухина В.П.，*Бродский И.Книга интервью*，Москва：Захаров，2011，с.544.
② Гжегож Мусял，"Эстетика - мать этики"，сост.Полухина В.П.，*Бродский И.Книга интервью*，Москва：Захаров，2011，с.472.

死亡的气息,带给抒情主人公对生命深深的绝望,以及由此引起的心灵死亡之感。并且,就算是表面上看来繁荣的政权花园,却潜藏着无数的弊端,走向了僵死,并由此成为人类幸福的扼杀者,引起了人类心灵的死亡。而最后,作为未来象征的花园中嬉闹的孩子,却一反其在文学传统中所固有的美好形象,具备了破坏性的力量,成为花园所面临的最大威胁,甚至引起未来的毁灭。可以说,关于人类的未来,诗人给出了完全没有希望的结论。

显然,诗人笔下的花园意象所隐喻的主旨一如既往地阐释着时间之于人的影响:这里我们看到了人类梦想的虚幻、生命的禁锢、心灵的死亡以及未来的毁灭。如果说虚幻、禁锢与死亡最终同样导致了个体存在的虚无,那么,抒情主人公则始终积极地反抗着这一虚无。他渴望逃离,渴望自由。他果断放弃虚幻的梦想,在不完美的尘世现实中寻找自我价值;他在自由流动的水以及"自由之女——文学"中看到了生命真正的意义所在。与此同时,他还清醒意识到导致人类存在虚无的原因之一——政权体制的弊端与政治力量的强行干涉。而未来的毁灭,从根本上来看,同样可以归为虚无,只是,在这里,我们没有找寻到任何希望。因为,在布罗茨基看来,"世界,大约是不堪拯救了":

> 我已看到我们的世界
> 被实验室之网所覆盖。(Ⅱ,186)
> 　　　　《关于溢出的牛奶》(Речь о пролитом молоке,1967)

# 结　　语

> 我是迟来的古典主义诗人，延续了康捷米尔与杰尔查文的传统。这比说我是"阿克梅派的继承者"更准确。
>
> ——布罗茨基

约瑟夫·布罗茨基创建了20世纪关于诗人的神话。他是"俄罗斯诗人中唯一一位，众多同行或心悦诚服，或不得已称其为天才的诗人"[1]。他不仅被研究者广泛地用以与曼德尔施塔姆、茨维塔耶娃与阿赫玛托娃相比，同时也与普希金、陀思妥耶夫斯基、帕斯捷尔纳克等进行比较研究。奈曼（А.Г.Найман）称布罗茨基"完成了俄罗斯诗歌的历史——就其今日发展形势而言。他就像是最后一位诗人，后人将会根据他的诗歌从整体上来评价俄罗斯诗歌"[2]。而洛谢夫则认为，布罗茨基对俄罗斯诗歌的最大贡献在于他将"自己之前并不存在的西方诗学引入俄罗斯诗歌，以及，相应地，诗歌世界观"[3]。其中便包括17世纪的英国玄学派诗歌。在布罗茨基看来，"诗歌按定义来说是形而上学的艺术，因为它的材料——语言——便是形而上学的"[4]。可以说，作为古典主义的晚生子，布罗茨基在珍视俄罗斯诗歌传统的同时，又以20世纪诗人的视角，从群体性的毁灭、不自由与谎言的阴影中将对世界的悲剧性认识重归于俄罗斯文化，并借助英语诗歌的众多特点，极大地拓宽了俄语诗歌的语言范畴，使其

---

[1] Полухина В.П., "Миф поэта и поэт мифа", сост.Полухина В.П., *Больше самого себя. О Бродском*, Томск: ИД СК–С, 2009, с.300.

[2] Полухина В.П., "Миф поэта и поэт мифа", сост.Полухина В.П., *Больше самого себя. О Бродском*, Томск: ИД СК–С, 2009, с.301.

[3] Полухина В.П., "Миф поэта и поэт мифа", сост.Полухина В.П., *Больше самого себя. О Бродском*, Томск: ИД СК–С, 2009, с.310.

[4] Волков С.М., *Диалоги с Иосифом Бродским*, Москва: Независимая газета, 2000, с.159.

"焕然一新"①。此外，他的诗句法工整，韵脚严格，流畅的形式中蕴含着相当浓缩的内容，并重点关注了个体的存在，体现出对巴洛克艺术与后现代主义而言最为核心的哲学命题——"现实的伪装及虚构感"②。总体而言，布罗茨基诗学建构于"古典主义、现代主义与后现代主义"③的合成中，体现了巴洛克传统的哲学审美观。

诗人有言，"诗歌——这是翻译，将形而上学的真理翻译为尘世语言"④。因此，本专著试图借助隐喻理论，通过贯穿布罗茨基诗歌创作整体的三大核心意象（尘世语言）来挖掘其诗歌中所蕴含的形而上学真理。具体说来，第一，从古希腊罗马意象的隐喻中找寻诗人钟情于这一古老文明的重要原因，从鲜活生动的古希腊神话故事、古罗马诗人与帝国形象中来找寻诗人的隐喻主旨：记忆的缺失、爱情的毁灭与生命的虚无；第二，在圣经意象的隐喻中从灵魂与肉体两方面来探讨远离宗教信仰的诗人钟情于这一意象的原因。伴随着亚伯拉罕以及降临人间的婴孩基督所经历的考验，抒情主人公也在尘世经历着一系列的苦难，就像是神性世界中灵魂与尘世世界中肉体的融合；第三，从花园意象的隐喻中找寻诗人对这一人类生活"伊甸园"的思考。他解构了天堂的幻想，却隐喻了梦想的虚幻、生命的禁锢、心灵的死亡与未来的毁灭。可以说，他的诗歌以"离心"的形式，以"古希腊罗马、圣经与花园"意象为基点向四周辐射，阐释了作为牢固与永恒象征的尘世世界的不稳定性，却又在展现悖论性的同时，以"向心"的凝聚力，揭示了人类存在的共性真理。

本专著通过研究主要得出以下结论。

第一，在古希腊罗马意象的隐喻中，我们看到了时间流逝所带给人的记忆的缺失、爱情的毁灭与生命的虚无。记忆的缺失主要体现在古希腊神话"奥德修斯"的传说中。布罗茨基将这一英雄人物看作自身的"孪生体"，并解构了奥德修斯在文学传统中的英雄形象。他不再是凯旋的特洛伊战争英雄，而是在这一漫长的战争与坎坷的返乡途中疲惫不堪的归人。他对儿子的柔情诉说夹杂着记忆模糊，他回到故国所体验到的陌生感，

---

① ［俄］符·维·阿格诺索夫主编：《20世纪俄罗斯文学》，凌建侯等译，中国人民大学出版社2001年版，第596页。
② Лейдерман Н.Л.и Липовецкий М.Н., *Современная русская литература 1950－1990－e годы*, Том 2, 1968－1990, Москва: ACADEMA, 2003, c.650.
③ Лейдерман Н.Л.и Липовецкий М.Н., *Современная русская литература 1950－1990－e годы*, Том 2, 1968－1990, Москва: ACADEMA, 2003, c.644.
④ Джованни Буттафава, "Идеальный собеседник поэту－не человек, а ангел", сост.Полухина В.П., *Бродский И.Книга интервью*, Москва: Захаров, 2011, c.295.

都证明了二十年时间在他身上无情刻下的烙印。联想到布罗茨基自身的经历——被驱逐出境,远离故土,告别了儿子与父母,他将自己等同于奥德修斯便不难理解了;而在"爱情"的毁灭中,我们更多体会到的,同样是布罗茨基自身的情感经历——关于他与玛丽娜·巴斯玛诺娃的爱情。从最初以死为誓的爱情,到变心、背叛,直至最终的彻底毁灭。在这一系列的"爱情"主旨中,出现了不同的古希腊罗马意象:庞贝古城、卿提亚与普罗佩提乌斯、狄多与埃涅阿斯等,这些不同的意象却在诗人笔下延续着连贯的情感主旨。布罗茨基在古希腊罗马意象的隐喻中,看到了自己情感悲剧的原型,也看到了时间流逝之于人类情感的可怕摧毁力;在生命的虚无中,诗人主要思考了人类的生命哲学问题——再辉煌的荣耀也经不起时间的洗涤,再灿烂的人生也留不住岁月的馈赠。人的生命恰似蝴蝶,有过短暂的绚烂,但终究仍是走向可怕的虚无。在古希腊神话中特洛伊战争时期两大英雄赫克托耳与埃阿斯的命运悲剧、古罗马商人的命运、罗马皇帝提比略布满灰尘的雕像、代达罗斯的传说等意象中,布罗茨基对人类生命的虚无进行了深入的思考。但与此同时,需要指出的是,在明确了时间所带给人负面影响的同时,诗人并未因此而陷入悲观。他在每一次的解构中都留有希望——无论是奥德修斯的亲情记忆,还是古罗马文明中所蕴含的文学宝藏(诗歌、语言),甚至罗马帝国中那"看不见的东西",都是诗人心中足以抵挡时间消磨的力量。

第二,在圣经意象的隐喻中,宗教信仰缺失的诗人却以他最感兴趣的《旧约》与《新约》内容为依据,描写了《旧约》中的亚伯拉罕献子祭祀及以《新约》中基督诞生为背景的整组"圣诞诗组",隐喻了人类灵魂在尘世中的考验与肉体所经受的苦难。这一章的隐喻主旨与诗人在苏联时期的经历密切相关——青年时期他所遭遇的一系列迫害与流放经历,都在圣经意象的隐喻中得到了确凿表达。宗教的神性世界中,诗人描述了亚伯拉罕不得不牺牲儿子以撒的性命来经受上帝考验的艰难,以及圣诞夜婴孩基督降临尘世之后所经历的一系列考验——暴风雪的嘶吼、希律王的追杀、无边的沙漠——虚无。与此相应的,则是这一系列意象的背景中,抒情主人公肉体在尘世所遭遇的苦难——精神病院的折磨、流放的孤独、恋人的背叛以及被驱逐的痛苦。他感到自己仿佛像亚伯拉罕与婴孩基督一样,经历了灵魂的历练。这也是时间之于人的"馈赠"——灵魂与肉体的双重煎熬,并最终双双走向了虚无。需要指出的是,在圣经意象的隐喻中,同样占有重要地位的还有光明与希望的象征——篝火、蜡烛、圣诞之星及其类似物。特别是圣诞之星,即使短暂缺失,却也从未彻底远离过抒情主人公。也就是说,诗人在此同样留下了希望。并且,他还寄希望于自身的努力,试图从自身寻找这一"光明"的来源。而最终,在陷入尘世无边的虚无之时,无论是婴孩基督,还是尘世中的抒情主人公,都在家庭的温暖与爱中寻到了真正的平静与幸福。这也是抵挡时间消磨的重要力量。

第三,在花园意象的隐喻中,我们看到布罗茨基对这一世界文学中的传统形象——人类精神伊甸园所进行的彻底颠覆。在诗人眼里,所谓的幸福天堂只是虚无的幻影。他借助花园隐喻了人类梦想的虚幻、生命的禁锢、心灵的死亡与未来的毁灭。花园美丽的风景都只是虚幻的、不切实际的幻影,就像时间作用之下人类梦想的虚幻。抒情主人公清醒地意识到了这一点,所以他宁愿在不完美的现实中寻找幸福;花园这一空间传达出禁锢之感,但与此同时,它又像是被人类文明所禁锢的温室花园,失去了蓬勃的原生态能量——这主要在花园中的喷泉形象中得以体现;秋季凋零的花园传达出死亡的气息,映衬抒情主人公在尘世生活中的心如死灰。随后,这一花园又转化为国家政权僵死的花园。诗人意在说明,正是政权的死亡导致人的心灵死亡。无论是面对梦想的虚幻、生命的禁锢,还是心灵的死亡时,抒情主人公都进行了积极的反抗,试图逃离这一"花园",寻找生命中真正的自由与幸福。可最终,诗人却以异常悲观的语调描述了人类未来的象征——花园中玩耍的孩童,他们所具有的毁灭性力量摧毁了花园,也摧毁了世界,摧毁了人类的未来。显然,这已上升为全人类的悲剧。当陀思妥耶夫斯基在作品中寄希望于"爱、美和苦难"拯救世界时,布罗茨基却说:"世界,大约是不堪拯救了"——时间将带给人类未来的毁灭,没有丝毫拯救的希望。这或许是布罗茨基最为悲观的语调了。

事实上,这三大意象所隐喻的主旨,总体看来,却又可以归于一种最终的宏观的结论:虚无。无论是记忆与自由的失去、爱情与未来的毁灭、生命的虚无与梦想的虚幻,还是灵魂的考验与肉体的苦难、生命的禁锢与心灵的死亡,都在诗人笔下烙下了深刻的"虚无"印迹——这就从根本上解答了诗人在自己的创作中所提出的时间命题:时间之于人的影响——这便是我们这一时代最残酷的关于"人与世界"的真理。可以说,这是他一生所思考的,一直试图寻求答案的命题:"我只是感兴趣,时间如何作用于人,如何将其削减、改变,又为何种目的利用人"[①];"如果我可以

---

[①] 维列姆 Г.韦斯特斯坦,"Двуязычие - это норма",сост.Полухина В.П.,*Бродский И. Книга интервью*,Москва:Захаров,2011,с.209.

定义自己的主题，自己所写的对象，那么这主要是关于时间如何作用于人，它如何将人磨光、刨平，以及人还剩下什么。"① 一如布罗茨基所言："归根结底，每一位文学家所追求的都是同一种东西：追赶或把握失去或逝去的时间。"② 在自己的创作中，他借助诗行中的停顿、音步与格律等诗学技巧来实现这一目的，而诗人所揭示的"时间"主题则不变地具有毁灭性的力量——时间由死亡创造（Ⅱ，311），时间就是冰冷（Ⅲ，198）。过去、现在与未来统一于时间对人的消磨中，充斥着人类的"失去与痛苦"，并最终使人类存在成为"虚无"。可见，在布罗茨基看来，时间对人的影响是负面的、可怕的。

1988 年，在回答记者访问时，布罗茨基曾言："20 世纪的俄罗斯文化中有两个人于我而言难以置信地接近——这，本质而言，是由不同手段所表达出来的相同感受性。其中一人——这是玛丽娜·茨维塔耶娃（М.Б.Цветаева），另一位是——列夫·舍斯托夫（Л.И.Шестов），哲学家。两人在某种意义上从事着到那时为止与俄罗斯文化迥然不同的事情。要知道俄罗斯文化、俄罗斯文学、俄罗斯感受的核心思想——这是存在秩序在某种程度，或许，最高程度上的安慰与辩解思想。茨维塔耶娃与舍斯托夫就某种意义而言是非常加尔文主义式的作家，他们使用较日常化的措辞——将存在的基本病态思想推至首位，拒绝了这一世界。"③ 就这一意义而言，显然，布罗茨基延续了他们的传统。在他的作品中，我们看到更多的是驳斥与否认，而不是慰藉与宽恕。诚如诗人库什涅尔（А.С.Кушнер）所言："布罗茨基是一位思想悲戚的诗人，这几乎是一种浪漫主义的绝望情绪。其实，他的失望，他的悲哀，要更加凄苦，而且更加难以言表，因为他有别于浪漫主义诗人，他无以抵挡世界的冷漠：'天上是空荡荡的'，不能寄什么希望，而自己心中的'寒冷与黑暗'简直比'周围的严寒'还要厉害。"④

然而，学者尤里·洛特曼（Ю.М.Лотман）和米哈伊尔·洛特曼（М.Ю.Лотман）在仔细研究了布罗茨基的"虚无"观后却又指出："尽

---

① Том Витале, "Я без ума от английского языка", сост.Полухина В.П., *Бродский И.Книга интервью*, Москва：Захаров, 2011, c.259.
② ［美］布罗茨基：《文明的孩子——布罗茨基论诗和诗人》，刘文飞、唐烈英译，中央编译出版社1999年版，第120页。
③ Ларс Клеберг и Сванте Вейлер, "Я позволял себе все, кроме жалоб", сост.Полухина В.П., *Бродский И.Книга интервью*, Москва：Захаров, 2011, c.447.
④ 参见［俄］符·维·阿格诺索夫主编《20世纪俄罗斯文学》，凌建侯等译，中国人民大学出版社2001年版，第619页。

管布罗茨基诗歌的自然哲学揭示了柏拉图理念,但它至少在两个要点上与柏拉图截然相反。其中第一个与'有序/无序'('宇宙/混乱')范畴的论述有关;第二个则是'一般/个别'范畴。与柏拉图不同,(布罗茨基认为)存在的本质显露于无序而非有序中,偶然而非规律中。正是无序值得铭刻于记忆中;正是在无意义、无思想与昙花一现中显露出永恒、无穷与绝对特征……失去的才能永存;不存在——这是绝对的。"① 这一悖论性表明,正是在时间带给人的"虚无"中我们才得以寻到人类"存在"的真正意义,因为生命正是由失去构成。这恰如黑格尔所言:"无论天上地下,都没有一处地方会有某种东西不在自身内兼含有与无两者。"② 但在面对无意义的世界和无意义的生命时,人又可以立足现实,以强大的生命本能创造出自我价值。这便是积极的虚无主义观。

事实上,在对布罗茨基诗歌的分析中我们也可以看到,尽管时间使人类的存在成为虚无,可诗人并未只是消极面对这一"虚无",相反,他始终在积极寻找能够抵挡时间消磨、还原人之存在意义的力量。并且,最终他在亲情、语言、文学(诗歌)、个人的努力,甚至某种"看不见的东西"中寻到了存在的真正意义,而人类也因此得以自我拯救和超越:

> 不,切莫说,我们完全困住!
> 运动存在,运动正在发生。
> 我们仍将前行。且谁也无法
> 超越我们。(Ⅱ,403)
> 《我们的纪元之后》(Post aetatem nostrum,1970)

由此看来,布罗茨基的情感聚焦于"人类的存在"——具体说来,则是人类在世界所处的位置,以及人类如何自我拯救和超越——这显然体现了存在主义的哲学观。尽管众多被归为"存在主义者"的思想家在诸如"上帝的存在"和"死亡的意义"这样深奥的哲学问题上存有分歧,但他们关注的焦点大都集中于"个体及个体在为生命提供意义上所发挥的作用"③。洛谢夫看到了布罗茨基与存在主义哲学的联系。他指出:"作

---

① Лотман Ю. М., *О поэтах и поэзии: анализ поэтического текста.* Статьи и исследования. Заметки. Рецензии. Выступления, СПб: Искусство – СПБ, 1996, c.733 – 734.
② 参见[德]黑格尔《逻辑学》(上卷),杨一之译,商务印书馆2017年版,第73页。
③ [美]萨莉·J.肖尔茨:《波伏瓦》,龚晓京译,中华书局2002年版,第2页。

为 20 世纪之'主流'的存在主义，毫无疑问，确定了布罗茨基的思维方式。他尊重克尔凯郭尔、陀思妥耶夫斯基、舍斯托夫、卡夫卡、加缪和贝克特，却对尼采和萨特持批判态度，尽管后者曾善意地介入他的命运。"①关于萨特的话语在这里指的是，诗人被流放期间，萨特曾向他提供了及时的援助——他写信给苏联最高苏维埃主席团主席阿纳斯塔斯·米高扬，请求他"出面保护一位非常年轻的人，他已经成为，或正在成为一位优秀的诗人"②。与此同时，我们还发现，不管布罗茨基对萨特持怎样的态度，他的诗歌创作，的确与萨特存在明显的呼应。

在写于 1943 年的哲学专著《存在与虚无》中，萨特提出了"自在的存在"与"自为的存在"两个概念。在萨特的词典里，"自在的存在"是标志外部世界、物质的范畴（更倾向于抽象而非具体的存在），是不能改变的存在；而与"自在"相反，"自为"是标志人的意识或人的现实的范畴，它是不固定的、有待变化的存在。并且，对萨特来说，真正有意义的是"自为"，"自为"使"自在"获得意义，并且使二者得以联结起来。③这样一来，我们会发现，布罗茨基笔下所呈现出的"时间对人的影响"更像是萨特所言"自在的存在"，它是独立于人的意识之外的；而个人积极努力所进行的自我拯救，则更接近"自为的存在"，是个人主观能动性所起的积极作用。正如萨特更侧重"自为"的意义，布罗茨基同样高度评价了生命个体的积极能量——单个的人总是能被拯救的。显然，二人都以"个人的绝对自由学说"作为人类存在的核心价值。

与此同时，尽管对于人类的未来，布罗茨基持有较为悲观的看法——象征未来的孩子在他心中成为具有破坏力量的"毁灭者"，在他看来，世界，大约是不堪拯救了。可正如"光明"来自"黑暗"与"虚无"中一样，人类的生活恰应从绝望的彼岸开始。或许在这里，我们同样可以寄希望于诗人笔下那一"看不见的东西"，期待未来会有奇迹出现。可以说，作为一名存在主义诗人，布罗茨基在自己的创作中以形而上学视角审视日常生活，以心理、哲学、历史内容丰富诗歌，且从未停止过对文明、对"人与世界"关系的思考。最终，他沿着俄语的阶梯登入了诺贝尔文学奖的圣殿。在布罗茨基的艺术世界中我们看到了诗人与众多前辈的"对话"——有俄罗斯诗人，也有外国诗人；有直接引用，亦有间接呼应。

---

① ［美］列夫·洛谢夫：《布罗茨基传》，刘文飞译，东方出版社 2009 年版，第 205 页。
② ［美］列夫·洛谢夫：《布罗茨基传》，刘文飞译，东方出版社 2009 年版，第 145 页。
③ 参见黄颂杰等《萨特其人及其"人学"》，复旦大学出版社 1986 年版，第 134—143 页。

正是这些丰富的用典构成了布罗茨基创作独特的形象结构，并形成了广阔而坚实的文化空间。他在自身对"古希腊罗马、圣经与花园"形象的再思考中意识到了文化的承载力，从世界文学土壤中汲取了有益营养，并与之密切相连。与其说布罗茨基在自己的创作中刻画了不同的具体意象，不如说他借此表达了对生命、对人在世界中的位置，以及自身创作命运与存在的深入思考。并且，在布罗茨基的诗歌世界中，我们还发现了某种至高无上的、永恒的方向。正是得益于这一方向，人类才得以与虚无相抗衡。可以说，展现于布罗茨基诗中的整个世界诗坛和世界文化，正是"抵御丧失意义的物质现实的一种方式"①，并赋予了个体存在切实的意义。

笔者认为，对约瑟夫·布罗茨基诗歌创作中的隐喻进行研究具有如下现实意义和学术意义。

首先，作为 1987 年诺贝尔文学奖的获得者，布罗茨基是俄罗斯文学中声望极高的诗人，俄罗斯国内及国际上对他的研究一直在继续。相对而言，我国国内对布罗茨基的研究则稍显不足。显然，这与布罗茨基诗歌内容的深奥晦涩有关。杰拉尔德·史密斯（Д. Смит）指出，"他（布罗茨基）是思想诗人……用俄语来讲假定地称其为哲学诗人。而这对英国人而言则很难理解，因为在我们看来是哲学家研究哲学，而不是诗人"②。甚至在俄罗斯人眼中，布罗茨基的名字都比他的诗歌更有名，可见其难解程度非同一般。可诗人在诗歌创作中所包含的广泛而深厚的文化底蕴足以证明，他是名副其实的伟大诗人。

其次，布罗茨基的诗歌世界神秘莫测。三大意象间彼此联系，相互依赖，以共同的隐喻主旨联结起了不同的诗歌，建构起诗人层峦叠嶂的隐喻世界。本专著通过对这三大主要意象的隐喻解读，梳理出了诗人较为清晰的艺术世界图景，并对其反复强调的"时间之于人的影响"这一命题进行了深入解答。可以说，意象的隐喻研究不失为揭开布罗茨基诗歌创作神秘面纱的一条有效途径，也有助于我们了解 20 世纪后半期世界艺术发展的特点。

最后，本专著通过对贯穿布罗茨基创作始终的"古希腊罗马、圣经与花园"这三大核心意象的隐喻含义进行解读，可以从整体上把握诗人

---

① ［俄］符·维·阿格诺索夫主编：《20 世纪俄罗斯文学》，凌建侯等译，中国人民大学出版社 2001 年版，第 619 页。

② Джеральд Смит, "Полюса русской поэзии 60 – 70 – х: В.С. Высоцкий и И.А. Бродский", сост. Крылов А.Е., Щербакова В.Ф., *Мир Высоцкого: исследования и материалы*, Вып.3, Т.2., Москва: ГКЦМ В.С. Высоцкого., 1999, с.290.

诗歌创作的核心思想。总体而言，布罗茨基的诗并非"主题诗"。诚如诗人所言："俄语诗歌就整体而言是主题性不强的。俄语诗歌的基本技术就是旁敲侧击，从不同的角度接近主题。英语诗歌所具有的那种对主题清晰明快的处理，在俄语诗歌中通常只出现在这一或那一诗行中，随后，诗人便转而言他了；清晰的主题很少贯串一首诗的始终。"① 这就尤其需要我们对其诗歌中隐喻性的主题进行深入挖掘。因而，本专著的视角对研究布罗茨基诗歌创作整体而言是十分重要的，对分析其他作家的作品也不无启示意义。

布罗茨基将自己的诗称为"哀歌"，并认为这一"哀歌调"是自己所固有的。的确，他在"古希腊罗马、圣经与花园"意象的隐喻中来解读世界，却又解构了这一世界；他在时间"野蛮的目光"中看到了它的躯壳："因为灰尘——这是时间的/躯壳"（Ⅱ，424），以自身的坎坷经历为蓝本思考了时间对人的影响。他的艺术世界，从整体来讲，是"解构"的：他以自己的"反唯美主义"破坏了文化体系的神圣，在语言与意识中引起了危机感。但细心的读者也可以从布罗茨基的作品中发现"时代精神形式"的存在，它通过语义、节奏、韵律与复杂的诗节组织定位于世界有意识的、坚毅的和谐。② 而内心深处，他则保留了对语言、对诗歌的高度景仰，验证了"诗人是特别的存在"这一真理。在他的生命中，语言"较之国家与历史，起着神话般的、更古老、更伟大的作用，复活了自身的意义"③，同时也留有对亲情刻骨铭心的眷恋。他将自己青年时期在祖国的黑色遭遇——被捕、审判、流放与驱逐归结为"我代替野兽步入兽笼"，可与此同时，他对岁月的宽容、对生命的感恩，却又着实触动了我们的神经：

    关于生命我能说些什么？它是如此漫长。
    只有伴随痛苦我才感受到团结。
    但当我的双唇还未被黏土封住之时，

---

① [美] 布罗茨基：《文明的孩子——布罗茨基论诗和诗人》，刘文飞、唐烈英译，中央编译出版社1999年版，第82页。
② Лейдерман Н.Л. и Липовецкий М.Н, *Современная русская литература 1950 - 1990 - е годы.* Том 2.1968 -1990，Москва：ACADEMA，2003，c.660.
③ Тюкина.С.，"Онтологический каркас поэзии Иосифа Бродского"，сост.Полухина В.П.и др.，*Иосиф Бродский：стратегии чтения：материалы междунар. науч. конф.*，2 - 4 сент.2004 г.в Москве，Москва：Изд - во Ипполитова，2005，c.89.

从中传达的将只有感恩。（Ⅲ，191）

《我代替野兽步入兽笼》
（Я входил вместо дикого зверя в клетку，1980）

布罗茨基有言："每个人都是通过自己绝对独一无二的棱镜来理解所看到的现象。"① 而正是在他的诗歌隐喻中，我们感受到了诗人独特而丰盈的内心世界——他那充满悖论性的观点折射出诗人内心的重重矛盾，他充满怀疑地看待"世界和谐"的任何形式，但诗人的职责，在布罗茨基看来，却是努力创造这一和谐，保护人类生命的完整性：

诗人的义务——努力缝合
心灵与肉体破裂的边缘。
天才——针。只有声音——线。
只有死亡是所有针织品的——界限。（Ⅰ，267）

《我的话语，我想，将会死去》
（Мои слова，я думаю，умрут，1963）

总体而言，布罗茨基诗歌中低沉的音调、解构的主旋律一直在继续，其包罗万象而又有所聚焦的隐喻主旨需要我们花费心思去解读。诗人迷恋音乐，在巴赫、莫扎特、海顿等音乐家的曲调中找到了契合自我心灵的表达节奏，孜孜不倦地吟唱着关于生命存在的乐曲，创建了独一无二的"时间之诗"。他一生都在展示时间，论证时间，以时间阐述生命的哲思，并刻意降低诗歌中的激情，疏离于人世，直至最终长眠于威尼斯圣米凯莱岛公墓，自身也成为时间的一部分。这恰印证了海德格尔在《在通向语言的途中》所指出的那样："每个伟大的诗人都只出于一首独一之诗来作诗。衡量其伟大的标准乃在于：诗人在何种程度上被托付给这种独一性，从而能够把他的诗意道说纯粹地保持于其中。"② 可以说，专著从总体上把握了布罗茨基诗歌的核心图景，以"时间"为基点对其诗歌进行了全面、丰富而又立体的阐释，展示了诗人思想活动的广度与深度，证明了其创作与俄罗斯文学传统间的密切联系。

---

① Джон Глэд，Настигнуть утраченное время，Сост.Полухина В.П.，*Бродский И. Книга интервью*，Москва：Захаров，2011，c.117.
② ［德］海德格尔：《在通向语言的途中》，孙周兴译，商务印书馆2004年版，第30页。

在《文明的孩子——布罗茨基论诗和诗人》一书中，布罗茨基曾满怀深情地对白银时代诗歌前辈曼德尔施塔姆做出如下评价："英语世界应该倾听这充满爱、恐怖、记忆、文化、信仰的不安、高亢、纯净的声音——一个颤抖的声音，也许像是一支在强风中燃烧却绝不会被吹灭的火柴。这声音依然存在，当它的主人已经离去。"① 在笔者看来，这句话用来形容布罗茨基本人也恰如其分。作为 20 世纪最杰出的诗人之一，他同样用冷峻而执着的笔触谱写了属于自己，也属于俄罗斯的神话。他以诗歌与美学来抵抗世界观中所孕育的野蛮，以文学（诗歌）为挪亚方舟，拯救自我，拯救人类，从心灵层面探讨人与世界和谐之途径。他接过了白银时代伟大诗人与哲学家的火炬，以语言、时间、空间等元素孜孜不倦地建构着诗歌本体论图景，探寻人类存在的本质，延续了俄罗斯诗人的一贯传统："对自己的时代负责任，'以自己的热血'黏合起历代破碎的脊柱。"②

的确，布罗茨基，这是一位值得我们用心去品味的诗人。

---

① ［美］布罗茨基：《文明的孩子——布罗茨基论诗和诗人》，刘文飞、唐烈英译，中央编译出版社 1999 年版，第 98 页。
② ［俄］符·维·阿格诺索夫主编：《20 世纪俄罗斯文学》，凌建侯等译，中国人民大学出版社 2001 年版，第 222 页。

# 参考文献

## 一 中文著作

陈庆勋：《艾略特诗歌隐喻研究》，上海人民出版社2008年版。
陈望道：《修辞学发凡 文法简论》，复旦大学出版社2015年版。
刁绍华编：《二十世纪俄罗斯文学词典》，北方文艺出版社1999年版。
戴卓萌等：《俄罗斯文学之存在主义传统》，中央编译出版社2014年版。
杜小真：《萨特引论》，商务印书馆2007年版。
冯晓虎：《隐喻——思维的基础 篇章的框架》，对外经济贸易大学出版社2004年版。
耿占春：《隐喻》，河南大学出版社2007年版。
胡壮麟：《认知隐喻学》，北京大学出版社2004年版。
黄玫：《韵律与意义：20世纪俄罗斯诗学理论研究》，人民出版社2005年版。
洪佩奇、洪叶编著：《圣经故事·旧约篇》（名画全彩版），译林出版社2008年版。
洪佩奇、洪叶编著：《圣经故事·新约篇》（名画全彩版），译林出版社2008年版。
季广茂：《隐喻理论与文学传统》，北京师范大学出版社2002年版。
蓝纯：《从认知角度看汉语和英语的空间隐喻（英文本）》，外语教学与研究出版社2003年版。
梁坤：《末世与救赎——20世纪俄罗斯文学主题的宗教文化阐释》，中国人民大学出版社2007年版。
刘文飞：《诗歌漂流瓶——布罗茨基与俄语诗歌传统》，浙江文艺出版社1997年版。
刘文飞：《布罗茨基传》，新世界出版社2003年版。
刘文飞：《俄国文学的有机构成》，东方出版社2015年版。

刘文飞：《白银时代的星空》，北京出版社 2021 年版。
刘文飞、陈方：《俄国文学大花园》，湖北教育出版社 2007 年版。
刘玉华：《思维科学与美学》，济南出版社 1989 年版。
马文熙、张归璧等编著：《古汉语知识辞典》，中华书局 2004 年版。
任光宣等：《俄罗斯文学的神性传统：20 世纪俄罗斯文学与基督教》，北京大学出版社 2010 年版。
束定芳：《隐喻学研究》，上海外语教育出版社 2000 年版。
王力：《希腊文学 罗马文学》，中国人民大学出版社 2012 年版。
王文斌：《隐喻的认知构建与解读》，上海外语教育出版社 2007 年版。
王先霈、王又平主编：《文学理论批评术语汇释》，高等教育出版社 2006 年版。
吴元迈：《俄苏文学及文论研究》，中国社会科学出版社 2014 年版。
伍蠡甫、胡经之主编：《西方文艺理论名著选编》（下卷），北京大学出版社 1987 年版。
徐凤林：《俄罗斯宗教哲学》，北京大学出版社 2006 年版。
颜学军：《哈代诗歌研究》，人民文学出版社 2006 年版。
乐黛云编：《比较文学研究》，湖北教育出版社 2008 年版。
张建华、王宗琥主编：《20 世纪俄罗斯文学：思潮与流派（理论篇）》，外语教学与研究出版社 2012 年版。
张建华、王宗琥主编：《20 世纪俄罗斯文学：思潮与流派（宣言篇）》，外语教学与研究出版社 2015 年版。
张沛：《隐喻的生命》，北京大学出版社 2004 年版。
张学增：《俄语诗律浅说》，商务印书馆 1986 年版。
赵一凡等主编：《西方文论关键词》，外语教学与研究出版社 2006 年版。
郑振铎编著：《希腊神话与英雄传说》，北京联合出版公司 2020 年版。
周国平：《尼采与形而上学》，新世界出版社 2008 年版。
朱光潜：《诗论》，生活·读书·新知三联书店 1984 年版。
朱立元主编：《当代西方文艺理论》，华东师范大学出版社 1997 年版。
朱全国：《文学隐喻研究》，中国社会科学出版社 2011 年版。
朱全国、肖艳丽：《诗学隐喻理论及其文学实践》，中国社会科学出版社 2014 年版。

## 二、中文译著

［奥］斯蒂芬·茨威格：《第一位走向断头台的女王：玛丽·斯图亚特

传》，侯焕闳译，华中科技大学出版社 2021 年版。

［丹麦］克尔凯郭尔：《恐惧与战栗》，刘继译，贵州人民出版社 2018 年版。

［德］古斯塔夫·施瓦布：《希腊神话故事》，赵燮生、艾英译，长江文艺出版社 2011 年版。

［德］海德格尔：《在通向语言的途中》，孙周兴译，商务印书馆 2004 年版。

［德］海德格尔：《存在与时间》（中文修订第二版），陈嘉映、王庆节译，商务印书馆 2016 年版。

［德］海德格尔：《林中路》，孙周兴译，商务印书馆 2020 年版。

［德］恩斯特·卡西尔：《语言与神话》，于晓等译，生活·读书·新知三联书店 1988 年版。

［俄］阿·斯皮尔金：《思维与语言》，张家拯译，湖北人民出版社 1958 年版。

［俄］阿赫玛托娃：《阿赫玛托娃诗全集》，晴朗李寒译，人民文学出版社 2017 年版。

［俄］巴赫金：《文本、对话与人文》，白春仁等译，河北教育出版社 1998 年版。

［俄］鲍·列·帕斯捷尔纳克：《日瓦戈医生》，白春仁、顾亚铃译，上海译文出版社 2012 年版。

［俄］茨维塔耶娃：《茨维塔耶娃诗选》，刘文飞译，人民文学出版社 2020 年版。

［俄］符·维·阿格诺索夫主编：《20 世纪俄罗斯文学》，凌建侯等译，中国人民大学出版社 2001 年版。

［俄］哈利泽夫：《文学学导论》，周启超等译，北京大学出版社 2006 年版。

［俄］曼德尔施塔姆：《我独自一人面对严寒：曼德尔施塔姆诗歌全集》，郑体武译，上海译文出版社 2022 年版。

［俄］尼古拉·别尔嘉耶夫：《文化的哲学》，于培才译，上海人民出版社 2007 年版。

［俄］普希金：《普希金诗选》，高莽等译，人民文学出版社 2015 年版。

［俄］陀思妥耶夫斯基：《卡拉马佐夫兄弟》，荣如德译，上海译文出版社 2015 年版。

［法］保罗·利科：《活的隐喻》，汪家堂译，上海译文出版社 2004 年版。

［法］让·保罗·萨特：《存在主义是一种人道主义》，周煦良、汤永宽译，上海译文出版社 2012 年版。

［法］萨特：《存在与虚无》（修订译本），陈宣良等译，杜小真校，生活·读书·新知三联书店 2014 年版。

［古罗马］维吉尔：《埃涅阿斯纪》，杨周翰译，译林出版社 2018 年版。

［古希腊］荷马：《荷马史诗·奥德赛》，陈中梅译，上海译文出版社 2018 年版。

［古希腊］荷马：《荷马史诗·伊利亚特》，陈中梅译，上海译文出版社 2018 年版。

［古希腊］亚里士多德：《修辞术·亚历山大修辞学·论诗》，颜一、崔延强译，中国人民大学出版社 2003 年版。

［古希腊］亚里士多德：《诗学》，陈中梅译注，商务印书馆 2008 年版。

［美］M. H. 艾布拉姆斯：《镜与灯：浪漫主义文论及批评传统》，郦稚牛等译，北京大学出版社 2015 年版。

［美］布罗茨基：《文明的孩子——布罗茨基论诗和诗人》，刘文飞、唐烈英译，中央编译出版社 1999 年版。

［美］约瑟夫·布罗茨基、所罗门·沃尔科夫：《布罗茨基谈话录》，马海甸等编译，东方出版社 2008 年版。

［美］约瑟夫·布罗茨基：《小于一》，黄灿然译，浙江文艺出版社 2014 年版。

［美］约瑟夫·布罗茨基：《悲伤与理智》，刘文飞译，上海译文出版社 2015 年版。

［美］约瑟夫·布罗茨基：《布罗茨基诗歌全集》第一卷（上），娄自良译，上海译文出版社 2019 年版。

［美］约瑟夫·布罗茨基：《大理石像》，刘文飞译，上海译文出版社 2020 年版。

［美］约瑟夫·布罗茨基：《布罗茨基诗歌全集》第一卷（下），娄自良译，上海译文出版社 2021 年版。

［美］保罗·蒂利希：《存在的勇气》，成穷、王作虹译，商务印书馆 2019 年版。

［美］乔纳森·卡勒：《文学理论入门》，李平译，译林出版社 2008 年版。

［美］乔治·莱考夫、马克·约翰逊：《我们赖以生存的隐喻》，何文忠译，浙江大学出版社 2015 年版。

［美］列夫·洛谢夫：《布罗茨基传》，刘文飞译，东方出版社 2009 年版。

［美］萨莉·J. 肖尔茨：《波伏瓦》，龚晓京译，中华书局 2002 年版。

［美］勒内·韦勒克、奥斯汀·沃伦：《文学理论》，刘象愚等译，浙江人民出版社 2017 年版。

［苏联］马雅可夫斯基：《马雅可夫斯基诗选》，卢永编选，人民文学出版社 1998 年版。

［意］维柯：《新科学》，朱光潜译，商务印书馆 1989 年版。

［意］但丁：《神曲》，王维克译，北京时代华文书局 2013 年版。

［英］托·斯·艾略特：《荒原》，张炽恒译，上海文艺出版社 2020 年版。

［英］W. H. 奥登：《奥登诗选：1927—1947》，马鸣谦、蔡海燕译，上海译文出版社 2014 年版。

［英］W. H. 奥登：《奥登诗选：1948—1973》，马鸣谦、蔡海燕译，上海译文出版社 2015 年版。

［英］罗素：《西方哲学史》，何兆武、李约瑟译，商务印书馆 41963 年版。

## 三、外文著作

Апта С. и Шульца Ю. , *Античная лирика*, Москва: Художественная литература, 1968.

Ахматова А. А. , *Стихотворения и поэмы*, сост, В. М. Жирмунский, Москва: Советский писатель, 1976.

Ахматова А. А. , *Собрание сочинений в шести томах.* Том 1 – 2, Москва: Эллис Лак, 1998 – 1999.

Арутюнова Н. Д. , *Теория метафоры*, Москва: Прогресс, 1990.

Ахапкин Д. Н. , *Иосиф Бродский после России: комментарии к стихам 1972 – 1995*, Спб: Журнал "Звезда", 2009.

Батюшков К. Н. , *Сочинения в двух томах.* Т. 1, Москва: Художественная литература, 1989.

Блок А. А. , Лирика, сост. В. Г. Фридлянд, Москва: Издательство Правда, 1988.

Бондаренко В. Г. , *Бродский: русский поэт*, Москва: Молодая гвардия, 2015.

Бродский И. А. , *Назидание. Стихи 1962 – 1989*, сост. В. И. Уфлянд, Ленинград: СП «Смарт», 1990.

Бродский И. А. , *Сочинения Иосифа Бродского в 4 томах.* Том 2, сост.

Комаров Г. Ф., СПб: Пушкинский фонд, 1994.

Бродский И. А., *Сочинения Иосифа Бродского в VII томах*, общая редакция Я. А. Гордин, Санкт – Петербург: Пушкинский фонд, 2001, 2003.

Виноградов В. В., О поэзии Анны Ахматовой. (стилистические наброски), Ленинград: Изд – во 6. Фонетического ин – та яз., 1925.

Волков С. М., *Диалоги с Иосифом Бродским*, Москва: Издательство Независимая газета, 2000.

Глазунова О. И. сост., *Иосиф Бродский в XXI веке: материалы международной научной исследовательской конференции*, СПб: МИРС, 2010.

Глазунова О. И., *Иосиф Бродский: Американский дневник, О стихотворениях, написанных в эмиграции*, СПб: СПБИИ РАН «Нестор – История», 2005.

Глазунова О. И., *Иосиф Бродский: метафизика и реальность*, СПб: Нестор – История, 2008.

Гордин Я. А., *Иосиф Бродский: творчество, личность, судьба*. СПБ: Журнал "Звезда", 1998.

Гордин Я. А. сост., *Мир Иосифа Бродского: Путеводитель*, СПб: Журнал "Звезда", 2003.

Гордин Я. А., *Перекличка во мраке. Иосиф Бродский и его собеседники*, СПб: Пушк. Фонд, 2000.

Гордин Я. А. сост., *Иосиф Бродский и мир. Метафизика, античность, современность*. СПб: Журнал "Звезда", 2000.

Гордин Я. А., *Рыцарь и смерть, или жизнь как замысел: о судьбе Иосифа Бродского*, Москва: Время, 2010.

Гумилёв Н. С., *Стих; Письма о русской поэзии*. Сост. Богомолов Н. А., Москва: Художественная литература, 1990.

Данте Алигьери, Божественная комедия, перевод М. Лозинский, Москва: издательство Наука, 1967.

Дунаев М. М., Православие и русская литература. Т. 3, Москва: Христианская. литература, 1999.

Ефимов И. М., *Нобелевский тунеядец: о Иосифе Бродском. 3 – е изд.*, испр. и доп, Москва: Захаров, 2010.

Есенин С. А., *Полное собрание сочинений в семи томах. Том первый*, ст ихот ворения, Москва: «Наука» – «Голос», 1995.

Жерар Де Нерваль, *Избранное*, Москва: Искусство, 1984.

Зубова Л. В., *Поэтический язык Иосифа Бродского*, СПб: ЛЕМА, 2015.

Измайлов А. Ф., *Стихами Бродского звучит в нас Ленинград*, СПб: Полиграф, 2011.

Крепс М. Б., *О поэзии Иосифа Бродского*, СПб: Журнал "Звезда", 2007.

Крылов А. Е., и Щербакова В. Ф. сост., *Мир Высоцкого: исследования и материалы.* Вып. 3, Т. 2., Москва: ГКЦМ В. С. Высоцкого., 1999.

Кудрова И. В., *Версты, дали ... Марина Цветаева: 1922 – 1939*, Москва: Советская Россия, 1991.

Лейдерман Н. Л. и Липовецкий М. Н., Современная русская литература 1950 – 1990 - е годы. Том 2, 1968 – 1990, Москва: ACADEMA, 2003.

Лермонтов М. Ю., Избранные произведения, Санкт - Петербург: Лениздат, 1979.

Лермонтов М. Ю., *Стихотворения · Поэмы · Маскарад · Герой нашего времени*, Москва: Художественная литература, 1984.

Ли Чжи Ен., *«Конец прекрасной эпохи». Творчество Иосифа Бродского: традиции модернизма и постмодернистская перспектива*, СПб: Академический проект, 2004.

Лихачев Д. С., Поэзия садов. К семантике садово - парковых стилей. Сад как текст. Москва: «Согласие», ОАО «Типография "Новости"», 1998.

Лосев Л. В., *Иосиф Бродский: Опыт литературной биографии.* Изд. 5 - е., Москва: Молодая гвардия, 2011.

Лосев Л. В., *Поэтика Бродского: сборник статей под редакций Л. В Лосева*, Tenafly, N. J.: Эрмитаж, 1986.

Лосев Л. В., *Солженицын и Бродский как соседи*, СПб: Иван Лимбах, 2010.

Лосев Л. В., *Вайль. П., Бродский: Труды и дни*, Москва: Независимая газета, 1998.

Лосеф Л. В., *Иосиф Бродский: опыт литературной биографии*, Москва: Молодая гвардия, 2006.

Лотман Ю. М., Внутри мыслящих миров, Москва: Языки русской культуры, 1996.

Лотман Ю. М., О поэтах и поэзии: анализ поэтического текста. Статьи и исследования. Заметки. Рецензии. Выступления, СПб: Искусство – СПБ, 1996.

Мальчукова Т. Г., Одиссея Гомера и проблемы ее изучения. Пособие по спецкурсу, Петрозаводск: ПГУ, 1983.

Мандельштам О. Э., *Собрание сочинений в четырех томах. Том 2 – 3*, Москва: Арт – Бизнес – Центр, 1993 – 1994.

Медведев В. Ф., *Творчество Иосифа Бродского в зеркале культурологии*, Тула: Полиграфист, 2000.

Медведева Н. Г., *"Портрет трагедии": Очерки поэзии Иосифа Бродского*, Ижевск: Удмурт. гос. ун – т, 2001.

Монтале Эудженио, *Избранное. Стихи и рассказы пер. с итал.*, Москва: Прогресс, 1979.

Мусатов В. В., Пушкинская традиция в русской поэзии первой половины XX века: От Анненского до Пастернака, Москва: Прометей, 1992.

Николюкин А. Н., *Литературная энциклопедия терминов и понятий*, Москва: НПК «Интелвак», 2003.

Новиков А. А., *Поэтология Иосифа Бродского*, Москва: МАКС Пресс, 2001.

Пастернак Б. Л., Я понял жизни цель: Повести, стихи, переводы, Москва: ЭКСМО – пресс, 2001.

Плеханова И. И., Метафизическая мистерия Иосифа Бродского. Поэт и Время, 2 – е изд., Томск: ИД СК – С, 2012.

Подгорская А. В., *Иосиф Бродский и русская рождественская поэзия*, Магнитогорск: ГОУ ВПО «МГТУ», 2009.

Полухина В. П., *Больше самого себя: О Бродском*. Томск: ИД СК – С, 2009.

Полухина В. П. и др., *Иосиф Бродский: Стратегии Чтения: материалы. междунар. науч. конф.*, 2 – 4 сент. 2004 г. в Москве, Москва: Изд – во Ипполитова, 2005.

Полухина В. П., *Бродский глазами современников*, СПб: Журнал "Звезда",

2006.

Полухина В. П., *Книга интервью/ Иосиф Бродский*. Изд. 5 - е, испр. и доп., Москва: «Захаров», 2011.

Полухина В. П., *Словарь тропов Бродского ( На материале « Часть речи»)*, Тарту: издательство Тартуского университета, 1995.

Полухина В. П. и др., *Поэтика Иосифа Бродского: сборник научных трудов*, Тверь: Твер. Гос. Ун - т, 2003.

Полухина В. П., Лосев Л. В., *Как работает стихотворение Бродского. Из исследований славистов на Западе*, Москва: Новое литературное. обозрение, 2002.

Полухина В. П., *Иосиф Бродский. Жизнь, труды, эпоха*, СПб: Журнал "Звезда", 2008.

Полухина В. П., *Эвтерпа и клио Иосифа Бродского. Хронология жизни и творчества*, Томск: ИД СК - С, 2012.

Потебня А. А. Теоретическая поэтика, Москва: Высшая школа, 1990.

Пушкин А. С., *Собрание сочинений в десяти томах. Том 2*, Л.: Наука, 1977.

Пушкин А. С., *«Полнощных стран краса и диво···»: А. С. Пушкин о Петербурге*, Л.: Лениздат, 1987.

Пушкин А. С., *Цыганы*, Москва: ООО «Да! Медиа», 2014.

Разумовская А. Г., *И. Бродский: Метафизика сада*. Псков: ПГПУ, 2005.

Ранчин А. М., *На пиру мнемозины: Интертексты Бродского*, Москва: Новое. литературное обозрение, 2001.

Ранчин А. М., *Иосиф Бродский и русская поэзия VII - XX веков*, Москва: МАКС. Пресс, 2001.

Ранчин А. М., *Перекличка камен. Филологические этюды*, Москва: Новое литературное обозрение, 2013.

Ранчин А. М., *О Бродском. Размышления и разборы*, Москва: Водолей, 2016.

Романова И. В., *Поэтика Иосифа Бродского: лирика с коммуникативной точки зрения*, Смоленск: СмолГУ, 2007.

Сергеева - Клятис А. Ю., Лекманов О. А., *"Рождественские стихи" Иосифа. Бродского*, Тверь: Твер. гос. ун - т., 2002.

Сидяков Л. С. сост., *Стихотворения Александра Пушкина*, Санкт－Петербург: Наука, 1997.

Соловьёв В. С., *Стихотворения и шуточные пьесы*, Санкт－Петербург: Ленинградское отделение, 1974.

Сологуб Ф. К., Полное собрание стихотворений и поэм в трех томах. Т. 3, Санкт－Петербург: Наука, 2020.

Степанов А. Г. и др., *Иосиф Бродский: проблемы поэтики. Сборник научных трудов и материалов*, Москва: Новое литературное обозрение, 2012.

Тилло М. С., *Иосиф Бродский: Новаторство в контексте русской литературной. традиции*, Черновцы: Рута, 2001.

Токарев С. А. Гл. ред., Мифы народов мира: Энциклопедия в 2－х томах. Том 2, Москва: Большая Рос. энцикл., 2003.

Тютчев Ф. И., *Стихотворения*, Москва: Художественная литература, 1986.

Хлебников В. В., Собрание сочинений в шести томах, под общей редакцией Р. В. Дуганова, Москва: ИМЛИ РАН. Т. 3, 2003.

Хлебников В. В., *Собрание произведений в пяти томах*, Под общей ред. Ю. Тынянова и Н. Степанова, Л.: Изд－во писателей в Ленинграде. Т. 5, 1933.

Ходасевич В. Ф., *Собрание стихов*, в двух томах, Т. 1, Paris: La Press Libre, 1982.

Холл Дж., Словарь сюжетов и символов в искусстве, Москва: Крон－Пресс, 1997.

Цветаева М. И., *Собрание сочинений в семи томах, Т. 1. Стихотворения*, Москва: Эллис Лак, 1994.

Цветаева М. И., *Стихотворения*, редактор С. Степанова, Ашхабад Туркменистан, 1986.

Цветаева М. И., *Душа и имя*: ［стихотворения］, СПб.: Амфора. ТИД Амфора; М.: ИД Комсомольская правда, 2011.

Цивьян Т. В., *Текст: семантика и структура*, Москва: Наука, 1983.

Цыркин Ю. Б., *Мифы Древнего Рима*, Москва: Астрель: Аст, 2000.

Ярцева В. Н., *Лингвистический энциклопедический словарь*, Москва: Советская энциклопедия, 1990.

Heidegger Martin, Being and Time, London: SCM Press, 1962.

Polukhina V., *Joseph Brodsky: a Poet for Our Time*, Cambridge etc.: Cambridge University Press, 1989.

## 四、中外文论文

段丽君:《俄罗斯经典作家笔下的暴风雪主题》,《俄罗斯文艺》2015 年第 4 期。

Полухина В. П. （Valentina Polukhina）, *The poetry of Joseph Brodsky: A study of metaphor. Volume I. Thesis submitted for the degree of Doctor of philosophy*, University ofKeele, 1985.

Романов И. А., *Лирический герой поэзии И. Бродского: Преодоление маргинальности*, кандидатская диссетрация, Москва, 2004.

# 后　　记

　　时至今日，当我以一名大学教师的身份行走于青青校园时，温暖阳光下，总会感觉自己是特别幸福的人。时常，也会有同事说我不经意间便会散发快乐的光芒，属于"脸上有笑，心中有光"之人。我想，这一切，都应当归功于文学。

　　对文学的爱，深入骨髓，甚至会因为一句话热泪盈眶。那一种感觉，没有经历过的人不会明白。经常，我觉得自己是莫大的幸运儿，因为文学圣殿敞开心胸接纳了我。这一生，只要有书籍陪伴，我便会得到源源不断的生命能量，永远"清如许"。

　　而谈及与文学的渊源，最初怕是要回溯到童年时期。我的童年记忆，是与姥姥家的小院联系在一起的。正是那座种满了苹果树、山楂树、柿子树、桑树、石榴树、杏树、菊花、玫瑰、月季等植物的美丽小院开启了我最初诗情画意的联想，培养出敏锐的文学心境。更不用说，小镇里还有湛蓝的天，绿油油的原野，清澈的小水沟。童年于我，是自由与丰盛的代名词。儿时充满野性地成长，也因此奠定我一生性格的基石——看似文静的外表下，其实有着火热而不安分的一颗心。

　　幼年起，我学习便颇为认真。妈妈虽然是数学教师，却从未严厉督促过我的学习。或是看到小小的我已足够自觉，她从来只是在生活中给予我无微不至的呵护。而爸爸则参军多年，大多时候生活在部队，只是每隔一段时间回家探亲一次。也是在那时，他会带回令我激动万分的儿童画报。那些花花绿绿的读本也因此成为我的启蒙读物，打开了小小孩童关于世界的全部想象。记忆中，很多个炎热的午后，窗外蝉鸣起伏，热浪滚滚，而我在房间里安静读画本。也是在那个时候，我认识了乔治王子与蜜蜂公主，也知晓了岳飞和秦桧的故事……童话与传奇、历史与文化，悄无声息，滋润着一颗稚嫩的心。

　　事实上，由于儿时体弱多病，我未入幼儿园，5 岁左右就读一年级。而此后几年，又因为看病治病，长期缺课，可功课却一直不错。这一切，或许同样得益于阅读。因为即便躺在病榻上输液时，我手里捧的也是妈妈从图书馆里借来的连环画、童话故事书等。说来奇怪，那座安宁的小镇分明闭塞而落后，却偏偏有一座宝贵的图书馆。妈妈常去那里借书给我，有时则是我自己前去借阅。那一段时间，我读完了高尔基的《童年》《我的大学》《在人间》，阿廖沙小小的身影刻入我的童年记忆。即便上学时，我也总是每次急着写完家庭作业后便开始阅读借来的《民间文学》《民间传奇故事》《故事会》等各式各样的书籍。爸爸的书柜也逐渐成为我"觊觎"的对象。小学毕业时，我读完了书柜里所摆放的茅盾、老舍、巴金等人的作品，甚至一度沉浸于《家》里的情节无法自拔，为鸣凤的悲剧命运难过不已。

如今想来，一个孩童蓓蕾般的心，若恰逢其时得到雨露的滋润，将会有怎样令人惊喜的绽放啊！所以，深深感谢我的父母，正是他们在给予儿时的我宽松学习环境的同时，又引领我走向了书籍。

而与文学的亲密接触最初带给我的收获便是突出的写作水平。自小学起，我的作文便经常被老师当作范文在班里朗读，甚至有文字变为铅字刊出——四年级时，我的作文被收入《青青草》文集。我也开始编写故事讲给小伙伴们听，他们时常围着我听得津津有味。就这样，最初的自信也渐渐激发了不服输的天性，我渴望一生都成为优秀的人。文学之光，就这样不经意点燃了小镇里的孩子斑斓的梦想。

10岁时，因妈妈工作调动，我也转入另一所小学读书。或是得益于超越同龄人的阅读量，成绩一直不错。只是，初高中出现了明显的偏科现象。语文和英语很轻松便遥遥领先，而数理化则需要下一番功夫才能保住班级前几名的位置。好在天生的韧劲在，即便内心抗拒的科目我也可以考得很好。初高中六年的时间，我的成绩在班里始终名列前茅。

一直保持大量的课外阅读。高中时期，我尤其痴迷言情与武侠小说，几乎买遍了家附近所有书店里琼瑶、席绢、亦舒、古龙、金庸等人的作品，感受到成人世界里的狂风暴雨与侠骨柔情。高考那一年，我以琼瑶小说《失火的天堂》为题写出了一篇还算不错的作文（根据语文成绩判断，作文得分应当不低）。随后，高考金榜题名，盐湖区外语类第一名的好成绩将我送往了梦寐以求的北京城。余华写下了《十八岁出门远行》，而我出门远行那一年，则是十七岁。可想要看看外面世界的心早已雀跃不已。

因对语言的喜爱，我报考了外语专业，加之受高中政治老师的影响（她颇欣赏普京），选择了俄语。只是，大学四年生活，除了专业课的学习，大多数的时间我都沉浸在小说中。学校图书馆每次最多可以借阅5本书，我便保持了每周 5 本小说的阅读量（之后读博期间每人可以借阅 20 本书时，我便经常推着平板车去借书了）。如今想来，那真是一段疯狂而充实的日子。毕业多年，印象里最深刻的，除了本院系几位代课老师，便是图书馆的工作人员了。她们说话的样子，包括对着电脑扫码登记图书的样子，至今历历在目。或许，那些年近乎囫囵吞枣的阅读，填补了大学生活的无助与孤独，也为我平添了几分难得的文学情怀。那一本本在图书馆躺了多年的书，有些甚至发黄、散页，却成为我大学四年里最大的拯救，照亮了那些年里时而阴霾的天。

读研时选择了俄罗斯文学方向，于我而言，更是如鱼得水。"外语 + 文学"的组合本就是自己的最爱，再加上导师的指点和同学们的互助，学得颇为快乐。与本科阶段不同的是，硕士期间我得到了很多做口译的机会。三年时间，我带领俄罗斯游客（或是母语为俄语的阿塞拜疆、乌克兰、白俄罗斯等国的人）参观故宫、长城、颐和园、天坛、十三陵等，几乎走遍了北京城；2007 年 12 月，我在国家大剧院为来华巡演的俄罗斯演出团担任翻译，和大家一起开心跨年；2008 年，我有幸加入北京奥运会与残奥会志愿者团队，为火热的北京贡献了自己的一份力量，也越发热爱俄语与文学。研三那年，我以《奥斯特洛夫斯基〈大雷雨〉与曹禺〈雷雨〉之对比研究》为题参加了论文答辩，获得了俄罗斯文学界德高望重的张建华老师的好评。他不仅称赞我的创新能力，更是高度肯定了我的文笔。评语中，张老师写道："此外，文章思路清晰，说理逻辑性较强，且中文表达晓畅、通达、专业，显现出作者良好的文学理论基础、不错的文学禀赋和研究潜质。"

而后他建议我读博，继续深造。

感谢张老师。正是在他的支持下我才走上了之前从未想过的读博路。他为我写了推荐信，并鼓励我"吹响俄罗斯文学之笛"。而这之后的读博，更是成为我生命中难忘的美好时光。因为在这里，我认识了一生的良师益友——亲爱的导师黄玫教授。一直认为自己是幸运的，求学多年，我遇到了太多的好老师。正是因为有他们，学业于我而言从来都不是沉重的负担。如果说，通常而言，"读博"似乎听来令人颇有压力，那么，我的经验是——一个好的导师可以四两拨千斤，轻巧化解这一沉重。毫不夸张地说，与导师认识多年，我看到的永远是她春风般和煦的笑脸。她的平和、温柔与坚定，都带给了我太多的温暖与感动。更不用说她的才华与智慧，在专业领域的首屈一指更是令我佩服得五体投地。毕业多年，我始终与导师保持着密切联系：取得一点点成就，便迫不及待与导师分享；遇到困难，也第一时间向导师求助。她从来没有拒绝过我，总是及时出手相助。这一份纯粹而真挚的师生情，是我一生也难以割舍的眷恋。

选取布罗茨基为研究对象，也是从读博时开始的。准确而言，是在博士生涯开始之前。因提前旁听了白春仁老师的课，与白老师相识。一次闲谈中，他问我是否喜欢诗歌。"很喜欢呢！"我不假思索地回答。那一刻，我的脑海里飘过的是李白与杜甫。"那你就研究布罗茨基吧。"白老师笑笑说。一切就这样开始了。而后，博二那一年，在导师和柳老师的帮助下，我前往莫斯科大学进修。时逢金色九月，莫斯科大学恢宏的主楼在蓝天下傲然耸立，小树林里明黄的落叶铺满一地。每一天，我踩着蓬松的树叶，在孤独平和的心境中前往国图，沉浸于阅览室迷人的空间，收集了大量有关布罗茨基诗歌研究资料的同时，视野也一步步打开。博三上学期，我按时完成了初稿，并按照导师提出的意见认真进行修改。说来也怪，原来平淡的文本在导师精心指点下就像被施与了神奇魔法，瞬间改变了模样，逻辑也通顺了许多。最终，2013年的6月，我以《约瑟夫·布罗茨基诗歌意象隐喻研究》为题参加了博士学位论文答辩，获得评委老师们的一致好评，并获评"2013年北京外国语大学优秀博士论文"。时隔多年，回想起那一天的答辩场景，一切都历历在目。

提到答辩，我还要感谢参加答辩的所有专家。他们是北京外国语大学的王立业教授、汪剑钊教授，首都师范大学的刘文飞教授，北京第二外国语学院的张变革教授，以及中国社会科学院的吴晓都研究员。这些俄语界泰斗级别的人物在答辩现场所给予我的鼓励，令我颇为感动。多年后的今天，借此机会对他们表示深深的谢意。

2013年7月来太原理工大学工作后，我继续从事布罗茨基诗歌研究，并发表了数十篇学术论文。其间（2017年9月—2018年6月）我有幸获得国家留学基金委资助，前往布罗茨基故乡（圣彼得堡）访学。尽管这是第二次来到这座城市，我的开心依然无边蔓延。这难得的10个月，成为我生命中的锦绣时光。异国天空下，我彻底从日常生活的琐碎与繁忙中抽离，全身心沉浸于文学的海洋。办理好住宿和学校的相关手续后，我便迫不及待去了阿赫玛托娃博物馆，并在馆内一间小房里看到了布罗茨基的书房布景——诗人去世后，他的妻子将这一切捐给了圣彼得堡。就在那张陌生而又熟悉的书桌上，我看到了一本本古典书籍、诗人自离开俄罗斯后便再未能见面的父母的照片、一台黑而精致的打字机；阿赫玛托娃及奥登等诗人的照片贴在墙上，父亲赠予的行李箱静静立在墙角……研究布罗茨基的诗歌，其实我更佩服他的坚毅——屡经磨难，不改对诗神的眷恋。20

世纪的世界文学中，布罗茨基分明留下浓墨重彩的一笔。他教会了我，如何在生命的艰难时刻寻找信仰，自我拯救。

去了一处又一处的教堂，参观了叶卡捷琳娜大帝宫殿、皇村；参加学会会议，在国家图书馆查阅资料，潜心读书……11月一个美好的傍晚，我很幸运地在圣彼得堡大学合作导师的引领下拜见了诗人生前好友——《星星》杂志主编戈尔金（Яков Гордин）先生，近距离了解到诗人生平众多事件。昏黄灯光下，倾听过往，抒发感慨，那些逝去的岁月在我的脑海中变得立体而清晰，对诗人的研究也多了几分把握。此专著便是在我的博士学位论文基础上结合近些年研究成果扩充而成。在此，我要特别感谢我的工作单位——太原理工大学文法与外语学院。如果说，我的幸运还体现在，人生第一次找工作便找到了适合自己的，也是自己所喜爱的教育工作，那么，更令我欣喜的则是遇到了很好的同事与领导。工作多年，同事所给予我的关心、领导的鼓励与支持都令我倍感温暖。而在专业领域的学习中，我的研究生们也都表现出了对俄罗斯文学极大的热情与较好的专业素养，她们在学习过程中所提出的颇具创意的建议也带给我不少的启发。在此一并表示感谢。

最后，我还要特别感谢我的家人。他们尽一切可能为我提供充足的学习时间，从不让我过多参与烦琐的家务劳动。尽管离家多年，父母日常的嘘寒问暖依然是我心头不可或缺的精神支柱。特别是当我求学异国，深感孤独无助时，总有来自家人温暖的帮助。"人活着，总要为了梦想而战，才能不枉此生"——这是他们时常挂在口边的话语，也是在我一次次遇到困难与挫折时，鼓励自己不懈前行的动力。对于他们，我深怀感激。诚如张建华老师所言，"家在，爱在，幸福在"。正是因为有来自家庭的爱与支持，我的工作与生活才得以如沐阳光般顺利进行。

2020年初，突如其来的疫情改变了一切。封闭在家，教学活动以网课形式进行。4月，疫情稍稍好转后，我便开始雷打不动地前往西西弗书店读书、写文章。因此，对这一方小小的书店，以及书店里所有的工作人员，我同样充满了深深的感激。正是他们，为我提供了一方难得的精神圣地。每每坐于此，我会习惯性手捧咖啡，任思绪驰骋，想起往事如烟。那是属于时间与生命的馈赠。

> 如果我不曾见过太阳
> 我本可以忍受黑暗
> 可阳光已使我的荒凉

## 后　记

变为更新的荒凉——

最爱艾米莉·狄金森的这首小诗。想起那个从姥姥家所在小镇一路走来的小丫头，本着对文学的热爱，走向了城市，走向了首都，最终跨出国门，走向了莫斯科、圣彼得堡。因为俄语，又深入了解了俄罗斯文学繁茂丰盛的大花园，体会到生命莫大的繁华与幻灭。她见到了太阳，也就无法再回到过去；因此，唯一的路，便只有前行。

未来的未来，我想用一句话来表示自己的决心：无论前方的路有多坎坷，我都会努力前进的！借用导师的一句话作为结束语："请看我的实际行动吧！"

杨晓笛
2023 年 7 月于小舟斋